I0636807

— Arrête de me taquiner et embrasse-moi, demanda-t-elle.

Sa voix était si différente de son ton habituel – tellement rauque et sexy – mais elle lui inspira la réaction désirée.

— Fais attention à ce que tu demandes, Rubis.

Il la souleva sur le plan de travail, l'attira vers lui, puis se glissa entre ses cuisses.

— Tu risquerais de l'obtenir.

Son corps s'enflamma quand il captura sa bouche dans un baiser destiné à ravager ses sens féminins. *Oh. Mon. Dieu.* Sa langue... Lizzie ne savait pas qu'elles pouvaient bouger ainsi. Elle tenta de le suivre et enfonça ses ongles dans son cuir chevelu alors qu'il la ravageait totalement. Elle ne regrettait absolument pas sa requête. Il répondait parfaitement à sa demande. Les mains de Jayson remontèrent ses flancs et lui filèrent la chair de poule, faisant durcir ses tétons au passage. Quand il atteignit enfin son cou, elle était prête à le laisser faire ce qu'il voulait d'elle. Il inclina la tête de Lizzie de manière à approfondir leur baiser tout en alignant le bas de son corps avec le sien.

Une décharge électrique parcourut son échine, tout autant due au choc qu'à quelque chose de bien plus charnel. Aucun homme ne l'avait touchée *là*, mais elle pouvait le sentir à travers la fine barrière protectrice de sa culotte. Parce qu'elle était en robe. Les jambes enroulées autour d'un homme. Dans sa cuisine. *C'est tellement indécent.*

SÉRIE DE LA MALÉDICTION DES IMMORTELS

LES LOIS DU SANG

DES LIENS INTERDITS

CŒUR DE SANG

LES LIENS DU SANG

LES LIENS DES ANGES

Chercheur de Sang

Le Poids du Sang

Des Liens Dangereux

Le Roi de Sang

CŒUR DE SANG

SÉRIE DE LA MALÉDICTION DES IMMORTELS

AUTEURE À SUCCÈS USA Today

LEXI C. FOSS

Cœur de sang

Droits d'auteur © 2022 Lexi C. Foss

Ceci est une œuvre de fiction. Les noms, personnages, lieux et situations décrits dans ce livre sont purement imaginaires : toute ressemblance avec des personnes, des établissements commerciaux, des faits ou des événements existants ou ayant existé n'est que pure coïncidence.

Tous droits réservés.

Aucune partie de ce livre ne peut être reproduite sous aucune forme que ce soit ou par des moyens électroniques ou mécaniques, incluant des systèmes de stockage ou de récupération de données, sans la permission écrite de l'auteur, hormis pour l'usage de courtes citations dans une critique de livre. Ce livre ne peut être redistribué à d'autres personnes, que ce soit ou non à des fins commerciales.

Revu et corrigé par : Outthink Edits, LLC & Jacy Mackin

Design de couverture : Manuela Serra

Photo par : Wander Aguiar Photography

Modèles : Andrew et Evan

Publié par : Ninja Newt Publishing, LLC

Traduit de l'anglais par Well Read Translation.

eBook ISBN: 978-1-68530-072-2

Paperback ISBN: 978-1-68530-073-9

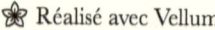 Réalisé avec Vellum

Pour Laura – qui demeure ma meilleure amie malgré ma propension à tuer des gens. Non, je veux dire des personnages. Promis.

Oh, et aussi pour sa compréhension des termes/sujets suivants : Buisson. Arbre. Mur. Ouais. La fameuse tour Eiffel de New York. 47. Argot. Vacances « reposantes ».

Dis bonjour à Stas & Lizzie pour moi la prochaine fois que tu passeras par la 79e rue.
<3 La Pizza est éternelle ; les beignets au fromage aussi.

CŒUR DE SANG

SÉRIE DE LA MALÉDICTION DES IMMORTELS

LIVRE TROIS

CŒUR DE SANG

**Dossier de l'Atout 4-7 : Elizabeth Watkins
Patrimoine Génétique : Non-Humain**

C'est la seule information dont dispose Jayson Masters au sujet de sa nouvelle mission. Pour en apprendre plus, il devra s'infiltrer dans sa vie de manière intime, mais sans trop s'attacher.

C'est parti.

Le nouveau voisin de Lizzie est bruyant, charmant, et incroyablement séduisant. Et il n'arrête pas de flirter avec elle. Malgré le décès récent d'un ami qui la hante, Lizzie accepte timidement son amitié dans l'espoir d'oublier son cœur brisé.

Les mensonges finissent toujours par être révélés.
Et l'amour ne suffit pas toujours.

Une guerre entre immortels se prépare, et elle en est la clé...

NOTA DELL'AUTRICE

Cœur de sang est le troisième tome de la série *La malédiction des Immortels* et démarre à la suite des événements de *Liens interdits*. Il est fortement recommandé, bien que pas obligatoire, de lire les livres dans cet ordre. Pour ceux qui découvrent le monde des Immortels, j'ai inclus un lexique contenant des mots-clés et leurs définitions.

Au plaisir,

Lexi C. Foss

LA MALÉDICTION DES IMMORTELS LEXIQUE

ÊTRES SURNATURELS

Novice (nom) : L'enfant d'un homme Ichorien et d'une femme humaine, qui n'a pas encore été ressuscité en Hydraien. En général, ils ne possèdent pas de dons psychiques ou surnaturels jusqu'à leur résurrection en tant qu'immortels.

Hydraien (nom) : L'enfant immortel d'un homme Ichorien et d'une femme humaine qui possède deux dons surnaturels ou psychiques et qui n'a pas besoin de sang humain pour survivre.

Ichorien (nom) : Un être immortel d'ascendance inconnue, qui possède un don psychique ou surnaturel, et qui doit boire du sang humain pour survivre.

Immortel (nom) : Un terme général pour désigner un être qui ne vieillit pas et qui est immunisé contre les causes de décès naturelles.

Séraphin (nom) : Un être qui appartient aux plus hauts échelons de la hiérarchie des anges.

MOTS-CLÉS

Arcadia : Club Ichorien renommé situé à New York, qui sert aussi de lieu de rassemblement principal au gouvernement Ichorien.

Lois du sang : Une série de décrets créés par le gouvernement Ichorien en réaction au Traité de 1747.

Fondation humanitaire pour les catastrophes (FHC) : Une organisation d'aide humanitaire mondiale dont le siège social est situé à New York et qui possède une unité paramilitaire secrète conçue pour exterminer les êtres surnaturels hors-la-loi.

Conclave : Le gouvernement Ichorien.

Édit : Une loi ou une règle émise par le Conseil Supérieur des Séraphins.

Anciens : Les premiers Hydraiens, qui forment également le gouvernement Hydraien.

Lignées du destin : Les Séraphins qui peuvent prédire l'avenir.

Conseil Supérieur des Séraphins : Le gouvernement des Séraphins.

Nizares : Les assassins Ichoriens expérimentés qui chassent et tuent les novices.

Poison Nizarin : Une substance verte connue pour tuer les novices et empêcher leur résurrection.

Sentinelle : Un soldat de l'unité du FHC conçue pour supprimer les êtres immortels hors-la-loi.

Traité de 1747 : Un armistice signé par les Hydraiens et les Ichoriens pour cesser les combats et qui désigne les lieux de vie des deux lignées. Ceux qui choisissent de franchir les frontières le font à leur propre risque.

1

SOIRÉE PIZZA

LE SUJET EST DOTÉ D'UNE BEAUTÉ SURNATURELLE, UN ÉLÉMENT REQUIS DU PROGRAMME. LE BIENFAITEUR DU PROGRAMME EST SATISFAIT.

ENTRÉE 110.09.4-7

BANG.

Bang, bang.

Lizzie Watkins jeta un regard noir en direction de son plafond. C'était suffisamment rébarbatif de corriger les contrôles de grammaire de C.P. sans avoir à supporter l'entraînement de gladiateur de son voisin du dessus. Elle souffla pour exprimer son mépris. Le nouveau propriétaire du troisième étage avait manifestement fini d'emménager dans son appartement. Lizzie n'était même pas au courant que ses voisins s'en allaient avant de croiser l'équipe de déménageurs chargés avec les cartons du nouveau résident dans le hall d'entrée.

Bim.

Elle mit les copies de ses élèves de côté en soufflant et

se leva. Elle accueillait habituellement les nouveaux résidents avec des cookies, mais celui-ci l'agaçait au plus haut point.

Bam.

— Nom de Dieu !

Elle enfila une paire de ballerines gisant à côté de la porte, saisit ses clés et fila en trombe en direction des escaliers. Une volée de marches plus tard, elle se trouvait devant le domicile du nouvel occupant et attendait que l'horrible chanson se termine avant de frapper du poing sur la porte. À plusieurs reprises.

— Une seconde !

La voix masculine était grave et virile. Elle tapota du pied en patientant, les bras croisés, un sourcil haussé et la langue affûtée.

— Désolé, continua la voix tandis que la porte s'ouvrait. Je voulais terminer ma série.

Des tablettes de chocolat.

C'était la première pensée qui lui était venue à l'esprit. Car l'inconnu l'avait saluée torse nu. Un short de sport bleu marine tombait bas sur ses hanches minces, exposant son physique musclé aux regards. Le sillon humide dévalant son torse sculpté suggérait qu'elle avait interrompu son entraînement. Cela expliquait au moins les coups et les claquements.

— Euh...

Lizzie croisa une paire d'yeux marron tendre et flancha. *Chocolat au lait,* intervint son cerveau de cuisinière.

Je me fiche de leur couleur, rétorqua-t-elle.

Ou que son regard soit occupé à dévorer son corps sans la moindre gêne à cet instant précis.

Non. Concentre-toi. Nous sommes venues pour râler. Ah oui.

Elle s'éclaircit la gorge et posa sur l'homme qui lui

faisait face le genre de regard qu'elle réservait habituellement à ses élèves pas sages.

— Je vis dans l'appartement en dessous du vôtre et votre euh... entraînement me... eh bien, il me déconcentre de mon travail.

Bravo, Liz. Belle réprimande !

— Ah bon ?

Il n'avait pas le moins du monde l'air contrit et son regard ne croisait toujours pas le sien. Il semblait fasciné par ses seins. Fichu type.

— Oui, vraiment.

Elle introduisit un peu plus de force dans son ton, ce qui sembla simplement amuser son interlocuteur.

— Hmm, je vais essayer de faire moins de bruit, murmura-t-il. Je m'excuserais volontiers, mais ce ne serait pas franchement sincère.

Elle le regarda bouche bée.

— Pardon ?

— Eh bien, je ne regrette pas vraiment de vous avoir attirée jusqu'ici, surtout vêtue ainsi.

Il indiqua le corps de Lizzie d'un geste de la main et elle ne put qu'examiner sa tenue. Des ballerines noires, un minuscule short de pyjama bleu et un débardeur rose sans soutien-gorge. Vu que sa colocataire était absente pour la soirée, Lizzie avait enfilé son pyjama avant d'entamer ses corrections. Et elle n'avait pas pris la peine de se changer avant de se précipiter à l'étage.

— Oh.

Mortifiée, elle rougit. Même ses cheveux étaient ébouriffés. Sa mère piquerait une crise si elle l'apercevait en public avec cette dégaine.

— Ah. Euh, merci de faire attention au bruit. C'était un plaisir de vous rencontrer.

Elle tourna les talons pour filer rapidement et fit la

grimace quand elle l'entendit rire dans le couloir. Il devait sûrement la croire folle. Génial. Bon, elle ne l'aimait pas franchement non plus, après tout ce tapage.

— Je vais essayer de faire moins de bruit, railla-t-elle dans une pauvre imitation de sa voix grave.

Elle claqua sa porte d'entrée avec plus de force que nécessaire et ôta ses chaussures avant de rejoindre la salle de bain principale.

— Génial.

Comme elle le soupçonnait, son maquillage était dans un état acceptable, mais les longues mèches auburn qu'elle coiffait toujours avant de se montrer en public étaient empilées en désordre sur le dessus de son crâne. Et son caraco rose ne laissait pas de place à l'imagination grâce à ses énormes seins. Ce n'était pas surprenant qu'il ait été si captivé.

— Au moins nous sommes quittes, marmonna-t-elle.

Il lui en avait lui aussi mis plein la vue avec son torse parfaitement sculpté.

— Je vais pas m'en plaindre.

Se sentant exposée, elle enfila son sweat préféré de l'université de New York et se rendit en traînant des pieds jusqu'à la cuisine pour trouver quelque chose à manger. Ses parents lui avaient offert cet appartement dans l'Upper East Side après la réception de son diplôme universitaire. Elle soupçonnait que c'était une façon pour eux de la tenir à distance. Comme si elle aurait accepté de retourner vivre chez eux. Même si Lizzie se sentait plus seule que jamais avec l'absence fréquente de sa colocataire qui travaillait toute la journée et passait presque toutes ses nuits chez son nouveau petit ami. Elle aurait souhaité être heureuse pour Stas, mais elle ne faisait pas confiance à la Fondation Humanitaire pour les Catastrophes (FHC). Cette organisation humanitaire à la renommée internationale lui avait toujours donné un mauvais pressentiment et, après la mort de Tom au cours d'une de leurs missions...

Toc. Toc. Elle cligna des yeux.

— Quoi encore ?

Elle ferma le réfrigérateur, rejoignit la porte d'entrée et grogna en jetant un coup d'œil dans le judas. Un géant musclé désormais habillé se tenait dans le couloir. Elle posa son front sur le bois et grommela dans sa barbe avant d'appuyer calmement sur la poignée.

— Oui ?

Ce n'était pas son accueil le plus éloquent, mais les circonstances n'étaient pas franchement favorables. Il braqua sur elle une paire de fossettes adorables tout en appuyant ses avant-bras sur l'encadrement au-dessus de sa tête.

— Est-ce que vous aimez le pepperoni ?

— Pardon ?

Apparemment, c'était en passe de devenir sa réponse standard en compagnie de ce type.

— Pep-per-oni, répéta-t-il lentement, un sourcil haussé. Alors ?

— Qui n'aime pas le pepperoni ? demanda-t-elle, abasourdie.

Et pourquoi diable me pose-t-il une telle question ?

— C'est bien ce que je pensais, répondit-il en entrant dans son appartement comme s'il était chez lui.

Il retira ses tennis sur le paillasson à côté de la porte avant d'observer son salon. Un canapé, deux gros fauteuils, une table basse et un système multimédia. Rien d'extraordinaire, mais cela lui plaisait. Il se focalisa sur les rideaux et murmura :

— Un peu rose à mon goût, mais plutôt sympa, autrement.

— Ravie que ça vous plaise, répliqua-t-elle, étonnée,

depuis la porte toujours ouverte. Est-ce que je peux vous aider ?

Avant d'appeler les flics, se dit-elle. Lizzie était à deux doigts de crier, mais ses bonnes manières l'en empêchaient. Il était après tout l'un de ses voisins, dans un immeuble d'appartements exclusif doté d'un service de sécurité au rez-de-chaussée. Un inconnu, certes, mais pas complètement, compte tenu de leur statut de résidents.

— Ça vous arrive souvent de vous inviter chez les gens de cette manière ? demanda-t-elle.

— Oui.

Ses fossettes refirent leur apparition alors même qu'il plissait les yeux.

— Est-ce que vous avez du vin ou de la bière ? l'interrogea-t-il en s'aventurant vers la cuisine.

Son short bleu marine et son t-shirt blanc ne collaient pas avec le décor quand il traversa sa salle à manger. Lizzie ferma la porte d'un coup de pied puis se lança à sa poursuite.

— Qu'est-ce que vous faites ?

— Vous n'êtes pas franchement observatrice, hein ?

Il lui sourit par-dessus son épaule puis ouvrit le réfrigérateur.

— Sangria.

Il ferma la porte en frémissant.

— Non merci.

Son cerveau se réenclencha quand il entreprit de fouiller dans ses placards.

— OK, monsieur, je ne me souviens pas vous avoir invité à entrer et je ne vous connais même pas. Donc je vous prie de bien vouloir quitter...

Son rire l'interrompit. Venant de qui que ce soit d'autre, elle aurait pu apprécier ce son, mais ce n'était pas le cas venant de *lui*. Elle aurait dû être effrayée, et non irritée. Mais il ne cessait de rire et de braquer sur elle ces fossettes. *Séducteur ridicule.*

— Je pense que nous nous connaissons suffisamment, Rubis.

Le surnom banal lui hérissa le poil. Toute sa vie, les gens n'avaient pas pu s'empêcher de commenter sa couleur de cheveux et son absence de taches de rousseur.

— Il est temps de partir.

— Ne le prenez pas comme ça, murmura-t-il alors même qu'il mettait la main sur sa réserve de vin. Enfin. Je commençais à croire que je vivais au-dessus d'une puritaine.

Il sortit une bouteille de son cabernet préféré et la posa sur le plan de travail.

— Parfait.

— Vous tenez vraiment à ce que j'appelle la sécurité ?

Parce qu'elle le ferait. Elle s'était fait un ami du portier dans le hall d'entrée grâce à sa passion pour la pâtisserie. Lizzie lui apportait des cookies au moins une fois par semaine.

— Faites comme vous voulez.

Il sortit deux verres à vin d'un autre placard.

— J'aime bien Dennis.

Super. Alors je vais peut-être l'inviter, histoire qu'il ramène vos fesses chez vous. Son regard tomba sur le derrière en question. Rien que du muscle, tout comme ses jambes élancées. Il devait faire près de deux mètres. Le pauvre Dennis n'aurait pas la moindre chance face à lui. Ce qui aurait dû la terrifier, même si ce n'était pas le cas.

C'est son sourire.

C'est une raison absurde pour faire confiance au géant baraqué dans ta cuisine.

Pas faux.

OK, plan B.

— Qu'est-ce que vous pensez des flics ?

— Ça dépend du quartier, répondit-il avec désinvolture alors qu'il débouchait la bouteille. Êtes-vous du genre verre à moitié plein ou rempli à ras bord ?

Son regard chocolat s'attarda sur ses jambes exposées et son sweat.

— Définitivement un verre bien rempli.

Son téléphone vibra avant qu'elle ne puisse rétorquer. *Où es-tu, Elizabeth ?* Le ton condescendant de sa mère était évident dans ce texto. Le gala annuel de la FHC avait lieu le soir même. Sa famille s'y rendait chaque année, car son père occupait l'un des postes les plus importants au sein de l'organisation, mais Lizzie se sentait incapable d'y assister cette fois-ci. Il fut un temps où elle se réjouissait d'y assister, car c'était l'occasion de voir Tom.

Son cœur se serra en se rappelant son deuil.

Non.

Elle refusait de penser à lui ou à l'organisation à laquelle il avait consacré sa vie. Littéralement. Ou bien l'idée que Stas s'y trouvait actuellement dans le but malavisé d'afficher son soutien. Des notes fruitées vinrent chatouiller ses narines quand l'inconnu agita un verre sous son menton. Son regard souriant était rivé sur le sien, manifestement inconscient du trouble qui l'avait gagnée.

— Merci, réussit-elle à dire avant de prendre une généreuse gorgée.

Puis elle se souvint qu'il s'agissait de *son* vin, dans *son* verre, dans *son* appartement. Elle secoua la tête et posa brusquement le verre à pied sur le comptoir.

— OK, mec, pour qui est-ce que tu te prends ?

— Pour Jayson Masters, répondit-il sans hésiter. Et toi ?

Elle cligna des yeux, sidérée. Cet... cet... *homme* agissait différemment de tous ceux qu'elle avait rencontrés auparavant. Il était grossier, arrogant, sans scrupules, lui avait donné un sacré mal de crâne... et lui souriait avec l'expression la plus charmante dont elle avait jamais été témoin. Elle secoua une nouvelle fois la tête.

— Il faut que tu t'en ailles.

— Pourquoi ? demanda-t-il. Tu as quelque chose de prévu ce soir ?

— Eh bien, non, mais...

— Est-ce que tu attends quelqu'un ?

— Non, mais ce n'...

— Est-ce que tu as dîné ?

Elle fronça les sourcils.

— Non, tu m'as interrompue alors que je cherchais quelque chose à cuisiner.

— Alors j'ai bien choisi mon moment. Le dîner devrait arriver d'ici – il étudia l'horloge au-dessus de la gazinière – vingt minutes environ. J'espère que tu aimes San Dinos. J'ai entendu de bonnes critiques, mais c'est la première fois que je commande.

— Tu n'as jamais mangé de pizza chez San Dinos ?

C'était l'une des meilleures pizzerias de Manhattan. Tout le monde adorait leur croûte fine new-yorkaise accompagnée de fromage et d'un peu de sauce.

— Ça ne fait que six semaines que je suis en ville, Rubis, et j'ai passé le plus clair de mon temps à travailler.

Il prit une gorgée de son vin et murmura :

— C'est pas mauvais.

— C'est fantastique, le corrigea-t-elle. Et cesse de m'appeler Rubis. Ça n'a rien d'original.

— Offre-moi une autre suggestion et j'y réfléchirai, rétorqua-t-il, lui rappelant qu'ils ne se connaissaient pas.

— Excuse-moi, mais tu veux bien me rappeler la raison de ta présence ?

— Pour dîner, répondit-il d'une voix traînante. Tu sais, cette activité durant laquelle deux individus savourent une boisson et un repas décents et fraternisent parfois. Peut-être que tu en as déjà entendu parler ?

— Évidemment, mais pourquoi est-ce que *nous* dînons ensemble ?

Elle agita sa main entre eux comme si ce *nous* avait besoin d'être défini.

— Considère ça comme des excuses pour avoir fait trop de bruit.

Il lui fit un clin d'œil et retourna vers la salle à manger, la bouteille et son verre à la main.

— Tu veux bien attraper des assiettes et des serviettes ? Nous en aurons besoin.

Elle le regarda partir bouche bée. Comment sa soirée tranquille s'était-elle transformée en un dîner avec un inconnu qui se plaisait à dépasser les bornes ? Son téléphone vibra une nouvelle fois sur le plan de travail.

Tu es en retard, Elizabeth. Tu sais ce que je pense du manque de ponctualité.

Lizzie renifla. C'était l'euphémisme de la décennie. Elle souleva l'appareil et tapa un message.

J'ai eu un imprévu. Je ne vais pas pouvoir venir.

Elle éteignit puis jeta le mobile dans la boîte à pain. Sa mère l'appellerait sans relâche pendant au moins une heure, puis ses textos prendraient le relais. Lizzie les effacerait tous le lendemain. La télévision prit vie dans l'autre pièce.

— Franchement, aucun respect, marmonna-t-elle en prenant la direction du salon.

Soudainement, elle se ravisa et attrapa les assiettes et serviettes qu'il avait réclamées – ainsi que son verre de vin – et le trouva affalé sur son canapé en cuir.

— Ton genre de film préféré ? demanda-t-il.

Elle déposa son fardeau sur la table basse devant lui,

croisa les bras et envisagea une nouvelle fois de frapper du pied au sol.

— Tu sembles apprécier choisir à ma place, pourquoi ne pas en faire de même avec le film ?

Il cliqua sur son historique de films et fit la grimace.

— Des films de nana. Compte tenu de tout ce rose dans ton décor, j'aurais dû m'en douter.

— Des comédies romantiques, le corrigea-t-elle, agacée.

Stas ne cessait elle aussi de faire des réflexions au sujet des touches de rose, mais Lizzie pensait que cela réchauffait l'atmosphère de cet appartement ultra moderne. Personne ne parviendrait à la persuader du contraire.

— Et ce genre de films me convient parfaitement, ajouta-t-elle.

Son air dépité manqua de la faire sourire. *De justesse.*

— Hmm.

Il l'observa, visiblement songeur.

— D'accord. On va regarder une « comédie romantique », mais seulement si tu me dis ton nom.

— Oh, alors maintenant tu tiens aux formalités ? Après avoir envahi mon appartement ?

— Je te l'ai demandé plus tôt et je me suis présenté.

Il pointa son torse du doigt.

— Moi, c'est Jayson, tu te souviens ? Et toi, c'est... ?

L'étincelle au fond de ses yeux était assortie à l'enjouement dans sa voix et parvint à effriter le masque de Lizzie.

Il est plutôt mignon.

Non, sexy, la corrigèrent ses hormones. *Hors du commun.*

Et probablement taré, souligna son cerveau.

On ne peut pas tout avoir.

Elle secoua la tête et céda finalement.

— Lizzie.

— Là. Tu vois, ce n'était pas si difficile.

Il fit défiler les options et ajouta :

— La plupart des femmes préfèrent se présenter avant de se montrer à ma porte à moitié nues, mais je crois que je préfère ta méthode.

Elle bafouilla.

— Tu es mal placé pour juger quand tu ouvres ta porte torse nu.

Quelle réplique fantastique, Liz ! Bon sang, était-ce une impression, ou la température de son appartement avait-elle grimpé en flèche ? Plutôt que de mettre en route l'air conditionné – dont elle ne devrait pas avoir besoin fin septembre – elle traversa la pièce et déclencha le ventilateur suspendu au plafond afin de masquer son embarras.

— C'est vrai, mais au moins j'étais à l'intérieur de mon propre appartement.

Jayson choisit un film avant de continuer :

— Tu te promenais dans les couloirs complètement exposée au regard des voisins. Je ne m'en plains pas. Tu es certainement magnifique.

Elle avait perdu sa langue. Comment répondre à ça ? Et *magnifique* ? *Genre*. D'accord, elle avait une silhouette correcte et une peau plutôt sans défauts, mais elle était loin d'être extraordinaire. Ce que ses parents lui rappelaient chaque jour. Elle ne leur ressemblait en rien, ce qu'ils considéraient comme une faute. Une musique familière s'échappa de la télévision quand le film commença. De tous les films disponibles, il avait réussi à choisir son préféré. Jayson tapota le coussin à côté de lui, détournant son attention de cette coïncidence.

— Viens te détendre avec moi, Lizzie.

Elle aurait souhaité lui demander s'il avait pris une

douche après son entraînement, mais la pique lui sembla puérile. De plus, il ne sentait pas si mauvais. Bien au contraire, il sentait même plutôt bon. Bien qu'elle n'admettrait pas avoir noté la pointe discrète de cèdre qu'il avait introduite dans son appartement, ou le fait que malgré son entraînement récent, ses cheveux étaient parfaitement ébouriffés. Non. Elle n'admettrait aucune de ces choses. Avec un soupir, elle s'installa sur le coussin qu'elle avait quitté plus tôt et glissa ses jambes sous son corps.

— Pour info, j'ai seulement accepté de dîner avec toi parce que tu as passé commande chez ma pizzeria préférée. Ce serait un péché de refuser une pizza San Dinos et je suis une New-Yorkaise loyale.

Les sillons de son visage se creusèrent, suggérant qu'il souriait fréquemment.

— Si tu le dis, Lizzie.

Elle attrapa sa pile de copies et les feuilleta. Autant travailler un peu en même temps. Ou du moins essayer.

J'Y SUIS.

Jayson tapa son bref message sur l'écran de son téléphone puis l'envoya tout en faisant mine de se concentrer sur le téléviseur. Il avait attendu que la pizza soit arrivée pour informer l'équipe de son progrès. Il lui semblait plus juste de passer un peu de temps avec la femme qu'il avait admirée ces six dernières semaines avant de décamper. Non pas qu'elle lui ait souvent adressé la parole alors qu'elle faisait mine de travailler et de manger. Elle avait échangé sa part de pizza à moitié consommée contre de la paperasse, mais elle ne semblait pas avoir beaucoup avancé. Elle faisait la moue alors même que son attention restait rivée sur la feuille qu'elle examinait depuis déjà dix minutes. Jayson réprima un sourire.

La réaction fougueuse de la jeune femme l'avait surpris plus tôt dans la soirée. Lizzie semblait polie et douce au premier abord, surtout lorsqu'elle faisait du bénévolat au foyer pour enfants dans le Bronx. Elle était certes à l'aise financièrement, mais elle avait un cœur d'or et Jayson la respectait un peu plus chaque jour. Mais il ne pouvait pas en dire de même de ses préférences cinématographiques. Il avait choisi cette comédie romantique barbante, car ses notes indiquaient qu'il s'agissait de son film préféré. C'était aussi la raison pour laquelle il avait choisi San Dinos. La pizza n'était pas mauvaise, mais ce n'était pas non plus la meilleure qu'il ait jamais mangée. Il était vrai que son expérience était bien plus vaste que celle de la femme à côté de lui, et ce à plus d'un égard.

La réponse de Mateo s'afficha sur l'écran. *Génial. Déclenche dans soixante secondes.*

Jayson étudia l'horloge du coin de l'œil et entama son compte à rebours. Quand il atteignit la minute, il cliqua sur le déclencheur intégré à sa montre. Il allait enfin s'amuser.

Il termina son verre de vin et le posa sur la table avant de s'affaisser dans le canapé. Quand il s'était porté volontaire pour cette mission, il ne s'était pas attendu à l'apprécier. Servir de baby-sitter à une petite bourge pourrie gâtée lui avait paru aussi attrayant que de passer un mois au cœur d'un antre d'Ichoriens. Mais Lizzie Watkins ne cessait de le surprendre. Ses six semaines d'observation lui avaient permis d'en apprendre beaucoup concernant ses habitudes, ses attentions délicates et sa candeur naturelle. Il avait reçu l'ordre de s'infiltrer dans sa vie deux jours plus tôt après l'échec de plusieurs tentatives pour comprendre son patrimoine génétique.

Elle n'était pas humaine ; l'obsession de la FHC leur avait au moins appris cela. Mais elle ne semblait pas non plus être une Ichorienne ou une novice et elle n'était définitivement ni une Hydraienne ni une Séraphine. Quoi qu'elle puisse être, la FHC la considérait comme un atout de premier ordre.

D'où le petit test d'aujourd'hui. À quelle vitesse réagiraient-ils au mécanisme de blocage émis par la montre de Jayson ? L'appartement de Lizzie Watkins était sous surveillance électronique permanente, mais il ne savait pas à quel point la FHC surveillait ses faits et gestes et ne connaissait pas l'identité des membres de l'équipe de surveillance. Jayson soupçonnait que cette équipe avait été renforcée maintenant que sa colocataire sortait avec un Ichorien notoire. Elles faisaient de ce fait attention à ne jamais discuter de sujets sensibles dans l'appartement. Néanmoins, cette expérience devrait leur fournir quelques réponses intéressantes.

— Est-ce que tu comptes manger ça ? demanda Jayson en indiquant son assiette d'un signe de tête.

Lizzie cligna des yeux et tourna son séduisant regard brun dans sa direction.

— Oui. J'essaye juste de terminer la correction de ces devoirs.

— Dans quelle classe enseignes-tu ?

Il connaissait déjà la réponse, mais aimait entendre sa voix.

— Le C.P., chuchota-t-elle.

— Ah oui ? Est-ce que ça te plaît ?

Les enfants n'étaient pas son truc à lui, mais ses observations suggéraient que Lizzie appréciait les mini-humains.

— Eh bien...

Elle mordilla une nouvelle fois sa lèvre. C'était un tic

tellement sexy, même si elle n'en était manifestement pas consciente.

— Jusqu'ici, ça me plaît, mais ça ne fait que trois semaines que j'ai commencé. J'ai obtenu mon master d'éducation à l'université de New York il y a quelques mois.

Que des choses qu'il avait déjà lues à son sujet, mais qui lui paraissaient désormais bien plus intéressantes.

— Félicitations, murmura-t-il, parfaitement sincère.

Il avait vu à quel point elle travaillait dur bien qu'elle soit née avec une cuillère en argent dans la bouche. Lizzie Watkins était dotée d'un grand cœur, qui serait certainement dévasté lorsqu'elle apprendrait la vérité, un jour. Heureusement, cela ne serait pas sa responsabilité. Il était seulement chargé de rassembler des informations.

— Que fais-tu dans la vie ? demanda-t-elle. À part faire beaucoup de bruit et faire irruption chez tes voisins, je veux dire.

Un petit sourire en coin retroussa ses lèvres après cette boutade. Jayson avait décidé que le meilleur moyen d'établir le contact avec l'atout était de la pousser à venir à lui et il avait donc balancé des poids pour attirer son attention. Il n'aurait absolument jamais imaginé qu'elle se pointerait à sa porte dans ce débardeur qui ne laissait rien à l'imagination et en short, mais il ne comptait pas s'en plaindre. Cette femme possédait le corps d'un mannequin de lingerie fine et le visage d'une déesse. Dommage qu'il ne puisse pas y toucher, sinon il aurait envisagé de faire connaissance avec elle de manière plus intime.

— Je suis chargé d'acquisitions, répondit-il vaguement.

C'était sa couverture habituelle en mission.

— Rien de très excitant.

À moins que des rousses sexy soient impliquées.

— Je ne dirais pas qu'enseigner est excitant, mais je trouve cela gratifiant, murmura Lizzie en échangeant sa liasse de feuillets contre son assiette. Merci pour le dîner, au fait.

Elle le remerciait alors qu'il s'était introduit chez elle comme un homme de Néandertal. Ça en disait long à son sujet.

— Tout le plaisir était pour moi.

Et il le pensait sincèrement. Le téléphone s'éclaira à nouveau.

Jackpot. Trois Sentinelles en route.

Jayson glissa l'appareil dans sa poche et se leva pour étirer ses bras au-dessus de sa tête.

—Je ferais mieux d'y aller.

Cela faisait seulement une heure qu'ils regardaient le film, mais il avait du travail devant lui.

— On devrait refaire ça, Rubis. J'aime bien passer du temps avec toi.

Elle rit.

— Ah ouais ? Tu ne me connais même pas.

Oh, si seulement tu savais, mon cœur.

— Peut-être que j'aimerais bien.

Son humour se dissipa alors qu'une touche de rouge lui montait aux joues.

— Oh, euh, je...

La plupart des femmes auraient sauté sur l'occasion après une telle proposition. Il était donc intrigué par sa réponse. Jayson était parfaitement conscient de ce qu'il avait à offrir à la fois en termes de physique, mais aussi au lit, et elle en avait certainement pris plein les yeux. *Et moi aussi.* Il s'éclaircit la gorge.

— Nous sommes voisins et les voisins traînent ensemble. Tu sais, en tant qu'amis.

— Tu n'es vraiment pas un citadin, hein ? demanda-t-elle en souriant avant de secouer la tête. D'où est-ce que tu viens ?

Il se pencha pour lacer ses baskets puis répondit :

— D'un peu partout.

Étant donné ses quelque trois-mille ans d'existence sur Terre, ce n'était pas vraiment un mensonge.

— Mais c'est le travail qui m'a amené en ville.

— Ah, je vois.

Il se redressa, en ayant terminé avec ses chaussures.

— Alors, on dîne ensemble bientôt ? Entre amis voisins ?

— Bien sûr.

Elle haussa les épaules.

— Pense simplement à demander avant d'entrer la prochaine fois.

Son téléphone vibra une nouvelle fois. Un dernier avertissement.

— Ça ne serait pas aussi amusant, la taquina-t-il en se dirigeant vers la porte. Assure-toi de verrouiller ta porte, Rubis. On ne sait jamais, un autre voisin taré pourrait décider de débarquer et exiger une soirée pizza.

Il avait peut-être tourné ça en plaisanterie, mais il était absolument sérieux. Surtout au sujet du verrou. Elle n'avait pas encore compris qu'elle devait faire preuve de prudence. Elle le saurait un jour.

— Très drôle.

Une lueur joyeuse dansait dans le regard de Lizzie et lui réchauffa le cœur. Être témoin de son deuil ces dernières semaines avait été une expérience inconfortable. Elle le cachait bien en public et se voilait même un peu la face à elle-même, mais son chagrin se lisait dans ses yeux. *Si seulement elle connaissait la vérité.*

— Bref, je suis sûr qu'on se reverra, Rubis.

Il lui adressa un salut militaire plutôt qu'une poignée de main et passa la porte.

— Pas si tu continues de m'appeler Rubis, rétorqua-t-elle.

Il agita ses sourcils.

— Tu vas finir par t'y faire.

— J'en doute.

— On verra bien, hein ?

Parce qu'il ne pourrait pas se retenir de l'appeler ainsi. Elle croyait sûrement que ce surnom faisait référence à ses cheveux, mais ce n'était pas le cas. Ses charmantes joues roses avaient viré à un rouge précieux quand elle avait pris conscience de sa tenue dans le couloir et cette image resterait gravée dans sa mémoire un moment. Jayson aimait les femmes en tout genre, mais les rousses sublimes étaient sa kryptonite. Et Lizzie Watkins cochait définitivement la case. Il lui fit un clin d'œil et se dirigea finalement vers la cage d'escalier.

— N'oublie pas de fermer, Lizzie, lui rappela-t-il, sachant pertinemment qu'elle avait observé son départ. Bonne nuit.

Elle marmonna quelque chose avant de refermer la porte et il s'arrêta un instant, l'oreille tendue à l'affût du bruit de sa serrure. Une fois qu'il l'eut entendu, il reprit sa mission et descendit les escaliers au lieu de remonter chez lui. Il souhaitait être vu en train de quitter le bâtiment. Cela concorderait avec l'interruption du système d'interférence électronique dans son appartement. Jayson activa son talent pour dissimuler son apparence physique quand il atteignit le hall d'entrée et dépassa la sentinelle qui l'attendait.

Prétendre récupérer le courrier. Y a-t-il plus flagrant que ça ? La FHC allait devoir améliorer son programme d'entraînement.

Deux autres Sentinelles patientaient six mètres plus loin sur le trottoir en faisant mine de discuter comme de vieux amis. Leur posture ouverte et leur comportement vigilant les trahissaient. Ils auraient au moins pu faire semblant de fumer ou quelque chose du genre. Jayson continua de modifier les traits de son visage en passant devant eux. Il conserva une allure nonchalante tout en examinant la 79e rue à la recherche de quoi que ce soit d'autre qui sorte de l'ordinaire. La dernière chose dont il avait besoin était d'inviter un Ichorien en chasse à la fête.

Selon le Traité de 1747, les Hydraiens qui visitaient New York le faisaient à leurs risques et périls. Considérant que cet endroit regorgeait d'Ichoriens et abritait le siège de la FHC, la plupart des membres de l'espèce de Jayson ne tenaient pas à s'y rendre. Mais il était capable d'altérer la perception que les autres avaient de son apparence physique. C'était pour cette raison que Luc lui avait assigné cette mission. Les Sentinelles étaient capables de le voir et de le suivre, mais une fois qu'il les aurait semés, ils garderaient un souvenir erroné de son physique. D'où sa capacité à se fondre dans le décor dans une ville infestée par ses ennemis.

Il tourna au coin de Columbus Avenue et sentit que les deux jeunes recrues positionnées dehors l'avaient pris en filature. Il apprécierait vraiment de les tuer, mais il ne le pouvait pas. Il avait besoin que la FHC considère que cette interférence était un hasard et se contente d'envoyer un technicien pour vérifier l'état des connexions. Rien de plus. Jayson s'arrêta près du musée américain d'histoire naturelle. Il fit mine de ne pas remarquer ceux qui le traquaient alors qu'il étirait ses quadriceps tour à tour. *Je me prépare simplement pour un jogging, les mecs.*

Il regarda sa montre. Il lui restait encore une heure avant son rendez-vous avec Mateo et Tristan. Cela laissait à Jayson vingt minutes pour s'amuser. *Voyons dans quelle forme physique sont réellement les Sentinelles.* Il fit rouler son cou et ses épaules, sauta sur place à plusieurs reprises, puis s'élança au pas de course vers Central Park.

C'est parti.

2

ÉCHO SANGLANT DU BON VIEUX TEMPS

LE NIVEAU D'INTELLIGENCE DU SUJET EST AU-DESSUS DE LA MOYENNE, MAIS SON EMPATHIE POUR L'HUMANITÉ EST ANORMALEMENT ÉLEVÉE.

ENTRÉE 114.1.4-7

AMIS.

Lizzie s'adossa à la porte et se concentra sur ce terme alors que le film continuait sur l'écran de la télévision. Elle avait des *amis*, qu'elle ne voyait d'ailleurs pour la plupart que rarement, ces jours-ci, à cause de son statut d'ermite, mais il ne s'agissait que de femmes. Stas, Cam, Kristin, et maintenant... Jayson ? Elle secoua la tête. Quelle soirée étrange ! La plupart de ses voisins étaient sympathiques, mais pas comme Jayson Masters. La convivialité de l'immeuble n'exigeait qu'un simple bonjour ou un geste de la main.

« *Nous sommes voisins et les voisins traînent ensemble* ».

Lizzie gloussa.

— Il n'est vraiment pas du coin.

Elle se réinstalla sur le canapé et termina sa part de pizza. Son estomac l'avait empêchée de manger quand Jayson était assis si près d'elle. Sa présence semblait envahir toute la pièce, ce qu'elle avait fini par remarquer au fil de la soirée. Cet homme était arrivé comme une source d'irritation vaguement séduisante et l'avait quittée comme un *ami* diablement sexy. Enfin, c'était le nom qu'il avait donné à tout ceci.

— Il doit vraiment se sentir seul, railla-t-elle.

Lizzie se faisait facilement des amis, mais il ne s'agissait habituellement pas d'hommes sublimes. Sauf Tom, mais il ne comptait pas. Ce rappel involontaire la fit grimacer et un lancinant sentiment de regret entacha sa bonne humeur. Son décès prématuré hantait chacune de ses pensées. Le fait que les détails de sa mort soient classés top secret par son employeur, cette fichue FHC, n'aidait en rien. Quand elle avait demandé des informations au père de Tom, ce dernier lui avait simplement adressé un sourire attristé et répondu que Tom était mort en héros à l'étranger. Aucune explication concernant le lieu ou la manière dont cela s'était produit, juste de simples platitudes. La réponse similaire de Stas avait fermement placé Lizzie à l'écart. Ils n'avaient pas jugé nécessaire de lui en parler. Le vin disparut de son verre quand elle engloutit le contenu jusqu'à la dernière goutte. Puis elle s'en servit un nouveau. Elle prit une autre gorgée généreuse et tressaillit quand quelqu'un frappa à sa porte.

— Sérieusement ?

Juste au moment où ses larmes se mettaient à couler, en plus. Les petits coups à la porte se transformèrent en martèlement. OK. Elle avait apprécié de dîner avec Jayson, mais ce n'était pas acceptable qu'il continue d'essayer de s'insinuer dans son espace personnel. Son sang ne fit qu'un tour quand il agita sa poignée. Il dépassait les bornes. Elle se précipita vers la porte et l'ouvrit à la volée.

— Écoute maintenant — Oh !

Elle s'éclaircit la gorge.

— Euh, salut, Charlie.

— Mademoiselle Watkins, répondit la sentinelle, très professionnelle. Je vous prie de m'excuser pour cette intrusion, mais votre père m'a demandé de passer voir comment vous alliez.

Charlie travaillait pour l'unité paramilitaire de la FHC. Ils étaient spécialistes du sauvetage de civils dans les zones à risque du monde entier et, apparemment, relégués au rang de larbins par ses parents. Par conséquent, elle le connaissait assez bien.

— Vous voulez dire que ma mère lui a demandé d'envoyer quelqu'un.

Elle secoua la tête et s'élança vers la corbeille à pain pour trouver son téléphone. Oh, sa mère était plus furieuse qu'inquiète. La sentinelle à sa porte était un avertissement parce que Lizzie avait dépassé les limites en refusant d'assister au gala. Eh bien, qu'elle aille se faire voir. Elle ralluma l'appareil et soupira en remarquant la myriade de messages qui s'affichait sur l'écran. C'était ridicule. Envoyer un baby-sitter vérifier qu'elle allait bien comme si elle avait dix ans, et non vingt-quatre ans.

Effacer, effacer, effacer.

Elle ne prit même pas la peine d'en lire un seul. Il ne s'agirait que de variations autour du même thème.

Tu nous déçois tellement. Pourquoi notre fille ne se comporte-t-elle pas mieux ? Est-ce que c'est parce que tu ne rentrais pas dans la robe que je t'ai envoyée ? Je t'avais dit d'entamer un régime. Bla, bla, bla.

Quand elle se tourna, Charlie était appuyé à l'encadrement de la porte et lui bloquait le passage vers la salle à manger. La familiarité et la facilité avec lesquelles il avait pénétré dans son appartement la mirent mal à l'aise – contrairement à Jayson, qui l'avait simplement irritée. La sentinelle affichait une expression présomptueuse qui lui laissa un goût amer dans la bouche.

— Tout va bien, madame ? demanda-t-il d'un ton professionnel.

Toutes les Sentinelles s'adressaient à elle de cette manière. Enfin, à l'exception de Tom. Il l'avait toujours taquinée à la manière d'un grand frère, mais c'était parce qu'ils avaient grandi ensemble. Et en ce qui concernait les autres, elle soupçonnait que son père y était pour quelque chose. Ou peut-être que le père de Tom, John – qui était leur patron et le PDG de la FHC – avait ordonné aux Sentinelles de lui parler poliment. Il la traitait comme sa fille, une habitude issue de l'amitié qui le liait au père de Lizzie.

—Je vais bien, répondit-elle. Merci d'être passé.

Des années de pratique à faire preuve de politesse lui permirent de garder un ton calme et régulier, malgré le besoin de hurler qu'elle réprimait. Ce n'était pas de sa faute si les parents de Lizzie l'avaient envoyé chez elle. Elle l'escorta jusque dans l'entrée où il avait fermé et verrouillé la porte, mais il se figea en apercevant les boîtes de pizza et le vin sur sa table basse.

— Vous avez de la compagnie, madame ?

— Je déteste quand vous m'appelez ainsi, grommela-t-elle. J'ai l'impression d'être vieille.

Il ne sourit pas et ne lui offrit pas la moindre réaction, mais continua de la regarder fixement en attendant sa réponse. Ce comportement professionnel était froid et aseptisé. Il s'adresserait probablement à elle de la même manière si elle était nue.

— Un ami était ici, mais il est parti, répondit-elle

finalement. Vous voulez emporter un peu de pizza avec vous ?

Jayson avait commandé deux pizzas, une qu'il avait engloutie seul et l'autre, dont il restait sept parts sur huit.

— Non, mais je vous remercie, madame. Quel était le nom de votre ami ?

Elle cligna des yeux.

— Qu'est-ce que ça peut bien vous faire ?

— J'essaye juste de préparer le rapport le plus complet possible pour Monsieur Watkins.

Oh non, son père n'en aurait rien à faire. C'était en revanche sa mère tout craché.

— Eh bien, dites à mon père qu'il peut m'appeler lui-même s'il souhaite connaître le nom de mon ami.

Elle avait ouvert la porte en parlant et offrit un sourire mielleux à Charlie.

— Comme vous ne souhaitez pas emporter à manger, je suppose qu'il est temps pour vous d'y aller.

La sentinelle jeta un coup d'œil dans l'appartement.

— Votre ami est-il toujours présent ?

— Est-ce que vous le voyez ? rétorqua-t-elle, agacée.

— Bien.

Il inclina la tête en direction de Lizzie et sortit.

— Toutes mes excuses pour cette interruption, madame.

— Vous êtes pardonné, *monsieur*, répliqua-t-elle en fermant la porte et en la verrouillant.

Sa mère entendrait parler de son impolitesse. Ses parents n'auraient qu'à l'ajouter à la pile de ses défauts. Ils pourraient aussi y ajouter ce texto :

Tu peux rappeler tes sbires de la FHC, maman, tapa-t-elle. *Je vais bien.*

La réponse lui parvint cinq minutes plus tard, indiquant que Charlie lui avait déjà fait son rapport.

Qui était cet ami chez toi ?

Bien sûr que sa mère désirait obtenir cette information. *Tu ne le connais pas.*

Et ce n'est clairement pas quelqu'un que je souhaite connaître s'il croit que tu as besoin de pizza. Ce n'est pas une solution adéquate pour rentrer dans ta robe, Elizabeth. Je vais prendre rendez-vous avec le docteur Schwartz la semaine prochaine.

Le nutritionniste. Génial.

Passe une bonne soirée, maman.

Lizzie jeta son téléphone sur la table basse, attrapa un coussin et hurla. Elle n'avait même pas essayé la robe en taille trente-quatre, car elle savait que sa poitrine ne rentrerait pas dedans. Lizzie faisait un bon trente-six. C'était comme ça depuis le lycée, pour le plus grand chagrin de sa mère longiligne. Ses courbes avaient fait leur apparition malgré plus d'une décennie de ballet et de régime alimentaire strict, mais les cinq dernières années passées à manger ce qu'elle souhaitait ne lui avaient au moins pas fait prendre de poids.

— À la tienne.

Elle salua sa mère avec une tranche de pizza et la savoura accompagnée de plus de vin. Tant pis pour sa soirée productive.

QUINZE MINUTES. Voilà combien de temps les Sentinelles avaient réussi à tenir la cadence de Jayson à travers le parc. Il continua de tourner en rond pendant une demi-heure de plus puis sortit du parc à proximité du *Pierre* – un de ses lieux de rendez-vous préférés au cours du siècle passé. Jayson salua d'un signe de tête le portier de l'entrée donnant sur la Cinquième Avenue avant de grimper les escaliers en damier jusqu'au hall d'entrée du premier étage. Il traversa le salon d'accueil confortable et remarqua la présence de Tristan à côté des ascenseurs, en compagnie d'une employée de l'hôtel.

Toujours en train de draguer, songea Jayson en souriant.

— Ah, voilà mon ami, murmura l'Ichorien avec un clin d'œil à la jeune blonde à côté de lui. Merci, ma jolie, de m'avoir tenu compagnie. Peut-être que nous nous reverrons ?

La jeune femme minauda, comme elles le faisaient toutes avec Tristan. Son accent irlandais, son charme séducteur et son attitude aisée incarnaient le rêve de toute femme, aidés par son physique avantageux, sa silhouette athlétique et son sourire à fossettes. Ce que ses conquêtes ne remarquaient pas, c'était sa nature incroyablement létale qui était pourtant trahie par ses yeux vert foncé. Ou peut-être qu'elles la remarquaient et appréciaient le défi potentiel d'apprivoiser ce prédateur. Sa réponse fut éclipsée par l'arrivée d'une cabine d'ascenseur. Jayson la salua d'un signe de tête alors que Tristan déposait un baiser sur l'intérieur de son poignet, un geste délibéré pour tester son pouls.

— Un petit creux ? plaisanta Jayson quand les portes se refermèrent.

— Je suis affamé, répliqua Tristan. Mais je m'occuperai de mon appétit plus tard.

— Eh bien, elle semble définitivement partante.

— La plupart d'entre elles le sont, répondit l'Ichorien alors que les portes s'ouvraient au 17e étage. Comment s'est passé ton jogging ?

Jayson haussa les épaules.

— Tranquillement.

— Dommage.

Les Ichoriens aimaient le sang, mais Tristan s'épanouissait dans la violence. Jayson faisait confiance à l'Ichorien, malgré ses penchants et sa race, à cause de leurs liens familiaux anciens. Mais cela ne signifiait pas qu'il appréciait toujours la sangsue sadique.

Mateo ouvrit la porte avant qu'ils puissent frapper et les invita à entrer. Luc et Balthazar étaient debout près des fenêtres, observant l'horizon, tandis que Jacque se détendait sur le lit et faisait défiler les chaînes de télévision. Jayson sourit à ses meilleurs amis, heureux de les voir après six semaines à vivre en solitaire au-dessus de l'appartement de Lizzie Watkins. Toutes leurs sessions de planification et leurs conversations avaient eu lieu au téléphone à cause du danger qu'impliquait une visite en personne, ce qu'ils avaient manifestement ignoré ce soir-là.

— Tu as besoin de tirer un coup, le salua Balthazar.

C'était ordinaire. Le dieu notoire de la déviance avait probablement pitié du vœu de chasteté provisoire de Jayson. Mais il ne pouvait pas se permettre la moindre distraction, y compris les femmes.

— Le Brésil me manque vraiment, admit Jayson.

Balthazar hocha la tête de manière solennelle.

— Je suis déjà en train d'organiser une fête pour ton retour.

— Super.

Jayson se focalisa sur Luc et croisa les bras.

— Et toi, *tu* ne devrais pas être ici.

En tant que chef et roi des Hydraiens, il était particulièrement risqué pour lui de visiter New York. Les Ichoriens adoreraient avoir une raison de tuer Luc – même s'il ne leur en offrirait jamais – et sa présence ici mettait plusieurs vies en danger. Plus exactement celles de Mateo et Tristan.

Les Ichoriens avaient des lois strictes concernant la fraternisation avec les Hydraiens. Leur simple présence dans la pièce condamnait Mateo et Tristan à mort, même si cela ne semblait pas les préoccuper. Des siècles passés à contourner les règles et à se rencontrer en privé leur avaient donné confiance, mais le bruit qui courait au sein de la communauté des immortels suggérait que les Ichoriens subissaient désormais un contrôle plus sévère de leur gouvernement, le Conclave.

Mais ce qui inquiétait vraiment Jayson, c'était les rumeurs concernant des immortels cherchant par tous les moyens à rompre le rapport de force fragile entre les Ichoriens et les Hydraiens. Tuer Luc, le leader de son espèce, serait un excellent moyen de mettre le feu aux poudres et de déclencher une guerre. Une chose que toutes les personnes présentes dans la pièce préféreraient éviter.

— La prochaine fois, envoie Jacque me chercher et nous nous retrouverons dans un endroit plus sûr, continua Jayson. Pour notre bien à tous.

— Cent dollars, se vanta Jacque depuis le lit, son regard argenté rivé sur Mateo.

— Je n'ai pas accepté ton pari, répondit l'Ichorien blond d'un ton monotone. Je ne te dois rien.

— Jacque a deviné que tu exigerais ça, expliqua Luc. Et je suis parfaitement en sécurité pour le moment.

La brute bornée croisa ses bras solides et plissa les yeux en direction de Jayson.

— Je suis ici pour te rappeler que, même si tu as établi le contact avec le sujet, tu ne peux pas coucher avec.

— T'es sérieux ?

Jayson en fut presque offensé. Il regarda le plus raisonnable des deux.

— On dirait qu'il n'a pas confiance en moi, B.

Balthazar haussa les épaules.

— Je lui ai dit qu'il s'agissait d'un décret ridicule, mais tu sais à quel point il peut être intransigeant.

— C'est vrai. Peut-être que c'est lui qui a besoin de tirer un coup, suggéra Jayson.

— C'est une analyse plutôt juste, acquiesça son ami. Avec une certaine novice aux cheveux sombres, peut-être ?

Jayson haussa légèrement les sourcils. *Eliza ?* demanda-t-il en silence, conscient que son ami télépathe l'entendrait. Balthazar hocha la tête en guise de confirmation. *Intéressant.* Tous les échanges dont Jayson avait été témoin entre Luc et Eliza étaient des débats houleux au cours desquels elle avait questionné son autorité.

Cela les avait tous surpris, considérant son expérience aux mains d'une horde d'Ichoriens sadiques et sa participation peu agréable à un récent Conclave, mais la jeune femme était dotée d'un instinct de survie à toute épreuve. Sa personnalité avait commencé à refaire surface après quelques semaines à l'abri sur Hydria. Une partie de ce changement était due au talent d'empathie de Balthazar qui s'en était servi pour l'aider à guérir, mais la majeure partie découlait simplement de la force naturelle d'Eliza.

Je suis déçu de rater le spectacle, admit Jayson.

— C'est captivant, répondit Balthazar en souriant. Je te tiendrai au courant.

S'il te plaît.

— Vous avez fini de vous conduire comme des enfants ? demanda Luc, une lueur de courroux vacillant dans son regard émeraude. Et je vous ai déjà dit que cela n'arriverait jamais. Eliza est une enfant.

Il se tourna vers l'Ichorien blond qui patientait dans un coin.

— Quelles sont nos prochaines étapes ?

Et nous voilà déjà revenus à nos moutons. Mateo leva la tête de son téléphone.

— J'aimerais vérifier notre système de surveillance dans son appartement comme nous l'avons installé il y a plus de six semaines – je sais que la FHC ne l'a pas détecté, mais ça ne coûte rien de rafraîchir l'équipement.

Ah, la raison derrière tout ça. Il serait plus simple d'emmener Lizzie à Hydria et de lui dire la vérité, mais les Anciens Hydraiens, y compris Jayson, avaient décidé de lui cacher ces informations pendant qu'ils examinaient la situation. Tom, le fils du PDG de la FHC, s'était récemment allié à eux et leur avait fourni une mine d'informations utiles. Une partie de ses révélations incluait des informations au sujet de Lizzie. Elle avait besoin d'une sorte de médicament pour survivre, mais personne ne savait quoi, ou même comment l'organisation la lui administrait. D'où la présence de Jayson à New York.

Il l'avait observée pendant six semaines en vain et leur taupe au sein de la FHC n'avait rien trouvé d'utile non plus. Luc avait donc choisi de passer à la vitesse supérieure, car le temps pressait. Ils avaient besoin de réponses – très vite – avant de pouvoir déterminer comment procéder avec Mademoiselle Watkins.

— Quand ? insista Luc, son attention toujours rivée sur le blond.

— Issac a suggéré mardi, répondit Mateo. Il a mentionné que Stas travaillerait tard avec Stark et Jonathan.

— Parfait.

Luc tourna son regard intelligent vers Jayson.

— Nous avons besoin que tu distraies Elizabeth pendant que Stas interférera avec la FHC.

— Oh, je lui offrirai une sacrée diversion.

Et je savourerai chaque seconde.

— Mais tu ne peux pas fouiller son appartement, Luc. Envoie quelqu'un d'autre.

Luc était peut-être son leader et son roi, mais Jayson ne changerait pas d'avis à ce sujet.

— C'est trop dangereux.

Faisant preuve d'un rare élan de sérieux, Balthazar dit :

— Je suis d'accord. Nous enverrons Grace et Ash avec Jacque.

Son regard brun croisa et soutint celui de Luc alors qu'un débat unilatéral prenait place entre eux.

— Nous enverrons aussi Alik avec eux.

Silence. Un hochement de tête.

— Elle dira oui, tu le sais bien.

Ces derniers mots permirent à Jayson de suivre le débat.

— Grace est prête, dit-il. Prétendre le contraire serait une insulte à son entraînement.

Ce qu'il prendrait mal, car c'était lui qui s'en était chargé. Des yeux verts luisants rencontrèrent les siens et se plissèrent.

— Je refuse de mettre un de nos membres si jeunes en danger.

— On ne peut pas la qualifier de jeune à neuf-cents ans, Luc.

Jayson secoua la tête.

— Tu ne peux pas tout faire et je suis certain qu'elle en est capable. De plus, sa capacité à lire l'histoire des objets serait utile.

Balthazar passa ses doigts dans ses cheveux sombres et secoua la tête en réponse à ce qu'il avait lu dans l'esprit de Luc.

— Je me charge de le convaincre, Jay. Pour l'instant, nous devons y aller.

Luc recentra la conversation.

— Avez-vous quelque chose d'autre à signaler ?

Il est toujours si sérieux.

— C'est vrai qu'il a besoin de se détendre, acquiesça Balthazar.

Le télépathe ne respectait l'intimité de personne, ce qui avait longtemps fichu Jayson en rogne, mais après trois millénaires aux côtés de ce type, il s'y était habitué. De plus, son talent de télépathe en faisait le meilleur compagnon de drague possible.

— Je t'aime aussi, Jay.

Jayson sourit de toutes ses dents avant de se souvenir de la question de Luc.

— Rien d'autre pour le moment.

Luc hocha la tête comme s'il s'y attendait.

— J'aimerais que nous puissions rester plus longtemps, Jay, mais...

— Tu n'aurais même pas dû venir, termina Jayson à sa place. Allez-y avant que les sangsues ne vous traquent.

— Je me sens offensé, murmura Tristan, prenant la parole pour la première fois depuis leur entrée dans la pièce.

— Dit celui dont l'attention est rivée sur le repas qui l'attend au rez-de-chaussée, remarqua Balthazar, amusé. Elle a l'air délicieuse.

— Oh, elle le sera, répondit Tristan, tout sourire. Suis-je donc libre de partir profiter de ma soirée ?

Mateo leva les yeux au ciel.

— D'accord. Je ferai le rapport à Issac à ta place.

— Génial. Je vais raccompagner Jayson en bas avant d'aller séduire mon en-cas.

— Quelle galanterie, railla Jayson avant de saluer Balthazar et Luc par un signe de tête. Rentrez à la maison.

Ils lui rendirent son salut alors que Jacque sautait du lit.

— Téléporteur à votre service.

Il leur offrit une courbette moqueuse puis leur tendit les mains.

— Ça m'a fait plaisir de te voir, Jay.

— De même, répondit-il alors qu'ils disparaissaient tous les trois dans le vide.

Salut, mes vieux amis.

Une pointe d'envie enserra sa poitrine. Ce n'était pas tant sa maison qui lui manquait que ses compatriotes. Et son propre lit. Et sa piscine. Et la nourriture. Il soupira. Plus vite il résoudrait cette enquête, mieux ce serait. Jayson fit face aux Ichoriens. Tristan était prêt à partir, l'air blasé, alors que l'attention de son homologue était rivée sur son téléphone.

— Tout est prêt pour mardi, annonça Mateo qui tapait quelque chose sur son écran. Issac dit qu'il faudrait que tu sois parti avec Lizzie pour dix-huit heures.

— Ça marche, répondit Jayson. On y va ?

— Oui.

Tristan lissa sa veste de costume et sa cravate déjà immaculées puis leur ouvrit la voie. Avec un simple signe de tête les uns aux autres, ils se séparèrent en quittant l'ascenseur et Jayson laissa l'Ichorien entamer sa nuit de séduction. Jayson avait quasiment rejoint son domicile en marchant, le regard vigilant en traversant le parc. Il fut presque déçu de ne pas être accueilli par des Sentinelles sur la 79e rue.

Encore une soirée abrégée pour moi.

Il salua le portier de nuit d'un signe de tête, se demandant brièvement comment la sentinelle avait réussi à entrer. Probablement en présentant un badge, ou peut-être était-il sur une liste d'invités. Il vérifierait plus tard.

Trois volées d'escaliers plus tard, il atteignit sa porte et se figea soudain. Un déplacement d'air lui fournit un avertissement, une milliseconde avant que quelqu'un ne lui tire dessus. Depuis l'intérieur de son appartement. En direction de sa tête. Jayson activa son affinité pour le métal tout en s'accroupissant.

— Putain, marmonna-t-il en bloquant la succession de balles trop tard.

Elles s'étaient écrasées contre sa porte avec des coups sourds, cabossant le bois.

— Merde.

Au moins il ne s'agissait pas de munitions de la FHC. Ces saloperies se seraient embrasées à l'impact. Les balles incendiaires étaient l'invention de l'organisation la plus létale à ce jour, et Jayson les détestait. Mais cela signifiait que ce n'était pas une sentinelle qui se trouvait dans son appartement. Et ce connard visait parfaitement bien. Jayson localisa la source de ce chaos et courba le flingue avec son esprit au moment même où il pénétrait dans son appartement et se jetait dans la salle à manger. Deux couteaux atterrirent dans ses mains depuis leur cachette sous la table, et il les fit voler en direction de son assaillant.

Mais le trou du cul les attrapa au vol d'une main et marqua un temps d'arrêt pour en examiner la qualité.

— Magnifique, murmura l'Ichorien. Je compte bien les garder vu que tu as détruit mon pistolet préféré.

— Alors tu aurais peut-être mieux fait de ne pas me tirer dessus, gronda Jayson.

Son visiteur indésirable se redressa de toute sa hauteur.

— Je devais m'assurer que tu étais toujours un adversaire digne de ce nom, et tu m'as prouvé que c'était le cas, Jedrick.

Bon sang, ce nom. Jayson ne l'avait pas entendu depuis plus d'un millénaire.

— On m'appelle Jayson ces temps-ci, ou Jay.

L'immortel aux cheveux noirs ferma la porte d'entrée et s'y adossa, les bras croisés.

— Ah oui ? Pourquoi ?

— Tu ne changes jamais de prénom, *Ezekiel* ?

Il éclata de rire.

— En fait, c'est Kiel en ce moment.

— Kiel, répéta Jayson. Comme *kill* ?

— Un brillant jeu de mot, non ? Je ne peux pas en dire autant de Jayson. Un peu rasoir si tu veux mon avis.

— Ce n'est pas le cas.

Jayson se leva et essuya ses mains sur son short.

— Et je préférais Zeke, admit-il en faisant référence à un vieux surnom.

Quoique Kiel collait parfaitement à l'assassin Nizare.

— Qu'est-ce que tu fais ici ?

— Ah, en voilà une bonne question, hein ?

Ezekiel ôta sa veste en cuir et la suspendit à la porte. Il était entièrement vêtu de noir en dessous, ce qui était approprié considérant la profession de prédilection de l'immortel. Il était l'un des assassins de novices les plus connus de toute l'histoire et l'adversaire notoire de Jayson et pourtant, ils partageaient une étrange amitié ; un accord tacite selon lequel si l'un d'eux succombait, ce serait seulement de la main de l'autre.

— Tu sais, j'ai des manières étranges de faire passer le temps, continua-t-il. Comme de traquer des Sentinelles pour m'amuser. J'en ai suivi trois jusqu'ici plus tôt dans la soirée. Imagine ma surprise quand je t'ai détecté, un Ancien Hydraien, en train de quitter l'immeuble peu de temps après.

L'Ichorien pencha la tête sur le côté.

— Les lois du sang exigent que je te tue immédiatement, mais moi je dis, qu'y aurait-il d'amusant à ça ? Je préférerais de loin savoir ce qui t'intrigue tant chez la séduisante rouquine qui vit à l'étage du dessous pour risquer ta vie aussi ostensiblement.

Le sang de Jayson se glaça dans ses veines. Pas parce qu'Ezekiel était au courant pour Lizzie, mais parce que son appartement avait attiré son attention. Une novice y résidait. *Stas*. Dès l'instant où l'Ichorien découvrirait son existence – et, plus important encore, ses talents – elle deviendrait la cible du monde immortel. Une chose dont elle était consciente, mais qu'elle refusait d'admettre, d'où son insistance à rester à la FHC pour essayer d'en apprendre plus au sujet de Lizzie. Jayson admirerait son courage si ses choix n'étaient pas si suicidaires.

— Alors...

Ezekiel s'installa confortablement dans l'un des énormes fauteuils de Jayson et croisa ses longues jambes d'une manière élégante qui était en contradiction avec ses propos.

— Je suis déjà au courant du lien familial entre Elizabeth et George Watkins, et que son intrigante colocataire est une sentinelle – qui est aussi liée de manière romantique à Wakefield – mais pourquoi les Hydraiens sont-ils si intéressés ?

Si tu sais autant de choses au sujet des résidents, je doute que tu aies suivi les Sentinelles pour t'amuser, mon vieil ami, songea Jayson. *Comme c'est instructif de ta part.* Ce qui signifiait que l'assassin avait partagé ces informations avec lui pour une raison. Ezekiel ne faisait jamais rien sans avoir pensé à cinq coups d'avance. *Est-il déjà au courant pour Stas ?* Jayson croisa les bras et appuya une hanche sur la table à manger, simulant un ennui qu'il ne ressentait guère.

—Je suis sûr que tu as une théorie, Zeke.

Dis m'en plus.

— Oh, j'en ai plusieurs.

Ezekiel lui adressa un sourire carnassier.

— Elizabeth Watkins ne ressemble absolument pas à ses parents. Je suis certain que tu as remarqué ? Oh, je vois bien que oui. Elle est sublime, n'est-ce pas ?

— Viens-en au fait.

Avant que je te botte le cul.

— Ne t'inquiète pas, mon vieil ami, ce n'est pas mon genre, ronronna Ezekiel. Mais je vois que c'est le tien.

Jayson ne mordit pas à l'hameçon, mais un incendie couvait en lui – un brasier déclenché par un instinct protecteur qu'il n'avait pas ressenti depuis très, très longtemps. Il fit mine de bâiller pour masquer sa soudaine envie d'enfoncer une lame dans le crâne de l'Ichorien.

— Désolé, mais tu m'assommes. Qu'est-ce que tu veux, Zeke ?

L'assassin sourit.

— Rien pour le moment. Je suis bien trop curieux.

Ça semblait inquiétant, surtout de la part d'Ezekiel. Il était le très célèbre bras droit d'Osiris, chef du Conclave et leader de la race des Ichoriens. Sauf qu'Ezekiel avait disparu des radars au cours du siècle passé.

— Je croyais que tu étais mort, remarqua Jayson. Où est-ce que tu étais passé ?

— Oh, ici et là, répondit-il nonchalamment en agitant la main. Parti faire le tour du monde et toutes ces conneries.

— Mais bien sûr.

Jayson y croyait tout autant qu'à l'idée qu'Ezekiel puisse avoir un cœur.

— Donc tu es juste passé me dire bonjour ? Parler du bon vieux temps avec moi ?

En essayant de me tirer dessus.

— C'est ça.

Ezekiel se leva et lissa les pans de sa chemise.

— Je souhaitais aussi en obtenir la confirmation.

— De ?

— Des sentiments que tu éprouves pour la fille du dessous, répondit-il en récupérant sa veste. J'ai hâte d'entamer notre nouveau jeu, Jedrick. Le dernier remonte à trop longtemps.

Il enfila son manteau et tira ses longs cheveux noirs de sous le col pour les laisser retomber dans son dos. Ezekiel n'avait visiblement pas reçu le mémo mode de ce siècle, ou peut-être préférait-il simplement l'ancien style *vampire*. Sa peau pâle et ses yeux noirs tachetés d'or ne faisaient que souligner son apparence malfaisante.

— Et si je n'ai pas envie de jouer ? demanda Jayson, prudent.

— Oh, mais nous avons déjà commencé.

Il souleva les lames.

— Merci pour ça. J'en ferai bon usage.

Il ouvrit la porte et sourit par-dessus son épaule.

— À bientôt, mon vieil ami.

J'espère que non.

— Essaye de t'entraîner à mieux viser en attendant, suggéra Jayson.

Une lueur amusée vacilla dans les yeux d'Ezekiel.

— Et toi, essaye d'assurer la sécurité de cette pauvre fille. Ce serait dommage qu'elle tombe entre de mauvaises mains, Jedrick.

Il disparut dans le couloir avant que Jayson ne puisse répondre. Principalement parce que sa gorge était nouée par une émotion qu'il ne ressentait pas souvent. La peur. Elle le paralysait de l'intérieur tout autant qu'elle le rendait furieux. Jayson avait été témoin de plus d'horreurs que la plupart des immortels du même âge et pourtant ce menu détail lui faisait marquer un temps d'arrêt ? C'était inacceptable.

C'était juste une fille. Une jolie fille maline au cœur tendre qui était, ou non, humaine. Probablement pas humaine, en fait.

— Putain de merde, marmonna-t-il.

Lizzie, par sa connexion avec Jayson, venait d'obtenir l'attention d'un admirateur létal. Un immortel doté d'un penchant pour les exécutions brutales. Ce n'était pas tout à fait exact. Ezekiel avait déjà conscience de son existence à cause de ses liens avec George Watkins et la FHC. Mais il ne s'y était pas *intéressé* avant l'arrivée de Jayson. Et cela plaçait aussi Stas en danger. Merde. Jayson ferma la porte et composa le numéro de mémoire. Un accent anglais sec lui répondit au bout de deux sonneries.

— Un instant.

De la musique et des conversations lui parvinrent depuis l'autre bout de la ligne alors que Jayson patientait, et leur atténuation suggéra qu'Issac s'éloignait de toute cette agitation.

— Est-ce qu'Elizabeth va bien ? demanda-t-il.

— Oui, mais un vieil ami est passé me voir sans y être invité.

— Qui ?

— Ezekiel.

Son annonce fut suivie d'un silence.

— Il soupçonne que je suis ici pour Lizzie et ça l'intrigue, ajouta Jayson. Et il a mentionné Stas. Il sait que c'est une sentinelle et a fait allusion à votre relation.

— Je vois, répondit Issac, la voix dénuée de toute émotion. Est-ce qu'il a des soupçons concernant son héritage ?

— Son passé de traqueur et de massacreur de novices suggère que si ce n'est pas le cas pour le moment, ça le sera bientôt. Surtout maintenant qu'il est fasciné.

Ce qui signifiait que Stas devait décamper de New York. Le plus vite possible.

— Issac ?

La voix de Stas flottait au loin, tout comme le claquement de talons. Jayson l'imagina s'avancer vers l'Ichorien vêtu d'un costume. Leur relation l'inquiétait, mais seulement parce qu'elle se terminerait en peine de cœur. Même s'il n'était pas en droit de faire de commentaires.

— Que se passe-t-il ? demanda-t-elle d'une voix inquiète. Est-ce que Lizzie va bien ?

— Jayson vient juste de recevoir la visite d'un assassin Nizare de renom.

— Quoi ?

Sa voix contenait une pointe d'inquiétude, à juste titre.

— Je croyais qu'ils n'existaient plus.

— Leur objectif n'avait plus le moindre intérêt en l'absence de novices connus, clarifia Issac. Mais certains d'entre eux sont bien vivants et celui qui a rendu visite à Jayson est le plus dangereux de tous. Et il a connaissance de ton existence.

Encore un silence. Jayson supposa qu'ils étaient soit en prise à une étreinte, soit occupés à se toiser mutuellement du regard. Issac prouva que la deuxième théorie était la bonne quand il dit :

— Il est temps, Aya. Nous devons te faire quitter la ville.

— Certainement pas.

Le ton de Stas était résolu et ne laissait aucune place à la contestation. Même si ça ne fit rien pour stopper Issac.

— Tu n'es plus en sécurité ici.

— Tu dis ça depuis des mois et, même si je suis d'accord avec toi, je refuse absolument d'abandonner Lizzie. Ou toi.

— Quelle tête de mule, marmonna Jayson.

Parce qu'il comprenait et admirait un tel niveau de loyauté. C'était la raison pour laquelle il avait accepté de se rendre à New York alors même que cela constituait une condamnation à mort. Il avait une responsabilité envers son espèce de mener à bien cette enquête et d'aider Lizzie, surtout si cela impliquait de faire d'elle une alliée. Les

Hydraiens ne pouvaient pas se permettre de refuser de l'aide.

— Aya... soupira Issac. Jayson, garde un œil sur Elizabeth.

La ligne fut coupée.

— Bon, ça s'est passé comme prévu.

Il secoua la tête et composa le numéro de Luc. La nuit allait être interminable.

3

CHAPITREUN SERMENT DE SANG TROIS

La colocataire du sujet a entamé une relation sexuelle avec un Ichorien notoire. Le bienfaiteur n'est pas inquiet.

Entrée 124.06.4-7

— AYA, répéta Issac d'un ton un peu plus ferme.

Astasiya se figea près de l'escalier, le dos droit.

— Je refuse de discuter de ça.

Il la saisit par la hanche et pressa son torse contre le dos exposé d'Astasiya. Sa robe bleu saphir épousait parfaitement ses formes et avait rendu la soirée d'Issac quelque peu inconfortable. Mais ce n'était pas le bon moment pour se laisser aller à de tels plaisirs.

— Je ne m'y connais peut-être pas trop en relations amoureuses, mais il me semble que la communication est un élément clé. N'est-ce pas ?

Ses lèvres caressèrent l'oreille d'Aya à chaque mot. Elle se laissa aller contre lui avec un grognement.

— Je déteste quand tu fais ça.

Il sourit de toutes ses dents.

— Au contraire, mon cœur, je crois bien que ça te plaît.

Il mordilla la peau, là où battait sa veine et fit glisser sa main jusqu'à son abdomen pour l'empêcher de s'éloigner de lui une nouvelle fois.

— Nous allons en parler, Aya. Tu m'as promis que tu repartirais pour Hydria au moindre danger.

Même si elle n'avait manifestement pas l'air enthousiaste à l'idée de remplir sa part du marché. Il avait essayé de la convaincre de quitter la FHC une fois qu'ils avaient sauvé sa sœur des griffes de Jonathan, mais Astasiya s'était servie de sa colocataire comme excuse pour rester. Ses arguments étant solides, il n'avait pas insisté, mais tout le temps qu'elle passait dans cette ville le rendait inquiet. Sans fin. Il ne s'était jamais autant inquiété pour une femme qui ne faisait pas partie de sa famille et cela le faisait souffrir d'une manière qu'il n'avait jamais imaginée. Astasiya se tourna dans ses bras et posa ses mains sur ses épaules alors qu'il attrapait sa taille, l'attirant tout contre lui.

— OK, un assassin Nizare a indiqué à Jayson qu'il avait conscience de mon existence, mais il n'a rien fait pour le moment. Est-ce que c'est parce qu'il n'a pas de soupçons à mon égard ou bien s'agit-il d'autre chose ?

— Les intentions d'Ezekiel sont pour le moins mystérieuses, mais il est connu pour aimer jouer avec ses proies.

L'Ichorien était renommé pour sa cruauté et son intelligence létale. Sa capacité à traquer ses victimes en fonction du groupe sanguin n'avait fait qu'accroître sa notoriété. Il faisait partie de la courte liste des êtres qu'Issac considérait comme une véritable menace.

— Mais il ne s'en est pas encore pris à moi, répéta-t-elle.

Il haussa un sourcil.

— Et tu préférerais attendre que ce soit le cas ?

— Non, mais je suis prête à y faire face si cela devait se produire.

— Ton entraînement avec l'agent Stark est peut-être supérieur à ce que j'anticipais, mais cela ne te confère pas la capacité de gérer un assassin du calibre d'Ezekiel.

Les yeux d'Astasiya s'écarquillèrent.

— Je crois bien qu'il s'agit d'une insulte.

— Non, il s'agissait d'une affirmation rationnelle. Tu ne sais pas encore tout de ce monde et tu ne connais pas Ezekiel aussi bien que moi, pas plus que tu n'es prête à te battre contre lui. Il gagnera, tu mourras et je refuse d'accepter ce dénouement.

Involontairement, il resserra sa prise autour de sa taille et semblait manifestement incapable de la relâcher. Elle était ici avec lui et il refusait de la laisser partir. Vivre sans elle...

— Je ne peux pas te perdre, Aya.

L'expression sérieuse d'Astasiya se décomposa et elle enroula ses bras autour de lui, puis blottit son visage contre son torse.

— Ça n'arrivera pas.

Un mensonge. Ils étaient tous les deux conscients que cela arriverait un jour. Elle ne pourrait pas rester une novice pour toujours, mais il préférait l'idée qu'elle vive sa vie d'immortelle sans lui plutôt que de la perdre à jamais.

— Le temps est venu, annonça-t-il. Tu sais que c'est vrai.

Elle secoua la tête contre lui.

— C'est ma meilleure amie, Issac. Je ne la laisserai pas tomber.

Il passa ses doigts dans les magnifiques cheveux blonds d'Astasiya en lui rendant son étreinte. Ses lèvres trouvèrent le front de la jeune femme et il réprima un soupir. Il était incapable de lui refuser quoi que ce soit, même quand c'était nécessaire.

— Elle est en sécurité avec Jayson, chuchota-t-il. Et je serai là aussi.

— Comment expliquerais-tu ma disparition à John ? demanda-t-elle en reculant juste assez pour croiser son regard. Et à Osiris ?

Deux très bonnes questions.

— Je ne suis pas inquiet au sujet d'Osiris.

Pas dans le sens où elle l'entendait, en tout cas. L'ancien Ichorien avait fait preuve d'un intérêt troublant envers Astasiya lors du Conclave, mais ne l'avait toujours pas contacté pour s'enquérir de son statut d'immortelle. Même s'il se souvenait d'elle, cela pourrait prendre des mois ou des années. Le temps s'écoulait de manière étrange pour les immortels de son âge.

— Et John ? insista-t-elle.

— Il posera sûrement des questions au sujet de ta disparition et nous créera peut-être des ennuis, mais je m'en occuperai.

Elle le réprimanda d'un simple coup d'œil.

— Je ne peux pas risquer ma vie alors que tu as le droit de traiter ta propre survie avec désinvolture.

Elle pencha la tête sur le côté.

— Nous sommes ensemble, Issac, et nous prenons soin l'un de l'autre. Si tu restes, alors moi aussi.

— Oh ? Alors si je décide de partir pour Hydria, tu me suivras ?

— Est-ce que tu en as envie ?

— Là n'est pas la question. Est-ce que tu viendrais avec moi ?

Elle le toisa, comme pour déterminer sa sincérité, et il lui permit de lire la vérité dans ses yeux. Il souhaitait vraiment savoir. Le suivrait-elle ?

— Issac...

Elle ferma les yeux et soupira.

— Je sais que tu es inquiet et je le suis aussi, mais elle fait partie de ma famille. Pourrais-tu laisser Amelia derrière toi ?

Sa poitrine se serra sous l'assaut de ses souvenirs et il s'efforça de répondre honnêtement :

— Non.

Issac avait laissé tomber sa sœur une fois, même si ce n'était pas volontaire. Il l'avait crue morte et avait fini par découvrir que Jonathan s'était bien fichu de lui.

— Si j'avais su qu'elle était vivante et dans les locaux de la FHC, je ne l'aurais jamais laissée là.

— C'est ce que je ressens au sujet de Lizzie, répondit Astasiya en ouvrant de nouveau ces yeux enchanteurs. Je sais que vous êtes liés par le sang avec Amelia, mais Lizzie compte à mes yeux. Je l'aime, Issac. Je ne partirai pas si je peux l'aider.

— Est-ce le cas ? rétorqua-t-il.

— Aurais-tu pu venir en aide à Amelia ? rétorqua-t-elle, lui arrachant un grognement.

— Aya...

— Non, écoute-moi. Ces runes au siège inhiberaient ton talent d'illusion et pourtant, tu aurais tout essayé pour les contourner et te porter à son secours, quitte à y laisser ta vie. C'est ce que je ressens pour Lizzie, mais contrairement à toi, j'ai la possibilité de l'aider. J'ai juste besoin de plus de temps.

— Pour faire quoi ? Tu n'es pas plus avancée que tu l'étais il y a six semaines.

Il recula et glissa ses doigts dans ses cheveux.

— C'est de la folie, Aya. Un assassin se trouvait dans ton immeuble ce soir. Ne vas-tu donc pas en tenir compte ?

Elle se hérissa.

— Ne me parle pas comme si j'étais une enfant.

— Alors, cesse de te comporter comme tel, répliqua-t-il. C'est de ta vie que nous parlons et non d'un jeu ou d'une mission de sentinelle.

— Il s'agit aussi de la vie de Lizzie.

Un incendie éclairait ses yeux verts et embrasa le désir d'Issac. Ce n'était pas le moment idéal pour réagir ainsi, mais elle ressemblait à une déesse dans ce genre de situations et son âme brûlait de la posséder de quelque manière que ce soit. *Elle est à moi.*

— Je suis consciente du danger, continua-t-elle. Mais la décision me revient. Et oui, peut-être que je ne suis pas capable d'affronter un assassin dans un combat *pour le moment*, mais il n'a pas non plus eu l'occasion d'affronter une novice telle que moi par le passé. Tout ce dont j'ai besoin, c'est de ma voix.

Son pouvoir s'immisça dans sa voix, attisant les flammes de son désir. Elle avait fait beaucoup de progrès ces derniers mois, non seulement physiquement, mais aussi en termes de capacité mentale.

— Je sais que vous me trouvez tous égoïste et puérile, ajouta-t-elle. Vos siècles d'expérience éclipsent la mienne, ce que je respecte, mais je ne peux pas ignorer mon instinct, Issac. Prendre la fuite irait à l'encontre de ma nature. Rester est absurde et dangereux, j'en suis consciente, mais je refuse d'être laissée sur la touche pendant que vous risquez vos vies pour ma meilleure amie. Ce n'est pas moi.

L'atmosphère s'épaissit alors que ses paroles flottaient entre eux. Elle était forte et courageuse, l'incarnation d'une guerrière. C'était une chose qu'il admirait chez elle alors même qu'il brûlait de la savoir en sécurité et de lui faire entendre raison. Elle ne se rendait pas compte qu'il ne s'agissait pas seulement de sa décision puisqu'il serait lui-même affecté par le résultat. Si Ezekiel découvrait son secret, la vie d'Issac serait elle aussi en danger. Il n'avait pas peur du Conclave, mais il s'inquiétait vraiment de savoir jusqu'où il irait pour la protéger. Mais elle avait raison. Lui demander de rester sur la touche briserait quelque chose de fondamental en elle. Et Issac refusait d'être celui qui étoufferait la flamme qui brûlait si farouchement en elle.

— Accepterais-tu un compromis ? demanda-t-il à voix basse.

— Cela dépendra de tes conditions.

Elle était si majestueuse et n'en avait pourtant pas conscience. C'était pour cette raison que Luc était si curieux : il détectait chez elle la possibilité de devenir un leader. Son talent de coercition n'avait fait que renforcer cet intérêt.

Issac chassa cette pensée et s'efforça de revenir à l'instant présent et de profiter du temps qu'il lui restait avec cette femme incroyable. Pour l'instant, elle lui appartenait et c'était réciproque. Il refusait de laisser l'avenir s'immiscer dans leur relation.

Le moment est venu de jouer à un petit jeu de persuasion.

— Mes conditions, murmura-t-il en s'approchant d'elle.

Elle recula, faisant sourire le prédateur qui sommeillait en lui. Il l'accula dans le recoin à côté de la porte de la cage d'escalier, les dissimulant au regard de quiconque s'aventurerait dans ce couloir vide de l'hôtel.

—J'accepte que tu restes à New York, dit-il en alignant son corps avec le sien, la piégeant ainsi contre le mur, si tu promets de passer toutes tes nuits avec moi. Que ce soit chez toi ou chez moi, je tiens à m'assurer que tu es en sécurité lorsque tu quittes la FHC.

Elle déglutit.

— Ce n'est pas juste d'user de séduction pour me distraire, Issac.

— Sers-toi de tes talents ; j'en ferai de même.

Il remonta ses mains le long de ses flancs.

— J'adore cette robe. Dis-moi ce que tu portes en dessous.

— Cela n'a aucun rapport... avec... notre négociation, chuchota-t-elle en se cambrant contre lui.

Il adorait la manière dont son corps réagissait à chacune de ses caresses comme s'il avait été spécifiquement entraîné pour lui répondre. Issac captura une de ses lèvres entre ses dents et la mordilla.

— Bien au contraire.

Il entreprit de remonter sa robe le long de ses jambes.

— Je tiens à savoir ce que je vais t'aider à retirer quand nous serons rentrés à la maison.

Elle frissonna contre lui tandis qu'il exposait ses cuisses.

— Issac...

— Aya, répondit-il, la bouche contre son cou.

Il fit glisser le bout de sa langue sur sa veine.

— Dis-moi que tu es d'accord, mon cœur.

Ses ongles s'enfoncèrent dans ses épaules.

— Tu n'es pas fair-play.

— Jamais contre toi, chuchota-t-il.

Elle comptait trop pour lui. Il enfreindrait n'importe quelle règle pour assurer sa sécurité et céderait à ses désirs pour la rendre heureuse. Mais il avait besoin de ça en retour.

— S'il te plaît, Aya.

Elle se laissa aller dans ses bras, sa tête tombant en arrière contre le mur.

— J'ai besoin d'au moins une soirée entre filles avec Lizzie.

Il sourit contre son cou.

— D'accord, à condition que je puisse me pointer une fois qu'elle sera au lit.

— Tu es pire qu'un ado, railla-t-elle. Mais j'accepte ta condition.

Il goûta sa peau sensible.

— Alors nous sommes d'accord ?

— As-tu besoin qu'on prête serment de sang ?

La provocation dans sa voix taquina ses instincts primaires.

— Mmm.

Il enfonça ses canines dans son cou et savoura la délicate essence sous sa peau. Le sang d'Aya atteignit l'arrière de sa gorge et un grognement s'échappa de ses lèvres pendant qu'elle s'accrochait à lui. Après deux gorgées, il se retira et murmura :

— Fais attention à ce que tu demandes, Aya.

— Issac…

Elle trembla contre lui, les endorphines provoquées par son baiser létal se frayant un chemin à travers son système.

— Merde.

Une autre convulsion vibra à travers le corps d'Issac.

— Très bien. Oui. J'accepte tes conditions, ce n'est pas comme s'il s'agissait d'une contrainte.

Ses lèvres se retroussèrent.

— Oh, crois-moi, ça va te demander quelques efforts, mon cœur.

Il frotta son nez contre sa gorge et raffermit sa prise sur sa robe en la soulevant de nouveau pour exposer un peu plus ses cuisses.

— Aimerais-tu un avant-goût ?

— Est-ce que tu vas me mordre une nouvelle fois ? demanda-t-elle dans un murmure assoupi par le plaisir.

Il lécha la plaie toujours ouverte.

— Oui.

— Alors oui, s'il te plaît, répondit-elle en lui offrant son cou. Prends-moi, Issac.

— Toujours.

Il apaisa la marque sur sa peau sensible à l'aide de sa langue puis s'agenouilla. Elle enfonça ses doigts dans ses cheveux, l'obligeant à croiser son regard.

— Qu-qu'est-ce que tu fais ?

Il sourit en exposant sa culotte bleu nuit.

— Tu n'as pas précisé où tu souhaitais être mordue, Aya.

— Oh, mon Dieu...

— Accroche-toi à cette idée, mon cœur. Tu vas rapidement en avoir besoin.

4

UNE SORTIE EST UN RENCARD,
SAUF QUAND CE N'EN EST PAS UN

LE SUJET SEMBLE DÉPENDRE DE L'APPROBATION DE SA
FAMILLE. SON ENVIRONNEMENT ET SON HÉBERGEMENT
DEVRAIENT ÊTRE MODIFIÉS DANS LES VERSIONS
ULTÉRIEURES.

ENTRÉE 118.05.4-7

LIZZIE PRESSA ses mains moites contre sa robe fourreau bleu marine et vérifia une nouvelle fois son apparence dans le miroir.

— Tu es ridicule, murmura-t-elle. Ce n'est même pas un rencard.

Et pourtant, elle avait minutieusement coiffé ses cheveux en vagues auburn. Un trait d'eye-liner faisait ressortir ses yeux et ses lèvres étaient simplement recouvertes d'une fine couche de gloss cerise. Ses amies de sororité approuveraient, surtout Cam et Kristin. Cependant, Stas se serait moquée d'elle. C'était pour cette raison que Lizzie la considérait comme son amie la plus proche. Elle sourit en pensant à ça et envoya un texto à Stas.

Je sors dîner avec le nouveau voisin dont je t'ai parlé.

Jayson avait glissé un mot sous sa porte dimanche pour l'inviter à dîner. Il avait inscrit son numéro de téléphone en dessous du message et, comme une idiote, elle l'avait enregistré dans son téléphone et lui avait envoyé une confirmation par message. C'était une décision vraiment stupide. Lizzie ne sortait jamais les soirs de semaine à cause du travail. Mais ses cours pour le mois à venir étaient tous prêts, après toutes ces soirées passées seule à la maison.

Sois sage, la taquina Stas.

Lizzie lui avait fourni une description complète de l'homme envahissant qui habitait à l'étage du dessus.

Je vais rentrer vers dix heures ce soir. Stark m'oblige encore une fois à travailler tard.

Tu devrais lui botter le cul.

Oh, crois-moi, je fais de mon mieux.

On se voit demain matin pour le petit-déjeuner ? demanda Lizzie.

Elles avaient eu pour habitude de manger ensemble tous les jours, mais les choses avaient changé ces derniers mois avec le travail prenant de Stas. Les funérailles de Tom n'avaient pas non plus arrangé la situation. Lizzie se faisait probablement des idées, mais son amitié avec Stas lui paraissait quelque peu crispée. Presque distante. Son téléphone bipa lorsqu'elle reçut une réponse :

Y'aura du café ? :)

Lizzie sourit. La caféine était le meilleur moyen de conquérir Stas.

Évidemment, répondit-elle.

Compte sur moi.

À demain, alors.

Promis, on ne sera qu'entre filles, lui jura Stas.

Lizzie sourit.

Super.

Elle était heureuse que son amie ait enfin trouvé le bonheur, mais cela lui manquait de passer du temps avec elle. Pendant longtemps, elles avaient eu leur soirée pizza devant des films de nana, mais Stas passait désormais la plupart de ses week-ends avec Issac. Lizzie ne pouvait pas lui en vouloir ; sa meilleure amie méritait d'être heureuse et bien plus encore. Et elle devait bien admettre qu'une petite partie d'elle espérait qu'Issac réussirait à convaincre Stas de quitter la FHC et de relever d'autres défis. Ce qui, évidemment, faisait de Lizzie une horrible personne.

Sa haine de l'organisation était liée à une peur irrationnelle qui ne faisait que s'accroître chaque fois qu'elle s'approchait du siège. Elle avait rendu visite à son père à plusieurs reprises dans son bureau du dernier étage, la plupart du temps lorsqu'il avait eu besoin de sa signature sur des documents. La dernière fois, il s'agissait de documents liés à son fonds fiduciaire. Pour une raison ou pour une autre, il préférait s'occuper de tout à la FHC plutôt qu'à la maison. Probablement parce qu'il quittait rarement son bureau à moins que ce soit nécessaire pour le travail. En tant que responsable des affaires internationales, il était souvent amené à voyager. Enfant, elle l'avait rarement vu, ce qui contribuait probablement au dégoût qu'elle ressentait pour l'organisation. La mort de Tom et leur manière d'accaparer sa meilleure amie n'aidaient en rien.

Et voilà, la bonne humeur de Lizzie avait disparu. Juste au moment où on frappait à sa porte. Six heures pile. Lizzie appréciait les hommes ponctuels. Même s'il ne s'agissait pas d'un rencard. *Amis*, se rappela-t-elle. Cela n'empêcha pas son cœur de frémir quand elle ouvrit la porte. Parce que, waouh, Jayson savait se faire beau. Un jean de marque, un pull rouge foncé, des cheveux savamment ébouriffés et un regard chocolat souriant, le tout enveloppé autour d'un paquet de muscles à faire frémir la plupart des femmes.

Ce n'est pas un rencard. Nous sommes simplement voisins.

Un homme comme ça ne s'intéresserait pas à toi de toute façon.

Cette dernière voix ressemblait un peu trop à celle de sa mère.

Et j'ai maté son torse pendant plusieurs secondes.

— Salut, parvint-elle à sortir.

Il braqua sur elle ses adorables fossettes.

— Salut, lui répondit-il. Tu es prête ?

— Ouais.

Elle saisit son sac à main sur la table de l'entrée et enfila ses talons. Ils ajoutaient près de huit centimètres à son mètre soixante-dix et son front atteignait désormais la bouche de Jayson.

Arrête de penser à sa bouche. Non, mais franchement !

Elle le suivit dans le couloir jusqu'aux escaliers et ne dit rien pendant qu'il la conduisait dehors. Lizzie n'avait pas beaucoup d'expérience avec les hommes ne faisant pas partie de son cercle social restreint. Elle avait accepté de sortir avec quelqu'un à plusieurs reprises, mais cela n'avait jamais rien donné. Quelques baisers par ici, quelques caresses par là, qui ne lui avaient pas laissé de souvenir impérissable. Un seul homme lui avait donné envie d'aller plus loin que quelques caresses.

Tom Fitzgerald.

Son béguin pour lui avait commencé à l'âge de treize ans et avait perduré au fil des ans, même s'il s'était estompé à l'université. Elle l'avait observé en compagnie d'autres femmes et avait commencé à réaliser qu'il ne la considérerait jamais autrement que comme une sœur. Les espoirs qu'elle avait arborés le concernant étaient morts le jour de ses funérailles.

Jayson tira légèrement sur une mèche qui pendait devant son visage.

— La journée a été longue, Rubis ?

Bon sang, ils étaient déjà à un pâté de maisons de leur immeuble et n'avaient pas échangé plus de quelques mots. Au lieu de ça, elle s'était plongée dans ses souvenirs mélancoliques, qui n'avaient pas leur place dans leur soirée. Lizzie s'éclaircit la gorge et s'efforça de sourire.

— Les dernières semaines ont été interminables.

Il n'y avait aucune raison de s'en cacher.

— Mais ça va.

— Tu veux en parler ?

— Pas vraiment.

Il haussa les épaules.

— D'accord, alors parlons plutôt de notre dîner. Je sais que tu adores San Dinos, mais j'ai entendu parler d'une meilleure pizzeria.

Elle haussa aussitôt les sourcils.

— C'est un blasphème !

Jayson s'esclaffa.

— Je te propose qu'on l'essaye et qu'on en juge par nous-mêmes.

Elle plissa les yeux.

— Comment s'appelle ce supposé restaurant ?

— Il existe vraiment, répondit-il. Et je crois que ça s'appelle Magilinos, ou quelque chose du genre.

Elle n'en avait jamais entendu parler.

— Où est-ce que c'est ?

— Euh, c'est dans Brooklyn, répondit-il avec un sourire penaud. J'espère que ça ne te gêne pas de prendre le métro.

LIZZIE WATKINS ESSAYAIT de le tuer. Tout d'abord, elle avait choisi une robe qui tombait à mi-cuisse et exposait ses jambes diablement sexy aux yeux de tous. Ensuite, elle y avait associé une paire de talons érotiques et marchait avec comme une top model. Enfin, elle était maintenant assise en face de lui et gémissait.

Oh, il savait que la pizza ici cassait la baraque par rapport à celle de San Dinos, mais il ne s'était pas attendu à ce que son *amie* produise de petits bruits sexy à chaque bouchée. Le rappel à l'ordre inutile de Luc l'invitant à garder une attitude professionnelle vis-à-vis de Lizzie ne lui était d'aucune aide. Jayson connaissait sa mission et la respectait, mais une partie de lui commençait à prendre cette affectation comme un défi. Qu'il souhaiterait terminer nu, dans son lit.

Ça. Ne. Va. Pas. Arriver.

— OK, dit Lizzie après avoir terminé une troisième part. J'étais sceptique, mais tu as gagné. C'était incroyable.

Mmm, il appréciait certainement entendre ces mots jaillir de sa bouche pulpeuse. Dommage que ce ne soit pas dans un autre contexte. Cette femme possédait l'innocence d'un ange, ce qui ne faisait qu'accroître son charme. Chacun de ses gestes semblait irradier un attrait sensuel et naturel. Dans une autre situation, il aurait cherché à la séduire et lui ôter sa robe, mais pas ses talons, avant de lui faire passer une nuit qu'elle n'oublierait jamais. Malheureusement, il avait du travail, comme le lui rappelait sans cesse la vibration contre sa cuisse.

Il nous faut encore au moins une heure, indiquait le dernier texto.

Soixante minutes de conversation feraient l'affaire. Il y arriverait.

— Donc tu n'avais jamais entendu parler de cet endroit ? demanda-t-il en faisant mine d'être surpris.

L'éducation mondaine de Lizzie l'avait tenue à l'écart des plaisirs simples de la vie, comme par exemple trouver des pizzerias hors des sentiers battus.

— Je le connais désormais, répondit-elle effrontément. Même si je ne vais pas revenir très souvent avec le trajet en métro de quarante-cinq minutes pour arriver jusqu'ici.

Il sourit, se remémorant son expression lorsqu'il lui avait annoncé leur destination plus tôt dans la soirée. Son choc s'était mêlé d'horreur à l'idée de quitter son cocon dans Manhattan, mais elle s'était montrée bonne joueuse.

— Ça en valait la peine.

Il faisait allusion à sa réaction initiale et sa pique subtile concernant le long trajet.

— OK, jusqu'ici, j'ai appris que tu es prof, que tu apprécies une bonne pizza et que tu quittes rarement Manhattan. Oh, et que tu n'aimes pas la musique trop forte – il ne faut pas oublier ce détail.

Il croisa ses bras sur la table et se pencha vers elle.

— Dis m'en plus. Depuis combien de temps vis-tu en ville ?

— D'abord, dit-elle en levant un doigt, je n'ai pas de problème avec la musique à fond, juste avec les voisins qui balancent leurs poids sur le sol au-dessus de ma tête. Je n'ai aucun problème avec la musique.

— Ah ouais ? Je parie que tu écoutes de la pop de merde.

Elle renifla.

— Et tu aimes manifestement les hommes qui hurlent comme des tarés en martelant leurs batteries.

— Il n'y a rien de mal à aimer le métal, Rubis.

— Dit l'homme qui a besoin de balancer ses poids un

peu partout pour réussir à se faire entendre à travers tout ce vacarme.

Il allait pouvoir ajouter pleine d'esprit à sa longue liste de qualités. Son sourire était presque pénible. Ses lèvres étaient restées étirées presque toute la soirée à cause d'elle.

— Je suppose que je vais devoir rayer *aller à un concert* de ma liste d'idées pour de futures activités entre voisins.

Elle gloussa.

— La plupart des New-Yorkais considèrent un geste de la main comme la limite des activités nécessaires entre voisins. D'où est-ce que tu viens déjà ?

— Attends un peu, il me semble que je t'ai posé la question en premier.

Il fallait que cette conversation tourne autour d'elle, et non autour de lui. Parce que même s'il était capable de mentir, il n'en avait pas envie et il y avait une limite à la manière dont il pouvait déformer la vérité.

— Depuis combien de temps est-ce que tu vis dans cette ville ?

— Depuis toujours, répondit-elle. Je suis née et j'ai grandi à Manhattan, j'ai été à Columbia pour ma licence et à l'université de New York pour mon master. Et tu sais où je vis désormais.

— Donc ta famille vit aussi en ville ?

Il avait tourné ça sous forme de question même s'il connaissait déjà la vérité.

— Tu as des frères et sœurs ?

Il garda un ton léger pour sembler poli, mais au fond de lui, il brûlait d'en apprendre plus au sujet de sa relation avec George et Lillian Watkins. Stas avait fourni certains détails sordides, mais Lizzie lui fournirait peut-être d'infimes détails qui lui permettraient de résoudre cette affaire. Il en doutait, mais ça valait la peine d'essayer. Le visage de Lizzie se fit plus sérieux, mais elle garda un ton plaisant.

— Je suis fille unique, mais oui, mes parents vivent à Manhattan.

— Tu les vois souvent ?

Il s'agissait d'une question complémentaire naturelle. Elle fit la moue, visiblement songeuse. Il nota le moment où elle choisit de dire ce qu'elle souhaitait plutôt que d'être polie.

— Oui, admit-elle. Assez souvent, mais pas ces derniers temps. On ne s'entend pas très bien en ce moment, mais je dois les voir dimanche. C'est une tradition.

— Une tradition ? répéta-t-il, intrigué.

— Ouais, c'est ce brunch mensuel, sauf qu'il a lieu toutes les quatre semaines, donc on se retrouve en fait treize fois dans l'année, même si ça n'a aucune importance.

Un rose délicieux vint caresser ses joues, ne faisant qu'attendrir un peu plus Jayson.

— Désolée. C'est stupide. C'est juste un petit-déjeuner tardif en compagnie de mes parents et du meilleur ami de mon père.

— Et tu ne peux pas le rater ?

— Euh, je pourrais, peut-être. Je n'ai jamais essayé. Le brunch du dimanche est tombé le jour de Noël une année et nous nous y sommes quand même rendus.

Un rire faux lui échappa.

— Je suis quasiment certaine que ma mère me tuerait si jamais je le manquais.

— Et vous vous rendez toujours dans le même restaurant ? Même la fois où c'est tombé le jour de Noël ?

Il s'efforça de garder un ton curieux et innocent, mais cette révélation le sidéra. *Ça doit forcément avoir un rapport avec la FHC.*

Lizzie acquiesça.

— Ouais. Je ne sais pas comment mes parents y sont parvenus, mais le restaurant a ouvert rien que pour nous. Ça n'a pas dû être donné, mais l'argent n'a jamais été un problème pour eux.

Ses joues roses virèrent au cramoisi, confirmant son choix de surnom.

— Tu dois me prendre pour une sale gosse pourrie gâtée, hein ? Entre l'appartement que je n'aurais pas pu m'offrir et les pots-de-vin de mes parents pour privatiser un restaurant.

Lizzie abaissa son regard sur ses mains posées sur ses genoux. Un geste révélateur qui confirmait à Jayson ses soupçons au sujet de son manque d'assurance.

— Je n'ai pas l'habitude de juger les gens en fonction de leurs familles, Lizzie.

Autrement, ils ne seraient pas en train de dîner.

— Mon propre père est un connard.

C'était l'euphémisme du siècle.

— Et ma mère est morte il y a bien longtemps.

Parce que son donneur de sperme ichorien l'avait tuée pour s'amuser.

— Mais je suis qui je suis et je n'associe la personne que je suis aujourd'hui avec aucun des deux.

Je ne l'ai pas fait depuis plus de trois millénaires pour être précis.

— Je suis désolée, dit-elle en croisant son regard. Pour ta mère, je veux dire.

Ses excuses le surprirent. Il n'avait pas pensé à sa mère depuis une éternité, mais Lizzie n'avait aucun moyen de s'en douter. Son apparence, qu'il n'avait pas pris la peine de modifier en sa présence, lui donnait l'air d'avoir la trentaine, peut-être même un peu moins. Elle devait supposer que sa mère était morte au cours de la dernière décennie environ.

— J'ai fait le deuil de sa disparition, répondit-il prudemment. Mais merci.

Il était temps de changer de sujet où elle chercherait à savoir comment sa mère était morte et cette conversation n'aurait rien d'amusant.

— Alors, pourquoi toutes les quatre semaines ?

— Le brunch ?

— Ouais.

— Euh, ça a toujours été comme ça. Le meilleur ami de mon père est aussi son patron, John Fitzgerald. Est-ce que tu connais la FHC ?

Il s'efforça de paraître confus.

— L'organisation humanitaire ?

— C'est bien ça.

Une pointe de sarcasme s'était infiltrée dans sa voix et amusa Jayson. Elle n'était manifestement pas une grande fan. C'était un trait qu'ils avaient en commun.

— Bref, John en est le PDG. Mon père travaille pour lui.

— Et ils brunchent toujours ensemble, hein ?

Stas avait mentionné quelque chose à ce sujet, mais personne n'avait relevé l'information. C'était une erreur de leur part.

— Toutes les quatre semaines, répondit-elle. Tu peux te joindre à moi dimanche si tu apprécies les conversations gênantes et la salade.

Elle piqua de nouveau un fard.

— Oh, on aurait dit une invitation à rencontrer mes parents, mais ce n'est pas ce que je voulais dire. Je sais que nous sommes simplement amis, que rien ne se cachait derrière cette invitation, évidemment, et... euh, je crois que je ferais mieux de la boucler.

Elle se cacha derrière son verre d'eau et le descendit avec un peu trop d'entrain tandis qu'il riait. Cette femme était adorable. Et charmante. Et complètement intouchable. *Putain, Luc*.

— En fait, je crois que j'aurais aimé y aller avec toi.

Juste pour voir l'expression sur le visage de Jonathan Fitzgerald.

— Mais je pars pour un voyage d'affaires dimanche.

C'était son premier mensonge éhonté de la soirée. Oh, il serait bien au travail, mais à New York. Et très probablement à son brunch. Car elle avait piqué sa curiosité.

Toutes les quatre semaines. Ça ne pouvait pas être une coïncidence. Les dossiers que Tom, le fils de Jonathan, avait trouvés indiquaient qu'elle avait besoin d'un genre de sérum pour rester en vie. Ce que Jayson n'avait pas encore réussi à déterminer, c'était *comment* la FHC le lui administrait, car au cours des six, presque sept, dernières semaines, il ne les avait pas vus s'immiscer dans sa vie mis à part vendredi soir, lorsqu'il avait occulté leur système de surveillance. Mais peut-être que la réponse était plus simple et ne nécessitait même pas de visite au siège. Juste un brunch.

— Oh, est-ce que tu vas dans un endroit sympa ? demanda Lizzie en faisant référence à son voyage.

— Non, absolument pas.

Tout ce qui avait trait à la FHC n'avait rien de plaisant.

— Mais je ne pars pas longtemps. Quelques jours peut-être.

Plutôt quelques heures. Un air soulagé recouvrit son visage et le fait qu'elle ne cherchait pas à le masquer lui réchauffa le cœur. Ou peut-être en était-elle seulement incapable.

— Quelques jours de calme ? Je devrais pouvoir en profiter.

Oh, quelle chipie !

— Rubis chérie, je crois bien que tu cherches les ennuis.

— Qui, moi ? répondit-elle en battant des cils. Jamais.

— Tu sais quoi ? Je crois que notre prochaine sortie sera bien un concert finalement. Un que j'aurai choisi.

— Ça, c'est une *sortie* à laquelle je dirai non, répliqua-t-elle.

— Ah ouais ?

Elle hocha la tête d'un air complètement assuré. Un sentiment de défi l'envahit. OK. Il ne pouvait pas coucher avec elle, mais un peu de flirt n'avait jamais tué personne. Son sourire triomphant s'estompa quand il se leva et contourna la table pour la rejoindre. Quand elle réalisa finalement son intention, il se trouvait déjà derrière elle, les mains sur sa chaise, et se penchait pour murmurer près de son oreille.

— Tu penses que tu peux vraiment me résister aussi facilement ?

Sa poitrine s'emplit et se dégonfla au rythme saccadé de son pouls sous le menton de Jayson. Mmm, elle n'était pas si insensible que ça finalement. Quoiqu'il n'était pas plus épargné. Être si près d'elle était bien trop plaisant à son goût. Sans compter son parfum bien trop doux pour lui. Il ressentit soudain le désir de s'adonner à un nouveau fantasme − et l'interdit sous-jacent n'aidait pas. Elle déglutit et tenta de croiser son regard en tournant la tête sur le côté.

— Je pourrais me laisser convaincre, admit-elle. Si tu promets de m'apporter des protège-tympans.

Il avait beau l'avoir déconcertée, elle n'en avait pas pour autant perdu sa répartie. C'était fascinant et cela lui plaisait beaucoup. Il voulait la provoquer un peu plus. Il enfouit son visage dans son cou et savoura son inspiration brusque. Sa généreuse poitrine se souleva pour le plus grand plaisir de ses yeux, ce qui agita son membre inférieur plus que ça n'aurait dû. Il brûlait d'enfoncer ses doigts dans ses cheveux et de capturer sa bouche avec la sienne – juste une seconde – mais la vibration contre sa cuisse lui rappela son objectif.

Qu'elle soit attirante ou non, elle n'en demeurait pas moins l'objet de sa mission. Et il faisait habituellement preuve de plus de maîtrise que ça, même si son membre semblait avoir du mal à l'accepter. Merde.

— Considère cela comme notre prochain rencard entre voisins, chuchota-t-il, n'ayant pas pu résister.

Il se redressa ensuite pour consulter son téléphone.

Laisse tomber. Il n'y a rien d'utile dans l'appartement. Nous aurons terminé d'ici trente minutes. Désolée de te décevoir.

Le ton démoralisé de Grace était évident dans son message. Il devrait l'appeler plus tard pour lui dire que ce n'était pas grave. Jayson ne s'était pas attendu à ce qu'elle trouve quoi que ce soit, il l'avait simplement espéré. Mais il avait obtenu ce dont il avait besoin, et même davantage, de manière plus conventionnelle, en discutant simplement avec elle.

LIZZIE TENTA de reprendre son souffle. *Qu'est-ce qui vient de se passer ?*

Jayson s'était penché si près d'elle qu'elle avait presque pu goûter à son after-shave boisé. Il était désormais debout derrière elle et tapait quelque chose sur son téléphone. Elle leva la tête et nota aussitôt son sourire – pas pour elle, mais dirigé vers son écran. *Une autre femme, peut-être ?*

Il était probablement un coureur de jupons. Elle en savait peu à son sujet mis à part le fait qu'il appréciait débarquer à l'improviste chez sa voisine pour demander une soirée pizza. Mais sa franchise et ses répliques charmantes suggéraient un niveau de confort avec les femmes qui demandait de la pratique. Quand on ajoutait à tout ça son physique sublime, et bien ouais, ce ne serait pas une surprise d'apprendre qu'il couchait à droite à gauche.

Cela n'avait pas d'importance. Ils étaient de simples amis qui étaient sortis entre voisins, comme il l'avait lui-même dit. Qu'importe si ses lèvres avaient caressé son oreille alors qu'il parlait. Ce n'était pas forcément romantique. Même si ça avait donné naissance à une nuée de papillons dans son ventre.

— Nous devrions peut-être y aller, dit-il, les yeux toujours rivés sur le téléphone dans sa main. Il se fait tard et nous travaillons tous les deux demain matin.

D'accord. Il était passé du flirt avec elle au désir de rentrer. Soit elle avait mal interprété ses signaux, soit elle avait commis un faux pas. Peut-être un peu des deux ? Agacée par son besoin d'analyser des situations sans ambiguïté, elle repoussa brusquement sa chaise, droit dans les jambes de Jayson.

— Oh !

Elle se retourna immédiatement et le regarda, son expression souffrante la faisant grimacer.

— Je suis *vraiment* désolée !

Il s'éclaircit la gorge et fit un pas en arrière pour lui permettre de se lever.

— Ne t'en fais pas.

Sauf qu'elle ne pouvait s'en empêcher en l'entendant. Elle avait reculé sa chaise avec plus de force que nécessaire, mais cela n'aurait tout de même pas dû être si douloureux. À moins que la chaise soit entrée en contact avec autre chose que ses jambes... Quelle manière typique pour elle de terminer une soirée qui avait jusqu'ici été si agréable. Comme une empotée. Ses joues virèrent au rouge, comme son cou, et même sa poitrine, et elle regretta qu'il lui soit impossible de se téléporter chez elle et de se cacher sous son lit.

— Je suis désolée, répéta-t-elle, démunie.

Son regard chaud croisa le sien.

— Je devrais survivre, Rubis.

Elle ne pouvait même pas protester contre l'usage de ce surnom ridicule. Même si dans sa bouche il avait tout l'air d'un petit nom affectueux. Ou peut-être ne s'agissait-il que de son imagination. Il souleva son sac et le glissa sur l'épaule de Lizzie.

— Tu m'as juste pris par surprise, mais c'était de ma faute, j'avais le nez collé à mon téléphone.

Ses doigts glissèrent sur son poignet, puis il glissa sa main dans la sienne.

— On y va ?

Il était si désinvolte. Comme si se tenir par la main était la chose la plus naturelle et la plus platonique du monde. Il l'escorta hors du restaurant puis vers la station de métro la plus proche. La température avait chuté et donna à Lizzie la chair de poule sur les bras et les jambes. Les manches courtes de sa robe avaient suffi dans le restaurant et même plus tôt dans la soirée, mais ils étaient partis plus longtemps que ce qu'elle avait prévu.

— Pull ou bras ?

Lizzie cligna des yeux vers cet homme étrange.

— Pardon ?

Encore cette fichue réponse.

— Dois-je choisir pour toi ?

Euh...

— D'accord ?

— Super.

La main gauche de Jayson lâcha la sienne et il posa son bras autour de ses épaules puis l'attira contre lui.

Oh, euh, c'est agréable. Son corps était solide et chaud contre le sien. Et qui aurait cru que le cèdre puisse sentir aussi bon ?

— Ça va mieux ? demanda-t-il alors que sa main allait et venait sur son bras.

Ayant perdu la parole, elle se contenta de hocher la tête. Les amis étaient autorisés à se réchauffer, non ? *Oui. OK.* Cela n'avait rien à voir avec un rencard. C'était juste un geste amical pour éviter que Lizzie ne se gèle. Stas en aurait fait de même et l'avait d'ailleurs fait à plusieurs reprises, car Lizzie adorait les robes, même en hiver.

Tom aussi l'aurait fait, lui rappela obligeamment son cœur.

Elle relégua cette pensée dans un placard mental dont elle claqua la porte. Ça n'avait pas de sens de laisser le passé gâcher une soirée agréable avec un nouvel ami. Jayson se retira bien trop vite quand ils s'installèrent sur leurs sièges dans le métro. Ils continuèrent à échanger des banalités, jusqu'à ce qu'il lui demande ce qui l'avait poussée à choisir l'enseignement. Sa réponse standard concernant son affection pour les enfants sembla se coincer dans sa gorge, non pas par anxiété, mais parce que pour une raison inexplicable, elle souhaitait lui en dire plus. *La vérité.*

— Les enfants sont influençables à cet âge, chuchota-t-elle. Je pense qu'avoir une influence positive compte beaucoup et j'aimerais leur apporter ça puisque je ne l'ai pas eu.

Il étira son bras sur le dossier de leurs sièges et réajusta légèrement sa position pour lui faire face. Leurs genoux se touchèrent, mais ça ne sembla pas le gêner.

— As-tu eu de mauvais professeurs en grandissant ?

Son ton était incrédule. Il avait sans doute imaginé que ses riches parents lui avaient fourni une éducation raisonnable, et c'était le cas. Mais ce n'était pas ce qu'elle voulait dire.

— J'étais dans une école privée et mes professeurs étaient tous exemplaires, mais considérant la fortune de la plupart des parents, ils avaient tendance à ignorer les problèmes.

Pas seulement souvent. À chaque fois.

— Lorsqu'un élève rate des cours pour participer à des concours de beauté ou passe plus d'heures à pratiquer le ballet qu'à étudier, on pourrait imaginer qu'un professeur interviendrait, n'est-ce pas ?

— Ils n'ont rien fait ?

— Non.

Le mot éclata entre ses lèvres comme une bulle, mais ne le fit pas sourire.

— Je suppose que le ballet et les concours de beauté font référence à ton parcours ?

Elle acquiesça.

— C'était une constante dans ma vie jusqu'à l'université.

Et même alors, sa mère avait tenté de la forcer à assister à des concours de beauté pour adultes. Cependant, une fois que Lizzie avait fêté ses dix-huit ans, elle avait légalement été à même de refuser. Mais elle n'avait jamais cessé de danser. Pas complètement en tout cas. Elle assistait au cours pour le plaisir dès qu'elle en avait le temps, ce qui n'était pas fréquent ces derniers temps. Il la dévisagea de ses yeux bruns et sourit.

— Je suis certain que tu as souvent gagné.

Elle ne trouvait pas le sujet aussi amusant que lui.

— C'est arrivé.

Et quand ce n'était pas le cas, sa mère n'avait de cesse de ressasser le sujet. Elle regarda ses mains et soupira.

— J'ai choisi l'enseignement pour aider les enfants

comme moi, ceux qui souffrent peut-être d'abus physique ou émotionnel.

Parce que c'était bien ce dont il s'agissait, même si sa mère ne l'admettrait jamais. Il souleva son menton avec son pouce et la regarda droit dans les yeux.

—Je trouve ça admirable, Elizabeth. Et je suis désolé.

Elle cligna des yeux.

—Pourquoi ?

—Pour avoir plaisanté au sujet de quelque chose qui te fait manifestement souffrir, mais aussi que tu aies dû subir ça. L'enfance devrait être une période de jeu pleine de légèreté, même si je sais bien que ce n'est pas toujours le cas.

Il passa son doigt le long de sa mâchoire avant de replacer son bras derrière elle et de se détendre.

—Mes parents, ou plutôt mon père, avaient certaines attentes me concernant. Autant dire que je n'ai pas tenu compte de ses désirs.

—Mais tu as manifestement réussi par toi-même, répondit Lizzie.

S'il était capable de s'acheter un appartement dans son immeuble, alors il se débrouillait pas mal. À moins que son père ne lui ait aussi acheté son appartement, mais elle en doutait.

—Oh, je m'en sors définitivement très bien sans lui, peut-être même à cause de lui.

Jayson rit sous cape et secoua la tête.

—Hmm, je crois que c'est notre arrêt ?

Lizzie sourit.

—Tu cherches encore tes repères ?

—C'est une ville immense.

—C'est vrai et tu ne m'as toujours pas dit d'où tu viens.

Il se leva et tendit la main pour saisir la sienne et l'aider à se lever.

— Je crois que je vais garder ça secret pour le moment, Rubis, répondit-il en agitant ses sourcils. Il faut bien que je trouve un moyen de t'encourager à traîner avec moi.

— Oh ? Tu veux dire que j'aurai le choix ? railla-t-elle alors qu'ils montaient les escaliers.

La prochaine fois qu'ils sortiraient, elle n'oublierait pas de prendre un gilet.

— Tu avais le choix ce soir, lui rappela-t-il.

— J'ai seulement accepté pour éviter que tu ne t'invites chez moi une nouvelle fois.

Son bras quitta ses épaules et il l'attira contre lui. Lizzie posa la main sur son abdomen pour ne pas tomber. Son rire fit vibrer le bras qu'elle avait enroulé autour de sa taille pour garder l'équilibre.

— C'est toute la reconnaissance à laquelle j'ai droit pour t'avoir acheté des pizzas ? Deux fois.

Elle tenta vainement de se concentrer sur ses mots et non sur les muscles durs comme la pierre fléchissant sous ses doigts. Les voir était une chose, mais les toucher ? C'en était une autre. Il continua d'avancer et elle tituba à ses côtés en s'efforçant de retrouver l'usage de son cerveau.

— Merci ?

Elle se dit que c'était ce qu'il avait envie d'entendre. Peut-être. Elle n'en était pas certaine. Être si près d'un aussi beau spécimen de la gent masculine avait court-circuité ses pensées. C'était un miracle qu'elle ne soit pas tombée sur les fesses avec ces talons. Au moins elle n'avait plus froid.

— Tu avais presque l'air sincère, Rubis.

— Pardon ?

Il rit à nouveau et les guida vers l'immeuble tandis

qu'elle se concentrait sur le fait d'aligner un pas après l'autre.

Mais qu'est-ce qui cloche chez moi ?

Stas avait toujours dit que Lizzie était accro aux garçons à cause de son obsession pour les petits amis et le mariage, mais il s'agissait en grande partie d'une plaisanterie. Lizzie souhaitait que sa meilleure amie soit heureuse, mais n'avait jamais songé à son propre bonheur, car elle avait toujours désiré Tom. Ou avait cru le désirer, en tout cas. Mais Jayson la poussait à tout remettre en question ; ce qu'elle ressentait à ses côtés était entièrement différent. Elle n'était pas grisée par l'amour, mais se sentait heureuse et protégée. Réchauffée. Elle salua à peine le portier de nuit et monta les escaliers en silence, Jayson sur ses talons. Quand elle s'arrêta à son étage, il l'encouragea à continuer et elle rit.

— Oh, c'est le moment où tu me demandes si tu peux entrer pour le dessert.

Il lui offrit un sourire éclatant.

— Non, c'est celui où je m'assure de ta sécurité avant de monter.

— Eh bien tant mieux, parce que ça fait des jours que je n'ai pas fait de gâteaux.

— Tu aimes la pâtisserie ?

Elle se tourna pour s'adosser à sa porte et le regarder.

— Je ne te dirai rien de mes passe-temps tant que tu ne m'auras pas dit d'où tu viens.

— Je vois ce que tu cherches à faire.

Il appuya son avant-bras au-dessus de la tête de Lizzie et la piégea entre la porte et son corps ferme.

— Si tu me fais des cookies, je te parlerai de tous les endroits où j'ai vécu.

— Pourquoi des cookies ?

— Dennis m'a dit qu'ils étaient incroyables.

Mince. Le portier révélait apparemment ses secrets, mais elle ne put retenir son rire.

— Il adore le chocolat.

— Moi aussi, murmura Jayson en gardant les yeux rivés sur les siens. Mais bon, j'aime beaucoup de choses.

Elle déglutit, ne sachant pas comment répondre à ça. Le sous-entendu dans sa voix lui coupa le souffle. La plupart des hommes qui s'étaient approchés aussi près d'elle l'avaient simplement mise mal à l'aise – y compris ceux qui l'avaient embrassée – mais Jayson était différent. Elle se sentait heureuse avec lui, un sentiment que peu de personnes provoquaient chez elle.

— Je me suis bien amusé ce soir, Rubis.

— Moi aussi.

Elle aurait pu jurer que son pouls était plus fort que sa voix en cet instant. Elle avait l'impression qu'une batterie retentissait dans ses oreilles.

Boum, boum boum.

Et dire qu'elle avait trouvé sa musique agaçante. Ha ! Ce martèlement l'empêchait carrément de réfléchir.

— Je t'enverrai un message une fois que je serai rentré de voyage la semaine prochaine et nous organiserons ce concert. Ou peut-être un film.

Elle acquiesça de manière automatique, ne sachant exactement à quoi elle disait oui, mais acquiesçant tout de même. Le rire de Jayson titilla les lèvres de Lizzie et provoqua des frissons dans tout son corps.

— Les amis peuvent s'embrasser pour se dire bonne nuit, n'est-ce pas ? demanda-t-il en caressant ses lèvres avec les siennes.

Elle hocha de nouveau la tête, car elle n'avait pas l'intention de protester contre ce raisonnement. Il prit sa joue dans son autre main, puis il pressa sa bouche contre la sienne en un baiser ferme, mais chaste. Il recula bien trop vite alors que Lizzie en voulait plus, et son regard ardent suggéra qu'il ressentait la même chose.

— Bonne nuit, Lizzie, chuchota-t-il. N'oublie pas de fermer à clé.

OK. La porte. Elle réussit tant bien que mal à l'ouvrir et marmonna :

— Bonne nuit.

Ce baiser la fit frémir bien après que Jayson soit parti. Elle resta assise sur le canapé, le regard perdu dans le vide, submergée par ses émotions. C'était comme s'il s'était gravé dans son âme, ce qui semblait ridicule même à Lizzie. Mais sa présence avait embrasé son sang et l'avait laissée tremblante de désir. Après un simple baiser ! Même les câlins de Tom n'avaient pas noué son estomac de cette manière, pas plus que ses autres expériences passées, d'ailleurs. *Les amis peuvent s'embrasser pour se dire bonne nuit, n'est-ce pas ?*

Pas comme ça, non. Je suis dans un sacré pétrin.

5

UN TOUR DE PASSE-PASSE

HUITIÈME JOUR SANS NOURRITURE HUMAINE ET LES FONCTIONS VITALES DU SUJET RESTENT CONVENABLES. LA PROCHAINE ÉTAPE INCLURA L'INGESTION DE SANG.

ENTRÉE 105.02.4-7

L'ESTOMAC de Lizzie se noua quand elle pénétra dans l'ascenseur du dernier bâtiment où elle souhaitait se trouver en cet instant. Elle préférait de loin passer un dimanche matin au calme dans son appartement, mais sa mère la tuerait si elle décidait de rater le brunch. Stas attrapa sa main et la serra tendrement.

— Tout va bien se passer, Liz.

— Je n'ai pas oublié le dernier brunch, marmonna Lizzie.

Tom avait raté plusieurs brunchs familiaux pendant son déploiement, mais il n'avait pas assisté à ce dernier pour une tout autre raison. Son père et les parents de Lizzie avaient refusé d'en discuter au cours de leur dernier brunch, car cela allait à l'encontre des règles de savoir-vivre de sa mère.

— Eh bien celui-ci sera différent, promit Stas. Je n'ai aucune intention de tolérer les conneries de la Garce Satanique.

Les lèvres de Lizzie frémirent. Sa meilleure amie avait donné ce surnom à sa mère après leur première rencontre.

— Comment as-tu convaincu Issac de venir ?

Cela faisait quelques mois qu'ils sortaient ensemble, mais il ne les avait jamais accompagnées auparavant.

— Le docteur Fitzgerald l'a invité personnellement.

— Vraiment ?

— Ouais. Donc ça fait au moins deux personnes de ton côté, Liz. Parce qu'Issac ne supportera pas plus les bêtises de Lillian que moi.

L'ascenseur indiqua leur arrivée avant que Lizzie ne puisse répondre. Issac Wakefield les attendait juste devant, patientant dans le hall d'entrée vêtu d'un de ses innombrables costumes sur mesure. Noir sur noir aujourd'hui, ce qui seyait parfaitement à ses cheveux bruns et à ses yeux bleus saisissants. Il ne sourit pas quand elles sortirent de la cabine, mais une lueur de satisfaction illumina son regard quand il étudia la robe bleu marine de Stas et ses talons assortis.

— Aya, murmura-t-il en tirant doucement sur une mèche de ses cheveux blonds. Tu m'as manquée ce matin.

Stas embrassa légèrement sa joue et murmura quelque chose près de son oreille qui le fit sourire. Ils n'étaient pas très tactiles en public, mais un amour sincère semblait charger l'atmosphère entre eux. Ce n'était pas un sentiment tendre et doux, mais une émotion étourdissante et poignante. C'était presque douloureux à contempler. Une connexion aussi intense que la leur n'existait pas entre des gens ordinaires et ne ressemblait en rien au lien qui unissait le couple âgé surveillant leur échange depuis la réception.

Le bonheur de Lizzie se dissipa quand elle aperçut le profil excessivement maquillé de sa mère. Cette femme ferait mieux d'adopter une coiffure plus douce et peut-être même d'oublier complètement son eye-liner. Il semblait avoir endommagé ses traits de manière permanente. Elle paraissait toute petite à côté de son époux plus corpulent. Le père de Lizzie n'était pas nécessairement trop gros, il avait simplement un peu de bedaine, ce qui était d'autant plus visible quand on le comparait à l'homme svelte et blond debout à côté de lui. Son cœur se serra quand elle le remarqua. Il ressemblait en tout point à son fils et son apparence de quadragénaire ne faisait qu'accentuer cette impression malgré sa cinquantaine bien entamée.

— Bonjour, Elizabeth, la salua Issac.

Son accent anglais donnait à son prénom un attrait sensuel rare.

— Comment vas-tu, ma belle ?

Elle s'efforça de sourire.

— Ça va. Et toi ?

— J'ai hâte d'en avoir fini avec ceci, admit-il à voix basse. On y va ?

Sa franchise était revigorante et précisément ce dont elle avait besoin. Elle acquiesça. Stas passa son bras sous le sien et endossa le rôle de garde du corps tandis qu'ils approchaient du trio qui les attendait. Des salutations formelles furent ensuite échangées malgré le fait qu'ils se connaissaient tous très bien, puis ils s'installèrent à leur table habituelle près des fenêtres.

Que le compte à rebours jusqu'à quatorze heures commence.

JAYSON SOUFFRAIT POUR LIZZIE. Elle était manifestement attristée et mal à l'aise avec les propos que sa mère chuchotait près de son oreille. *Ou plutôt le poison qu'elle crachait.*

Stas était assise à sa droite, ce qui ne fit qu'accroître l'irritation de Jayson. La jeune femme devrait être à Hydria et non à un brunch en plein centre de Manhattan. Elle avait apparemment conclu un accord avec Issac que Luc avait accepté à contrecœur.

Mais seule sa présence semblait retenir les larmes de Lizzie et elle apparaissait aussi agacée que Jayson. Ses yeux étaient plissés et la main d'Issac avait disparu sous la table dix minutes auparavant pour tenter de retenir Stas et l'empêcher de botter les fesses de Lillian. Les deux autres hommes à table ne semblaient pas conscients de cette tension, ou s'en fichaient peut-être simplement. Quels connards. Jayson aimerait pouvoir faire les présentations entre Lillian et les fenêtres démesurées en la faisant voler à travers les vitres. Malheureusement, du travail l'attendait en cuisine.

Le talent remarquable d'Issac pour manipuler la vision était utile dans ce genre de situations. Il était capable d'infiltrer les récepteurs visuels de n'importe qui et d'altérer la réalité de centaines de personnes à la fois. L'Ichorien avait mentionné à l'occasion que c'était semblable à une rangée de téléviseurs et qu'il avait simplement à choisir la chaîne qu'il souhaitait soumettre au public. Des siècles d'expérience lui avaient permis de parfaire sa méthode.

À cet instant, cela permettait à Jayson de déambuler librement à travers la salle du restaurant sans être remarqué par quiconque, y compris Lizzie. La seule personne insensible à cette manipulation était Stas. Un genre de rune esquissé sur sa peau bloquait les talents ichoriens. Qui l'avait ainsi placé et pour quelle raison, cela restait un grand mystère, mais elle était néanmoins à l'origine de la rencontre entre les deux tourtereaux.

Jayson s'immisça dans la cuisine et suivit la serveuse blonde qui venait de prendre la commande des boissons à la table de Lizzie. Il était arrivé trente minutes en avance en compagnie d'Issac pour examiner le restaurant, mais n'avait rien trouvé d'utile. Ils avaient choisi de passer au plan B, qui impliquait que Jayson supervise chaque instant de ce brunch en quête de quoi que ce soit qui sorte de l'ordinaire.

Pour l'instant, cela n'avait rien donné. Mais le brunch venait tout juste de commencer. La serveuse enregistra les commandes dans l'ordinateur, y compris la salade verte sans vinaigrette et agrémentée d'un blanc de poulet de Lizzie. *Ça a l'air atroce.* Qu'était-il arrivé à la rouquine amatrice de pizzas qui adorait le pepperoni autant que lui ? Stas avait commandé deux plats de pâtes accompagnés de pain à l'ail.

Sympa.

Issac avait bien choisi. Ils n'avaient peut-être pas d'avenir ensemble, mais ce n'était pas à Jayson de s'en soucier. Il suivit la serveuse jusqu'au bar, où elle prépara cinq boissons. Elle sortit un téléphone portable de sa poche et tapa un mot.

Prête.

La réponse fut immédiate.

J'arrive.

Elle laissa les boissons sans surveillance et se dirigea vers l'entrée de service avec un verre vide à la main. Son attention était rivée sur l'ascenseur de service. Jayson espérait qu'Issac assistait à tout ceci ; autrement Jayson serait démasqué dès que les portes s'ouvriraient. Il appuya sa hanche contre le mur et garda les bras lâches au cas où il aurait besoin de se battre. Son affinité pour le métal lui serait utile, tout comme les couteaux dissimulés sous sa veste de costume. La sonnerie discrète de l'ascenseur retentit à peine une seconde avant que les portes métalliques ne coulissent pour révéler un homme blond aux épaules carrées et à l'expression blasée.

Sentinelle Stark, reconnut Jayson. C'était l'entraîneur principal de Stas à la FHC. Les yeux vert clair de l'intéressé clignèrent en direction de Jayson, mais l'absence de réaction confirma l'intervention d'Issac. Stark s'avança, un verre d'eau à la main.

— Salut, Stark, l'accueillit la serveuse.

— Bridget, répondit-il alors qu'ils échangeaient leurs verres. Comme toujours, nous apprécions votre collaboration.

Elle sourit.

— Ce n'est pas un travail très compliqué.

Il ne lui retourna pas son sourire et fit simplement marche arrière dans l'ascenseur toujours ouvert.

— À dans quatre semaines.

Jayson s'en voulait d'avoir raté ce lien évident. Stas avait mentionné ces brunchs, mais personne n'y avait prêté la moindre attention. Il secouait toujours la tête quand la blonde fit volte-face et poussa un petit cri avant de lâcher le verre. Il se brisa en mille morceaux entre eux. Issac avait apparemment décidé que c'était le bon moment pour mettre fin à son illusion.

Connard, songea Jayson. Son impétuosité avait provoqué l'explosion de leur meilleure piste au sol. Et il devrait en plus se charger d'une femme hystérique. Parce qu'il n'y avait aucune chance qu'il puisse prétendre avoir pénétré par erreur dans une zone réservée aux employés. Ses instincts prirent le dessus. Il l'attrapa, couvrit sa bouche avec sa main et l'attira dans un coin juste avant que deux autres employés ne fassent irruption à l'arrière.

— C'est quoi ce bordel ?

Un homme corpulent vêtu d'une toque examina le verre brisé et le reste de la pièce d'un air agacé.

— Sérieusement, c'est quoi ces conneries ?

La petite brune à ses côtés se frotta le nez et jeta un coup d'œil en direction de Jayson. Son absence de réaction apaisa Jayson. *Merci, Issac*, songea-t-il. Même si l'Ichorien ne pouvait pas l'entendre.

— Va chercher un balai, dit le chef. Et nettoie tout ça.

Il n'attendit pas sa réponse pour tourner les talons et quitter la zone.

— Trou du cul, marmonna la brunette en attrapant un balai et une serpillière, avant de prendre son temps pour ramasser tous les morceaux.

Pendant ce temps, la serveuse qu'il tenait dans ses bras continuait en vain de tenter de s'échapper, mais ce n'était pas la première fois que Jayson était obligé de retenir une femme. Il garda un bras serré autour de sa taille, piégeant ses bras le long de ses flancs, et se servit de son autre main pour couvrir sa bouche. Ses jambes s'agitaient futilement alors qu'il la retenait en l'air. Elle réussit à lui donner quelques coups de talons, mais il n'était pas très susceptible à la douleur. Quand la concierge de pacotille eut enfin terminé de nettoyer la scène, la blonde était épuisée. Il attendit une minute avant de quitter son recoin et de porter sa charge avec lui jusqu'à la porte, qu'il ferma et verrouilla silencieusement.

— Alors.

Il fit tourner la blonde pour lui faire face et nota l'épouvante gravée sur son visage.

— Je ne vais pas vous faire de mal, mais vous allez devoir me rendre un petit service.

Les sourcils de la jeune femme se hissèrent alors que les larmes continuaient de couler sur ses joues.

— OK, mettons-nous d'accord, continua-t-il. Si vous essayez de crier, je vous ferai à nouveau prisonnière et, comme vous avez dû le remarquer, vos collègues ne nous verront pas. Donc je vous conseille de garder le silence et de m'écouter. Vous pourrez hurler à en perdre la voix plus tard. D'accord ?

Il l'avait plaquée contre la porte, un avant-bras pressé contre son abdomen tandis qu'il étouffait ses cris à l'aide de son autre main. Mais elle semblait avoir abandonné le combat. C'était bon signe. L'horreur tapie au fond de ses yeux bleus mettrait en revanche plus de temps à se dissiper. Les humains ne réagissaient jamais bien en découvrant l'existence du monde surnaturel. Son esprit s'efforcerait de trouver mille-et-une explications à ce qui venait de se produire, et aucune d'entre elles ne s'approcherait de la vérité.

Sa réaction lui offrit toutefois la réponse à l'une de ses questions les plus pressantes. Elle n'avait aucune idée de l'existence des Ichoriens et des Hydraiens. Ce qui signifiait qu'elle ne connaissait rien de la véritable nature de la FHC. Il retira doucement sa main de la bouche de la serveuse et guetta sa réaction. Quand elle s'abstint de crier, il laissa tomber sa main et relâcha sa prise sur elle.

— Merci, dit-il à voix basse, parfaitement sincère.

Elle était visiblement terrifiée, mais aussi intelligente. Ce qu'il respectait.

— Alors, concernant cette faveur. J'ai besoin que vous appeliez l'homme de l'ascenseur et que vous lui demandiez de vous apporter un autre verre de cette concoction qu'il vous amène.

Les sourcils de la jeune femme se hissèrent.

— Vous... quoi ?

— Avez-vous la moindre idée de ce qui se trouve dans ce verre ?

Elle secoua lentement la tête.

— Mais vous le donnez à la rouquine, n'est-ce pas ? Toutes les quatre semaines ?

Son visage retrouva quelques couleurs et elle acquiesça.

— Je suppose qu'ils vous paient, continua-t-il.

Un autre hochement de tête.

— Parfait. Je voudrais que vous lui envoyiez un message et que vous lui disiez que vous avez accidentellement fait tomber le verre. Et s'il appelle, je voudrais que vous mettiez le haut-parleur pour que j'écoute votre conversation.

— Je... Je...

— Écoutez, je n'ai pas beaucoup de temps. Et tout ce dont j'ai besoin, c'est d'un coup de fil. Ensuite, je disparaîtrai.

Elle pourrait parler de lui à tout le monde ensuite, si ça lui chantait. Il avait déformé ses traits et elle serait donc incapable de le décrire. De plus, Mateo avait déjà altéré les enregistrements des caméras de surveillance. Toutes ses traces étaient couvertes. Elle déglutit, mais ne réagit pas autrement. Il révisa son opinion concernant sa perspicacité. Le choc avait clairement grillé quelques-unes de ses cellules grises.

— Déverrouillez votre téléphone et donnez-le-moi.

Il tendit la main et patienta. Elle obéit en tremblant. Jayson fit défiler les messages que Stark lui avait envoyés et étudia leurs échanges précédents pour déterminer le ton de leurs échanges. Concis et directs. C'était dans ses cordes.

J'ai fait tomber le verre par accident. Que dois-je faire ?

— Je pense qu'il va appeler.

Et qu'il ne sera probablement pas très courtois.

— Il va falloir que vous lui parliez. Vous n'allez pas

aimer les conséquences si vous mentionnez ma présence. C'est compris ?

Elle blêmit de nouveau et lui offrit un brusque hochement de tête. Jayson savait qu'il était capable d'inspirer la peur quand il le souhaitait, mais cette situation était ridicule. Mis à part la maîtriser, il n'avait rien fait de menaçant. Elle ferait mieux de se méfier de la sentinelle. Le téléphone sonna après seulement quelques secondes, affichant l'identité du contact : Agent Stark.

C'est parti.

Elle l'aiderait ou non. Jayson accepta l'appel et haussa un sourcil en direction de la jeune femme.

— A-allô ?

Son anxiété n'était pas surprenante et tout à fait appropriée. Stark songerait sans doute qu'elle craignait sa réaction après la chute du verre.

— Vous avez fait tomber le verre, répéta-t-il d'un ton plat.

— J'ai... j'ai trébuché.

— Je vois.

— Je-je suis désolée.

— Je veux bien vous croire, répliqua Stark. Vous ne serez évidemment pas payée ce mois-ci.

Ses yeux s'emplirent de larmes.

— Ne pouvez-vous pas m'en apporter un autre ?

— Non.

Sa réponse tranchante retentit dans la pièce et fut suivie d'un clic quand Stark mit fin à l'appel. Bridget tourna de grands yeux vers Jayson. Elle s'attendait manifestement au pire de sa part et il ne pouvait pas vraiment lui en vouloir.

— Parfait. Ce n'était pas si difficile, hein ?

Il recula et indiqua la porte d'un geste de la main.

— Vous pouvez y aller.

— C'est t-tout ?

— Je vous ai dit que j'avais juste besoin d'un service.

Elle fronça les sourcils.

— C'était sincère ?

— J'essaye de tenir mes promesses quand c'est possible, répondit-il en appuyant sur le bouton de l'ascenseur de service. Un petit conseil, en revanche. Trouvez un nouveau boulot et changez de numéro de téléphone.

— Quoi ? Pourquoi ?

— À cause de Stark ? Il est dangereux. Quand il en aura marre de vous, vous serez remplacée. Et je ne parle pas d'un licenciement.

Il pénétra dans l'ascenseur dès que les portes s'ouvrirent.

— Passez un bon après-midi.

Il la salua d'un geste de la main puis pressa le bouton du rez-de-chaussée. Il saisit son téléphone dès que les portes se refermèrent et le porta aussitôt à son oreille. Jacque décrocha à la première sonnerie.

— Allô ?

Jayson adorait la technologie militaire et cela incluait les télécommunications. D'où l'excellente réception qu'il avait dans sa cabine métallique.

— J'ai besoin d'être téléporté, dit-il.

— À partir des coordonnées que tu m'as données ?

— Ouais.

Jayson avait anticipé que quelque chose pourrait mal tourner et c'était toujours mieux d'avoir un plan de secours.

— À tout de suite.

Il mit fin à la communication. Jayson envoya un texto à Issac en attendant que l'ascenseur termine son trajet.

Je vais à Hydria faire mon rapport.

On se retrouve à 16h30, fut sa réponse alors que les portes s'ouvraient.

Jacque l'attendait dans le hall du bâtiment, adossé à une colonne, les mains dans les poches de son jean. Son t-shirt avec le logo d'un groupe de rock et ses cheveux ébouriffés firent sourire Jayson.

Je rentre à la maison.

LIZZIE EXAMINA l'horloge pour la énième fois. Le brunch aurait dû s'achever trente minutes auparavant, mais à cause de la disparition de leur serveuse, ils venaient juste de terminer leur repas. Lizzie tendit sa salade à moitié terminée au remplaçant et posa les mains sur ses genoux. Sa mère lui avait déjà fait trois réflexions concernant son choix de porter du noir.

Cette couleur est tellement peu flatteuse sur toi. Pourquoi as-tu décidé de porter du noir avec tes cheveux roux, surtout à l'approche d'Halloween ? Franchement, Elizabeth, on dirait que tu portes le deuil.

Lizzie brûlait d'envie d'enfoncer sa fourchette dans la gorge de sa mère. Mais elle garda une attitude convenable et discrète et porta son attention sur la composition florale qui occupait le centre de la table. Stas serra sa cuisse pour attirer son attention.

— Que penses-tu de vendredi soir, Lizzie ?

Euh...

— Tu veux dire ce vendredi ?

Stas acquiesça.

— Est-ce que ça te laisse assez de temps pour organiser un dîner ?

Lizzie haussa légèrement les sourcils. Elle avait manifestement raté une conversation importante.

— Ça dépend de ce que vous souhaitez manger.

Et du nombre de personnes à nourrir ?

— J'ai toujours apprécié ta cuisine, répondit le docteur Fitzgerald.

— Moi de même, murmura Issac. Y'a-t-il des aliments que ta sentinelle ne peut pas consommer ?

Quelle sentinelle ? Le docteur Fitzgerald haussa les épaules.

— Je suis certain que le choix de Lizzie lui conviendra.

— Sentinelle Stark, murmura Stas alors qu'Issac et le docteur Fitzgerald déterminaient un horaire. Ils veulent venir dîner vendredi.

— Pourquoi ? murmura Lizzie en retour.

Stas haussa les épaules.

— Je ne sais pas. Le docteur Fitzgerald a reçu un coup de fil et a proposé l'idée de dîner ensemble, en mentionnant que Stark aimerait te rencontrer.

— Pourquoi ? répéta Lizzie.

— Probablement parce que je lui ai beaucoup parlé de toi, ou peut-être qu'il veut simplement passer me botter un peu plus les fesses, marmonna Stas.

— Il est malpoli de chuchoter à table quand on a de la compagnie, annonça la mère de Lizzie à voix haute.

— Vraiment ? Vous avez pourtant l'air d'aimer chuchoter à l'oreille de Lizzie, rétorqua sèchement Stas.

Oh non. Sa mère croisa le regard de Stas, mais avant qu'elle ne dise quoi que ce soit, Issac intervint.

— Est-ce que ça ira pour toi si nous arrivons à dix-neuf heures, Elizabeth ? Ou as-tu besoin de plus de temps pour cinq convives ?

Donc mes parents seront absents. Génial. Elle n'avait pas vraiment envie d'accueillir qui que ce soit, mais elle tolérerait une soirée en compagnie de Stas et de ses collègues.

— Ça ira, répondit-elle.

Lizzie adorait cuisiner, mais ces derniers temps, elle n'avait pas souhaité se glisser derrière les fourneaux. Même pour préparer des cookies. C'était la principale raison pour laquelle elle n'avait toujours pas offert de petites douceurs au chocolat à Jayson. Ça et le fait qu'il n'avait pas pris la peine de lui envoyer ne serait-ce qu'un seul message depuis leur rencard qui n'en était pas un cinq jours auparavant. Et maintenant qu'il voyageait, qui sait quand elle le reverrait ou même si cela se reproduirait.

Juste des amis, se répéta-t-elle pour la énième fois. Il ne lui devait rien et elle l'appréciait à peine de toute façon. Peu importe qu'elle ait rêvé de lui tous les soirs cette semaine. Elle se sentait simplement seule. Ce baiser n'avait pas non plus beaucoup d'importance. Ses lèvres avaient peut-être fourmillé pendant une heure après son départ, mais c'était simplement parce qu'elle n'avait embrassé personne depuis plus d'un an. Alors bien sûr qu'elle avait réagi.

— Lizzie, murmura Stas. Y'a-t-il un problème ?

— Non, je vais bien.

Cette phrase lui échappa facilement, comme à chaque fois qu'on la questionnait au sujet de ses sentiments. Parce que c'était la réponse attendue.

L'homme dont je suis amoureuse depuis si longtemps est mort, mais je vais bien.

Ma mère adore détruire ma confiance en moi, mais je vais bien.

Tu viens d'inviter l'homme qui ressemble au défunt amour de ma vie à dîner, mais je vais bien.

Ma meilleure amie a choisi de travailler pour l'entreprise qui a détruit mon enfance et tué Tom, mais je vais bien.

Notre nouveau voisin m'a embrassée et ne m'a pas rappelée, mais je vais bien.

D'accord. C'était un mensonge. Lizzie était loin d'aller bien. Et ça faisait un moment que c'était le cas.

— Je vais bien, répéta-t-elle.

Si elle le répétait assez souvent, elle finirait par y croire. Un jour.

6

QUAND UN FANTÔME S'INVITE À PRENDRE UN CAFÉ

L'ADJOINT DU BIENFAITEUR QUI A SUPERVISÉ L'EXPÉRIENCE DU JOUR A SUGGÉRÉ D'ACCROÎTRE LA FORMATION SOCIALE DU SUJET. NOUS ALLONS EN TENIR COMPTE.

ENTRÉE 109.04.4-7

ELLE LUI MANQUAIT. Elle ne devrait pas. C'était ridicule. Mais il n'y pouvait rien. Jayson jongla avec son téléphone, songeur. Qu'y aurait-il de mal à lui rendre une petite visite ? À dire bonjour ? Ils étaient voisins. Amis, même.

Je l'ai embrassée.

Enfin, si on pouvait qualifier ça de baiser. B l'enverrait droit en thérapie sexuelle s'il apprenait que Jayson envisageait ça autrement que comme un geste platonique. Jayson n'embrassait pas de manière chaste. Il dévorait ses conquêtes. Donc ce baiser comptait à peine. Il n'avait pas enfreint les règles et n'avait pas non plus bravé l'interdit.

Cela faisait une semaine qu'il n'avait pas parlé à Lizzie.

Il la protégeait au quotidien, mais elle n'en était pas consciente, pas plus qu'elle ne se doutait de sa présence au restaurant deux jours plus tôt. Son expression esseulée ce matin-là le faisait toujours souffrir. Il prenait habituellement ses jambes à son cou au moindre signe d'émotion que ce soit chez un homme ou chez une femme, mais ce chagrin le touchait d'une manière dont il n'avait jamais eu conscience jusque-là.

— Merde, marmonna-t-il en se levant.

Il avait besoin d'un jogging. Ou de tirer un coup. Peut-être même des deux. Le célibat lui jouait des tours. Il n'avait jamais passé bien longtemps sans sexe. Jayson avait des goûts variés et appréciait de multiples types, positions et perversions. Il avait même partagé des femmes avec d'autres hommes et vice versa. Ses trois millénaires d'existence auraient été interminables sans varier les plaisirs de temps en temps.

Un coup à sa porte le fit bondir du canapé et l'emplit d'espoir qu'une certaine rouquine soit venue lui dire bonjour. Au lieu de ça, ce fut Ezekiel qui lui fit face, appuyé sur le chambranle de la porte, l'air blasé. Il ne chercha pas à se faire inviter à l'intérieur. Il resta simplement là, les jambes croisées aux chevilles de manière nonchalante, les yeux noirs brillants.

— Ça te dit d'aller boire un verre ? demanda-t-il, prenant Jayson de court.

— Est-ce un sous-entendu pour autre chose ?

Ezekiel braqua dans sa direction une rangée de dents parfaites dans ce qui pouvait être interprété comme un sourire.

— Non, pas ce soir.

— Laisse-moi me changer.

Jayson laissa la porte ouverte et prit la direction de sa chambre pour enfiler un jean, un pull et plusieurs couteaux. À son retour, Ezekiel se trouvait toujours dans la même position contre la porte.

— N'essaye pas de me tuer, tu n'y arriveras pas.

L'Ichorien haussa les épaules comme pour dire, *peut-être*. Jayson verrouilla son appartement et suivit l'assassin au blouson en cuir dans le couloir puis dans les escaliers. Le fait qu'il tourne le dos à Jayson était un gage de confiance, une manière de le remercier d'avoir accepté son invitation spontanée à boire un verre plutôt que de lui claquer la porte au nez.

— Comment se passe ta tentative de séduire la rouquine ? demanda Ezekiel, l'air de rien, alors qu'ils marchaient.

— Ce n'est pas de la séduction.

— Oh, je suis bien d'accord avec toi, cela ne se passe pas comme prévu, répondit l'Ichorien en hochant la tête. C'est dommage après le succès de votre soirée pizza à Brooklyn. Peut-être que tu devrais l'appeler plus souvent ? J'ai entendu dire qu'elles aimaient ça.

Jayson réprima l'envie de planter une lame dans la gorge de son compagnon et s'efforça de garder un ton calme.

— Je n'avais pas idée que tu t'ennuyais tant, Zeke.

Ou que tu nous avais suivis à Brooklyn. Comment assurerait-il la sécurité de Lizzie s'il ne remarquait même pas la présence d'un assassin sur leurs talons ?

— Je dirais plutôt que je suis *curieux*.

Ezekiel lui offrit un autre de ses sourires terrifiants.

— Mais dis-moi plutôt, que se passe-t-il ? Pourquoi lui faire la cour un soir et l'ignorer ensuite ? C'est le genre de jeu que pratiquent les femmes.

— Je ne cherche pas à la séduire, répéta Jayson.

— T'as bien raison, Jay. Parce que tu t'y prends comme un pied sinon.

Ezekiel secoua la tête alors qu'il s'arrêtait devant l'entrée d'un café à quelques pâtés de maisons de son appartement.

— As-tu besoin d'une démonstration ?

Plutôt mourir. Jayson ravala son envie d'étrangler Zeke et détourna la conversation.

— Quand tu m'as dit que tu voulais boire un verre, j'ai cru que ce serait dans un bar.

— C'est un genre de bar. Sauf qu'ils servent du café.

Un sentiment de méfiance enserra sa poitrine. Il avait peut-être perdu contact avec l'Ichorien au fil des siècles, mais il était certain que se détendre dans un endroit décontracté ne faisait pas partie des inclinations de l'assassin.

— Qu'est-ce qu'on fait vraiment ici, Zeke ?

— On joue, répondit-il en ouvrant la porte. Après toi.

Ça va mal se terminer. Et cette pensée fut renforcée à l'instant où il remarqua Stas et Lizzie assises sur un canapé face à l'entrée. De grands yeux bruns croisèrent les siens et s'écarquillèrent avant de se plisser.

— Ah oui, elle est plutôt amère, en effet.

Ezekiel donna un petit coup de coude à Jayson.

— Voyons voir si je peux t'aider, hein ?

L'Ichorien prit la direction du duo de manière assurée. *Putain.* Il savait qu'Ezekiel avait un petit jeu en tête, mais il ne s'attendait pas à ça. Il lui fallut beaucoup d'efforts pour garder une expression calme sur le visage en suivant l'assassin sadique. Le regard noir de Lizzie n'aidait en rien, pas plus que l'expression inquiète sur le visage de Stas quand elle leva les yeux de sa tasse de café.

— Jayson ? demanda Lizzie, une expression confuse et teintée de douleur sur le visage. Je croyais que tu étais en voyage d'affaires.

— C'était le cas, répondit Ezekiel avant que Jayson ne

puisse dire quoi que ce soit. Nous sommes rentrés ce soir et cherchions un endroit pour prendre un verre quand Jayson vous a aperçues à l'intérieur.

Il indiqua d'un geste de la main les immenses fenêtres surplombant Broadway. *Bon, au moins il ne m'a pas appelé Jedrick.* Lizzie scruta Ezekiel, les sourcils légèrement haussés.

— Vous êtes collègues ?

— Plutôt des concurrents, répondit aisément l'assassin tout en tendant une main. Je m'appelle Kiel.

Elle fit la moue, mais ses bonnes manières prirent le dessus et elle accepta sa poignée de main.

— Lizzie.

— Je sais, répondit Ezekiel. Jayson n'arrête pas de parler de toi.

Waouh. Si Jayson n'avait pas déjà eu des envies de meurtre, ce serait désormais le cas.

— Quand il t'a vue, il a suggéré qu'on demande à se joindre à vous et maintenant, il est complètement effacé, siffla-t-il. Ça ne lui ressemble pas du tout. Je suppose que ta beauté a dû le bouleverser. Ou plutôt laissé sans voix, hein ?

Oh, bordel de merde. Il avait dépeint Jayson comme une chochotte. Un couteau entre ces deux yeux noirs ferait un ornement idéal. Il en planterait peut-être un autre entre ses jambes. Ezekiel avait toujours eu un goût pour les bijoux en métal, d'où les piercings sur sa lèvre.

— Ce que Kiel essaie de dire c'est qu'on est là pour prendre un café et que nous allons vous laisser tranquilles.

Jayson l'invita à se diriger vers le comptoir, mais Zeke refusa évidemment de bouger.

— Oh, mais tu m'as raconté tellement de choses à son sujet. Ça ne vous gêne pas si on se joint à vous un moment, n'est-ce pas ?

Le ton apaisant de Zeke fila la chair de poule à Jayson. *Putain. Dis non, Rubis.*

— Euh...

Lizzie regarda Stas pour obtenir son approbation, mais le regard de cette dernière était rivé sur le profil d'Ezekiel.

— Je... euh... je crois que oui ?

Elle semblait attendre que Stas prenne la parole, mais celle-ci garda la bouche close, toute son attention portée sur l'Ichorien vêtu de cuir. Était-elle capable de détecter l'aura létale qu'irradiait Ezekiel ? Tous les Anciens des Hydraiens souhaitaient qu'elle quitte la ville. C'était trop dangereux de rester, mais elle avait ignoré leurs vœux. Cela la forcerait-il enfin à entendre raison ? Ce n'était pas la méthode qu'il aurait choisie, mais la peur pouvait être une sacrée motivation.

— Parfait, murmura Ezekiel.

Il s'affala sur le coussin du canapé en diagonale de celui de Lizzie.

— Tu veux bien aller nous chercher une tournée ?

Jayson croisa les bras, loin d'être amusé.

— Ce n'est pas un pub, Kiel.

— Ah oui. Je veux bien un cappuccino.

Ses sourcils se relevèrent.

— Et c'est moi qui paie ?

— Évidemment.

Ezekiel se tourna vers Lizzie et Stas.

— Est-ce que quelque chose vous ferait plaisir ? demanda-t-il en observant la tasse de Stas. Peut-être un autre latte, ma belle ?

Ses phalanges devinrent blêmes autour de la porcelaine quand elle croisa son regard. Et son visage se décomposa. Pas de réponse. Lizzie fronça les sourcils en regardant son amie puis tourna les yeux vers Jayson.

— Ça va pour moi, merci.

— Est-ce que tout va bien ? demanda Ezekiel, une pointe d'humour dans la voix alors qu'il étudiait Stas. On dirait que tu as vu un fantôme.

Elle s'éclaircit la gorge.

— Non. Désolée.

Elle se leva brusquement.

— Je vais juste aller chercher de l'eau.

— Jayson peut s'en charger pour toi, offrit Ezekiel.

— Ça va, dit Stas, en balayant son offre d'un revers de la main. Je reviens tout de suite.

Lizzie suivit Stas du regard en grimaçant alors qu'elle se dirigeait d'un pas raide vers le comptoir.

— Tu devrais te joindre à elle, Jay, l'encouragea Ezekiel. Et commander nos boissons.

Jayson plissa les yeux. *Si tu la touches, je te tuerai.*

Qu'est-ce qu'on s'amuse, hein ? sembla répondre Ezekiel.

— Vas-y. Je promets d'être sage et de ne pas mordre pendant ton absence.

Il jeta un coup d'œil conspirateur à Lizzie.

— Il est terriblement surprotecteur.

Très drôle, songea Jayson, agacé.

— Je ne serai pas loin.

Ça s'adressait à Lizzie. Un seul cri et il serait là.

— OK, répondit-elle, les sourcils froncés.

Elle devait le prendre pour un taré. Ce n'était pas la première fois que Jayson aurait aimé qu'elle connaisse la vérité. Il s'assura de pouvoir la garder dans son champ de vision en traversant le café et tressaillit quand Ezekiel la fit rire. Il y avait peu de chances pour que ça se termine bien. Des ongles s'enfoncèrent dans son biceps à travers son pull et il plongea son regard dans une paire d'yeux verts terrifiés. De manière instinctive, il glissa un bras autour des épaules de Stas et la guida à l'abri des regards de Lizzie et Ezekiel.

— Qu'est-ce qui ne va pas ? murmura-t-il.

Elle serrait son téléphone contre sa poitrine comme s'il s'agissait d'un bouclier.

— Parle-moi, ma belle, l'encouragea-t-il à voix basse.

Personne n'avait remarqué leur étreinte étrange pour le moment, mais c'était seulement une question de temps.

— Il... Cet homme...

Elle frissonna et posa son front contre son torse. Si Lizzie voyait ça, c'en serait fini de leur couverture. Jayson n'était pas censé connaître Stas. Une aura létale suintait d'Ezekiel et elle l'avait manifestement remarquée, ainsi que le fait qu'en tant qu'assassin Nizare, il était particulièrement dangereux pour elle.

— Tu l'as reconnu.

Elle hocha vigoureusement la tête.

— Est-ce parce qu'Issac te l'a décrit, ou parce que tu détectes quelque chose ? demanda-t-il, curieux.

Les novices étaient si rares ces jours-ci que leurs talents innés demeuraient un mystère, et Stas était loin d'en être un exemple ordinaire.

— Non.

Sa réponse monosyllabique lui échappa d'une voix si brisée que Jayson recula pour observer son visage. Des larmes, de l'épouvante et un chagrin si profond.

— OK, il va vraiment falloir que tu m'expliques, Stas.

Cette femme avait fait face à d'autres immortels dotés de tempéraments similaires sans réagir de cette manière. Bon sang, elle avait survécu à un Conclave. C'était normal qu'elle craigne un assassin Nizare, mais cela dépassait la simple peur. Elle hoqueta.

— Jay...

Elle ferma les yeux et prit une grande inspiration.

— C'est...

Une autre inspiration.

— C'est l'Ichorien qui a tué mes parents.

— DONC TU TRAVAILLES dans le domaine des acquisitions ? demanda Lizzie, curieuse.

Les longs cheveux noirs de Kiel, son piercing à la lèvre et sa veste en cuir lui donnaient l'apparence d'une rock star plus que d'un homme d'affaires. Un sourire narquois retroussa ses lèvres.

— En effet, oui. Pour une entreprise concurrente.

— Mais vous êtes amis ?

— Oui, je suppose que c'est le cas, pour ainsi dire.

Il croisa les jambes et se détendit contre l'accoudoir du canapé.

— Disons que nous nous connaissons depuis longtemps.

— Êtes-vous allé à l'école ensemble ? demanda-t-elle.

— On a été éduqués ensemble, oui.

C'était une tournure de phrase étrange, mais la plupart de ses tics et de ses propos l'étaient. Tout comme son accent.

— D'où est-ce que tu viens ?

Il s'esclaffa.

— C'est une question compliquée. Sois plus précise.

— Euh, où est-ce que tu es né ?

— À Babylone, répondit-il du tac au tac.

Ce nom familier la fit ciller.

— Tu veux dire la ville antique ?

— Exactement. Et toi ?

— OK, attends, est-ce que tu veux dire que tu viens de Babylone, comme la ville ayant existé en, euh, Mésopotamie ?

Lizzie ne s'était pas spécialisée en histoire, mais elle ne pensait pas s'être trompée.

— Ou est-ce que tu veux dire une ville nommée Babylone en hommage ?

Il se pencha vers elle, des tisons dorés couvant dans ses yeux noirs.

— À ton avis ?

— Sûrement une autre ville nommée Babylone.

Son teint pâle suggérait des racines nordiques, et de plus, personne ne ferait allusion à cette zone du Moyen-Orient en mentionnant Babylone. L'Irak serait plus probable, ou n'importe quel autre nom donné à cette région de nos jours.

— Bien sûr, sourit-il. Et toi, où es-tu née ?

— À New York.

— Tu en es certaine ? demanda-t-il.

Elle le dévisagea.

— Oui.

Il hocha la tête.

— Je vois. C'est fascinant. Et tu as vécu ici pendant toute ta brève existence ?

Encore une phrase étrange qu'elle choisit de ne pas relever.

— Oui, à Manhattan.

— Est-ce que ça t'arrive de t'en lasser ? l'interrogea-t-il, son regard hypnotique capturant le sien.

Elle ne le qualifierait pas de séduisant comme Jayson, mais il était sexy, avec la beauté du diable.

— Parfois, admit-elle, en se souvenant de sa question. Mais je ne sais absolument pas où je pourrais m'installer ailleurs.

— En Grèce, j'imagine.

Une autre réponse instantanée qui la laissa sans voix. De tous les lieux qu'il aurait pu mentionner...

— Pourquoi la Grèce ?

Son sourire félin était diabolique. Aussi séduisant que retors. Mais, quelle que soit la réponse qu'il comptait lui offrir, elle fut interrompue par Jayson, qui déposa brusquement son plateau chargé de tasses sur la table entre leurs canapés.

— Cappuccino, annonça-t-il sèchement.

— Génial. Merci, mec.

Kiel saisit sa tasse sur le plateau et en prit une gorgée. Il fronça le nez, mais ne fit pas de commentaire. Lizzie jeta un coup d'œil vers le comptoir à la recherche de Stas, mais ne la trouva pas.

— Ton amie passe un coup de fil, expliqua Jayson en s'installant dans le siège vacant de Stas à côté de Lizzie. Elle s'est présentée puis m'a demandé de te prévenir. Elle a dit que c'était en rapport avec son travail.

Évidemment. Sa meilleure amie avait vendu son âme à la FHC.

— Je vois. Kiel était en train de m'encourager à déménager en Grèce.

— Ah oui ? murmura Jayson. Eh bien, c'est un pays splendide, la météo est fantastique et les îles charmantes, mais je ne vois pas pourquoi Kiel te l'aurait recommandé. Je ne crois pas qu'il l'ait souvent visité.

Son ami les scruta par-dessus le rebord de sa tasse.

— Oh, je m'y suis rendu plus souvent que tu ne le penses.

— J'imagine.

Jayson tendit le bras pour attraper sa propre tasse de café et frôla les seins de Lizzie au passage.

Une vague de chaleur déferla sur son cou depuis ses tétons rigides. *Merde.* Son soutien-gorge fin en dentelle ne dissimulerait pas vraiment sa réaction. *Peut-être qu'il pensera que j'ai froid.* Ou peut-être même qu'il ne remarquera rien.

Il n'afficha pas la moindre réaction alors qu'il posait sa tasse en équilibre sur sa cuisse et la stabilisait d'une main.

— Tu as passé une bonne semaine, Rubis ?

— Oh, ça va.

Chiante. Longue. Triste. Solitaire. La température avait-elle subitement grimpé ? Elle s'éclaircit la gorge et chercha un sujet de conversation sans danger.

— Comment s'est passé ton voyage ?

— Nous avons rencontré une faille mineure dans le plan, mais je pense que nous sommes sur le point d'en finir avec ce projet.

Kiel se pencha en avant, manifestement intéressé.

— Et de quel projet s'agit-il, Jay ?

— Ce ne sont pas tes affaires, Kiel.

— Oh, si seulement c'était vrai, répondit-il en faisant la moue.

Il termina son cappuccino et posa sa tasse sur la table.

— Ce café était tout au plus médiocre.

— C'est toi qui voulais aller boire un verre.

— Oui, oui, c'est vrai.

Il se leva et étira ses bras au-dessus de sa tête pour détendre ses muscles élancés puis soupira.

— Je pense essayer de mettre la main sur une boisson potable ailleurs. Je suppose que tu préférerais rester ici ?

— La compagnie est bien plus agréable, répliqua Jayson. Donc, oui.

— Aïe, mon vieux pote.

Kiel ne paraissait pas vexé, juste amusé.

— S'il te plaît, dis à ton amie que je suis désolé de ne pas avoir pu faire sa connaissance. La prochaine fois peut-être. J'essayerai de ne pas paraître si fantomatique.

Lizzie fronça les sourcils.

— Je ne suis pas sûre de comprendre ce qui s'est passé,

mais je suis certaine qu'elle sera ravie de faire ta connaissance à l'occasion.

Même si elle ne savait pas quand cela se produirait ni même si elle reverrait un jour cet homme excentrique.

— Oh, j'en doute, mais le temps nous le dira, répondit-il de manière mystérieuse. Jay, ce fut un plaisir, comme toujours. Reste vigilant, hein ?

Jayson posa son bras sur le dossier du canapé, derrière la tête de Lizzie, et jeta à son ami un regard chargé qu'elle ne put interpréter.

— De même, Z, dit Jayson.

— Salut, Jay, murmura Kiel. Ce fut un plaisir de te rencontrer, Lizzie. À très bientôt.

— Euh, tout le plaisir était pour moi.

Et quand ? Il lui fit un clin d'œil et marcha nonchalamment jusqu'à la sortie sans un regard en arrière.

— Jay, répéta Lizzie une fois que l'homme eut passé la porte. C'est ton surnom ?

— Ouais, la plupart des gens m'appellent Jay.

D'une main, il fit tournoyer le café dans la tasse posée sur sa cuisse tandis que l'autre restait étendu derrière sa tête.

— De tous mes amis que tu aurais pu rencontrer, ce n'est pas celui que j'aurais choisi de te présenter en premier, ou même en dernier.

— Pourquoi pas ?

Jayson se concentra sur sa tasse comme si elle contenait toutes les réponses.

— Disons qu'il est dangereux.

Elle hocha la tête pour signaler son accord. Elle avait déduit la même chose grâce à son comportement, même s'il possédait quand même un certain charme.

— Il est certainement différent.

— C'est un euphémisme.

Il prit une gorgée de café en grimaçant puis le posa sur la table.

— Ça m'agace d'avoir à lui donner raison, mais c'est de la merde.

Lizzie sourit.

— Le café est-il meilleur en Grèce ?

— Oui.

— Et tu sais ça parce que tu y as vécu ?

Elle s'était efforcée de garder un ton léger et innocent, pour ne pas laisser paraître à quel point elle voulait la réponse. Mais il vit clair dans son jeu.

— Oh, Rubis.

Son bras tomba sur ses épaules et il s'immisça dans son espace personnel.

— Il me semble que tu me dois un cookie avant.

— Je ne savais pas quand tu serais de retour.

C'était une piètre excuse comme elle n'avait pas eu la moindre intention de les préparer de toute façon, mais il n'avait aucun moyen de le savoir.

— Hm-hmm. Tu aurais pu appeler pour me le demander.

— Et tu aurais pu m'envoyer un message à n'importe quel moment pour dire bonjour, mais tu ne l'as pas fait.

Le rire qu'elle lui arracha était sourd et sexy, et bien trop entendu.

— Essayes-tu de me dire que si je veux des cookies, je dois te textoter ?

Elle déglutit, la bouche sèche. D'une manière ou d'une autre, ce type avait réussi à faire de la pâtisserie un sujet aguicheur. Une vision de Jayson couvert de chocolat envahit son esprit. *Oh oui, miam.* Mais un raclement de gorge mit fin au moment. Issac était devant eux, un bras autour de Stas. Ils arboraient tous les deux une expression désapprobatrice.

— Euh, salut, Issac.

— Elizabeth, répondit-il. Présente-moi ton ami.

Sa demande lui hérissa le poil.

— Tu peux t'en charger toi-même.

— Très bien.

Il toisa Jayson.

— Issac Wakefield.

— Jayson Masters, répondit son *ami* avec un sourire décontracté.

Il ne retira pas le bras qui entourait ses épaules, mais réajusta sa position pour lui laisser un peu plus de place.

— Tu as l'air tendu. Tu as peut-être besoin de t'asseoir.

— Très amusant, répliqua Issac. Je m'apprêtais à raccompagner Aya à l'appartement. Vous devriez vous joindre à nous.

Jayson s'esclaffa.

— Oui, monsieur.

— Et si nous ne sommes pas prêts à partir ? siffla Lizzie, énervée.

Elle ne savait pas quelle mouche avait piqué Issac ou pourquoi sa meilleure amie ne l'avait pas interpellé après son comportement grossier, mais Lizzie refusait de l'accepter. Milliardaire ou non, il n'avait pas à lui donner d'ordres.

— T'inquiète pas, Rubis, murmura Jayson. On peut y aller.

— S'il te plaît, Liz, dit Stas. Est-ce qu'on peut traîner à l'appart plutôt qu'ici ? J'ai besoin de quelque chose de plus fort qu'un café.

Lizzie remarqua les yeux gonflés et les joues rouges de son amie. Comme si elle avait pleuré.

— Que s'est-il passé ?

— Rien que je ne puisse gérer, mais je me sentirais mieux à la maison.

Stas lui jeta un coup d'œil implorant, une expression dont elle se servait rarement. Leurs règles entre filles prirent le dessus. Si Stas avait besoin de rentrer pour quelque raison que ce soit, Lizzie accepterait. Et sans poser de questions. Elle avait compris il y a bien longtemps que ça ne servait à rien avec Stas. Sa meilleure amie était du genre à s'ouvrir aux autres seulement quand elle s'y sentait prête.

— D'accord, dit Lizzie. Ouais, on va y aller.

Jayson se leva en premier et tendit la main pour aider Lizzie à en faire de même. Elle n'en avait pas vraiment besoin, mais accepta quand même. Son cœur fit un bond dans sa poitrine quand il ne la lâcha pas et glissa ses doigts entre les siens à la place. Le regard noir d'Issac quand il nota leur marque d'affection ne fit que renforcer cet effet.

Ils étaient amis. Mais pas vraiment. Ou bien plus. L'embrasserait-il à nouveau ? Probablement pas après la manière dont Issac le fusilla du regard. *Arrête*. Jayson serra sa main alors qu'ils marchaient en silence et elle aperçut son sourire dès qu'elle leva la tête.

— Tu me dois toujours des cookies.

Elle lui rendit son sourire.

— Seulement si tu me parles de la Grèce.

— Ça marche.

Stas s'arrêta sur le trottoir devant eux, mais ne se retourna pas pour leur faire face.

— Pourquoi est-ce que vous parlez de la Grèce ? demanda-t-elle d'un ton chargé d'émotions.

Lizzie fronça les sourcils.

— Euh, Jayson y a vécu. Même s'il refuse de l'admettre.

— Kiel, un ancien collaborateur à moi, l'a sous-entendu, mais je n'ai ni confirmé ni nié cette information.

LEXI C. FOSS

— Il vivait là-bas, confirma Lizzie. Il fait simplement le difficile parce qu'il veut que je lui prépare des gâteaux.

Jayson lâcha sa main et enroula son bras autour de ses épaules pour l'attirer contre lui.

— Tu vas m'attirer des ennuis, Rubis.

— C'est vrai, intervint Issac. Tu vas t'attirer des ennuis, je veux dire.

— Il faut vraiment que tu apprennes à te détendre, Wakefield.

Jayson lui jeta un regard entendu.

— Continue de marcher. Nous sommes juste derrière vous.

— Laisse tomber.

Stas encouragea Issac à avancer.

— Ça s'arrangera tout seul.

— Oh oui, je connais quelque chose qui sera réarrangé, répondit Issac, ce qui fit pouffer Jayson.

— Je ne sais pas pourquoi il se comporte ainsi, lui murmura Lizzie. Il est bien plus agréable, d'habitude.

— Il est protecteur, lui chuchota Jayson en réponse. Mais ne t'inquiète pas, Rubis, il ne me fait pas peur.

Son sourire décontracté disparut dans la seconde qui suivit quand il trébucha et jura. Issac attrapa le bras de Jayson alors qu'il tombait.

— Attention, mec, dit-il d'un ton légèrement menaçant. Les trottoirs peuvent parfois être traîtres.

— Sais-tu ce qui peut aussi s'avérer sournois ? souffla Jayson. Le métal.

Issac tressaillit.

— C'est compris.

— Raccompagnez-nous à la maison, demanda Stas. Tout de suite.

Le sourire d'Issac se lisait jusque dans ses yeux.

— Volontiers, Aya.

Jayson ne paraissait pas aussi amusé, mais il entoura les épaules de Lizzie d'un bras et reprit la marche. Son geste lui parut plus froid et moins intime, et il ne lui jeta plus le moindre regard. Son comportement la déconcertait. Il semblait attiré par elle, ou c'était en tout cas ce que suggérait sa maigre expérience des hommes, mais il la traitait simplement comme une amie. Comme le faisait Tom. Mais celui-ci ne l'avait jamais embrassée sur la bouche, seulement sur ses joues. Sauf que Jayson ne l'avait pas vraiment embrassée non plus, en tout cas, pas de la manière intense dont un homme embrasse une femme qu'il désire. C'était chaste et amical. *Pourquoi est-ce si compliqué ?* Le portier les salua tous par leurs noms. Lizzie sourit, mais ne dit rien tandis que Jayson la guidait vers la cage d'escalier puis jusqu'à leur porte.

— Je pense qu'Issac et Stas peuvent prendre le relais à partir d'ici, dit-il à voix basse.

— Tu n'es pas obligé de partir.

La pointe de supplication dans sa voix lui laissa un goût amer dans la bouche. Manquait-elle d'attention au point de supplier ? Aïe.

— T'inquiète pas, Rubis. On pourra discuter plus tard autour de cookies.

Il posa un baiser sur sa tempe.

— Au chocolat, s'il te plaît.

Il recula et lui fit un clin d'œil.

— À bientôt, Liz.

— Chocolat, répéta-t-elle.

OK. Elle avala le nœud qui lui serrait la gorge.

— OK. Bonne nuit.

Son départ n'aurait pas dû la troubler autant que ça, mais comme à chaque fois, on lui avait arraché une source de plaisir dès qu'elle avait commencé à s'amuser. Quelques instants volés de flirt et des fous rires. Était-ce l'étendue de ce à quoi elle pouvait s'attendre ? Ou bien y aurait-il un jour quelque chose de plus ? En le regardant s'éloigner, elle craignit de ne jamais le découvrir. C'était une pensée triste, mais si elle avait bien appris une chose au cours des derniers mois, c'était que la vie était bien trop courte.

La prochaine fois qu'elle verrait Jayson, elle lui ferait part de ses sentiments, car elle refusait de commettre avec lui la même erreur qu'avec Tom. Il était mort sans savoir qu'elle l'aimait et, même si elle n'en était pas encore là avec Jayson, elle ne voulait pas rater l'occasion de lui dire qu'elle l'appréciait. Peut-être même plus que comme un simple ami. Elle franchit le seuil puis ferma et verrouilla la porte derrière elle.

— Je serai dans ma chambre si vous avez besoin de moi, dit-elle au couple qui se tenait dans l'entrée.

— Liz...

— Ne t'inquiète pas, Stas. Profite de ta soirée avec Issac.

Elle leur offrit à tous les deux un petit sourire avant de les laisser tranquilles. Au moins, sa meilleure amie était heureuse. Elle le méritait plus que quiconque, et même plus que Lizzie elle-même.

7

SECRETS ET MENSONGES

LE SUJET S'EST ATTACHÉ ÉMOTIONNELLEMENT À SA
NOUVELLE COLOCATAIRE DE MANIÈRE RAPIDE, SUGGÉRANT
LA NÉCESSITÉ DE FAIRE LÉGÈREMENT ÉVOLUER NOS
FUTURS PROTOCOLES D'ALTÉRATION DE LA MÉMOIRE.

ENTRÉE 118.10.4-7

STAS S'ÉCROULA CONTRE ISSAC, le cœur brisé pour plein de raisons.

— Pas ici, chuchota-t-il, lui rappelant l'existence du système de surveillance dans l'appartement.

Il la guida dans le couloir sans un mot, la conduisant Dieu sait où. Elle remarqua à peine qu'il avait enclenché le verrou. Elle avait la haine. Contre la FHC. Ce monde. Le destin. Le monstre qui avait tué ses parents. Les bras d'Issac la soutinrent quand ses jambes flanchèrent. Tout comme il l'avait fait à l'extérieur du café. Il était arrivé quelques minutes seulement après son appel, dénotant sa proximité. Cela aurait dû l'enrager d'apprendre qu'il ressentait le besoin de la surveiller, mais elle ne s'était jamais sentie aussi reconnaissante de son indéfectible instinct protecteur que ce soir-là.

Et il avait raison. Rester en ville était une mission suicide. Mais elle ne pouvait pas abandonner Lizzie. Surtout pas quand un assassin était tapi dans l'ombre. Elle frissonna. Elle avait dû faire un effort surhumain pour retourner aux côtés de Lizzie dans ce café. Quand ils étaient revenus, l'homme qui hantait les souvenirs de Stas était parti. Elle s'était efforcée de sourire pour Lizzie, mais cela semblait déplacé. Faux. *Il est réel.* Et il n'était pas seulement le méchant de son passé, mais aussi celui qui cherchait à anéantir son avenir.

— Aya, murmura Issac, la rappelant à la réalité.

Ils se trouvaient dans la cage d'escalier, enlacés dans une étreinte dont elle ne voulait pas voir la fin. Jamais.

— Lucian nous a demandé de le rencontrer.

— À propos de... ?

Elle ne réussit pas à terminer sa question, ne parvint pas à prononcer *son* nom. Une lueur de compréhension illumina le regard bleu nuit d'Issac.

— Ezekiel.

Elle déglutit et se força à hocher la tête.

— À Hydria, ajouta-t-il. Jacque est en route pour venir nous chercher.

Elle acquiesça de nouveau, incapable de répondre verbalement. La terreur qu'elle avait ressentie ce soir... Elle frissonna et resserra son étreinte autour d'Issac. Il avait raison. Elle n'était pas de taille à affronter l'assassin. Il la réduirait en pièces, et avec plaisir de surcroît. *Ce sourire... Oh mon Dieu, ce sourire...* Issac pressa ses lèvres contre sa tempe et frotta son dos. Elle savait ce qu'il souhaitait lui dire. *Le moment est venu.* Elle était d'accord avec lui, mais ne pouvait pas abandonner Lizzie.

— Et pour Liz ?

Ils ne pouvaient pas filer à Hydria et la laisser sans protection.

— Jayson a demandé à l'un de ses Gardiens de garder un œil sur elle pendant notre réunion avec Luc. Jacque est en route pour la déposer en ce moment même.

— Oh.

D'après ce qu'avait appris Stas, les Hydraiens les plus forts faisaient partie des équipes de sécurités des Anciens. Jayson avait demandé à ce que les siens restent en Grèce à cause de la menace que représentaient les Ichoriens présents en ville et le fait qu'il était le seul capable de dissimuler son identité. Cela en disait long sur la manière dont ils considéraient Lizzie que lui et les autres avaient ressenti le besoin d'envoyer un remplaçant en son absence. Eux aussi souhaitaient la protéger. Cette perspective apaisa en partie son anxiété. *Ils se sentent vraiment concernés.*

— Salut, annonça une voix grave derrière eux.

Stas avait appris à connaître le téléporteur au cours des derniers mois et souriait habituellement en le rencontrant. Mais pas ce soir.

— Bonsoir, Jacque, chuchota Issac alors qu'il enlevait une de ses mains du dos de Stas. Merci d'être venu nous chercher.

— Tout le plaisir est pour moi.

Le monde se troubla autour d'eux et l'estomac de Stas se souleva tandis que le paysage autour d'elle changeait. Issac la relâcha et la laissa prendre pied par elle-même. Puis elle tourna pour faire face à plusieurs immortels familiers, qui étaient tous assis autour d'une longue table en bois. Pas de boissons ou de nourriture. Ni de jeux. Seules des expressions sévères, un tableau effaçable, plusieurs ordinateurs installés contre le mur du fond, et une panière de téléphones portables. Elle se trouvait apparemment dans la version hydraienne d'un centre opérationnel.

— Stas. Wakefield, les salua Luc depuis la place d'honneur. Asseyez-vous.

— Lucian, répondit Issac en tirant une chaise pour Stas. As-tu appelé Aidan ?

Il s'installa dans le siège d'à côté et posa un bras autour de ses épaules. Un geste si décontracté et pourtant si significatif. Un signe de leur partenariat, mais aussi d'attention dont elle avait terriblement besoin en ce moment.

— Oui, je l'ai consulté un peu plus tôt, dit Luc. Il pense qu'Ezekiel joue un jeu stratégique et qu'il est parfaitement conscient de la lignée de Stas.

— C'est aussi mon opinion, murmura Issac tout en traçant des cercles avec son pouce sur le bras de Stas. A-t-il offert des suggestions ?

— IL PENSE que nous devrions jouer le jeu, les informa Jayson, agacé.

Aidan avait clairement perdu ses esprits. Prendre part au jeu d'Ezekiel était la dernière chose qu'une personne lucide choisirait de faire.

—Je ne suis pas d'accord.

— Quels étaient les arguments d'Aidan ? demanda Issac, le visage dénué de toute expression.

— Pour faire simple, nous avons besoin de plus d'informations.

Luc se gratta la mâchoire.

— Notre meilleur plan d'action est de continuer à rassembler des informations, tant qu'Elizabeth reste ignorante de la situation, et comme Ezekiel n'a manifestement pas l'intention de lui faire de mal...

— Pour le moment, ajouta Jayson, incapable de résister.

Il connaissait l'assassin mieux que quiconque à cette table, même s'ils refusaient de l'écouter. Luc fit cligner ses yeux sages et Jayson comprit qu'il était pleinement en mode omniscient.

— Le goût d'Ezekiel pour la violence est bien connu et il a pourtant choisi d'avoir une conversation avec Elizabeth plutôt que de la tuer pour s'amuser. J'aimerais beaucoup savoir pourquoi, pas toi ?

Stas s'éclaircit la gorge.

— Franchement, non, je n'ai pas vraiment besoin d'en connaître la raison.

Sa voix était plus douce que d'habitude, presque éraillée, mais sa colonne se redressa à chaque mot.

— Mais j'aimerais que ma meilleure amie soit transférée et protégée.

— Nous ne pouvons pas assurer sa sécurité correctement sans le sérum, souligna Luc. En son absence, nous risquons de la tuer.

Les épaules de Stas s'affaissèrent et Issac l'attira contre lui. Son regard saphir croisa celui de Luc, lui communiquant quelque chose qu'eux seuls étaient capables de comprendre. Ils avaient le même père, en quelque sorte, ce qui avait donné naissance à un lien fraternel entre eux quelques siècles auparavant. Il ne rivalisait pas totalement avec celui qui unissait Jayson, Luc, Alik et Balthazar après tous ces millénaires à se côtoyer, mais la nature de la connexion entre Luc et Issac était basée sur la loyauté, l'amour et la famille. Et en cet instant, c'était apparent.

— Nous ne pouvons pas aider Lizzie avant de savoir ce

que la FHC et mon père lui ont fait, dit Tom d'un ton calme.

En temps normal, les jeunes Hydraiens n'étaient pas autorisés à participer à ce genre de conversations, mais ses connaissances sur le sujet lui donnaient le droit d'y prendre part. Issac le scruta du regard et acquiesça.

— Je suis d'accord avec Thomas. Enlever Elizabeth maintenant pourrait la mettre en danger. Nous avons besoin de plus d'informations concernant ses origines avant de passer à l'action.

Jayson laissa échapper un juron en son for intérieur. *C'était logique.* Il le savait. Mais leur raisonnement sans faille ne réussit pas à dissiper le tourment qui l'habitait suite aux événements de la soirée. Même s'il acceptait qu'ils avaient besoin de plus d'informations avant de libérer Lizzie de sa situation, une partie croissante de lui-même brûlait de lui avouer la vérité. Le chagrin dans son regard quand il l'avait laissée dans le couloir l'avait tiraillé pendant tout le trajet jusqu'à son propre appartement. Si Jacque n'avait pas été présent chez lui, Jayson aurait probablement atterri devant la porte de Lizzie en quête d'un autre baiser d'adieu.

Mais bon sang, qu'est-ce qui cloche chez moi ?

Jayson n'était pas du genre à se languir des femmes. Il avait régulièrement des relations monogames, mais la plupart de ses aventures duraient seulement une ou deux nuits. Et pourtant, cette rouquine le mettait dans tous ses états. C'était sa bonté innée. Après six semaines passées à observer son approche tendre des gens dans le besoin ; comme ce sans-abri à qui elle avait un jour offert son déjeuner sur le chemin du métro ; Jayson n'avait pas pu s'empêcher de s'attacher un peu à elle. Et les relations chaleureuses qu'elle avait tissées avec ses élèves ; il avait pu détecter l'affection que ces derniers lui portaient même de loin. Les enfants étaient doués pour cerner les gens et ils l'adoraient.

Parce qu'elle est sincère.

Il passa ses doigts dans ses cheveux et leva les yeux au plafond quand ces souvenirs envahirent ses pensées. Tous ces sourires radieux dirigés vers une jeune femme qui ne s'y attendait jamais. Putain. Lizzie méritait tellement mieux que ça. Il se sentait franchement coupable de faire son travail, ce qui n'avait pas de sens. Il n'était pas chargé de lui dire la vérité. Cette tâche revenait à Luc, Stas et Tom. L'objectif de Jayson était d'observer, de faire son rapport et d'assurer sa sécurité si nécessaire.

Putain.

Lizzie devait se sentir tellement seule en cet instant et ils en étaient tous responsables. Grace se trouvait dans l'appartement de Jayson en ce moment même et protégeait Lizzie, mais Rubis n'avait aucun moyen de le deviner ou même de le comprendre. Mais Luc et Issac avaient raison. Ils auraient besoin d'un lieu sûr où emmener Lizzie une fois qu'elle aurait appris la vérité, ce qui nécessitait une meilleure compréhension de son patrimoine génétique.

— Nous avons besoin du sérum, marmonna-t-il.

— En effet, acquiesça Issac. Ce qui est, il me semble, le but de notre dîner vendredi soir.

Jayson hocha la tête. Jonathan avait réclamé ce rassemblement à l'appartement de Lizzie après le fiasco du brunch ; l'invitation donnée à Stark ne faisait que confirmer leurs soupçons.

— Mais cela implique que Stas retourne en ville, ajouta Jayson. Où Ezekiel va probablement s'intéresser de très près à elle.

Le silence s'installa alors que tous les regards se tournaient vers la jeune femme. Elle s'éclaircit la gorge et redressa ses épaules.

— C'est un risque nécessaire pour venir en aide à Lizzie. Je serai mieux préparée la prochaine fois que je croiserai son chemin.

Son assurance habituelle était absente de sa voix, indiquant que, pour la première fois, elle comprenait réellement le danger que cela représenterait pour elle. *Elle a appris la leçon. Enfin.*

— Excuse mon manque de considération, murmura Luc, les yeux rivés sur Stas. Mais es-tu certaine qu'Ezekiel a assassiné tes parents ? Je te pose simplement la question, car ses méthodes habituelles ont toujours été discrètes et délibérées, jamais empreintes de passion et de chaos. Et pourtant, d'après ce que je sais, tes parents ont été brûlés vifs. La différence avec son mode opératoire habituel m'a frappé.

Elle garda le silence, les épaules et le dos raides. Après plusieurs secondes, elle hocha la tête.

— Je n'oublierai jamais la manière dont les flammes se reflétaient dans ses yeux noirs. C'était lui. J'en suis certaine.

Le front de Luc se plissa d'une manière que Jayson reconnaissait après tous ces millénaires passés ensemble. *Il doute.* Les faits ne collaient pas dans son cerveau omniscient, ce qui devait le laisser perplexe, mais il ne continua pas son interrogation.

— Je suis désolé, Stas. J'imagine que c'est pénible pour toi, mais c'est la trajectoire la plus logique. Nous viendrons en aide à Lizzie au moment venu. Je t'en donne ma parole.

Stas n'avait aucun moyen de savoir à quel point cette annonce était formidable venant du chef des Hydraiens, mais Issac et Jayson avaient tous les deux compris. Luc venait d'offrir un genre de serment par le sang, ce qu'il prenait très au sérieux. Elle ne dit rien, mais Issac répondit par un discret hochement de tête reconnaissant.

— C'est décidé, murmura Luc. L'objectif est le dîner de vendredi soir.

Jayson étira ses bras au-dessus de sa tête.

— C'est parti pour une autre partie de cache-cache, Wakefield.

Issac lui offrit un sourire narquois.

— Mon jeu préféré.

— Essaye de ne pas lâcher l'illusion trop rapidement cette fois-ci, suggéra Jayson, en faisant référence au moment où Issac avait laissé la serveuse le voir sans avertissement le dimanche précédent.

— Tu ferais peut-être mieux d'améliorer ton temps de réaction, répliqua Issac.

Jayson secoua la tête et tourna son attention vers Jacque.

— Je suis prêt.

— Sois prudent, dit Luc quand le téléporteur apparut à côté de Jayson, la main tendue.

Jayson hocha la tête pour signifier son accord.

— Toi aussi.

8

PARTIE DE CACHE-CACHE

Le bienfaiteur du projet a demandé que d'autres suppléments soient ajoutés au régime alimentaire du sujet. Une observation sera nécessaire.

Entrée 103.11.4-7

JAYSON LANÇA une balle de baseball en l'air puis la rattrapa, et recommença.

— Quoi de neuf ? demanda-t-il à Jacque qui faisait les cent pas à côté du canapé.

Cela faisait quelques jours qu'ils ne s'étaient pas vus.

Le téléporteur haussa les épaules.

— Amelia et Tom ont entamé les travaux de construction de leur maison ce week-end.

— Ah oui ? répondit Jayson avec un large sourire. C'est super. J'aimerais retrouver mon chez-moi une fois rentré.

Il devrait nettoyer la maison de fond en comble après le séjour de plusieurs semaines des deux tourtereaux, mais au moins, ils en avaient profité pendant son absence. La balle atterrit dans sa main et il la posa sur son estomac. Il avait choisi de s'allonger sur le canapé en attendant l'appel d'Issac, mais il ne tenait pas en place. Jonathan et Stark arriveraient d'un instant à l'autre pour passer du temps avec Lizzie sous prétexte d'une relation amicale. Il devait bien admettre que c'était similaire à la sortie qu'il avait organisée afin de l'éloigner de son appartement. Mais là où ils cherchaient à la droguer avec une substance indéterminée, Jayson appréciait sa compagnie.

Comprendrait-elle la différence ? Ou bien le haïrait-elle une fois qu'elle aurait découvert la vérité ? Il aurait préféré ne pas être tourmenté par des questions si dérisoires, mais l'idée de la fâcher le gênait.

C'est une femme comme une autre.

Une femme attirante qu'il désirait voir nue, mais c'était le cas de la plupart des femmes qu'il rencontrait. Sauf que celle-ci lui avait retourné le cerveau.

C'est la culpabilité qui parle, décida-t-il. Jayson se targuait de toujours dire la vérité et même s'il ne lui avait pas ouvertement menti, il avait omis des informations importantes. *Pour la protéger.*

— OK, qu'est-ce qui t'arrive ? demanda Jacque.

Jayson cessa de jeter la balle. Le téléporteur était debout à côté de sa tête, les bras croisés, ses yeux argentés scintillant. Jayson ravala sa plaisanterie face à l'expression sérieuse si inhabituelle du jeune homme.

— Qu'est-ce que tu veux dire ?

— Tu as l'air vraiment ailleurs, Jay. Je suis en train de te raconter ce qu'Eliza a fait à Luc, mais toi, tu es perdu dans tes pensées en train de songer à Dieu sait quoi.

Il étudia sa montre tout en recommençant ses allées-venues.

— Euh...

Jayson n'avait même pas réalisé que le téléporteur lui parlait.

— Désolé.

Il se redressa, posa ses pieds au sol et tourna toute son attention vers Jacque.

— Quoi de neuf ?

— Non, ça, c'est ma réplique. Quoi de neuf pour toi ?

Il s'interrompit et pencha la tête sur le côté.

— Est-ce que c'est la fille ? Est-ce que c'est elle qui te travaille ?

Jayson pouffa.

— Non, ça ne m'a pas atteint. Il s'agit d'une mission comme les autres, juste un peu plus risquée.

Il étira les bras au-dessus de sa tête et s'affala contre les coussins dans son dos.

— Mais je commence à grimper aux murs à force de rester coincé ici nuit et jour.

Il quittait rarement le bâtiment par mesure de sécurité. Quand il le faisait, c'était pour suivre Lizzie au travail et faire le guet. Rien de très excitant, considérant sa routine régulière. Jacque hocha la tête.

— Pourquoi est-ce que tu ne sortirais pas ce soir ? Une fois qu'on aura terminé, je veux dire. Lâche-toi un peu et amuse-toi. Stas peut surveiller la nana pour une fois. C'est sa colocataire, après tout. Non ?

Jayson se passa une main sur le visage. L'idée de passer une soirée à Hydria ou bien en ville lui avait traversé l'esprit plus d'une fois. Il avait besoin de faire autre chose que d'attendre seul, ici. Faire du sport ne suffisait pas à évacuer tout son stress.

— Je vais y réfléchir, marmonna-t-il.

Son corps brûlait d'envie de s'abandonner – une nuit d'extase et de plaisir, se perdre dans une femme, sans réfléchir... Cela faisait trop longtemps qu'il avait ressenti un tel soulagement. Il était capable de s'en abstenir pendant quelques semaines, mais deux mois représentaient un genre de record pour lui. En tout cas pour ce siècle-là.

Il faudrait qu'elle soit rousse. Aux yeux marrons. Avec des jambes interminables. Et des courbes qui débordent de ses mains. Bien sûr, il fallait qu'il pense à elle. *C'est déplacé.* Il serra les poings, son sens des responsabilités prenant le pas sur le désir qui réchauffait son sang.

Tu ne peux pas abandonner Lizzie. Et tu ne peux pas non plus l'avoir.

Son boulot était d'en apprendre plus à son sujet, mais plus important encore, il devait la protéger. Une nuit, merde, même une minute, pourrait tout changer. Le téléphone de Jayson vibra et lui offrit la distraction dont il avait besoin pour mettre fin au débat qui faisait rage en lui. Il déciderait du reste de sa soirée après s'être incrusté à la soirée de l'étage du dessous.

— C'est parti, dit-il en se levant.

Ils avaient élaboré un plan tous les quatre. Jacque téléporterait Jayson dans la chambre de Stas. Celui-ci se baladerait ensuite dans l'appartement tout comme il l'avait fait dans le restaurant et seuls Stas et Issac seraient capables de le voir. Une fois qu'il aurait recueilli l'information dont ils avaient besoin, il retrouverait Jacque dans la chambre pour retourner dans son appartement. Facile.

Il attrapa l'épaule du téléporteur et se prépara à supporter la sensation d'enserrement. Il la remarqua à peine grâce à la courte distance entre les deux destinations, contrairement à ses trajets jusqu'à Hydria. Ceux-là lui soulevaient l'estomac. Mais c'était clairement mieux que de prendre l'avion. Jacque s'effondra sur le lit de Stas, croisant ses jambes aux chevilles avant de sortir son téléphone de sa poche et de glisser un bras sous sa tête. C'était visiblement ainsi qu'il comptait passer l'heure qui suivrait. Un sourire en coin étira les lèvres de Jayson et il quitta la chambre par la porte qui avait été laissée entrouverte. Le bruit de voix se propagea jusqu'à lui le long du couloir. D'après ce qu'il percevait, Jonathan et Issac discutaient du marché financier.

Fascinant.

Jayson laissait Luc prendre ces décisions. C'était un maître dans l'art d'investir. Ses propres fonds suffiraient à subvenir aux besoins d'Hydria pendant des siècles, sauf désastre inattendu. Comme une invasion ichorienne ou une attaque de la FHC. Il se figea sur le seuil de la cuisine. Un pas de plus et le groupe installé dans la salle à manger pourrait le voir. Wakefield avait intérêt à se montrer à la hauteur ce soir-là.

Bon, quand faut y aller...

Il s'avança aussi silencieusement que possible sur le carrelage en marbre. Lizzie était près du four, attendant que le minuteur sonne, alors que les autres étaient assis à table. Personne ne le regarda. Jonathan continuait de déblatérer au sujet des marchés d'affaires et Issac, Stas et Stark l'écoutaient avec attention. Jayson étudia la sentinelle vêtue d'un jean et d'une chemise. Il savait peu de choses de cet homme mis à part le fait que Jonathan le considérait comme l'un des leaders de l'unité et que Tom faisait allusion à lui comme un fils de pute glacial. Cette description semblait plutôt juste. Stark ne semblait ni amusé ni intéressé par le monologue de son supérieur, mais sa posture rigide indiquait qu'il était attentif et conscient de son environnement.

Jayson agita un bras et guetta leur réaction. Rien du tout. Il haussa les épaules et pénétra plus loin dans la cuisine, savourant la vue des jambes exposées de Lizzie. La robe rouge foncé qui épousait sa silhouette sublime lui fit regretter de ne pas être présent pour d'autres raisons. Elle se figea, le nez froncé, quand il s'avança derrière elle. Il avait prévu de faire un autre pas, mais sa réaction l'intrigua.

— Je perds vraiment la boule, chuchota-t-elle, arrachant un sourire à Jayson.

Elle avait détecté sa présence, ou peut-être senti un effluve de son parfum. Ce constat lui plut tout autant que sa robe étroite. Elle épousait à merveille ses courbes. Il mourrait d'envie de l'explorer de ses mains, mais la sonnerie du four le fit rapidement reculer près de l'évier. Stas fit mine de se lever, mais Stark la découragea d'un brusque « *laisse-moi faire* ». Il recula sa chaise de la table d'un air autoritaire et s'avança d'un pas décidé dans la cuisine.

— Je peux vous aider ? demanda-t-il, sa voix tout aussi dénuée d'expression que son visage.

— Euh...

Lizzie pinça sa lèvre entre ses dents, ce qui rendit Jayson complètement fou. Il avait tellement envie que cette mission se termine, histoire d'avoir le droit de capturer cette bouche. Même si ce n'était que pour un instant.

Mec, qu'est-ce qui cloche chez toi ?

Il secoua la tête. Il pourrait peut-être demander à Jacque ou l'un des Gardiens hydraiens de surveiller Lizzie pour qu'il ait le temps de se soulager. Il était temps d'en finir avec ce béguin.

On dirait un chien qui bave devant un os. Reprends-toi.

— Vous voulez bien attraper la salade et les petits pains ?

Elle avait l'air si douce et timide, son attitude si modeste. Le dominateur qui sommeillait en Jayson appréciait ce trait de sa personnalité, tandis que l'homme qu'il était du reste brûlait de réveiller la femme fougueuse qu'elle cachait. *Où est passée ma Rubis si assurée ?*

— Bien sûr.

Stark attrapa le saladier et la panière et les emporta dans la salle à manger. Lizzie le suivit chargée de ce qui semblait être des lasagnes. Jayson jeta un regard noir au plafond. Il ne croyait en aucune divinité, mais il ne put que se demander : *Avez-vous créé cette femme spécialement pour moi ?*

Parce que, franchement, cette femme était dotée d'un corps fait pour pécher et d'un intellect qui le captivait, en plus d'être gourmande. S'il croyait aux âmes sœurs, il aurait certainement pensé avoir trouvé la sienne, mais ses millénaires d'expérience lui firent entendre raison. L'amour n'existait que pour de rares chanceux et même pour eux, cela ne durerait jamais pour toujours.

La plupart des gens se lassaient de leurs partenaires au bout de quelques années, des décennies s'ils avaient de la chance. Et la race de Jayson était éternelle. Les immortels ne cherchaient pas les romances à long terme, mais il n'était pas opposé à l'idée de multiplier les rapports sexuels avec une personne. Et avec quelqu'un comme Lizzie ? Ouais, il aimerait vraiment profiter d'elle plus d'une fois.

Elle posa son plat sur la table et heurta le torse de Stark en se retournant. Jayson fit un pas en avant, prêt à intervenir, mais il retrouva la raison avant d'entamer son deuxième pas.

Qu'est-ce que tu comptes faire, bon sang ? Le tirer loin d'elle ?

Il passa ses doigts dans ses cheveux. Cette mission commençait vraiment à le détraquer. À ce rythme, il aurait besoin que Balthazar l'accompagne en soirée. Peut-être un autre séjour à Rio, ou bien Dublin. Il aurait besoin d'au moins trois rouquines pour satisfaire ses désirs. *Merde.* Ce sentiment ne ferait qu'empirer à mesure que la mission avancerait et il avait désespérément besoin de se concentrer. Une femme ne devrait pas le pousser à ignorer ses instincts. Jamais. Il se rassit sur le plan de travail et sortit son téléphone pour envoyer un message à Grace.

J'ai besoin de prendre ma soirée une fois que ce plan avec Wakefield sera terminé. Je te laisse tout organiser et prévenir B.

Il rempocha son téléphone après s'être assuré que le son et le vibreur étaient désactivés, puis observa Stark aider Lizzie à s'asseoir. Le contact physique était vraiment superflu. Elle devait bien être capable de s'installer toute seule.

— Je n'ai pas amené les verres d...

— Vous en avez déjà fait assez, l'interrompit la sentinelle. Je m'occupe des boissons.

Les boissons, hein ? songea Jayson. *Comme c'est pratique.*

— Ça a l'air fantastique, murmura Jonathan, détournant son attention alors que Stark poussait sa chaise sous la table.

— Oh, euh, merci, répondit Lizzie, se focalisant sur le fameux Ichorien.

Pour elle, il était simplement le PDG de la FHC. Jayson quant à lui ne voyait que le traître meurtrier qui avait assassiné Eli, l'un de ses amis les plus anciens et les plus proches.

Je finirai par te tuer un jour, Jonathan.

Les larges épaules de Stark entravaient la vue de Jayson et lui rappelèrent son objectif. Il détendit ses mains et ses bras, prêt à passer à l'attaque si nécessaire. La cuisine était assez grande pour abriter un îlot, mais n'en contenait pas. Les comptoirs surdimensionnés et la table de bar donnant sur la salle à manger donnaient à l'espace un côté spacieux et pourtant, la présence de Stark emplissait la pièce quand il ouvrit le frigo. Un air de danger émanait de lui et pas seulement à cause des six lames que Jayson détectait sur lui. C'était dans sa manière de bouger, comme s'il savait qu'il était le prédateur le plus létal de la pièce. Il sortit une bouteille de vin blanc du frigo.

— Où est-ce que vous rangez les verres ? demanda-t-il à Lizzie.

Elle lui indiqua le placard de l'autre côté de l'évier par rapport à Jayson. Il envisagea de se décaler, mais craignit que le moindre mouvement n'attire l'attention de Stark sur sa présence. Il semblait bien trop conscient de son environnement, comme s'il était capable de détecter des choses qu'il ne devrait pas. Le rapport de Tom mentionnait la possibilité que Stark ait pu bénéficier d'améliorations au sein de la FHC. À en juger par sa manière de bouger, Jayson partageait son opinion. Une rangée de verres à vin apparut, puis Stark déboucha la bouteille et servit des portions équitables. Cela aurait dû être fait à table, et non à côté de l'évier, mais son objectif devint évident quand il sortit un tube de liquide clair d'une de ses poches.

Le voilà enfin.

Stark versa un quart du contenu dans l'un des verres, reboucha le petit contenant, puis le posa sur le plan de travail. Il fit tournoyer le liquide un instant avant d'attraper un deuxième verre et de se diriger vers la table. Jayson croisa le regard d'Issac avant de descendre du plan de travail pour ouvrir le même placard que Stark. Avec de la chance, Lizzie ne remarquerait pas l'absence d'un verre. Il ne perdit pas une seconde à jeter un coup d'œil par-dessus son épaule. Si quelqu'un remarquait ses bêtises, il entendrait leur réaction, mais plus encore, il faisait confiance à Issac pour assurer ses arrières.

La petite fiole en verre ne contenait probablement pas plus de cent millilitres de sérum au mieux. Il ne pouvait pas s'emparer de la totalité au risque d'être démasqué, donc il choisit d'en prendre environ la même quantité que ce que Stark avait versé dans le verre de vin, en espérant que ce serait suffisant. Il reposa avec précaution le tube à sa place, de justesse. Stark attrapa deux autres verres, les emporta à table et revint chercher le dernier. Il glissa le flacon dans sa poche sans en vérifier le contenu.

Soudain, l'idée qu'il était trop commode que la sentinelle ait laissé traîner le tube sur le comptoir de manière aussi décontractée lui traversa l'esprit. Comme s'il l'avait fait de manière délibérée. Mais pourquoi aurait-il fait ça ? Stark n'avait aucun moyen de savoir que Jayson guettait la moindre opportunité. À moins d'avoir senti sa présence. La sentinelle s'assit sans un regard en arrière, son expression aussi placide que lorsqu'il avait servi le vin.

Non. Stark ne pouvait pas l'avoir remarqué. Si c'était le cas, il y aurait eu une bagarre et pourtant la sentinelle avait l'air complètement blasée. Jayson secoua la tête et se dirigea vers la chambre de Stas, où Jacque l'attendait sur le lit. Il ne leva pas le nez de son téléphone alors même qu'il hissait un coude en l'air. Jayson s'en saisit et s'esclaffa alors que son salon apparaissait autour d'eux. Le téléporteur parvint à atterrir sur le canapé, les jambes croisées et son téléphone toujours en main, alors que Jayson se trouvait debout à côté de lui.

— Je me souviens de l'époque où tu étais incapable de faire cinq pas sans te téléporter malencontreusement. Tu revenais quelques heures plus tard avec cet air terrifié sur le visage.

Jacque haussa les épaules.

— Je maîtrise désormais mon sujet.

— C'est sûr.

Il posa délicatement le verre sur la table basse, puis consulta les messages de Grace.

Tu sais que je t'aime, mais je ne suis pas ta baby-sitter. x

Sa blague le fit sourire. Tous les Anciens avaient une équipe de sécurité dédiée composée d'Hydraiens aux talents uniques. La protection rapprochée de Jayson comptait cinq membres, dont Grace faisait partie. Jacque servait principalement Luc, mais son don incroyable le rendait utile à tous.

—Je reviens tout de...

Jacque disparut avant de finir sa phrase.

À bientôt, G, tapa Jayson, conscient que Jacque était en route pour aller la chercher.

Il envisagea de se changer en attendant, mais il ne savait pas précisément ce que Balthazar aurait en tête. Probablement une boîte de nuit européenne considérant le décalage horaire, ou peut-être qu'ils trouveraient quelque chose aux États-Unis pour s'occuper. Dans tous les cas, ce serait certainement une nuit de débauche, comme d'habitude. Contrairement à ce qu'il anticipait, cette idée ne le fit pas sourire. Au lieu de ça, une étrange douleur irradiait depuis son estomac.

— C'est insensé, marmonna-t-il.

Parce que cette peine étrange lui rappelait la culpabilité, ce qu'il n'avait aucune raison de ressentir. Il ne devait rien à Lizzie, et vice versa. Sauf qu'il avait envie de lui devoir quelque chose. Même beaucoup de choses, franchement. *C'est parce que c'est interdit*, décida-t-il. Jayson adorait les challenges et l'interdiction de séduire une personne ne faisait qu'attiser son désir pour elle. Si on ajoutait à cela l'innocence innée de Lizzie et ses traits séduisants, il n'était pas surprenant qu'il ait plongé au pays des merveilles. Il se frotta la nuque et fusilla le sol du regard.

— Putain.

— Oui, je crois que c'est exactement ce dont tu as besoin, murmura Balthazar à côté de lui.

Il était apparu au bon moment, comme toujours.

— Par où on commence, Jay ?

LES TROIS VERRES de vin n'avaient pas aidé le mal de tête qui se formait derrière les orbites de Lizzie. Elle essayait sincèrement de sourire et de savourer la conversation, mais c'était difficile quand celle-ci tournait entièrement autour de la FHC et de questions politiques. *Je m'en fous*, aurait-elle aimé annoncer à plus d'une reprise. Mais ce dernier sujet concernant l'entraînement de Stas lui nouait particulièrement l'estomac.

— Elle est prête à passer à l'étape suivante, racontait Stark. L'observation.

— Ah ouais ? Tu en as marre de me botter les fesses tous les jours ?

Un sourire narquois retroussa les lèvres du blond, ou du moins c'était ce que pensait Lizzie. D'après ce qu'elle avait observé, ses expressions variaient rarement.

— Non, nous allons continuer jusqu'à ce que tu me battes. Donc tu peux t'attendre à ce que ça dure longtemps.

Stas donna un coup de coude à Issac.

— Tu vois, je t'ai dit que ça lui arrivait de plaisanter.

— Je crois que c'est à ce moment que je suis censé être inquiet, non ? Quand nous discutons des coups qu'un autre homme donne à ma petite amie ? demanda Issac avec un sourire qui n'atteignait pas tout à fait son regard saisissant.

— Elle se défend assez bien, répondit Stark. Ces jours-ci en tout cas. Quand nous avons commencé, j'ai cru qu'elle préférait passer son temps allongé au sol plutôt que debout.

— Et je t'ai aussi dit que c'était un connard, non ? ajouta Stas.

Le docteur Fitzgerald secoua la tête en rigolant, alors

que Lizzie se concentrait sur son vin. Cette soirée finirait bien par se terminer. Il fut un temps où elle saisissait la moindre occasion d'organiser des dîners, surtout quand cela lui permettait d'inviter Tom et son père, mais son engouement avait décliné au cours de cette dernière année. Cela avait commencé quand Stas avait accepté un stage au sein de la FHC et ça s'était intensifié quand elle avait choisi de rejoindre l'organisation de manière permanente après leur remise de diplômes. Elle était désormais une sentinelle, tout comme Tom, et finirait probablement elle aussi six pieds sous terre.

Lizzie resserra sa prise autour du pied de son verre en songeant à ça. Comment était-il possible que personne n'y voie de problème ? Ils étaient tous aveuglés par la bienveillance de la FHC et ignoraient la possibilité que Stas puisse être blessée, ou pire. Ils pouffaient tous en discutant de son entraînement pénible et de la prochaine étape qui consisterait à observer Stark à l'étranger. Comme s'il s'agissait d'une comédie et non d'une tragédie. Elle secoua la tête, s'efforçant de chasser ces pensées, mais sa colère ne fit qu'accroître. N'avaient-ils pas le moindre remords ?

Le père de Tom était assis deux sièges plus loin, tout *sourire*. Cela faisait huit semaines que les funérailles avaient eu lieu et il semblait complètement imperturbable, alors que Lizzie était assise en compagnie de son cœur brisé et s'inquiétait que toutes les personnes qu'elle avait jamais aimées ne finissent par mourir de manière atroce. Et tout le monde s'en fichait. La conversation se poursuivit de manière imperceptible à ses oreilles, comme si elle était sous l'eau. Encore et toujours sur la FHC.

Rien au sujet de la mort de Tom. Pas de tristesse. Pas de culpabilité. Pas la moindre mention.

Juste une conversation banale concernant le futur de

Stas au sein de l'organisation qui avait accaparé le père de Lizzie, la laissant entre les griffes de Lillian Watkins. Un enchaînement sans fin de leçons de ballet, de concours de beauté et de leçons d'étiquette. Sans oublier les encouragements à s'affamer et la désapprobation peu subtile concernant son choix d'épouser toute autre carrière que celle de femme au foyer. Enfant, Lizzie avait haï son père pour ne jamais l'avoir protégée et son travail pour l'avoir éloigné d'elle. Désormais adulte, elle était consciente que ce n'était pas la faute de la FHC, mais cette haine irrationnelle ne l'avait jamais quittée et l'emplissait de malaise à chaque fois qu'elle s'approchait du siège.

La disparition de Tom avait fait remonter tout cela à la surface, de même que l'embauche de Stas et sa décision de rejoindre l'unité qui l'avait tué. Ils ne comprenaient pas à quel point il était douloureux de les écouter parler d'une organisation qu'elle détestait – d'être la seule à se sentir misérable pendant qu'ils riaient, souriaient et *profitaient* de l'instant présent.

Je les déteste.

C'était une pensée tellement irrationnelle. Elle le savait, mais elle retentit dans son esprit, encore et encore jusqu'à ce qu'un hurlement se loge dans sa gorge. Une gorgée de vin le renvoya à sa place dans les tréfonds de son cœur. Sa mère lui avait bien appris à masquer ses émotions, l'un des seuls cadeaux qu'elle lui ait faits au cours de son enfance. Ayant besoin de se distraire, Lizzie entreprit de débarrasser la table sans un mot. Elle sentit le regard inquiet que Stas posa sur elle, mais elle refusa d'en faire état.

Être en colère contre sa meilleure amie était aussi troublant que juste. Elles avaient été si proches, avaient échangé leurs moindres secrets et passé beaucoup de bons moments ensemble, mais ces derniers temps, Lizzie avait l'impression de vivre avec une inconnue. Stas rentrait rarement à la maison et quand c'était le cas, elle venait avec Issac ou ne restait que quelques minutes avant de repartir. Leurs soirées filles hebdomadaires étaient devenues des événements mensuels et gênants, et se terminaient toujours tôt. Lizzie n'en voyait plus l'intérêt. Elle se sentait si seule. Une larme menaça de couler, mais elle l'écrasa.

Je me comporte comme une gamine. De manière émotionnelle. Et irrationnelle.

Elle avait besoin d'une distraction. Et peut-être aussi de grandir un peu. Tom l'avait toujours vue comme une gamine parce qu'elle se comportait comme telle, et bouder dans la cuisine lui donnait simplement raison. Elle déposa les dernières assiettes dans l'évier. Il était temps pour elle de les nettoyer méticuleusement à la main avant de les poser sur l'égouttoir, mais ses mains refusèrent d'obéir.

Pourquoi est-ce que je m'inflige ça ?

Il n'était pas encore neuf heures du soir, un vendredi, et elle se trouvait seule dans sa cuisine, à contempler une pile d'assiettes. Un gloussement enfla sa poitrine quand elle saisit enfin l'absurdité de la situation. *Vingt-quatre-ans et j'en approche cinquante.* Au diable tout ça. Elle s'occuperait de la vaisselle plus tard. Peut-être même demain. Ce changement mineur dans sa routine lui ôta un poids invisible des épaules. Tout le stress et la déception de ce dîner lui échappèrent dans un souffle. Un sentiment de liberté et d'extase la submergea quand elle réalisa qu'elle pouvait faire ce que bon lui chantait. Elle n'avait pas de copies à corriger, pas besoin de se lever pour le travail le lendemain matin et aucune obligation mise à part celle qu'elle avait envers les invités assis à table. Mais aucun d'eux ne s'adressait à elle, alors pourquoi rester ?

Elle pourrait peut-être appeler Cam ou Kristin. Ça faisait un moment qu'elle n'avait pas vu ses camarades de sororité. Pourquoi ne pas les inviter à boire un verre et se lâcher un peu dans un bar ? Ou peut-être ferait-elle mieux de s'y rendre seule et de rencontrer un inconnu. C'était une idée scandaleuse. C'était génial. Un sourire aux lèvres, elle prit la direction de sa chambre et rafraîchit son maquillage avant d'enfiler une paire de talons qui allaient avec sa robe rouge et d'attraper son sac à main. Lizzie se figea dans le couloir à côté du salon en entendant son nom.

— Oui ? demanda-t-elle en se tournant.

— Qu'est-ce que tu fais ?

— Je sors, répondit Lizzie, sans même avoir de destination en tête.

Sa mère serait furieuse quand elle en entendrait parler, mais cela lui importait peu. Elle avait plus que mérité ce répit des mondanités.

— Passez une bonne soirée.

— Attends, Liz...

Mais Lizzie n'avait pas l'intention d'attendre qui que ce soit. Elle ouvrit la porte et la claqua derrière elle de manière irrévocable. Ses pieds prirent la direction de la cage d'escalier avant qu'elle ne réalise ce que son cœur avait en tête. Jayson Masters. Pourquoi devrait-il être le seul autorisé à passer à l'improviste ? Lizzie aussi pouvait agir de manière spontanée et, s'il était absent, et bien elle n'aurait qu'à trouver un plan B. Un sourire de défi retroussa ses lèvres. Oui, elle avait enfin trouvé quoi faire – profiter de la vie.

Elle commencerait en annonçant à son voisin particulièrement arrogant ce qu'elle ressentait. Pas avec des mots, mais plutôt à l'aide de sa bouche.

9

QUELQUES COURSES À FAIRE

Le sujet semble prêt pour des tests d'interactions humaines. Rendez-vous avec le modérateur demain pour discuter des paramètres et conditions.

Entrée 117.12.4-7

— TU ES PRÊT ? demanda Balthazar depuis le seuil de la chambre.

Il avait accompagné Jacque pour apporter le mystérieux liquide à l'équipe de Luc pour qu'ils puissent l'étudier. Son retour reporté suggérait que leur ami omniscient l'avait interrogé au passage. Quelle surprise.

— Presque.

Jayson ajusta le col de sa chemise grise sans attacher le bouton du haut et ajouta une veste légère à sa tenue. Son jean foncé lui donnait un air décontracté qui convenait à leur destination. Balthazar était habillé de manière similaire, mais sans veste.

— Moins de vêtements à enlever plus tard, murmura-t-il en réponse à l'observation mentale de Jayson.

— Ça fait partie du plaisir, B.

— Tu vois, c'est pour ça que tu m'as manqué. Les autres n'ont pas encore atteint notre niveau.

Il assena une claque dans le dos de Jayson.

— Allons nous amuser.

— Ne laisse pas Luc t'entendre dire ça.

Ils étaient tous les trois compétitifs et Luc se défendait plus que bien.

— Il nous a défoncés l'année dernière pour ce défi du sirop d'érable.

Balthazar afficha un large sourire alors qu'ils rejoignaient le salon.

— C'était une belle semaine.

— Qu'il ait réussi à faire accepter cette position à ces deux femmes...

Jayson siffla en se remémorant ce souvenir.

— C'était un sacré spectacle.

— Il a bien mérité cette victoire, acquiesça Balthazar. Les doigts dans le nez.

— Ou plutôt haut la main, pour ainsi dire.

Balthazar s'esclaffa.

— En effet.

— J'aimerais toujours savoir ce qui s'est passé au Brésil, intervint Grace depuis le canapé.

Ses pieds nus étaient posés sur la table basse, un saladier de pop-corn entre les mains.

— Jay s'est vautré ; plusieurs fois.

Jayson haussa un sourcil.

— Et pas toi ?

Toute cette fichue compétition était due à un débat – pas le premier – sur la supériorité des gaufres comparées aux pancakes. La débauche qui avait suivi avait satisfait Jayson pendant plusieurs semaines.

— J'ai cru que c'était évident.

B fit un clin d'œil à l'Hydraienne qui avait piqué un fard.

— Grace connaît bien mes techniques au lit, n'est-ce pas, chérie ?

Jayson ne souhaitait pas tout savoir. Et c'était l'un de ces détails.

— On devrait y aller avant que je change d'avis.

Il faut juste qu'on mette la main sur Jacque. Le téléporteur était probablement dans la cuisine en train de chaparder ses provisions.

— Mmm, je doute que ça t'arrive de sitôt, répliqua Balthazar avec un sourire entendu.

Jayson n'aimait pas cette expression. Il savait parfaitement ce qui suivait habituellement.

— Qu'est-ce... ?

Un coup frappé à sa porte l'interrompit.

— Tu ferais mieux de répondre.

Balthazar s'installa tranquillement sur le canapé à côté de Grace.

— Ça pourrait être important.

Lizzie. Si c'était qui que ce soit d'autre, Balthazar aurait ouvert la porte lui-même. Un coup d'œil à travers le judas lui donna raison. Il appuya sur la poignée et sourit à sa rouquine préférée. Elle entama la conversation sans lui laisser de chance d'en placer une.

— J'ai décidé que tu n'étais pas le seul qui pouvait passer à l'improviste.

L'assurance dans sa voix et l'absence de salutation le firent sourire.

— Salut à toi aussi, Rubis.

— Salut, ajouta-t-elle après coup. Je n'ai pas choisi quoi faire, mais j'aimerais sortir.

Ses sourcils se hissèrent légèrement.

— Ah ouais ? Pour faire quoi, par exemple ?

— Danser.

Elle le contourna avant de continuer :

— Et peut-être boire quelques verres de plus.

Sa voix se perdit quand elle remarqua le couple installé sur le canapé.

— Oh...

Ce rose délicieux envahit son cou et lui monta aux joues quand elle fit volte-face pour le regarder.

— Je suis désolée. Oh mon Dieu. C'était si malpoli. Je n'avais pas réalisé que tu avais de la compagnie, mais j'aurais dû m'en douter. Je vais... euh...

Elle tenta de le contourner une nouvelle fois, mais Jayson l'empêcha de partir.

— Danser et boire, murmura-t-il en répétant ses requêtes. Est-ce que ça veut dire que tu acceptes de te rendre à un concert avec moi ?

Elle renifla et croisa son regard.

— J'ai dit que je voulais danser, et non que je voulais me frapper la tête contre un mur.

Il posa une main sur son torse.

— Tu me brises le cœur, Lizzie.

— J'en doute, répondit-elle avec un petit sourire coquin. Et tu ne m'as pas envoyé de message pour m'inviter à un concert, donc ça veut dire que tu me dois une soirée film à la place.

Il s'immisça dans son espace vital.

— Je préfère franchement l'idée de danser et de boire à ça, admit-il à voix basse. Mais si tu insistes, ça marche.

— Hmm, je vous donne un cinq et demi, murmura Balthazar en s'approchant nonchalamment de Lizzie.

Elle ne comprendrait pas le sens de ses paroles, mais Jayson saisit leur implication. *Fous-moi la paix, B. Elle est innocente.* S'il se montrait trop insistant, elle prendrait ses jambes à son cou. L'expression de Balthazar disait clairement : *Je vais te montrer comment faire.*

— Tu dois être la ravissante voisine à laquelle Jayson ne cesse de penser.

Il lui tendit la main.

— Moi, c'est Balthazar, le plus vieil ami de Jayson et le plus cher aussi. Tu es Lizzie, c'est ça ?

— Euh, ouais.

Elle prit sa main.

— C'est un plaisir de te rencontrer.

Il porta le poignet de Lizzie à ses lèvres.

— De même ?

La voix essoufflée de Lizzie crépita sur la peau de Jayson. Il ne s'était jamais soucié de la réaction des femmes qui rencontraient Balthazar. Il était capable de faire ployer ses conquêtes d'un simple regard, ce qui faisait de lui le partenaire de drague idéal et la source de nombreux divertissements et plaisirs. Mais entendre Lizzie réagir ainsi face à son ami le troubla. Balthazar relâcha la main de Lizzie bien trop doucement au goût de Jayson avant de demander :

— Je suppose que tu viens pour la fête ?

— La fête ? répéta-t-elle.

Qu'est-ce que tu fiches ?

Chut. Je gère, Jay, semblaient dire ses yeux.

Oh, mais bien sûr.

— Jay ne t'a rien dit ? protesta Balthazar. C'est bien lui ça. Il n'est pas doué pour l'organisation d'événements.

Cette dernière partie avait été murmurée à l'intention de Lizzie avec un air conspirateur, lui arrachant un gloussement. *Et maintenant tu fais le con.* Une lueur malicieuse éclaira le regard de Balthazar.

— Il ne t'a même pas proposé un verre.

Il secoua la tête, feignant la désapprobation.

— Qu'est-ce que je peux t'offrir ma belle ? Tu aimes le vin ?

Jayson ferma la porte, car Lizzie allait manifestement rester pour la fête qu'il n'avait aucune intention d'organiser. Elle claqua plus fort qu'il ne l'avait voulu, même si personne ne sembla le remarquer.

— Euh...

Lizzie humecta ses lèvres.

— Un verre de vin serait parfait, oui.

— Génial, murmura Balthazar. Installe-toi pendant que nous préparons les verres avec Jay. Tu veux une bière, Grace ?

— Évidemment, répondit-elle depuis le canapé.

Ses jambes étaient toujours posées sur la table basse, mais elle s'était débarrassée du pop-corn.

— Viens, Jay, dit Balthazar en indiquant la cuisine d'un mouvement de tête. Il serait temps que tu fasses ton devoir d'hôte.

— Bien sûr, répliqua Jayson. Lizzie, je te présente Grace. Promis juré, elle est presque inoffensive.

Il offrit un clin d'œil à sa Gardienne préférée en disant ça, puis s'éloigna de la porte.

— Je reviens dans une minute

Il faut que je botte le cul de mon meilleur ami. Balthazar ricana.

— Tu vas avoir besoin de plus d'une minute.

— On verra bien, n'est-ce pas ? marmonna-t-il en suivant son ami à travers la salle à manger.

Ils contournèrent le mur et trouvèrent Jacque, installé sur un comptoir, une boîte à pizza sur les genoux. Jayson étudia le carton vide.

— Personne ne te nourrit à Hydria ?

— Ton frigo était plein de restes. Je t'aide juste à le vider, répondit le téléporteur maigrichon, la bouche pleine.

— Charmant, marmonna Jayson.

— Je pourrais en dire autant de toi, Jay. Qu'est-ce que c'était que ça ? demanda Balthazar. Une tentative de drague foireuse ? Tu as oublié ce que je t'ai appris ?

— Genre, comme si tu m'avais enseigné quoi que ce soit.

Jayson ouvrit le frigo à la recherche d'une bouteille de vin qu'il n'avait pas.

— On sait tous les deux que je suis parfaitement capable de me débrouiller, B.

— Est-ce que je vous ai bien entendu parler d'une fête ? les interrompit Jacque. Parce que tu vas avoir besoin de plus d'alcool que ça.

— Et d'invités, ajouta Jayson. Qu'est-ce qui t'a pris de l'inviter à rester pour une soirée ?

— Laisse-moi gérer ça, répondit Balthazar avec un sourire entendu. Pour commencer, on a besoin d'une bouteille de vin. Jacque ?

— Je m'en occupe.

Il disparut en un clin d'œil. Jayson se frotta la nuque et souffla.

— Tu parles d'une soirée de repos.

Et il blâmait Balthazar plus que Lizzie pour ce contretemps.

— T'ai-je déjà induit en erreur ? demanda son ami. Je gère.

— Il s'agit d'un nouveau défi ? supposa Jayson en pouffant. Dis-moi tout.

— Oh, non. C'est bien mon choix, mais tu me remercieras demain matin.

La promesse dans sa voix était justifiée après tous ces siècles à parfaire son expérience. Jayson haussa les épaules.

— D'accord.

Quand Balthazar avait une idée en tête, son souhait se

réalisait et Jayson ne s'en plaignait pas. *À condition que ça ne fasse pas de mal à Lizzie*. Il fit la grimace quand cette idée lui traversa l'esprit. Pourquoi cela lui nuirait-il ? Ils ne s'étaient rien promis. Certes, il l'aimait bien, mais elle était le fruit défendu – un atout – auquel il n'avait pas le droit de toucher. *Elle ne le sait pas*.

— C'est un sacré dilemme, songea Balthazar. Mais ne t'inquiète pas. Nous allons régler ça.

Il assena une tape sur l'épaule de Jayson au moment où Jacque réapparaissait, une bouteille de vin dans chaque main.

— Je ne savais pas ce que tu préférerais, donc j'en ai attrapé deux dans la cave de Wakefield.

Le téléporteur les posa sur le plan de travail puis se tourna vers Balthazar.

— Je suppose qu'il est temps d'aller chercher d'autres personnes et de récupérer de quoi boire ?

— En effet. Commençons par Maria.

Bouche bée, Jayson regarda Balthazar tendre la main à Jacque.

— Tu n'es pas sér...

Mais c'était trop tard. Balthazar et Jacque avaient déjà disparu. *Merde*. La spécialité de Maria était d'altérer les mémoires à court terme, ce qui ne pouvait indiquer qu'une seule chose : Balthazar avait prévu de passer prendre des humains au hasard dans des bars et de les téléporter jusqu'ici. Chez Jayson. En plein centre de New York. Il grogna en comprenant enfin le plan stupide de son ami. Ils auraient eu tout aussi vite fait d'afficher une pancarte dehors pour inviter les Ichoriens à leur fête.

— Tu as besoin d'aide ? demanda Lizzie qui venait d'apparaître dans la pièce.

Elle étudia les deux bouteilles fermées puis la position

de Jayson contre le plan de travail. Il s'y était adossé le temps de se lamenter de la situation.

— Où est parti ton ami ?

— Il s'occupe de régler quelques détails pour la fête, répondit-il vaguement.

— Oh, OK. Est-ce que tu veux que je t'aide à préparer quoi que ce soit ?

La pointe d'espoir dans sa voix ne fit qu'accroître son appréciation pour elle.

— Je suis capable d'ouvrir le vin.

Il se mit en quête d'un tire-bouchon. Mateo et Issac s'étaient occupés d'aménager l'appartement pour lui. Il devait forcément y en avoir un quelque part. La porte du réfrigérateur s'ouvrit à côté de lui et il jeta un regard interrogateur à Lizzie.

— Je vais t'aider, expliqua-t-elle avec un tendre sourire.

Cette femme n'avait vraiment pas idée de l'impact que sa beauté avait sur les autres.

— À préparer de quoi manger, je veux dire.

— Préparer à manger ?

— Ouais. Tu sais, comme un plateau de fromages, des fruits...

Sa voix s'estompa quand elle remarqua que la plupart de ses étagères étaient vides.

— Ou pas...

Elle referma la porte et haussa un sourcil.

— Comment comptes-tu organiser une soirée sans la moindre nourriture ?

— Euh...

La plupart de ses soirées se terminaient au lit, et non dans la salle à manger. Son deuxième sourcil rejoignit le premier.

— Tu ne comptes rien offrir d'autre que de la bière et du vin ?

— Eh bien, répondit-il en se frottant le cou, je n'avais pas vraiment prévu de...

Ses pensées devinrent beaucoup plus obscènes quand il nota la lueur fougueuse tapie au fond du regard de Lizzie. Ses pupilles se dilateraient-elles de cette manière au lit ?

— Jayson Masters, le réprimanda-t-elle. Tu ne peux pas organiser une fête sans nourriture !

Elle secoua la tête.

— À quelle heure tes invités vont-ils arriver ?

Il se remémora les intentions de Balthazar et haussa les épaules.

— Peut-être trente minutes ?

Lizzie souffla.

— Ce n'est pas énorme, mais on devrait pouvoir préparer quelque chose.

Elle mit la bouteille de vin blanc au frigo, près de sa réserve personnelle de bière, et laissa la bouteille de vin rouge sur le plan de travail. Jayson savait que Balthazar apporterait plus d'alcool, mais les bouteilles déjà présentes permettraient de lancer la fête.

— Allons-y.

Elle attrapa sa main et tira dessus un bon coup pour l'obliger à la suivre. Son sexe aurait préféré qu'ils prennent la direction de sa chambre, mais elle avait apparemment autre chose en tête.

— Où est-ce qu'on va ? demanda-t-il.

— Il y a une épicerie ouverte vingt-quatre heures sur vingt-quatre et sept jours sur sept entre la soixante-dix-septième rue et Broadway. On va chercher quelques trucs.

Elle avait déjà atteint la porte. Il remarqua son sac à main sur la console, mais elle ne prit pas la peine de l'attraper. C'était une bonne chose qu'il ait son portefeuille avec lui − même s'il n'avait jamais eu l'intention de la laisser payer.

— Amusez-vous bien.

Grace les salua de la main, visiblement amusée.

— Je monte la garde jusqu'à votre retour.

— C'est vraiment trop mignon, répliqua-t-il.

Elle lui offrit un large sourire.

— De rien, Jay. Tout le plaisir est pour moi.

Lizzie l'attira dans le couloir avant qu'il ne puisse répondre et l'encouragea à avancer.

— Combien de personnes sont invitées ?

Connaissant Balthazar...

— Au moins vingt.

Et la plupart d'entre elles seraient des femmes.

— Je devrais pouvoir me débrouiller.

Il admira ses fesses alors qu'elle descendait les escaliers devant lui. Ouais, il y avait des passe-temps plus terribles que de la laisser le tirer par le bout du nez. Sauf au lit. Il aimait trop avoir le contrôle pour ça. Elle énuméra plusieurs idées *d'amuse-gueule* en route pour l'épicerie et il acquiesça à chacune d'entre elles juste pour le plaisir. Sa définition d'une soirée était bien différente de celle de Lizzie, mais il s'en fichait. Toutes ces formalités lui rappelaient un peu Amelia, ou en tout cas, celle qu'elle avait été. L'Amelia qui était revenue à Hydria deux mois auparavant semblait bien moins enthousiaste à l'idée de servir d'hôtesse. Il ne pouvait pas lui en tenir rigueur. La torture laissait toujours des traces. Jayson attrapa un panier à côté de la porte et suivit les instructions de Lizzie à travers le magasin. Il tendit ensuite sa carte au caissier, un sourire stupéfait retroussant ses lèvres quand il remarqua la note que Lizzie avait accumulée en moins de dix minutes de vadrouille.

— Tu es vraiment douée pour les courses, Rubis, murmura-t-il.

— Oh, ce n'est rien, dit-elle. Tu devrais me voir en compagnie de mes copines de sororité.

— Ah ouais ? Dis m'en plus au sujet de ces sœurs.

Il attrapa les sacs réutilisables que Lizzie avait insisté pour acheter en plus de la nourriture. Elle avait prétendu qu'ils étaient meilleurs pour l'environnement, ce qu'il ne pouvait pas nier.

— Tu veux en savoir plus au sujet des soirées lingeries et des batailles d'oreillers, c'est ça ?

— Absolument.

— Désolé, mais c'est un cliché.

C'est faux, Rubis. Il avait assisté à plusieurs d'entre elles au cours de son existence.

— C'est le genre de choses que tout le monde aimerait faire avant de mourir.

Elle pouffa.

— Non merci.

— Même pas avec moi ? la taquina-t-il.

Elle rougit.

— Euh, je…

— Je plaisante, Rubis.

Pas vraiment. Ses oreilles innocentes n'étaient pas encore prêtes à entendre ses suggestions.

— Alors, dis-moi, pourquoi est-ce qu'on a besoin de farine déjà ?

La commissure de ses lèvres se retroussa.

— Pour faire des cookies.

— Pour moi ?

— Pour tes invités.

— Oh, Rubis, ça ne va pas aller. Je ne partage jamais ce qui est à moi.

Et c'était vrai pour bien plus que les cookies. D'accord, il avait déjà profité d'une femme, ou de plusieurs, avec Luc et Balthazar au fil des ans, mais jamais celles qu'il désirait pour lui-même. Comme Lizzie. Même si ce n'était pas au programme pour le moment.

— Qui a dit que c'était *tes* cookies ? railla-t-elle, ses yeux brillant de joie.

Ce côté enjoué l'attirait tout simplement. Il irait même jusqu'à dire qu'il trouvait leurs échanges amusants.

— Tout d'abord, tu m'as promis de me faire des cookies, lui rappela-t-il. C'est la seule chose qui me poussera à t'en dire plus sur les endroits où j'ai vécu. Et ensuite, c'est moi qui ai acheté les ingrédients. Donc ce sont mes cookies, Rubis.

— Tu as payé les courses parce que c'est ta fête. Et techniquement, tu me revaudras ça parce que je t'ai sauvé la peau et que je t'aide à préparer de quoi grignoter pour tes invités.

Sa provocation se reflétait dans ses yeux.

— De plus, peut-être que ça ne m'intéresse plus de découvrir d'autres informations à ton sujet.

— Oh, nous savons tous les deux que tu es intéressée, contra-t-il. Ne raconte pas de mensonge.

— Whaouh, ce n'est pas arrogant du tout.

— Rubis chérie, tu n'as même pas encore effleuré les limites de mon arrogance, mais libre à toi d'en explorer les profondeurs à ton gré.

— Comme c'est aimable à toi, *voisin*.

— Hé, j'essaye toujours de me montrer accueillant.

Il lui fit remarquer les quatre sacs dans ses mains.

— En voilà la preuve.

Elle rit et secoua la tête.

— Tu veux que j'en porte un ?

— C'est maintenant que tu demandes, alors que nous arrivons.

Il secoua la tête, faisant mine d'être déçu.

— Et dire que tu as une piètre opinion de mes talents d'hôte.

Elle ouvrit la bouche et la referma.

— Merde. J'aurais dû te proposer... Je suis...

— Je plaisante, Lizzie. Comme si je t'aurais laissée porter ces sacs pour moi. Je ne suis peut-être pas le meilleur des hôtes, mais je sais me conduire comme un gentleman.

Même quand tout ce que je souhaite c'est laisser tomber ces sacs, te plaquer contre le mur et dévorer ta bouche. Elle sautilla en avant pour ouvrir la porte de l'immeuble et braqua sur Jayson un sourire triomphant.

— Ça y est, j'ai retrouvé mes bonnes manières.

— Je suis presque certain que tu ne les as jamais perdues, répondit-il tout en saluant le portier qui se tenait derrière Lizzie avec signe de tête chaleureux. Salut, Dennis.

— Bonsoir, Jayson. Lizzie.

Il opina du chef et verrouilla l'entrée derrière eux une fois qu'ils eurent passé le seuil. Jayson envisagea brièvement de le prévenir pour la fête, mais Lizzie était déjà en route vers l'escalier. Ses jambes de ballerine étaient décidément rapides comme l'éclair quand elle décidait de s'en servir. Il la suivit en riant et grimpa les escaliers quatre à quatre pour la rattraper. Quand ils atteignirent son couloir, il remercia le ciel en remarquant le silence. Balthazar était toujours absent, ou alors il avait recruté moins de monde que prévu pour leur petite fête.

— C'est probablement ouvert, dit-il quand ils approchèrent.

Lizzie appuya sur la poignée et se figea quand une musique sensuelle envahit le couloir.

— Tu avais dit qu'il y aurait vingt personnes.

Il jeta un coup d'œil par-dessus son épaule.

—J'ai dit peut-être vingt personnes.

Le nombre de convives était manifestement plus proche de trente ou quarante. Il reconnut plusieurs Gardiens dans la foule. Ils étaient absolument loyaux. Tant qu'ils ne quittaient pas l'appartement, il n'y aurait pas de problème. Le reste des invités étaient des mortels inoffensifs, bien qu'un peu bruyants. Il n'y avait pas un Ichorien en vue, à l'exception de Tristan. *Ce qui explique l'absence de bruit dans le couloir.* Petit futé. Lizzie lui donna un coup de coude.

— On va avoir besoin de plus de nourriture Jayson.

— Ça va aller, Rubis, la rassura-t-il. Jacque fera un saut dehors pour aller en chercher si besoin est.

—Jacque ? répéta-t-elle.

— Hé.

Le téléporteur apparut juste devant elle. Littéralement. Bien qu'elle ne l'ait pas remarqué, car son regard était rivé sur Jayson.

— Oh.

Lizzie fit un pas en arrière et pressa son dos contre le torse de Jayson.

— Salut.

— Salut, répondit Jacque. Vous m'avez appelé ?

Jayson souleva ses bras chargés de courses, encadrant Lizzie entre eux au passage.

— Tu veux bien *emporter* ces sacs dans la cuisine, Jacque ?

Son ami sourit avec insolence.

— Bien sûr, Jay. Je vais les emmener.

Il attrapa les sacs et s'éloigna d'un pas excité et rapide. Il débordait d'énergie.

— C'est lui, Jacque, murmura Jayson en enroulant ses bras autour de la taille de Lizzie.

Elle ne s'était pas éloignée de lui, ce qu'il prit pour une invitation.

— C'est un bon ami qui aime jouer au coursier.

— Oh, dit-elle à nouveau, son corps chaud contre celui de Jayson. OK.

— On devrait entrer, chuchota-t-il près de son oreille.

Cela lui donna la chair de poule dans le cou, l'encourageant à aller encore un peu plus loin. Il s'avança fermement contre ses fesses pour la pousser dans l'entrée et referma la porte d'un coup de pied. La scène sous leurs yeux correspondait à ce qu'il avait anticipé.

De la danse. Des boissons. De la débauche.

C'était typique de Balthazar. Il avait été connu comme Bacchus fut un temps, il y a quelques millénaires de ça. Sa légende hantait toujours les livres de mythologie, même si Dionysos était la version la plus populaire de son nom, grâce aux Grecs. Il avait perfectionné l'art de la fête tout au long de son existence, ce dont témoignait la scène dans l'appartement de Jayson.

Le volume de la musique était juste assez bas pour permettre de discuter aisément tout en encourageant les gens à se mouvoir sur les rythmes sensuels, et l'éclairage était assez fort pour y voir clair, mais suffisamment tamisé pour donner à la pièce une aura érotique. Presque comme une boîte de nuit et un bar lounge combinés, mais dans un appartement. C'était vraiment incroyable. Le dieu en question s'approcha d'eux, accompagné par deux femmes, son expression accueillante à plus d'un égard.

— J'ai entendu dire que vous nous aviez quittés pour aller faire quelques courses ?

— Lizzie a insisté pour qu'on aille chercher quelques amuse-gueule pour la fête, expliqua Jayson en observant les deux brunettes sublimes aux bras de son ami.

Argentine ? Balthazar lui fit un clin d'œil pour confirmer avant de dire :

— C'était une belle intention, Lizzie.

— Merci, répondit-elle, l'air visiblement contente d'elle-même. Tu avais bien raison de dire que Jayson est un hôte terrible.

Oh, quelle chipie !

— Attention, Rubis, murmura Jayson près de son oreille en raffermissant sa prise. Ou je me ferai un plaisir de te montrer de quelle manière j'anime habituellement mes soirées.

Le rouge lui monta aux joues et réchauffa son nez. Mmm. Quelles autres parties de son corps pourrait-il faire rougir ? Ses seins, très certainement. Et ses cuisses rougiraient aussi s'il leur prêtait attention, tout comme d'autres parties intimes. Son sexe s'éveilla en réponse aux pensées qui envahissaient son esprit et il ne prit pas la peine de s'en cacher. À quoi bon le faire ? Elle devait bien savoir qu'il la désirait, même s'il ne pouvait pas l'avoir. Ses hormones en vrac ce soir-là prouvaient à quel point il avait besoin de se soulager, mais il semblerait qu'une seule femme soit à même de satisfaire les flammes du désir que Lizzie lui inspirait. C'était une bonne chose qu'elle soit déjà dans ses bras.

— Sans rien à manger ? supposa-t-elle, sa voix plus essoufflée que lorsqu'elle l'avait taquiné quelques secondes plus tôt.

Il allait manifestement devoir redoubler d'efforts si elle était toujours capable de se concentrer pour répondre à ses boutades. Il mordilla le lobe de son oreille avant de chuchoter :

— Ça dépend du menu.

Le frisson qu'elle eut en retour lui plut énormément.

— On est enfin passé au niveau six, annonça Balthazar, interrompant le moment. J'approuve.

Toi et moi savons tous les deux que j'opère au niveau onze sur ton échelle de un à dix, mais je tempère la situation par nécessité, répliqua Jayson mentalement en souriant dans le creux du cou de Lizzie. Son parfum floral enflammait ses instincts primaires et l'invitait à explorer. Balthazar se contenta de sourire.

— Eh bien, maintenant que vous êtes revenus, nous allons enfin pouvoir lancer la soirée comme il se doit.

Son regard salace se posa sur la femme qui se tenait à sa droite.

— Voici Delfina, dit-il, puis il regarda à gauche. Et Sofia.

Ses lèvres se retroussèrent pour donner l'image même de la séduction alors qu'il indiquait Jayson d'un geste de la main.

— Mesdames, voici l'ami dont je vous ai parlé.

Deux paires d'yeux clairs langoureux se posèrent sur Jayson, ce qui aurait dû donner naissance à toute sorte d'idées lubriques, mais ça ne lui fit finalement aucun effet. Il se força à sourire même s'il n'en avait pas vraiment envie. En tout cas, pas comme dix minutes plus tôt alors qu'il échangeait des boutades avec Lizzie.

— Mesdames, les salua-t-il en les toisant ouvertement.

Leurs talons vertigineux et leurs robes courtes suggéraient que Balthazar les avait trouvées dans une boîte de nuit, probablement à Buenos Aires. La plupart des humains présents semblaient être originaires d'Amérique du Sud. Toutes sublimes, avec des courbes généreuses qui lui rappelèrent son dernier voyage sur ce continent.

Beau travail.

Je sais, répondirent les yeux de son ami, avec son arrogance habituelle.

Jayson leur offrit quelques compliments murmurés en espagnol que les jeunes femmes lui retournèrent. Il adorait les accents sexy, mais son attention fut attirée par la rouquine dans ses bras qui tentait de s'éloigner.

— Je vais, euh, vous laisser discuter pendant que je prépare les en-cas, dit-elle quand il verrouilla sa prise autour de sa taille.

Il avait cherché à être poli et non à témoigner son intérêt, ce qu'elle n'avait visiblement pas compris. *Ça ne va pas marcher, B. Pas avec elle ici.* Ou même s'il était absent. Une seule femme semblait être à son goût ces derniers temps et c'était celle qui essayait d'échapper à sa vigoureuse étreinte.

— Lizzie m'a promis des cookies.

Il caressa la peau de son cou avec son nez pour la calmer.

— Et je lui dois un verre de vin.

— Je t'assure, c'est bon. Je peux me débrouiller toute seule.

Elle tenta une nouvelle fois de s'éloigner, mais il maintint sa prise autour d'elle.

— Je suis désolé de te dire ça, Rubis, annonça-t-il en passant ses doigts dans ses cheveux et en inclinant la tête de Lizzie en arrière, ses lèvres flottant au-dessus des siennes, mais je ne suis pas encore prêt à te lâcher.

Les pupilles de Lizzie se dilatèrent comme il le désirait. Le but de cette soirée avait été de satisfaire ses besoins avec une ou deux femmes quelconques, mais la présence de Lizzie changeait la donne. L'idée d'être avec une autre femme ne l'excitait plus du tout, ce qui signifiait qu'il s'apprêtait à passer une soirée pénible. Mais il pourrait au moins satisfaire certains de ses désirs en passant du temps avec sa rouquine préférée. Son obsession finirait par disparaître une fois la mission terminée, quand il aurait la chance de prendre un peu de repos bien mérité. Il caressa sa bouche avec la sienne et sourit quand le souffle de Lizzie caressa ses lèvres. Au moins, il n'était pas le seul à lutter contre le désir qui crépitait entre eux.

— Aimerais-tu un peu de vin ? demanda-t-il à voix basse.

— O-OK.

— Parfait.

Il énonça sa réponse contre sa bouche et la suivit d'un baiser tendre, car il ne pouvait s'en empêcher.

— Allons-y, Rubis.

Jayson l'aida à se redresser et s'apprêtait à dire quelque chose à Balthazar et ses invitées, quand il remarqua que le trio s'était fondu dans la foule. Son ami était au milieu d'un cercle de femmes, y compris les deux qu'il leur avait présentées, et dansait avec elles tout en parvenant à leur donner le sentiment d'être tout aussi admirées les unes que les autres. Il leva les yeux et croisa son regard comme pour dire :

Profite de ta soirée, Jay.

Une démonstration de solidarité, de respect et de compréhension. Lizzie était le fruit défendu, mais si Jayson l'attirait dans son lit, il ne recevrait aucun jugement de la part de Balthazar. Sa capacité à percevoir et contrôler les émotions, ainsi qu'à lire dans les pensées, lui offrait une perspective plus approfondie que la plupart des gens. Jayson prit acte de son approbation d'un signe de tête. Même s'il n'avait pas l'intention de faire quoi que ce soit. Sa maîtrise de lui-même lui serait d'une aide précieuse.

Mais il y avait d'autres manières de combler ses besoins. Peut-être choisirait-il d'explorer quelques-unes de ces options.

10

UNE PREMIÈRE FOIS POUR TOUT

LE SUJET NE RÉAGIT PAS AUX SENSATIONS ET AU PLAISIR.
LE BIENFAITEUR EST CONTRARIÉ ET DEMANDE UN BILAN
HORMONAL. LES TECHNICIENS DU LABORATOIRE
PLANCHENT SUR UN COCKTAIL CAPABLE DE CORRIGER
CETTE ERREUR.

ENTRÉE 116.03.4-7

LIZZIE AVAIT besoin de plus de vin. Les trois verres
qu'elle avait consommés plus tôt ne faisaient plus effet
depuis le trajet jusqu'à l'épicerie en compagnie de Jayson,
et celui qu'elle tenait actuellement ne suffirait pas à
atténuer son trouble. Chaque contact embrasait ses sens.
Chaque regard aguicheur lui donnait la chair de poule. Et
bon sang, c'était sans parler de ces baisers. Elle serra ses
cuisses. *Qu'essaye-t-il de me faire ?* Jamais un homme ne lui
avait fait un tel effet de toute sa vie. Pas même Tom. Elle
ne savait pas comment le prendre et le vin ne semblait pas
l'aider à se calmer.

    Que veux-tu que je fasse avec ça ? demanda Jayson

en lui montrant le sac de raisin qu'elle avait choisi dans le magasin.

Même cette simple question était suggestive dans sa bouche. Elle avait du mal à le comprendre.

Mais toutes ses caresses...

Sont sans importance.

Un homme qui désirait le même genre de relation que Lizzie ne draguait pas ouvertement d'autres femmes sous les yeux de l'objet de son affection. Et c'était bel et bien ce qu'il avait fait avec ces mannequins dans l'autre pièce. Elle ne pouvait pas lui en vouloir, ces filles étaient sublimes. *Juste des amis*, se rappela-t-elle avant de se concentrer sur sa tâche.

— Il faut les laver avant de les mettre dans un bol.

Elle en sortit un du placard et le lui tendit.

— Je vais m'occuper du fromage et des crackers.

Lizzie avait pensé que des amuse-gueule à déguster avec le vin seraient appropriés compte tenu de sa boisson préférée, mais ses amis ne semblaient pas vraiment intéressés par la nourriture, bien plus préoccupés à se frotter les uns aux autres. Chacun ses goûts. Lizzie déposerait de quoi manger sur la table pour les intéressés puis laisserait Jayson gérer l'animation de sa soirée. Elle doutait qu'il souhaite qu'elle reste. Les invités étaient ses amis. Elle le comprenait. Peut-être qu'elle appellerait Kristin ou Cam. Elle leur devait toujours une soirée filles et il n'était pas si tard que ça. Elles étaient probablement déjà de sortie, en train de boire un verre. Lizzie préférait l'idée de les rejoindre plutôt que de retourner dans son appartement solitaire. Issac et Stas s'y trouvaient probablement toujours et, après la manière dont elle s'était éclipsée, Lizzie ne souhaitait pas les voir. Elle finit de disposer le fromage et remarqua que Jayson l'observait quand elle leva la tête.

— Quoi ?

Il s'immisça dans son espace personnel et pressa tendrement son pouce entre ses yeux puis entama un léger massage circulaire.

— J'essaye de comprendre ce qui se cache derrière ces sourcils froncés. Je pensais qu'on s'amusait bien.

— C'est le cas... Non... je veux dire, c'est pas ça.

Bon sang de bonsoir ! Les mains de Jayson affectaient vraiment sa capacité à formuler des phrases cohérentes. Elle s'éclaircit la gorge et fit une nouvelle tentative.

— J'avais la tête ailleurs.

— As-tu besoin d'aide pour la faire revenir ?

Ses doigts chauds lui retirèrent le couteau des mains et le mirent de côté alors même qu'il la coinçait contre le plan de travail.

— Parce que je serais ravi de t'aider.

Son cœur fit un bond et elle oublia pendant un instant comment respirer.

— OK, parvint-elle à répondre.

Ses lèvres caressèrent légèrement les siennes dans un autre de ses baisers tristement chastes. Oh, elle les appréciait, mais chacun d'eux ne faisait qu'attiser le désir qui couvait en elle et elle ne pourrait pas en supporter beaucoup plus. Son désir était similaire à un brasier – grisant, dévorant et cherchant désespérément un exutoire que lui seul pourrait lui offrir. Elle fit glisser ses mains sur ses bras, savourant le contact de la soie italienne de sa veste. Lizzie adorait sa tenue épurée et sexy qui lui seyait à merveille. Elle fit passer son doigt sur le col de sa chemise avant de faire traîner ses ongles sur la peau de son cou, puis passa ses doigts dans son abondante chevelure. Il avait contrôlé tous leurs baisers précédents, mais elle en voulait plus. Elle s'agrippa à ses cheveux et se pencha contre lui.

— Arrête de me taquiner et embrasse-moi, demanda-t-elle.

Sa voix était si différente de son ton habituel – tellement rauque et sexy – mais elle lui inspira la réaction désirée.

— Fais attention à ce que tu demandes, Rubis.

Il la souleva sur le plan de travail, l'attira vers lui puis se glissa entre ses cuisses.

— Tu risquerais de l'obtenir.

Son corps s'enflamma quand il captura sa bouche dans un baiser destiné à ravager ses sens féminins. *Oh. Mon. Dieu.* Sa langue... Lizzie ne savait pas qu'elles pouvaient bouger ainsi. Elle tenta de le suivre et enfonça ses ongles dans son cuir chevelu alors qu'il la ravageait totalement. Elle ne regrettait absolument pas sa requête. Il répondait parfaitement à sa demande. Les mains de Jayson remontèrent ses flancs et lui filèrent la chair de poule, faisant durcir ses tétons au passage. Quand il atteignit enfin son cou, elle était prête à le laisser faire ce qu'il voulait d'elle. Il inclina la tête de Lizzie de manière à approfondir leur baiser tout en alignant le bas de son corps avec le sien.

Une décharge électrique parcourut son échine, tout autant due au choc qu'à quelque chose de bien plus charnel. Aucun homme ne l'avait touchée *là,* mais elle pouvait le sentir à travers la fine barrière protectrice de sa culotte. Parce qu'elle était en robe. Les jambes enroulées autour d'un homme. Dans sa cuisine. *C'est tellement indécent.* Elle ne s'était jamais attendue à ça même dans ses rêves les plus fous et pourtant, cela lui semblait si juste et naturel. Mais aussi terrifiant.

Elle lui transmit ce mélange d'émotion grâce à sa bouche quand elle tenta de lui rendre son baiser avec autant d'habileté. Mais elle savait que son expérience ne lui arrivait pas à la cheville, comme le démontra la facilité déconcertante avec laquelle il domina sa bouche et contrôla son corps en quelques gestes expérimentés. Elle ne s'en souciait guère, pas quand le résultat était un tel degré d'euphorie. Jayson enfonça ses doigts dans les cheveux de Lizzie, tirant dessus juste assez pour l'ancrer dans le moment alors qu'il continuait sa leçon sensuelle. Elle resserra ses jambes autour des hanches de Jayson, à la recherche de quelque chose qu'elle ne comprenait pas entièrement.

Plus de friction. De chaleur. Plus. Il mit fin au baiser avec un juron, son souffle chaud contre ses lèvres.

— Allez, ne vous arrêtez pas à cause de moi.

Cette voix inconnue fit à Lizzie l'effet d'une douche froide. L'étreinte de Jayson lui avait fait perdre la raison, y compris le fait qu'ils étaient loin d'être seuls dans son appartement. Une chose à laquelle elle n'avait même pas pensé alors qu'il la dévorait sur le plan de travail. Et ils avaient manifestement acquis un public d'au moins une personne. Jayson passa sa main dans les cheveux de Lizzie avant de la laisser retomber sur ses hanches. Elle s'attendait à ce qu'il recule, mais il n'en fit rien. D'un côté, elle aimerait qu'il le fasse pour qu'elle puisse se lever et réajuster sa robe, mais de l'autre, elle se sentait protégée par sa posture possessive.

Ce dilemme la laissa sans voix et quelque peu mortifiée à l'idée d'avoir été prise en flagrant délit, mais elle se sentait aussi tout excitée. Lizzie ne faisait jamais d'entorses aux règles de bienséance – elles étaient bien ancrées en elle après toutes ces années d'entraînement – mais Jayson était passé outre ces barrières avec ses baisers addictifs. Ce qu'elle ne regrettait pas un instant.

— Dommage, murmura la voix en ouvrant le frigo derrière elle.

— Tristan, gronda Jayson. Est-ce que je peux t'aider à trouver quelque chose ? La porte, peut-être ?

— Je voulais un autre verre de vin, mais j'ai été distrait par le spectacle.

La porte du frigo se referma avec un bruit sourd.

— Tu connais mon goût pour le voyeurisme.

La prise de Jayson se raffermit.

— Emporte ta perversion avec toi.

— Depuis quand est-ce que ça te gêne d'avoir un public ? demanda Tristan avec un léger accent.

Irlandais, peut-être ? Le verre retentit sur le granit quand il le posa pour le remplir sur le même comptoir où Lizzie était assise. Elle sentit la fraîcheur de la bouteille près de ses fesses, ce qui provoqua un frisson le long de sa colonne. Ou peut-être était-il dû à la proximité du parfait inconnu.

— Il me semble que tu as un petit côté exhibitionniste, continua-t-il. Ne me dis pas que tu es toi aussi en train de changer. Je ne suis pas sûr de pouvoir supporter de perdre deux de mes amis pour des jouets. Quoique je sois forcé d'admettre que celle-ci est charmante.

Un doigt glissa sur le bras de Lizzie et Jayson l'attira contre lui. Elle agrippa ses épaules pour se retenir quand elle jeta enfin un coup d'œil par-dessus son épaule à l'homme élancé qui se tenait derrière elle. Un regard vert éclatant la retint captive.

— Oui, vraiment charmante.

Son sourire était tout simplement malicieux. Il regarda l'homme qui se tenait entre les jambes de Lizzie et ajouta :

— Mais je vois bien que tu n'es pas décidé à partager, donc je vais aller me chercher mon propre en-cas.

— Ce serait plus sage, répondit Jayson. Et essaye de ne rien renverser.

— C'est insultant, Jay. Je sais bien que je n'ai pas le droit de boire dans ton espace personnel.

Il rangea la bouteille de vin au frigo puis se retourna pour saisir son verre.

— Puis-je vous offrir une suggestion ?

— Tu le feras même si je te dis non.

— En effet, acquiesça Tristan. Peut-être que vous feriez mieux de rejoindre un endroit qui offre plus d'intimité si vous ne souhaitez pas inviter d'autres personnes à vous joindre. Cela pourrait troubler ceux d'entre nous qui te connaissent si bien.

Lizzie déglutit et reporta son attention sur Jayson. Son ami ne cessait de faire référence au partage et au voyeurisme, et elle en avait déduit que c'était dans un contexte sexuel. Mais dans quelle mesure ? Son expérience limitée s'étendait à un homme ici et là, et jamais rien qui n'aille sous la ceinture. Elle n'avait aucune chance de se montrer à la hauteur de ce que Tristan venait de sous-entendre.

— Merci pour ça, dit Jayson, son attention rivée sur l'autre homme. Maintenant, retourne te rendre utile dans le salon. Ça devient bruyant.

— Oh, je soupçonne que ça le sera bien plus d'ici peu, mon vieux.

Jayson plissa les yeux en réponse au ton moqueur de Tristan.

— Mais ne t'inquiète pas, je vais contrôler ça pour toi, parce que c'est le genre d'ami que je suis.

Lizzie ne savait absolument pas de quoi ils parlaient, mais supposa qu'il s'agissait d'une blague entre eux, même si l'expression de Jayson suggérait que ce n'était peut-être pas le meilleur terme.

— Comme si tu n'y trouvais pas ton compte, répliqua Jayson.

— En effet, chuchota Tristan. Pour quelle autre raison

est-ce que j'accepterais d'utiliser mon talent à des fins si frivoles ?

— Parce que tu es un bon pote ? suggéra Jayson.

— J'apprécie ton sens de l'humour, Jay. Profite de ta soirée. Je sais que ça va être mon cas.

Il caressa une nouvelle fois le bras de Lizzie, ou en tout cas, tenta de le faire, mais Jayson saisit son poignet avant que Tristan n'atteigne son coude.

— Arrête de jouer, dit Jayson d'un ton grave.

Tristan lui fit un large sourire en libérant sa main.

— Peut-être la prochaine fois.

Une lueur malicieuse fit briller ses yeux quand il croisa le regard de Lizzie.

— Ce fut un plaisir de te rencontrer, ma belle. J'adore les femmes silencieuses.

Les lèvres de Lizzie s'entrouvrirent, mais quand elle réussit enfin à élaborer une réponse, il était sorti de la cuisine avec son vin et le bol de raisins que Jayson avait préparé. Des mains chaudes caressèrent ses joues et attirèrent son attention sur l'homme debout entre ses cuisses.

— Je suis désolé, Liz. Il peut se montrer plutôt con.

— Tu as des amis vraiment bizarres, laissa-t-elle échapper.

Il y avait d'abord eu ce collègue, Kiel. Puis Balthazar – qui était incroyablement beau et bien plus charmant qu'il n'était étrange – et maintenant Tristan.

— Comment est-ce que tu les connais tous ? Ne viens-tu pas d'emménager ? Qui sont tous ces gens ? Et tu parles espagnol ?

Elle ne réussit pas à maîtriser son flot de paroles – une conséquence de sa surprise, de son embarras et du fait qu'elle se sentait perdue.

— J'ai besoin de vin, décida-t-elle.

Il l'empêcha de se retourner, tendit le bras pour attraper son verre, puis le lui tendit.

— Balthazar est de passage, il vit là où j'habitais avant, et Tristan est un vieil ami commun qui vit ici. En ce qui concerne les autres, j'en reconnais quelques-uns, mais le reste, ce sont des connaissances de Balthazar comme c'est lui qui a souhaité organiser cette soirée, et je parle pas mal de langues.

Il glissa une mèche de cheveux de Lizzie derrière son oreille et lui sourit.

— Est-ce que j'ai répondu à toutes tes questions ?

Elle finit son vin tout en réfléchissant à sa réponse.

— Cette, euh, histoire de partage ?

Elle n'avait pas l'assurance nécessaire pour clarifier sa question et rougit rien qu'en mentionnant le sujet. Ou peut-être était-ce dû à l'alcool.

— Il me faut plus de vin.

Elle lui tendit son verre et il l'observa de manière spéculative.

— Combien de verres est-ce que tu as bus ce soir, Rubis ?

Ce n'était pas la réponse à laquelle elle s'attendait.

— Est-ce que tu m'accuses d'être ivre ?

— Non.

Il mit le verre de côté.

— Je vérifie parce que j'aimerais que tu restes sobre.

— Pourquoi ?

L'objectif d'une soirée n'était-il pas de boire ? Il prit sa joue dans le creux de sa main et l'obligea à croiser son regard.

— Parce que j'ai besoin de ton consentement.

Elle fronça les sourcils.

— Pour quelle raison ?

— Pour les choses que j'aimerais te faire.

Il caressa sa lèvre inférieure avec son pouce.

— Mais nous allons d'abord établir tes limites.

La bouche de Lizzie s'assécha à cause de ses mots, mais aussi à cause de sa voix de ténor ardente. Il fit disparaître le malaise que l'interruption de Tristan avait fait naître et raviva cette sensation étrange qui réchauffait ses veines.

— Je t'aime bien, annonça-t-elle de manière impulsive. C'est pour ça que je suis venue ici ce soir. Pour te dire que je t'aime bien.

Très mature, Liz, songea-t-elle avec une grimace interne. Quel âge avait-elle ? Douze ans ? Heureusement, il avait l'air plus amusé qu'agacé.

— Ah ouais ? Tu me l'as bien fait comprendre.

Il l'embrassa tendrement avant d'ajouter :

— C'est réciproque.

Il la fit descendre du plan de travail et réajusta sa robe.

— Suis-moi, Rubis.

TANT PIS. Jayson était voué à finir en enfer de toute manière. Autant en profiter avant. Il refusa de croiser le regard de Balthazar en entraînant Lizzie vers sa chambre, mais il sentit le regard du télépathe sur lui. La satisfaction de ce dernier était manifeste, car c'était apparemment son plan depuis le début. *T'ai-je déjà déçu ?* semblait-il demander. Jamais. Et ce soir-là ne ferait pas exception à la règle.

D'accord. Jayson se ferait un peu plaisir. Il le méritait bien après deux mois entièrement focalisé sur sa mission. Si Lizzie ne voulait pas de lui, il ne la toucherait pas, mais ses petits gémissements désespérés dans la cuisine avaient confirmé ses soupçons. Elle n'avait même pas réalisé ses propres réactions ou même que son corps était si près d'atteindre l'orgasme après quelques caresses innocentes.

Il ravala un grognement en songeant au manque d'expérience de Lizzie. Ça le déconcertait. Ce désir entre eux était une folie dévorante. Et il fallait faire quelque chose à ce sujet. Mais il y aurait des règles – pour lui, pas pour elle. Lizzie avait besoin d'être lentement initiée aux plaisirs de son lit et il refusait de la submerger. Elle méritait mieux que ça. Et il ne pouvait pas non plus la baiser comme il le souhaitait tant qu'elle n'aurait pas appris la vérité.

Merde, il ne devrait même pas être prêt à aller si loin sans lui avoir tout dit, mais son sens de l'honneur avait pris du recul après cet interlude dans la cuisine. Le plaisir de Lizzie serait son seul objectif et rien de plus. Elle lui pardonnerait ça, hein ? Il l'escorta dans sa chambre et verrouilla la porte derrière eux.

— Alors, euh...

Elle le regarda à travers ses cils fournis alors que le rouge lui montait aux joues.

— Tu as mentionné des limites ?

— Oui, en effet.

Il la pressa contre le mur, posant une main de chaque côté de sa tête.

— Pas de sexe ce soir.

Elle resta bouche bée.

— Qu-quoi ?

— Ben voilà. Cette réaction, c'est précisément la raison pour laquelle on ne couchera pas ensemble ce soir.

Il scruta chaque centimètre carré de sa robe rouge profond avant de croiser une nouvelle fois son regard.

— Mais je suis ouvert à d'autres options, si tu es d'accord.

Comme t'enlever cette robe et explorer ta chair avec ma langue.

Sa petite langue rose humecta ses lèvres et il se demanda vaguement quel effet elle lui ferait sur son sexe. Même si ça n'arriverait pas ce soir-là. Cette nuit serait pour elle. Il caressa avec son nez le fard de Lizzie, de sa joue jusqu'à son oreille.

— Commençons avec quelques questions simples, suggéra-t-il. Que penses-tu de l'idée de retirer ta robe ?

Elle frissonna, ce qui le fit sourire.

— Mmm, je vois que tu approuves, tout comme moi. Quoi d'autre, Rubis ? Qu'est-ce que je peux retirer d'autre ?

Il laissa tomber une main sur sa taille puis la fit glisser sous son sein, qu'il caressa ensuite avec son pouce.

— Ton soutien-gorge ? chuchota-t-il.

Un autre frisson, suivi d'un faible gémissement, l'encouragea à descendre jusqu'à la lisière de sa robe contre sa jambe. Il en explora l'ourlet avant de tendrement tapoter l'intérieur de sa cuisse. Le souffle de Lizzie s'accéléra, ce qui lui fit marquer un temps d'arrêt.

— Une limite, chuchota-t-il. Mmm, je devrais pouvoir composer avec ça.

— Je...

Elle frissonna alors même que son corps se raidissait.

— J-je ne sais pas.

Parce qu'elle n'avait jamais été touchée à cet endroit. Il comprenait.

— C'est à ça que servent les limites, Rubis, dit-il d'un ton apaisant.

Il ne la placerait jamais, ni toute autre femme d'ailleurs, dans une situation inconfortable. Cela irait à l'encontre de son code personnel.

— Je ne suis pas... sûre.

Encore un frisson, celui-ci plus émotionnel qu'érotique. Il rendit hommage à son cou à l'aide de sa bouche, l'encourageant à se détendre contre lui en retirant sa main de sa cuisse pour l'emmêler dans ses cheveux.

— Je serais heureux de t'embrasser toute la nuit Elizabeth. Avec ou sans vêtements. Ce sera toujours ta décision.

Il scella ses lèvres dans le cou de la jeune femme et suça légèrement, lui arrachant un de ces petits bruits dénotant son besoin. *C'est ça, mon cœur. Reviens-moi.* Elle enfonça ses ongles dans ses bras et l'attira contre elle. Il pressa ses hanches contre les siennes, testant une autre limite. Elle s'arqua contre lui en réponse. Son sexe se fit douloureux à ce contact, mais il mit ses propres besoins de côté pour se concentrer sur elle. Il pourrait toujours prendre une longue douche plus tard.

— Mmm, je pense que nous pouvons commencer.

Il recula pour rencontrer son regard.

— Préviens-moi si je dépasse les limites, Rubis. Un seul mot et je m'arrête, d'accord ? C'est compris ?

Son air hébété et son petit hochement de tête n'étaient pas suffisants. Il resserra sa prise autour de ses cheveux et tira très légèrement.

— Elizabeth, j'ai besoin d'être certain que tu n'hésiteras pas à m'arrêter, ou ça ne va pas fonctionner.

Il était globalement capable de comprendre ses réactions physiques, mais la participation vocale de Lizzie était l'une de ses conditions à lui. Elle déglutit, se dégrisant juste assez pour se concentrer malgré son désir troublant.

— OK.

— Ce n'est pas suffisant.

Il mordilla sa mâchoire.

— Que vas-tu dire si tu as besoin que je ralentisse ? Si quelque chose est trop intense ?

Elle cligna des yeux.

— Euh... De t'arrêter ?

L'authenticité de sa réponse lui réchauffa le cœur. Ce serait tellement divertissant pour lui de lui faire découvrir l'art de la séduction et du sexe. Peut-être même trop divertissant.

— Nous pouvons commencer avec ça si tu le souhaites, mais tu auras peut-être besoin d'autre chose à un moment.

Elle fit la moue.

— Pourquoi ?

Il approcha sa bouche de son oreille.

— Parce qu'à un moment donné, Rubis, ton plaisir sera si intense que tu me supplieras d'arrêter même si c'est la dernière chose dont tu auras réellement envie.

— MAIS NOUS Y reviendrons plus tard, quand tu seras prête.

Ses mots s'ancrèrent contre la peau sensible de Lizzie comme s'il l'avait marquée au fer rouge. *Oh. Mon. Dieu.* Il pouvait lui faire ça ? Comment ? Sa bouche brûlante redescendit dans le creux de son cou et déclencha des frissons le long de sa colonne vertébrale. Comme si ce n'était pas suffisant qu'elle soit coincée entre lui et le mur, il avait ajouté ses lèvres talentueuses à cet amalgame.

Je suis dans un sacré pétrin.

Mais le meilleur qui soit.

Enfin, c'était ce qu'elle espérait. Parce que, Dieu du ciel, il avait recommencé à faire ces choses avec ses mains, faisant doucement glisser le bout de ses doigts sur ses flancs avant de s'arrêter sous ses seins. Elle aurait aimé l'encourager à monter plus haut, mais ne savait pas comment s'y prendre.

— Tourne-toi, murmura-t-il. Mets tes mains contre le mur.

Elle ne savait pas quoi penser ni ressentir, mais obéit à son ordre parce qu'elle en voulait plus. Des papillons s'envolèrent dans son estomac quand il rassembla ses cheveux et les passa par-dessus l'une de ses épaules. Il suivit sa fermeture éclair de haut en bas avec son doigt, ce qui mit le feu à son sang.

— Respire, Rubis.

Il déposa un baiser dans sa nuque qui lui donna la chair de poule dans le dos. Ou peut-être que c'était la conséquence de son exploration minutieuse de sa peau. Elle ne savait pas. Et s'en fichait. Elle ne pouvait pas se concentrer.

Il va me voir nue.

C'est comme participer à un concours de maillots de bain.

Ce n'est pas du tout la même chose.

Bon sang, quels sous-vêtements avaient-elle enfilés ? *Les bordeaux.*

C'est ça. Pour les assortir à sa robe.

Une culotte, et non un string, et un soutien-gorge en soie assorti. Comme un bikini, mais avec un décolleté plus accentué. Ça irait. Sa robe tomba au sol. *Oh, mon Dieu.* Une vague de chaleur se diffusa dans son dos quand il posa ses mains sur sa peau nue.

— Tu vas finir par m'achever, Lizzie.

Il la fit lentement pivoter pour lui faire face et le désir qui assombrissait son regard lui fit perdre l'équilibre. Aucun homme ne l'avait jamais regardée comme *ça.* Affamé. Canon. Et tellement sexy. Cela déclencha quelque chose de bien caché en elle – une assurance qu'elle n'était pas consciente de posséder. *Il me désire.* Elle pouvait le voir à la manière dont ses yeux chocolat dévoraient chaque centimètre carré de sa peau de manière éhontée.

Lizzie ne savait pas quoi faire de cette certitude, mais elle brûlait de l'embrasser au point d'en souffrir. Elle n'attendit pas et ne demanda pas la permission, mais se servit de ses talons à son avantage pour poser ses lèvres sur les siennes. Il répondit immédiatement et prit le contrôle du baiser avec sa langue, avant de la plaquer contre le mur. Elle gémit contre sa bouche quand il écarta les jambes de Lizzie avec l'une des siennes.

C'est tellement bon.

Il lui en fallait plus. Cet incendie avait repris vie, si addictif et dévorant. Les doigts de Jayson s'emmêlèrent à nouveau dans ses cheveux et inclinèrent sa tête à l'angle qu'il désirait tandis que son autre main trouvait sa hanche pour fléchir son bassin en avant. Elle tressaillit quand son bouton sensible entra en contact avec la cuisse musclée de Jayson. *Oh.* Elle aimait ça. Jayson éveillait en elle une chose dont elle ne connaissait rien. Le plaisir et le désir étaient des concepts qu'elle comprenait, mais ressentait rarement. Même quand elle était seule la nuit et qu'elle essayait, c'était en vain. Elle avait ressenti de l'attirance – et même de l'amour – mais jamais rien qui s'approchait de ça.

Elle l'embrassa plus fougueusement et il réagit de la même manière, tout en gardant sa jambe logée entre les siennes et en faisant pression là où elle en avait le plus envie. *Qu'est-ce qui m'arrive* ? Elle était dévergondée, obscène et se sentait tellement vivante. Elle enfonça ses ongles dans son cuir chevelu alors que cette tension montait en elle et il sourit contre ses lèvres.

— De quoi as-tu besoin, Rubis ?

Elle ne pouvait formuler de réponse, car elle ne savait pas. Il prit ses seins en coupe et elle se cambra instinctivement. OK, oui, elle avait envie de ça. Vraiment envie.

— Ma peau, parvint-elle à dire alors que le feu consumait tous ses sens.

Son soutien-gorge disparut et elle gémit quand il lui

donna ce qu'elle désirait. Mais ce n'était toujours pas suffisant.

— Chut, ça va aller, murmura-t-il contre sa bouche.

Il la prit dans ses bras et la souleva pour la porter jusqu'au lit où il la déposa avec bien trop de douceur. Ses mains coururent le long de ses jambes jusqu'à ses chevilles. Il retira ses chaussures et les laissa tomber au sol. Chaque fibre de son corps en voulait plus et elle se trémoussa sur le lit, mal à l'aise. Jayson l'observa d'un air affamé tout en retirant sa veste qu'il posa sur un fauteuil dans le coin de la pièce.

Elle se figea quand il saisit le premier bouton de sa chemise. Son esprit conjura une image de ce qui l'attendait en dessous et son entrejambe devint encore plus humide. *Oh, oui, s'il te plaît.* Il détacha lentement chaque bouton tout en observant ses réactions avec ce même air vorace.

— Qu'est-ce que tu me fais ? demanda-t-elle dans un grognement.

— Je fais durer le plaisir, répondit-il en penchant la tête sur le côté avec un sourire entendu. Crois-moi. Tu me remercieras plus tard.

— Pour le moment, j'ai envie de te tuer.

— Non, ma chérie. Tu veux me baiser. Je peux comprendre que tu confondes les deux, mais ils n'ont aucun rapport.

Il termina de retirer sa chemise ainsi que le maillot moulant qu'il portait dessous, puis s'attaqua à sa ceinture. Les lèvres de Lizzie s'entrouvrirent face à cette implication et il s'interrompit, mais elle n'avait pas la force de lui demander d'arrêter. Comment refuser de voir Jayson nu ? Ce qu'il lut dans son regard dut l'apaiser, car il continua et se débarrassa de son jean.

Un boxer noir. Même presque nu, il gardait un excellent sens de la mode. Pas comme tous ces hommes qui affectionnaient les costumes, mais comme ceux qui appréciaient la mode européenne. Lizzie approuvait complètement, surtout quand il s'approcha d'elle en fléchissant ses muscles au passage. Sa respiration s'accéléra quand il rampa sur elle.

— Tes seins sont magnifiques, chuchota-t-il contre ses tétons rigides.

Il croisa son regard alors même qu'il suçait l'un d'eux entre ses lèvres chaudes. Elle s'arqua contre le lit en réponse, ce qui lui arracha un petit rire.

— Mmm, je vois que tu approuves.

Il passa à l'autre téton et le suça plus fort, suscitant un bruit torturé dans sa gorge. Les sensations étaient à la fois trop fortes et insuffisantes. Elle ne comprenait pas ce dont elle avait besoin, juste qu'elle ressentait une *envie*. Dieu du ciel, de quoi avait-elle *envie* ? Il déposa une série de baisers jusqu'à son estomac alors qu'elle continuait de s'agiter sous son corps et ce n'est que quand il s'installa entre ses cuisses qu'elle comprit son intention.

Elle avait le mot « *arrête* » sur le bout de la langue quand il fit quelque chose avec sa bouche qu'elle n'aurait jamais pu prévoir. *Là*, suggéra son esprit, alors même qu'elle enfonçait ses ongles dans la couette. C'était de *ça* qu'elle avait envie. Son corps frissonna sous l'effet de cet assaut et il continua de torturer sa chair intime à travers la soie rouge de sa culotte en appliquant un peu de pression avec sa langue.

C'était magique. Cet homme était doté d'un talent mystique. C'était la cause de tout ceci. Même quand elle se touchait *là*, elle ne ressentait jamais rien qui s'approchait de ce qu'elle vivait en ce moment et elle n'y prenait jamais de plaisir. Mais elle aimait *vraiment* les petites virevoltes qu'il effectuait en ce moment.

— Jayson, murmura-t-elle, incertaine.

Il tendit le bras pour lui prendre la main et elle la serra de toutes ses forces. Cette sensation était douloureusement bonne et les flammes consumaient chacune de ses pensées. Il n'y avait plus à ses yeux que son rythme, sa chaleur et sa présence. Et le brasier tourbillonnant en elle dans cet endroit secret auquel elle n'avait jamais pu accéder jusqu'ici. Il la traversa et détona sans avertissement, projetant son âme dans les étoiles alors qu'une lueur éclatait derrière ses paupières. Un sentiment d'extase se réverbéra dans chaque cellule de son être et s'échappa de sa bouche dans un cri sans fin.

Elle aurait dû se sentir gênée, mais elle n'avait pas l'énergie nécessaire. Pas après ce qu'il venait de lui faire. Combien de fois avait-elle tenté de ressentir ceci et avait finalement échoué ? Elle abandonnait généralement avant même de commencer, consciente que ça ne fonctionnerait pas, mais Jayson avait joué de son corps comme un maestro. Et elle lui avait répondu de la même manière. Son souffle était saccadé quand il passa une nouvelle fois au-dessus d'elle. Ses lèvres étaient délicieuses et elle réalisa avec un sursaut que c'était son essence qu'elle savourait sur sa langue – une petite douceur coupable qui lui réchauffa le sang et obscurcit son jugement. Il l'avait complètement corrompue et cela ne la préoccupait absolument pas. Tout ce qu'elle voulait c'était...

— Encore.

— Toute la nuit, Lizzie.

Il approfondit leur baiser et glissa une cuisse entre ses jambes.

— Tout ce que tu veux.

Elle secoua la tête.

— Nue.

Elle souhaitait sentir sa langue partout, et non pas juste à travers une barrière en soie.

— Tss-tss... Allons, Rubis, nous avons posé des limites au début et nous nous sommes mis d'accord pour garder nos sous-vêtements cette nuit.

Il enfouit son visage dans son cou.

— N'hésite pas à renégocier la prochaine fois.

Son sang ne fit qu'un tour à l'idée de recommencer à l'avenir et elle hocha vigoureusement la tête. Son rire vibra contre sa poitrine d'une façon incroyable. Et puis il l'embrassa et fit taire ses pensées en faisant une nouvelle fois pression sur son corps pour lui faire perdre la tête.

Toute la nuit, avait-il dit.

Oh, oui.

PETIT-DÉJEUNER

LES SUPPLÉMENTS HORMONAUX NE FONCTIONNENT PAS COMME SOUHAITÉ. LE BIENFAITEUR A DEMANDÉ UNE AUGMENTATION DU DOSAGE, EFFECTIVE IMMÉDIATEMENT.

ENTRÉE 116.07.4-7

LE PLAN de Jayson s'était retourné contre lui. Il avait cru qu'une nuit au lit avec Lizzie suffirait à combattre cette tentation, mais cela n'avait fait que renforcer son désir. La passion de Lizzie s'était éveillée de manière inattendue et l'avait rendu complètement fou. Jayson pouvait toujours sentir la chaleur qu'elle irradiait, blottie comme elle l'était contre son corps. Cette femme s'était transformée en déesse sensuelle sous ses caresses et il en était fier.

Il lui en fallait plus. Tellement plus. Il frotta ses tempes et souffla. Cette histoire allait mal finir. À la seconde où elle apprendrait la vérité, tout serait terminé et pourtant, il n'arrivait pas à envisager d'aller plus loin sans qu'elle dispose de toutes les informations. Ce n'était pas juste pour elle. Ce dilemme lui donna à la fois un mal de crâne et une nouvelle érection. Il avait besoin d'une bonne douche, de préférence en compagnie de la rouquine qui se servait de son épaule comme oreiller.

Sa maîtrise de lui-même, inébranlable, n'avait jamais été aussi essentielle que la nuit précédente quand elle l'avait supplié de la laisser le caresser et lui rendre la pareille. Il lui fallut beaucoup plus d'énergie que nécessaire pour refuser, car il avait mis fin à ses demandes en l'épuisant sexuellement. Elle s'était effondrée sur lui vers cinq heures du matin, d'où son réveil tardif en début d'après-midi. Il avait dormi plus longtemps qu'il ne l'avait prévu et s'était réveillé avec l'envie dévorante de la plaquer sur le matelas et de la prendre.

C'était tellement étrange. Jayson appréciait la compagnie de femmes nues dans son lit et leur offrait généralement une dernière partie de jambes en l'air le matin, mais ce désir qu'il ressentait était contre nature. C'était bien plus qu'un désir charnel et ça le terrifiait. Il n'était pas du genre *coup d'un soir*, mais plutôt *petits coups réguliers*. Toutefois, il commençait à penser qu'il pourrait devenir du genre *monogame* avec Lizzie. Surtout après la manière dont elle avait joui dans ses bras. Elle avait répondu à ses caresses comme personne avant ne l'avait jamais fait.

Il y a forcément un truc. Peut-être est-ce lié à son patrimoine génétique ?

Il devrait interroger les autres pour découvrir s'ils ressentaient cette même attirance étrange pour elle. Elle commençait à lui retourner la tête. Ses deux têtes pensantes, d'ailleurs. La cuisse de Lizzie glissa sur la sienne, atteignant l'endroit où il brûlait d'être touché – comme si le corps de la jeune femme était conscient de ses besoins à lui sans même avoir à demander. Elle avait manifestement été créée pour mettre son contrôle à rude épreuve et le détruire. Il réprima un grognement quand elle pressa sa poitrine généreuse contre son flanc.

Il était au paradis. C'était en tout cas ce qu'il ressentait allongé à côté d'elle. Et son côté dissolu mourait d'envie de l'attirer sous son corps et de laisser libre cours à ses pulsions les plus sombres. Mais elle n'était pas du tout prête pour ça, et pas seulement à cause de tous les secrets. La jambe de Lizzie fila plus bas puis remonta et, avant qu'il ne puisse réagir, Lizzie le chevaucha et le regarda droit dans les yeux à travers ses paupières lourdes.

— Bonjour, murmura-t-elle d'une voix éraillée par le sommeil et le désir. Tu t'es réveillé tôt.

C'était un son délicieux venant d'elle. Et ce regard ? Du sexe pur et dur. Il posa sa main sur sa taille.

— Bonjour. Et non, c'est déjà le début d'après-midi, la corrigea-t-il avec un sourire. Tu as bien dormi ?

— Mm-hmm.

Elle fit rouler ses hanches sur son érection tout en répondant et envoya une vague de plaisir droit dans ses testicules endoloris. Il resserra sa prise pour l'empêcher de bouger, mais elle se rebella en plaquant sa poitrine contre son torse pour déposer de petits baisers le long de sa mâchoire.

— Aujourd'hui est un nouveau jour et je suis prête à renégocier.

Putain.

— Lizzie...

Elle l'interrompit avec un baiser et appliqua tout ce qu'il lui avait appris la nuit dernière avec sa langue. Il était choqué de voir à quel point elle avait compris ses préférences. Toutefois, elle avait oublié un élément majeur de leur relation. Il la fit basculer sous son corps et maintint ses bras sur le matelas de chaque côté de sa tête.

— Tu as oublié quelque chose d'essentiel, Rubis.

Elle le regarda avec ses grands yeux bruns alors que le rouge lui montait aux joues.

— Ah oui ? demanda-t-elle à bout de souffle.

— Ce n'est pas toi qui commandes, mon cœur.

Il mordilla sa lèvre en guise de réprimande tacite avant d'approcher sa bouche de son oreille.

— Et moi, je dis que nous ne sommes pas encore prêts à renégocier.

Il fit glisser le bout de sa langue le long de son cou jusqu'à sa clavicule, puis continua plus bas jusqu'à la pointe rose de son sein. Ils pouvaient tester une autre limite avant le petit-déjeuner. Au lieu de sucer son téton sensible entre ses lèvres, il l'effleura avec ses dents et sourit quand elle s'arqua contre le lit. Le petit bruit de désir qu'il lui arracha en pinçant plus fort envoya une décharge de plaisir droit vers son sexe.

Lizzie Watkins n'était manifestement pas opposée à l'idée de mêler le plaisir avec un peu de douleur. Jayson comptait bien en profiter un peu plus tard. Il lécha son sein malmené puis déposa un baiser sur le deuxième avant de l'abandonner seule sur le lit. Elle le regarda en clignant des yeux, une expression confuse sur le visage.

— Où est-ce que tu vas ?

— Bruncher, répondit-il. Nous avons tous les deux besoin de manger.

Son odorat développé lui indiquait que quelqu'un s'activait en cuisine.

— Mais...

Elle passa furtivement sa langue sur les lèvres tout en scrutant ouvertement son sexe à peine contenu par son boxer. Il réprima l'envie de sourire largement. Elle avait l'air prête à le dévorer. Si seulement il pouvait la laisser faire.

— Ce n'est pas au menu, Rubis.

179

Il prit un caleçon dans sa commode ainsi qu'un t-shirt blanc.

— Tiens.

Elle ignora les vêtements.

— Je n'ai pas faim.

— Tes yeux disent le contraire.

Il enfila un t-shirt assorti puis dénicha un pantalon de jogging.

— Habille-toi.

La petite rebelle plissa les yeux.

— Ce n'est pas possible de manger plus tard ?

Il posa ses mains de chaque côté de sa tête et la toisa.

— Tu as une nouvelle fois oublié que c'est moi qui suis aux commandes.

Elle fronça les sourcils.

— Je n'ai jamais donné mon accord pour ça.

— C'est faux, mon cœur, répondit-il avant de déposer un léger baiser sur sa bouche. Tu l'as fait à l'instant où tu as pénétré dans ma chambre. Et, ajouta-t-il en approchant sa bouche de l'oreille de Lizzie, tu aimes mes ordres.

Il cacha son sourire dans le creux de son cou qui virait au rouge.

— Maintenant, lève-toi, qu'on puisse aller manger.

Si elle était étendue sur son estomac, il aurait accompagné son injonction d'une petite tape sur les fesses. Au lieu de ça, il mordilla tendrement la peau de son cou avant de se redresser et de hausser un sourcil. Elle le fusilla du regard, mais son fard délicieux et ses tétons durcis trahirent son désir. Lizzie aimerait qu'il achève ce qu'il avait commencé, mais il avait fait le choix de la laisser frustrée – sa manière à lui de lui rappeler qui avait le contrôle de la situation. Et peut-être aussi afin de lui faire vivre une légère variation de sa propre agonie.

Était-ce juste ? Bien sûr que non. Était-ce nécessaire ?

Oui. Parce qu'il avait besoin d'une pause avant de faire quelque chose de stupide, comme de la prendre et lui faire perdre la tête. Il discuterait avec Luc non seulement du tube de liquide récupéré la nuit précédente, mais aussi du développement de sa relation avec Lizzie. Les choses ne pouvaient pas continuer ainsi, ils ne pouvaient pas la laisser dans le noir plus longtemps. Elle méritait mieux.

Jayson regretta immédiatement son choix de tenue pour Lizzie quand elle enfila ses vêtements. Il avait habillé de nombreuses femmes ainsi sans jamais réagir et pourtant, elle le captiva. Son maillot blanc tombait sous ses hanches, juste au-dessus de son caleçon. Le tissu pendait lâchement autour d'elle, mais ses courbes attiraient le regard de manière subtile. Il fantasmerait définitivement à ce sujet plus tard. Une fois qu'elle serait partie.

— Satisfait ? demanda-t-elle.

Il passa ses doigts dans les cheveux de la jeune femme et laissa libre cours à une petite partie de son désir quand il l'embrassa fougueusement. Il la fit taire à l'aide de sa langue puis laissa déferler son désir et la marqua comme il le souhaitait. Elle enfonça ses ongles dans les muscles de ses bras et l'encouragea avant qu'il ne mette fin à leur baiser, la laissant avec le souffle coupé.

— Maintenant oui, chuchota-t-il en réponse à la question de Lizzie concernant sa satisfaction. Allons manger.

— Tu me tues, souffla-t-elle.

— De même, Rubis.

Il caressa sa langue avec la sienne une dernière fois puis attrapa sa main et la conduisit vers la porte. Elle le suivit sans protester, croisant ses doigts avec les siens alors qu'il la guidait dans le couloir et jusqu'à la cuisine où Balthazar se trouvait uniquement vêtu d'un boxer. Il servit un pancake sur une assiette alors qu'ils entraient et se tourna ensuite pour la poser sur le plan de travail.

— Un sept et demi, Jay. Bien joué.

Son humour était évident dans son regard malicieux quand il observa l'air débraillé de Lizzie.

— Tu as l'air affamée, ma belle. Pourquoi ne prends-tu pas la première assiette pendant que je termine le reste ?

Jayson compta les assiettes sur l'îlot alors que Lizzie était clouée sur place devant lui. Le physique de Balthazar avait cet effet sur la plupart des femmes. Et des hommes aussi, d'ailleurs.

— Est-ce que Grace et Jacque sont toujours là ? demanda Jayson, curieux.

— Ils sont dans le salon et rattrapent leur retard avec les séries américaines qu'ils suivent, répondit B en faisant sauter un autre pancake.

Les huit assiettes, sans compter celles de Lizzie, de Jay et des deux compères dans le salon, indiquaient que quatre d'entre elles étaient pour Balthazar. *Tu n'en as emmené que trois au lit ?* L'immortel devant la gazinière répondit simplement en haussant les épaules. Sa supposition était donc erronée. Peut-être n'avait-il pas l'intention de manger. *Quatre ?*

— Tu as besoin de plus d'assiettes, Jay, annonça Balthazar en attrapant l'une d'entre elles sur le comptoir. Douze est peut-être le chiffre standard pour la vaisselle, mais je vais déjà en utiliser dix.

Cinq ? songea Jayson en souriant largement. *Bien joué.*

— Ouais, j'essayerai d'y penser.

— Ce serait bien.

Il tendit une assiette couverte de pancakes à Jayson.

— Luc nous a invités à boire un verre plus tard.

A-t-il fini d'étudier le sérum ? demanda Jayson. Balthazar releva le menton pour acquiescer puis dit :

— Il aimerait qu'on passe dès qu'on sera libres. Est-ce que ça te va ?

— Ouais.

Il attrapa l'assiette intacte de Lizzie et donna un petit coup contre sa hanche avec la sienne.

— Allons-manger, Rubis.

— Euh, ouais.

Lizzie ferma la bouche et parvint à le suivre dans la salle à manger.

— Je n'ai clairement pas bien fait mon boulot si tu trouves Balthazar plus intéressant que moi, lui dit-il en s'asseyant à côté d'elle plutôt qu'en face.

— Il est quasiment nu, murmura-t-elle.

Jayson attrapa des couverts au centre de la table – Balthazar pensait toujours à tout quand il s'agissait de cuisine et de sexe aussi, d'ailleurs – et les tendit à Lizzie.

— Balthazar apprécie tous les aspects de la sexualité, y compris l'exhibitionnisme, répondit-il. Je suis franchement choqué qu'il ait pris la peine d'enfiler un caleçon.

Il soupçonnait que c'était uniquement pour Lizzie. Toutes les autres personnes présentes dans l'appartement l'avaient vu nu à d'innombrables reprises. Elle le regarda bouche bée.

— Donc c'est normal ?

— Pour Balthazar ? Définitivement.

— Et pour toi ? demanda-t-elle.

Il haussa les épaules.

— Ce n'est pas un événement quotidien, mais Balthazar a un certain goût pour les pancakes.

— Non, je voulais dire organiser des soirées et...

Elle s'interrompit quand Balthazar quitta la cuisine chargé de deux assiettes et prit la direction de la chambre. Une série de gloussements s'ensuivit et fit grimacer Lizzie.

— Comment est-ce que tu connais tous ces gens déjà ?

Il le lui avait dit la nuit précédente, mais peut-être qu'il ne lui avait pas offert assez de détails.

— Je ne connais pas la plupart d'entre eux, admit Jayson en attrapant des couverts pour lui-même. Balthazar est un vieil ami d'Hydria, l'île grecque sur laquelle je vivais avant de déménager ici pour le travail.

Il lui adressa un regard entendu.

— Tu me dois toujours des cookies.

— Et les autres ? insista-t-elle au lieu d'acquiescer.

Il reviendrait aux cookies plus tard.

— Jacque et Grace sont d'Hydria aussi et sont de passage pour le week-end avec B. Tristan est la seule personne que tu as rencontrée hier qui vit ici.

— Et toutes ces femmes ?

— Ce sont des amies de Balthazar.

Il trouva le sirop que B avait sorti pour eux et sourit en notant l'étiquette familière. Jacque l'avait clairement attrapée dans la réserve personnelle de Luc. Leur chef suprême était obnubilé par les produits au sirop d'érable pur.

— Tu en veux ? demanda-t-il en espérant réinstaurer une répartie sexy entre eux, comme plus tôt ce matin-là.

— Euh, ouais.

Il versa le sirop sur les pancakes de Lizzie sous ses yeux avant d'en faire de même avec les siens.

— Apparemment B a choisi de les faire aux pépites de chocolat aujourd'hui, songea-t-il.

— Donc il organise souvent des fêtes comme celle-ci ?

Jayson pouffa.

— Ouais. On pourrait dire que c'est sa spécialité.

Elle ne partageait pas son amusement.

— Et il prépare habituellement le petit-déjeuner pour tout le monde le lendemain matin ?

— Il est important de se nourrir après une nuit d'exercice intense, répondit Balthazar quand il fit son retour dans la cuisine pour attraper le reste des assiettes. C'est bien normal, ajouta-t-il en se dirigeant une nouvelle fois vers la chambre.

Lizzie le regarda partir bouche bée avant de reporter son attention sur Jayson.

— Donc c'est habituel pour vous tous de coucher avec des femmes et de les nourrir le lendemain matin.

Il ne s'agissait pas d'une question.

— Je ne dirais pas que c'est une habitude...

— Mais ça arrive souvent ?

Jayson se frotta l'arrière du cou. La plupart des femmes qu'il attirait dans son lit comprenaient qu'il n'était pas du genre à s'attacher, mais Lizzie était différente à plusieurs égards.

— Je ne sais pas si je qualifierais ça de fréquent.

Comme cela dépendait de sa définition.

— Combien de fois à New York ?

— C'était la première fois.

— Et en Grèce ?

— Ça dépendait de la semaine.

Il refusait de lui mentir, mais il n'allait pas non plus s'épancher sur le sujet. Les yeux de Lizzie s'écarquillèrent alors même que la première trace d'émotion recouvrait enfin son visage, même s'il s'agissait d'un sentiment qu'il aimerait ne jamais revoir sur elle. *Du chagrin.*

— Avec des femmes différentes à chaque fois ou toujours les mêmes ?

Il soupira.

— Lizzie, qu'essayes-tu vraiment de me demander ? Combien de fois j'ai entraîné des femmes au lit ? À quand remonte la dernière fois où j'ai couché avec une femme ? Qu'est-ce que tu veux savoir ?

Parce que Jayson le lui dirait, dans la limite du raisonnable. Balthazar choisit cet instant pour revenir.

— Ces dames ont envie de sirop, chuchota-t-il avec un clin d'œil avant de repartir d'un pas nonchalant alors que Lizzie haussait brusquement les sourcils.

— Il y a combien de femmes dans cette chambre ?

— Plusieurs, répondit-il vaguement.

Au moins la discussion portait désormais sur la vie sexuelle de Balthazar. Cela détourna l'attention de Jayson.

— Et c'est normal ? demanda-t-elle.

— Oui.

— Pour toi aussi ?

— Je n'ai pas l'habitude d'inviter cinq femmes dans mon lit en même temps, si c'est ta question.

Il regretta aussitôt d'avoir dit quoi que ce soit.

— Cinq femmes ? répéta-t-elle. Tu as déjà participé à... à... un plan à six ?

Merde. Ça ne sentait pas bon pour lui.

— Écoute...

Elle s'écarta brusquement de la table, hors de sa portée, avant qu'il ne puisse réagir. Même s'il n'avait pas l'intention de la toucher – son expérience lui rappela que cela ne ferait qu'empirer la situation.

— Combien, Jayson ?

Il savait ce qu'elle demandait – le nombre de ses partenaires.

— Tu ne veux pas connaître la réponse, lui dit-il honnêtement.

Elle ne serait pas capable de la comprendre, pas sans connaître son âge et tout le reste d'abord. Et puis, il n'avait pas de chiffre à lui offrir. Il avait cessé de compter il y avait bien mille ans de ça.

— Oh mon Dieu, répondit-elle en clignant des yeux. Tristan a mentionné l'idée de partager. Il voulait dire...

Elle couvrit sa bouche pendant que Jayson jurait en son for intérieur.

Putain d'Ichorien.

— Ce n'est pas...

OK, il n'y avait aucune manière sûre de répondre à ça. *Ce n'est pas ce que tu penses* serait un mensonge évident parce qu'il s'agissait exactement de ce qu'elle croyait.

— Ce n'est pas quelque chose que nous ferons, choisit-il de répondre à la place.

Parce qu'il ne ressentait pas la moindre envie de partager Lizzie avec qui que ce soit. Elle secoua la tête.

— Je... Je...

Les larmes qui emplissaient les yeux de la jeune femme lui brisèrent le cœur.

— Lizzie...

— Non, je ne suis pas... Je ne...

Ses lèvres tremblaient et il se maudit un peu en cet instant. Il ne s'excuserait jamais pour son passé – il n'en regrettait pas une seule seconde – mais voir sa réaction le fit souffrir plus que ça n'aurait dû.

— Je dois y aller, annonça-t-elle subitement avant de tourner les talons vers l'entrée.

Il bondit de sa chaise pour la suivre, mais une main posée sur son épaule le stoppa.

— Laisse-la un peu respirer, chuchota Balthazar, qui avait fait son apparition derrière lui avec son instinct habituel.

Il avait sans aucun doute entendu toutes les pensées qui traversaient leurs esprits.

— Nous savons tous les deux que c'est la pire des choses à faire dans ces situations, répondit Jayson en tentant de s'élancer à la poursuite de Lizzie.

La prise de Balthazar se fit inflexible.

— Je suis d'accord avec toi, mais son cas n'a rien d'ordinaire. Donne-lui le temps de se calmer d'abord.

— Je ne peux pas la laisser partir comme ça, B.

— Et je ne peux pas te laisser la suivre.

— Mais bon sang, ça veut dire quoi ça ?

Il s'en prit à son plus vieil ami quand la porte d'entrée claqua.

— Depuis quand est-ce que tu trouves ça acceptable de laisser une femme souffrir seule dans son coin ?

Balthazar était toujours le premier à faire preuve de compassion et de compréhension, notamment grâce à ses talents de télépathe et d'empathe.

— Comme je viens juste de te le dire, rien dans cette situation n'est ordinaire, répliqua Balthazar de cette voix calme si agaçante. Et tu n'es pas dans le bon état d'esprit pour la gérer.

— Pardon ?

— Tu souhaites lui dire la vérité, continua Balthazar. Et n'essaye même pas de le nier, Jay. Tu as passé la nuit à y penser et on ne peut pas se fier à tes émotions actuelles. Tu céderas.

La réaction instinctive de Jayson fut de frapper son ami au visage, mais sa raison l'encouragea à retenir son geste.

— Putain...

Il passa une main sur son visage avant d'attraper la chaise en bois à côté de lui et de la serrer jusqu'à ce qu'elle se fende.

— Putain.

— Je t'ai dit de la prendre la nuit dernière, marmonna Balthazar en le lâchant finalement. Et tu l'aurais fait si ça avait été une autre femme. Mais pas elle. Tu veux bien me dire pourquoi ?

Jayson secoua la tête.

— Ce serait déplacé, et tu le sais.

— L'attirance est manifestement mutuelle. Alors en quoi est-ce si déplacé, Jay ?

Balthazar attendit sa réponse, mais Jayson n'eut pas le temps d'en élaborer une.

— Parce que tu es inquiet à l'idée qu'elle ne te le pardonne jamais – ce dont tu ne te préoccuperais pas avec une autre femme.

— Je ne suis pas un salaud.

— Ce n'est pas ce que je suis en train de dire, contra Balthazar. Ce que je dis, c'est que tu n'as jamais envisagé d'avenir avec une autre femme, mais que c'est le cas avec Lizzie. C'est pour ça que tu refuses de céder à tes envies et c'est aussi pour cette raison que tu ne peux pas te lancer à sa poursuite pour le moment. Tu es trop tenté par l'idée de tout lui raconter et si je peux cautionner votre besoin de satisfaire votre désir mutuel, je ne peux pas te laisser faire ça. Pas sans obtenir l'accord des autres avant.

Jayson était conscient qu'il avait raison, mais bon sang, il avait tellement envie d'écouter son cœur plutôt que sa raison et de courir après Lizzie. Le chagrin dans son regard... C'était à cause de lui. Ce n'était pas voulu, mais il ne s'était pas expliqué assez rapidement.

— Je déteste ça, admit-il. Toute cette situation.

— Nous allons régler ça, murmura Balthazar. Mais j'ai d'abord besoin de trente minutes pour en finir dans la chambre. Après ça, nous irons retrouver Luc.

— Trente minutes ? répéta Jayson avec un petit rire semi-enthousiaste.

Il ne se sentait pas vraiment amusé sachant que Lizzie souffrait à l'étage du dessous, mais il fit quand même un effort.

— Tu es fatigué, B ?

— Les demoiselles ont commencé sans moi, répliqua

Balthazar en haussant les épaules. Je leur ai donné un objectif et elles s'y consacrent à fond.

— Bien sûr.

Jayson secoua la tête, agacé.

— Même ça, ça ne me fait pas envie en ce moment.

Et ça devrait parce qu'il savait parfaitement que le sirop était impliqué dans leur jeu.

— Je serai ici quand tu auras terminé.

LIZZIE BALANÇA son sac sur son matelas et s'effondra à côté. Elle avait été stupide de le laisser toute la nuit sans surveillance sur la console dans l'entrée de Jayson et encore plus stupide de l'avoir suivi au lit. Ou peut-être qu'elle méritait le titre d'Idiote de l'Année après être partie en vrille pour rien ? Un sanglot s'échappa de sa poitrine et elle se roula en boule.

Comment sa nuit de plaisir et de passion avait-elle pu se terminer aussi mal ? Elle avait laissé ses complexes prendre le dessus au pire moment, mais constater son absence de réaction face aux péripéties sexuelles de son ami avait touché une corde sensible. Leur nuit ensemble – qu'elle avait plus qu'appréciée – avait prouvé qu'il était bien plus expérimenté qu'elle, mais le fait d'entendre à quel point il l'était lui avait fichu la trouille. Exhibitionnisme. Partage. Des soirées érotiques qui se terminaient en partouzes, suivies d'un petit-déjeuner le lendemain matin.

« *Je n'ai pas* l'habitude *d'inviter cinq femmes dans mon lit en même temps* ». Ce qui voulait dire qu'il l'avait déjà fait.

Sa poitrine trembla et elle s'efforça de respirer. Comment parviendrait-elle à satisfaire un homme comme ça ? Ce n'était pas surprenant qu'il n'ait pas souhaité renégocier. Toute cette conversation au sujet de l'avenir lui avait donné l'espoir qu'il en voulait plus, qu'il cherchait à la mettre à l'aise avec leur passion par respect pour son manque d'expérience. Mais ces inclinations étaient telles qu'elle ne parviendrait jamais à le satisfaire, ce qu'il avait sans doute réalisé la nuit dernière. Était-elle simplement une diversion ? La voisine vierge qu'il souhaitait corrompre et dépuceler ? Dieu du ciel, elle priait pour que ce ne soit pas le cas. Ses caresses avaient éveillé en elle quelque chose d'inconnu. Et il n'avait pas cherché à cacher à quel point il la désirait. À moins qu'il ne regarde toutes les femmes de cette manière.

— Merde, chuchota-t-elle alors que d'autres larmes roulaient sur ses joues.

Même s'il la désirait, elle ne répondrait jamais à ses attentes. Et après la manière dont elle s'était comportée pendant le petit-déjeuner, il devait désormais en être conscient. Elle avait fait bien plus que réagir de manière excessive. Mais cinq femmes à la fois ? Ça ne pouvait pas être normal. Comment est-ce qu'on appelait ça ? Un ménage à six ? Et s'il n'avait pas *l'habitude* de coucher avec tant de femmes à la fois, combien d'entre elles attirait-il dans son lit d'ordinaire ?

« *Tu ne veux pas connaître la réponse* ».

Il avait raison. Elle n'avait pas envie de le savoir. Jayson était le premier homme à l'avoir vraiment touchée et elle en avait voulu tellement plus. Elle avait gâché toutes ses chances en réagissant comme une prude dans sa salle à manger. C'était peut-être pour le mieux. Lizzie n'avait jamais prévu d'attendre jusqu'au mariage, mais elle n'avait jamais rencontré quelqu'un qui l'avait assez tentée pour coucher avec. Mis à part Tom. Quoiqu'elle se demandait désormais si c'était le cas.

Les sentiments et les sensations que Jayson avait fait

LEXI C. FOSS

surgir en elle au cours des dernières semaines n'étaient rien comparés à son passé. Les étreintes de Tom lui avaient donné des papillons dans le ventre, alors que les baisers de Jayson l'avaient embrasée. Son téléphone sonna et envoya un éclair d'espoir dans son cœur suivi d'un frisson d'angoisse. Elle avait laissé sa robe et ses chaussures dans la chambre de Jayson. Il souhaitait probablement passer les déposer, ou pire, qu'elle vienne les chercher. Une autre sonnerie la fit grogner et fouiller dans son sac pour trouver son téléphone. Le texto affiché sur son écran n'était pas ce à quoi elle s'attendait.

J'hallucine ! Tu ne devineras jamais ce que Cam a fait !

Oh, et tu as intérêt à être libre ce soir, Liz. Ça fait une éternité que je ne t'ai pas vue et j'ai besoin d'une soirée filles.

Une seconde après, un nouveau texto fit son apparition.

Sérieux, appelle-moi le plus vite possible, ça va me rendre dingue !

Lizzie pressa son visage contre sa couette et marmonna dans sa barbe. Elle avait été à la fois soulagée et attristée quand elle avait découvert que l'appartement était vide. Ça aurait été embarrassant de s'effondrer devant Stas, mais aussi salutaire. Kristin ne lui offrirait pas le même exutoire. C'était une bonne copine, mais pas une amie proche. Une autre sonnerie la poussa à consulter son téléphone.

Est-ce que Kristin t'a parlé des tickets ?

Cam avait ajouté quelques emojis excités en fin de message, y compris des visages diaboliques. Une photo d'une tenue d'ange déchu arriva ensuite, suivie d'un autre message.

Est-ce que tu as toujours cette tenue que tu portais à la soirée Noir & Blanc des Alpha, lors de notre dernière année ?

Lizzie s'assit sur son lit, sa curiosité piquée.

Oui, répondit-elle.

Trois petits points clignotèrent sous le nom de Cam avant que sa réponse ne s'affiche.

Super ! Porte-la ce soir. Elle est vraiment trop sexy, ma belle.

Lizzie afficha le fil de conversation avec Kristin. Elle envisagea de lui envoyer un message, mais décida qu'il serait plus simple de l'appeler. Elle prit plusieurs inspirations, s'éclaircit la gorge, puis appuya sur le bouton d'appel. Un petit cri excité l'accueillit de l'autre côté de la ligne, l'obligeant à écarter son téléphone de son oreille.

— Est-ce que t'es assise ?

Lizzie s'éclaircit une nouvelle fois la gorge avant de répondre :

— Oui.

— Cam a choppé des tickets pour une soirée d'Halloween privée ce soir et tu vas venir avec nous. N'essaye pas de protester, Liz. Ça doit faire deux mois que je ne t'ai pas vue et je sais à quel point tu aimes te déguiser.

Lizzie fit la grimace. L'idée de se déguiser pour quelque raison que ce soit ne lui faisait pas du tout envie en ce moment, mais elle ne pouvait pas vraiment l'admettre. Pas sans que Kristin cherche à en connaître la raison avant d'insister pour que Lizzie sorte quand même. *La manière la plus rapide d'oublier un mec est d'en trouver un autre,* était l'un des dictons favoris de Kristin.

— C'est à quelle heure ? demanda Lizzie.

— Cam a demandé qu'on soit chez elle pour vingt-et-une heures et elle aimerait que tu portes ce costume super sexy que tu avais à la soirée Noir & Blanc. Tu sais, cette fête où elle a couché avec Dean.

Elle récita une liste de détails additionnels et un commentaire au sujet de son propre costume avant de terminer avec :

— Tu as des questions ?

— Où va avoir lieu la soirée ?

Lizzie s'en fichait, mais se disait que ce serait bien de noter l'info au cas où Stas rentrait à la maison plus tard.

— À l'Arcadia, répondit Kristin. Apparemment, c'est une boîte super branchée, même si je n'y suis jamais allée, et ils organisent une soirée annuelle pour Halloween avec leurs clients les plus sélects. Cam dit qu'on devrait s'attendre à voir des célébrités.

Ces mots l'auraient excitée il y a encore quelques mois de ça. Aujourd'hui, elle avait simplement envie de se cacher.

— Ça a l'air sympa, parvint-elle à répondre. Il faut que je commence à me préparer.

Kristin interpréterait cela comme le besoin de se préparer physiquement, mais en vérité, Lizzie avait besoin de temps pour reprendre ses esprits. Parce qu'elle serait incapable d'afficher un air joyeux et de s'amuser avec les filles tout en broyant du noir au sujet de Jayson.

— Génial. À plus tard, Liz.

La ligne fut coupée. Lizzie observa son reflet dans le miroir au-dessus de sa commode. *Peut-être que ça me fera du bien*, songea-t-elle. Elle ne participait plus à ce genre de soirée, pas depuis le décès de Tom, elle avait tellement besoin de lâcher prise avec son chagrin. Un peu d'alcool et de danse chasseraient les cernes sous ses yeux bouffis. Et draguer de manière inoffensive l'aiderait peut-être à oublier Jayson momentanément. Traîner avec de vieilles amies l'aiderait à se sentir moins seule. Stas n'aimerait pas cette idée, car elle n'appréciait pas les camarades de sororité de Liz.

— Mais elle n'est pas là, murmura Lizzie. Elle n'est jamais là.

Alors, pourquoi ne pas sortir et s'amuser un peu ? Rien d'autre ne la retenait qu'elle-même. Jayson n'en avait visiblement rien à faire qu'elle ait déguerpi, sinon il l'aurait appelée. Sortir avec ses amies serait le parfait remède naturel. Elle avait déjà la bonne tenue et les chaussures ; elle avait juste besoin de la coiffure et du maquillage assortis.

— Je vais y arriver, se dit-elle.

Découvrir une nouvelle boîte ne serait pas une corvée et si elle n'aimait pas l'endroit, elle pourrait toujours rentrer chez elle. Rien de compliqué.

— Bon, j'ai plus qu'à mettre la main sur mon costume.

12

ANGES ET DÉMONS AU BAL MASQUÉ

L'inscription à l'université est terminée. Le
bienfaiteur a hâte de voir comment le sujet
s'acclimate à cet environnement social et aux
activités extrascolaires.

Entrée 118.06.4-7

— DE L'ŒSTROGÈNE ? demanda Jayson, incrédule.

Était-ce la raison pour laquelle il trouvait Lizzie
irrésistible ? Il adorait les femmes, mais quelque chose chez
elle l'attirait comme personne ne l'avait fait avant, ce qui
n'était pas rien pour un homme de son âge.

— Essayent-ils de la transformer en succube ou
quelque chose du genre ?

Luc s'adossa au mur à côté de lui, les mains dans les
poches.

— Elle est très attirante, mais je ne pense pas que ce
soit l'objectif.

— C'est une femme sublime, ajouta Balthazar. Mais je
ne la trouve pas irrésistible.

Son regard entendu et sa tournure de phrase indiquaient qu'il avait entendu les réflexions mentales de Jayson. C'était la manière que le télépathe avait choisi pour confirmer à Jayson que ses sentiments étaient réels et non le fruit d'une expérience scientifique. Mais cela ne voulait pas dire que le sérum n'était pas partiellement responsable.

— Quelles en étaient les propriétés chimiques ?

Quelque chose d'addictif, peut-être ? Parce que c'est ainsi que Jayson décrirait son désir pour Lizzie si on lui demandait – un engouement. Il désirait sa compagnie et aurait aimé se trouver à New York avec elle plutôt qu'ici, à Hydria. Il l'avait encore une fois laissée après avoir assuré sa protection, mais si elle quittait son appartement, l'Hydraienne ne pourrait pas la suivre. Ce qui rendait Jayson anxieux et impatient de rentrer. Luc se gratta la mâchoire, le regard pensif.

— La solution est principalement composée d'œstrogène ainsi que de quelques excipients.

— Comme une pilule contraceptive, alors ? vérifia Stas.

Elle leur faisait face, debout à côté d'Issac. Aucun des deux n'avait salué Jayson positivement, probablement parce qu'ils n'approuvaient pas le fait que Lizzie ait passé la nuit chez lui. *Eh bien, c'est pas de chance.* Son seul regret était la manière dont elle était partie cet après-midi, une chose à laquelle il comptait remédier dès que cette conversation serait terminée.

— Pas exactement, répondit Luc. Rien dans cette composition chimique n'empêcherait une grossesse. Il s'agit plus d'un traitement hormonal, mais dans quel but, ça, je ne sais pas.

Son attention se porta sur Tom.

— Je ne vois pas en quoi ce sérum la maintient en vie.

— Je n'ai jamais dit que c'était le cas.

Tom croisa ses bras hâlés. L'Hydraien fraîchement transformé passait manifestement beaucoup de temps au bord de la piscine avec Amelia.

— Tout ce que j'ai entendu, c'était la mention d'une dose mensuelle et nous en avons tous tiré la conclusion que Lizzie en avait besoin pour survivre. Tes recherches indiquent le contraire, à moins que les hormones soient désormais nécessaires pour respirer ?

— Peu importe, dit Luc. Nous pouvons répliquer le sérum, mais j'ai besoin d'un échantillon sanguin avant que nous n'allions plus loin.

— De Lizzie ?

Le ton et l'expression de Stas défiaient quiconque de répondre à cette question, mais bien sûr, Luc appréciait toujours un challenge.

— Oui.

Catégorique, droit au but, et clairement autoritaire.

— Non, répliqua-t-elle immédiatement. Non. Ce que nous devons maintenant faire, c'est lui dire la vérité. Tu as son sérum. Réplique-le et mettons-la en sécurité.

— Ce n'est pas à toi de prendre cette décision, murmura Luc, avec un ton et une attitude polis.

Seuls ceux qui le connaissaient bien remarqueraient le tic de sa mâchoire, suggérant son besoin d'asseoir sa prééminence.

— Peut-être pas, acquiesça Stas. Mais je n'ai pas l'intention de me faufiler dans sa chambre comme un vampire pour lui soutirer du sang sans sa permission.

Elle offrit un regard contrit à Issac, qui haussa simplement les épaules en réponse. Elle souffla et reporta son attention sur Luc, son expression toujours désolée, mais pour une autre raison cette fois-ci. Luc et Stas n'avaient jamais réussi à se mettre d'accord depuis leur rencontre, principalement parce qu'elle craignait son propre avenir et qu'il trouvait son comportement égoïste. Jayson soupçonnait que la situation ne ferait qu'empirer une fois que Stas serait transformée en Hydraienne – son talent inné à contrôler les gens compromettrait la souveraineté naturelle de Luc à Hydria.

— J'en ai assez de lui mentir, Luc, annonça-t-elle d'un ton moins hostile que quelques secondes auparavant. Nous étions d'accord sur le fait que nous n'avions pas assez d'informations à son sujet, mais ce n'est désormais plus le cas. En attendant, Lizzie est seule à New York entourée de plus d'un maniaque, ce qui est inacceptable. Il est temps de tout lui raconter et de l'emmener en lieu sûr avant. Elle s'interrompit pour s'éclaircir la gorge, ses yeux assombris – avant qu'*Ezekiel* ne décide de son prochain coup.

Jayson hocha la tête, d'accord avec chacun de ses mots, mais déterminé à garder sa bouche close. Sa crédibilité dans cette conversation était compromise par les raisons égoïstes pour lesquelles il souhaitait que Lizzie apprenne la vérité. Une chose que Balthazar n'hésiterait pas à mettre en avant s'ils en arrivaient à un vote.

— Stas a raison, dit Tom, mais avec un peu plus de respect. Cela fait deux mois que nous cherchons et tout ce que nous avons trouvé, ce sont des boissons truffées d'hormones. Ce n'est pas suffisant, mais nous pourrons recueillir plus d'informations directement auprès d'elle une fois qu'elle sera à Hydria – où elle sera en sécurité.

Luc garda le silence, songeur, puis croisa le regard d'Issac.

— Et toi ?

— Je ne pense pas qu'Elizabeth soit une menace pour quiconque d'autre qu'elle-même, répondit-il. Lui faire part de notre monde et de la place potentielle qu'elle pourrait y occuper ne sera pas chose aisée et sa réaction me préoccupe – pas pour nous, mais plutôt pour elle.

— Il a raison, chuchota Balthazar. Vous aurez besoin que je calme ses émotions, sinon elle pourrait commettre une folie.

— Alik ? demanda Luc en tournant son attention vers l'homme qui se tenait silencieusement dans un coin de la pièce.

— J'ai suggéré qu'on l'amène ici il y a deux mois de ça, alors que vous étiez tous d'accord pour envoyer Jayson jouer les baby-sitters.

Alik décroisa ses bras pour glisser ses mains dans les poches de sa veste en cuir.

— Cela devrait répondre à ta question.

Luc prit acte de sa réponse d'un simple mouvement de tête avant de poser les yeux sur Jayson.

— Et toi ?

— Balthazar te dirait que mes sentiments à ce sujet m'empêchent d'offrir une réponse impartiale, répondit-il franchement. Mais je suis d'accord avec les autres sur le fait qu'il est temps de lui dire la vérité.

— Donc vous pensez tous plus ou moins qu'elle est prête.

Le ton maîtrisé de Luc suggérait qu'il n'était pas d'accord, mais se fiait tout de même à leurs opinions.

— Elle ne l'est pas.

Issac enroula un bras autour de Stas quand elle réagit à sa réponse franche.

— Mais je pense que nous sommes dans une impasse. Nous avons besoin de sa coopération pour en apprendre plus et la seule manière de l'obtenir c'est de lui dire la vérité. Je ne pense pas qu'attendre la prochaine manœuvre d'Ezekiel soit une bonne idée.

Jayson acquiesça d'un signe de tête, tout comme le reste du groupe.

— Très bien, annonça Luc en haussant les épaules, les

mains croisées. Je suppose que cela nous amène à notre prochain sujet de conversation. Qui va lui en parler et comment ?

LA RAISON pour laquelle Cam avait suggéré qu'elles portent leurs tenues noires et blanches lui apparut clairement presque immédiatement. Anges et démons. Ce n'était pas un thème très original pour une soirée d'Halloween, mais c'était néanmoins un classique. La plupart des invités portaient des tenues sinistres en cuir ornées de chaînes, donnant à la boîte une atmosphère gothique. La musique qui retentissait ne faisait que renforcer l'atmosphère sombre, tout comme la lumière tamisée. Ce n'était définitivement pas le genre d'endroit où Lizzie traînait habituellement, mais c'était parfait pour une soirée flippante de beuverie et de danse.

— Mesdemoiselles, murmura le barman en déposant leurs cocktails.

Cam minauda en direction du séduisant jeune homme alors que Kristin lui tendait sa carte de crédit pour ouvrir une ardoise. Elles avaient l'habitude d'alterner le paiement des boissons pendant leurs années à l'université et avaient continué cette tradition après leur remise de diplômes. C'était Lizzie qui avait pris en charge leur dernière soirée fille et c'était désormais au tour de Kristin.

— Tu es radieuse, annonça Cam, paille en bouche.

Lizzie sourit largement.

— C'est grâce à la lumière noire.

Sa tenue entièrement blanche composée d'une mini-jupe, de bottes et d'un débardeur luisait d'une couleur violette.

— Si seulement j'avais des ailes.

Elle ressemblerait à un ange violet.

— Ton soutien-gorge est complètement visible, railla Kristin. Nous aussi on aurait du s'habiller en blanc, Cam.

Elles étaient toutes les deux en noir – Cam portait une jupe noire qui couvrait à peine ses fesses et un t-shirt translucide qui laissait paraître son soutien-gorge en dentelle alors que Kristin portait un pantalon en cuir et un dos nu. Deux démons et leur petit ange favori, Lizzie.

— Nous sommes trop mauvaises pour porter du blanc, répondit Cam. De plus, Liz est la seule vierge présente.

— Hé ! Ce n'est pas...

Ses joues s'enflammèrent quand les souvenirs de la nuit précédente traversèrent son esprit. Elle s'éclaircit la gorge avant de terminer :

— Vrai.

— Est-ce que quelque chose a changé au cours des deux derniers mois ? demanda Kristin en agitant ses sourcils.

— Peut-être qu'elle s'est maquée avec un type et que c'est pour ça qu'elle ne donnait plus signe de vie, dit Cam.

— Oui ! s'exclama Kristin, visiblement excitée. Je crois que tu as raison. C'est vrai, Liz ? Est-ce que c'est un homme qui t'occupe ainsi ?

Lizzie secoua la tête.

— Vous êtes ridicules.

Mais ses pensées se tournèrent vers Jayson et la firent rougir un peu plus, avant de frissonner quand elle se remémora la manière dont les choses s'étaient terminées.

Pas d'appels. Pas de textos. Absolument rien.

Même si elle n'en attendait pas. Elle s'était comportée comme une folle avec lui. Qu'importe si cet homme était un peu plus expérimenté qu'elle ?

Je dirais plutôt beaucoup *plus.*

OK, c'était vrai, mais n'était-ce pas une bonne chose ?

— Oh mon Dieu, Cam a raison. Tu t'es maquée avec quelqu'un.

Kristin posa son verre sur le bar et se concentra entièrement sur Lizzie.

— Raconte. Dis-nous tout.

— Euh, eh bien, j'ai un nouveau voisin. Mais ce n'est rien, vraiment, juste, je ne sais pas. Il est canon et nous nous sommes embrassés plusieurs fois.

Elle tira plusieurs fois sur sa paille pour tenter de calmer le fard qui réchauffait ses joues, mais l'alcool lui donna encore plus chaud.

— Ce n'est vraiment rien.

— Jayson serait tellement déçu d'entendre ça, annonça un homme derrière elle.

Elle se tourna et fut confrontée à un torse musclé enveloppé dans une veste en cuir. Elle leva la tête et croisa un regard d'ébène moucheté d'or.

— Kiel, souffla-t-elle. Salut. Je ne voulais pas, je veux dire, euh...

Lizzie s'éclaircit la gorge sous son regard amusé. Il la prenait visiblement pour une idiote, et à juste titre.

— Ne m'écoute pas, marmonna-t-elle.

— Au contraire, mon petit chaperon rouge, je ne peux pas m'en empêcher.

Il emmêla une mèche de cheveux de Lizzie autour de l'un de ses longs doigts agiles et tira légèrement dessus.

— Présente-moi tes amies.

— Ah oui, bien sûr.

Elle n'aurait pas cru pouvoir se montrer plus incompétente avant de complètement abandonner ses bonnes manières. Il ne quitta pas sa position derrière elle quand elle fit volte-face pour regarder ses amies abasourdies.

— Cam, Kristin, je vous présente Kiel. Il, euh, travaille avec le voisin que je viens juste de mentionner.

— Bonsoir mesdemoiselles, murmura-t-il par-dessus son épaule. Puis-je vous présenter à quelques-uns de mes amis ?

Les yeux de Cam s'illuminèrent un peu plus à cette suggestion.

— Oui, je pense que tu devrais, répliqua-t-elle avec son attitude taquine habituelle.

L'image de rocker de Kiel ne correspondait pas au type d'homme qui intéressait habituellement Kristin, mais Cam n'était pas du genre à discriminer. Si le type était confiant et séduisant, elle lui laissait une chance. Et Kiel remplissait définitivement ces deux critères.

— Super.

Sa main apparut par-dessus l'épaule de Lizzie et il l'agita en direction de ses amis installés dans l'un des boxes qui longeaient les murs du club. Les sièges semblaient recouvrir la surface de la boîte, mis à part une zone où les escaliers menaient au salon VIP situé à l'étage, ainsi que la piste de danse qui occupait la majeure partie du centre de la salle. Elles avaient choisi d'attaquer leur soirée au bar installé près de l'entrée après avoir observé l'intérieur. Kristin préférait commencer par plusieurs tournées pour les aider à se détendre avant d'entamer la conversation avec des hommes au hasard, mais Cam n'avait pas de mal à le faire quand elle était sobre, ce qu'elle prouva aussitôt.

— Que fais-tu dans la vie, Kiel ? demanda-t-elle alors que les deux autres hommes s'approchaient.

À l'inverse de Kiel, ils étaient vêtus de costumes entièrement noirs. Lizzie reconnut la marque luxueuse de leurs tenues et sourit intérieurement. Kristin se jetterait sur eux à la seconde où elle les verrait.

— Je suis assassin, répondit Kiel avec son air nonchalant habituel.

Cam et Kristin s'esclaffèrent en entendant sa plaisanterie inspirée par Halloween, mais Lizzie secoua la tête. Un assassin ne rentrait pas dans le thème et il portait la même veste en cuir que l'autre soir. Ce n'était pas très original, mais peut-être qu'il n'appréciait pas de se déguiser.

— Je suis un démon, répliqua Cam en mimant des cornes au-dessus de ses cheveux blonds.

— Vraiment ? vérifia Kiel, l'air impressionné. Je me demande, est-ce au lit ou seulement dans la vie ?

— Pourquoi pas les deux ? répondit Cam d'un air aguicheur.

Le torse de Kiel était assez près du dos de Lizzie pour qu'elle perçoive les vibrations de son rire.

— Ta soirée risque d'être édifiante, ma chérie, dit-il quand ses amis les rejoignirent enfin.

— Zach, Lars, je vous présente Cam et Kristin.

Il enroula un bras autour de la taille de Lizzie et ajouta :

— Et voici Lizzie, mais elle n'est pas disponible.

Lizzie se tourna pour le regarder alors que les autres faisaient connaissance.

— Ah bon ? demanda-t-elle, incrédule.

— En effet, répondit-il. Ta relation avec Jay est bien plus sérieuse que tu ne le crois, ma petite.

Elle cligna des yeux.

— Il t'en a parlé ?

La voix de Lizzie trahissait la pointe d'espoir qu'elle aurait préféré dissimuler, mais elle ne put l'empêcher.

— Pas tout à fait.

Il la scruta du regard de manière curieuse.

— Il y a tant de choses que tu ignores – cela se voit à l'innocence que tu irradies.

Ses paroles étranges la firent grimacer. Ils auraient dû la mettre mal à l'aise, mais au lieu de cela, elle était simplement curieuse. Rien chez Kiel ne paraissait normal ou même sûr et pourtant, il ne lui semblait pas dangereux. Il était ami avec Jayson – ou du moins c'était l'une de ses connaissances. Peut-être que c'était pour cette raison qu'elle lui faisait confiance. Savoir que ses camarades de sororité assuraient ses arrières ne faisait pas de mal non plus.

— Aimerais-tu en apprendre plus, Lizzie ? demanda-t-il, la tête penchée sur le côté. À propos de Jay ? De notre monde ?

— Tu veux dire de vos affaires ?

Cela ne l'intéressait pas particulièrement, mais elle aurait plaisir à en apprendre plus concernant les activités quotidiennes de Jayson. Les lèvres de Kiel se retroussèrent.

— Qu'est-ce que Jayson t'a dit de notre boulot ?

— Que vous travaillez dans les acquisitions.

— C'est tout ? dit-il d'un air désapprobateur. Ma chère Lizzie, il y a tellement de choses dont nous devons parler.

Il adressa un signe de tête à ses amis et quand Lizzie se retourna, elle nota que Cam et Kristin étaient en route pour la piste de danse. Oubliées, les règles entre filles. Elles avaient dû supposer que Lizzie serait en sécurité avec Kiel puisqu'elle le connaissait. Mais quand même, elles auraient pu lui poser la question.

— Est-ce que tu veux les rejoindre ? demanda Kiel, ses lèvres proches de son oreille. Ou bien aimerais-tu en apprendre plus au sujet de notre monde ?

Notre monde...

Quelle tournure de phrase étrange et pourtant, cela n'avait rien de surprenant venant de Kiel. Il était un puzzle ambulant et complexe – bel homme, charmant, plutôt jovial, mais avec une aura létale, une attitude qui décourageait les emmerdeurs et un accent qu'elle ne parvenait pas à identifier. Elle croisa de nouveau son regard.

— Qu'est-ce que tu veux dire par « monde » ?

— Viens avec moi si tu souhaites le découvrir.

Il lâcha sa taille et lui tendit la main.

— Promis, je ne mords pas.

— D'accord, acquiesça-t-elle, en prenant sa main. Mais seulement si nous restons dans la boîte.

Une lueur à la fois hilare et secrète illumina son regard.

— À vos ordres, madame.

Elle s'attendait à ce qu'il les emmène vers le box que ses amis avaient libéré, mais au lieu de ça, il prit la direction des escaliers sous haute surveillance. Un signe de tête en direction des hommes en noir dotés d'oreillettes suffit à leur ouvrir le passage pour commencer leur ascension et un sentiment de malaise l'envahit.

— Où est-ce qu'on va ? demanda-t-elle, mais il ne l'entendit pas à cause de la musique.

Elle envisagea de réessayer quand la musique électronique s'estompa une fois à l'étage, mais son nouvel environnement l'intriguait plus. Le balcon était aménagé avec un autre bar ainsi que des boxes en velours encore plus décadents et des tables en verre. Kiel se fraya un chemin vers un box vacant surplombant la piste de danse et l'invita à s'asseoir d'abord. Elle s'exécuta alors qu'il faisait signe à une serveuse vêtue d'un haut de maillot de bain et d'une jupe en chaînes de s'approcher.

Plusieurs autres femmes présentes portaient des tenues similaires et regardaient Lizzie d'un air curieux. *Je suis clairement trop habillée pour cet étage.* Ou peut-être souhaitaient-elles savoir ce qui lui donnait le droit d'accéder au salon

VIP. Lizzie s'efforça de leur adresser un sourire, mais personne ne le lui rendit.

— Tu sais ce que je veux, dit Kiel.

Il ne s'était pas encore assis. Au lieu de ça, il était resté debout, les mains dans les poches en attendant que la serveuse approche.

— Mon amie prendra quelque chose de fruité, mais bien chargé. Elle va en avoir besoin.

La brunette traça une ligne avec son ongle verni sur sa veste et sourit largement.

— Tout ce que tu veux, mon chéri.

Il captura sa main et porta son poignet à sa bouche.

— Tout ce que je veux ?

— Allumeur.

Le ton de la fille contenait une pointe d'avertissement.

— Nous savons tous les deux que je ne suis pas à ton goût.

— Mmm, c'est malheureusement vrai.

Il la relâcha après avoir mordillé la base de son pouce.

— Mais j'aurais peut-être besoin de toi pour une démonstration plus tard.

— Oh ?

Son regard enthousiaste se posa brièvement sur Lizzie avant de se reporter sur Kiel.

— Fais-moi signe quand tu veux, je suis à ta disposition.

— Merci, chérie.

Il l'embrassa sur la joue puis s'installa de l'autre côté du box, les yeux rivés sur Lizzie.

— Nous commencerons une fois que Cynthia nous aura apporté nos boissons. En attendant, dis-moi ce que tu penses de l'Arcadia.

— Euh, ce n'est pas mon truc.

Il pouffa.

— Non, j'imagine que ce ne l'est pas. Tu me sembles être le genre de fille à préférer la musique country, ou peut-être le disco ?

— Le disco ? répéta-t-elle en reniflant de manière peu élégante. J'aime danser, mais je préfère quelque chose de plus actuel.

— Le disco n'est pas actuel ?

Il grimaça comme si cela le surprenait.

— Pardonne-moi, mais les décennies passent à une vitesse folle. Bon sang, c'est le cas avec la plupart des siècles, bien que la technologie de celui-ci soit fascinante.

Elle le regarda bouche bée.

— Quel âge as-tu ?

Parce qu'elle ne lui donnerait pas plus de trente ans, mais il parlait du temps qui passe de manière si étrange. Comme le reste d'ailleurs. *Comment est-il devenu ami avec Jay déjà ?* Ils semblaient si différents l'un de l'autre. Kiel sourit.

— Oh, nous allons y venir très vite, chérie. Mais est-ce que ça te gêne si je passe un coup de fil avant ? Ça ne prendra qu'une seconde.

— Euh, pas de soucis.

Lizzie chercha ses amies au rez-de-chaussée alors qu'il jouait avec son téléphone. Elle distinguait la masse de corps ondulant depuis sa position à côté de la rambarde en verre, mais il lui était impossible de distinguer les visages sous les projecteurs clignotants. Il était plus facile de distinguer les boxes installés le long des murs, tout comme les convives qui y étaient installés, mais elle doutait que Cam et Kristin s'y soient aventurées. En tout cas, pas pour le moment. Cam était *facile*, mais pas à ce point.

— Bonsoir, Jedrick, salua Kiel d'une voix traînante qui attira l'attention de Lizzie.

Il y avait quelque chose de sinistre dans son ton qu'il n'avait pas utilisé en sa présence auparavant.

— Je te dérange ? Alors je vais être bref. J'ai quelque chose qui t'appartient.

Il écouta la réponse, une lueur malicieuse tapie dans son regard d'ébène qui souleva l'estomac de Lizzie. Le charmeur taquin d'avant avait laissé place à quelqu'un de bien plus cruel.

C'était une mauvaise idée. Trop tard maintenant, Liz.

— Non, pas tout à fait, dit-il en souriant. Aimerais-tu dire bonjour à Jay, mon petit chaperon rouge.

LE SANG de Jayson se figea et il agrippa son téléphone plus fort.

— Lizzie...

— Jay-Jayson ?

Sa voix innocente lui parvint à travers le récepteur, emplie de confusion.

— Je ne...

— Écoute-moi avec attention, Lizzie. Il faut que...

Il perçut le claquement de langue d'Ezekiel à travers la ligne, ce qui interrompit la tentative d'alerte de Jayson.

— Ce n'est pas fairplay de ta part, Jayson. Je t'ai offert une chance de lui dire bonjour, ou plutôt au revoir dans ce cas-ci, et tu oses essayer de ruiner mon plaisir ? Quel esprit sportif, hein ?

La lampe vola en mille morceaux à côté de lui quand il renversa tous les objets posés sur la console dans le grand salon de Balthazar.

— Si tu oses la toucher...

— Tu feras quoi, tu me tueras ? railla Ezekiel, son amusement palpable malgré les milliers de kilomètres qui les séparaient. Je dois dire que j'ai sous estimé les sentiments que tu éprouves pour cette femme. Ça va être vraiment très amusant.

Jayson serra les dents et s'efforça de prononcer les mots nécessaires.

— Qu'est-ce que tu veux ?

— J'aimerais voir à quel point tu souhaites la récupérer, murmura Ezekiel. Aimerais-tu savoir où nous sommes ?

— Tu sais bien que oui, parvint à répondre Jayson malgré sa mâchoire contractée.

Afin que je puisse planter une lame entre tes yeux.

— L'Arcadia, répondit-il simplement. L'une des amies de Lizzie a réussi à se procurer des invitations à la fête de ce soir, peut-être pas par hasard. Mais imagine ma joie quand ta sublime Rubis est entrée entièrement vêtue de blanc. Oh, merci Cynthia. Ça a l'air délicieux. Je sonnerai si nous avons besoin de quoi que ce soit d'autre, comme une démonstration par exemple. Merci, mon cœur.

— *Qu'est-ce que tu fais ?*

Jayson tomba à genoux en percevant la voix terrifiée de Lizzie, sa volonté s'écroulant à ses pieds. Il n'aurait jamais dû la laisser seule. Pas quand Ezekiel était dans la nature. Bon sang, qu'est-ce qui lui avait pris de venir à Hydria et de la laisser sans protection à New York ?

Il l'avait laissée tomber de la pire manière qui soit. L'Arcadia ?

Putain. Mais qu'est-il arrivé à son agent de sécurité ?

La réponse tranchante d'Ezekiel n'apaisa pas le moins du monde son anxiété.

— Fais-moi confiance, chérie, c'est pour ta sécurité, car je soupçonne que nous ferons face à de nombreux hurlements d'ici peu.

— Si tu...

— Bouge pas, Jay.

La musique en bruit de fond disparut, remplacée par un bruit de bagarre qui suggérait un affrontement — qui s'acheva avec un cri étouffé et un soupir d'Ezekiel.

— Calme-toi.

— Je ne vais pas me calmer ! cracha Lizzie. Tu viens juste de nous boucler à l'intérieur d'une bulle en verre.

— Pour des raisons qui t'apparaîtront comme évidentes une fois que j'aurais raccroché le téléphone. En attendant, tais-toi, ou je serai forcé de te faire taire moi-même.

Lizzie poussa un petit cri empli par le choc et la peur.

Oh, putain non.

Jayson se chargerait de massacrer Ezekiel pour ça. Il serra les poings en imaginant arracher les membres de l'Ichorien un à un avant de brûler chaque pièce en le forçant à regarder. Trêve tacite ou non, il l'achèverait. Lentement. Et de manière permanente. Il tenta de vocaliser ses menaces, mais les mots lui échappaient. Un sentiment d'agonie, de rage et une pointe d'impuissance submergèrent sa raison et l'enfermèrent dans une carapace de peur et de haine.

— Je t'ai donné notre emplacement. Je te suggère de ne pas traîner, Jay.

Il raccrocha et Jayson fit voler son téléphone contre le mur. Il se brisa en un million d'éclats alors même que Balthazar et Luc se précipitaient dans la maison. L'Arcadia était le seul endroit au monde où Jayson ne pouvait pas se rendre et Ezekiel le savait.

— Putain !

Jayson déversa sa rage sur le sol en le frappant de ses poings, pas du tout préoccupé par la peau qui craquait sur ses phalanges. Cela guérirait en moins d'une minute. Il ne pouvait pas en dire autant pour Lizzie.

— Mais qu'est-ce qui se passe, bon sang ? demanda Luc.

— Jay a perdu la boule, répondit Alik depuis sa position sur le canapé. Ça me rappelle cette fois à Rome...

Sa voix s'estompa quand Jayson le fusilla du regard.

— Ah, je vois que tu t'en souviens.

Alik haussa les épaules et recommença à jouer sur son téléphone. Jayson ressentit le désir soudain de le lui arracher et de le balancer, en même temps qu'Alik lui-même, contre le mur en réponse, mais une main sur son épaule le calma.

— Parle-moi, ordonna Balthazar en s'agenouillant à côté de lui.

Jayson n'arrivait toujours pas à former de phrase cohérente et rejoua donc la conversation dans son esprit tout en serrant et décontractant ses poings contre le bois. Un élan de violence tel qu'il n'en avait jamais ressenti traversa ses pensées, scindant ses besoins en deux. D'un côté, il luttait pour reprendre ses esprits, tandis que de l'autre, il ne cherchait qu'à partir en mission suicide à New York.

— Ezekiel a Lizzie avec lui à l'Arcadia, expliqua Balthazar à ceux qui ne pouvaient pas l'entendre. Allez chercher Wakefield, il faut aussi qu'on découvre ce qui est arrivé à Jennifer.

Jennifer. Le garde supposé de Lizzie. Qu'est-ce qui lui a pris de ne pas me prévenir que Lizzie était sortie.

— J'y vais tout de suite, annonça Luc en quittant la maison.

— Il ne va pas la tuer, dit Alik avec son air calme si agaçant. Cela ne serait pas divertissant et elle a bien plus de valeur vivante. Il se fout de toi et tu le laisses faire.

Il bondit du canapé.

— Je serai dans la piscine si vous avez besoin de moi.

La main de Balthazar se resserra quand Jayson envisagea de balancer une lame en direction de l'un de ses plus vieux amis. Ce ne serait pas la première fois qu'ils se battaient, mais Alik terminait habituellement vainqueur. Sa capacité à infliger de la douleur mentalement surpassait de loin leurs talents, sans compter sa télépathie. Un salaud redoutable.

— Il essaye de canaliser ta rage, murmura Balthazar une fois que la porte eut claqué.

— Ça fonctionne.

— Tant mieux. Maintenant, lève-toi et comporte-toi comme le guerrier que je connais.

Balthazar s'éloigna de lui et éteignit la télévision avant de rejoindre la cuisine. Jayson inspira deux fois, se redressa et accepta la bouteille d'eau que Balthazar lui offrit au passage alors qu'il se rendait dans la salle à manger.

— Alik a raison, dit B. Zeke te provoque pour s'amuser. Il ne tuera pas Lizzie.

— Tu ne peux pas en être sûr. C'est un putain d'assassin, bon sang.

— Qui a eu de multiples opportunités de la descendre et ne les a pas saisies. Non, quelque chose d'autre se trame.

Balthazar prit une autre gorgée d'eau et regarda la porte juste avant qu'elle s'ouvre à la volée. Issac et Luc pénétrèrent dans la pièce, suivis de Stas et Tom.

— Jennifer s'est endormie, annonça sèchement Luc.

— Elle s'est endormie ? répéta Jayson, d'un ton dangereusement bas.

— Oui, elle pensait que Lizzie ne sortirait pas.

L'expression de Luc indiquait clairement qu'il n'était pas satisfait par cette excuse.

— Je m'occuperai de Jennifer une fois que nous aurons réglé ce problème.

— Tu as intérêt. Ou je m'en chargerai.

Et une rétrogradation serait le cadet de ses soucis. S'endormir en mission. Putain. *Si Lizzie meurt à cause de ça...* Il serra les poings en songeant à ça. Il ne le pardonnerait jamais à Jennifer ni à lui-même.

— C'est quoi le plan ? demanda-t-il

— Mateo et Tristan sont déjà en route, l'informa Issac. Qu'est-ce qu'ils doivent savoir ?

— Zeke la retient dans un genre de bulle en verre, gronda Jayson. Ça a étouffé tous les bruits de fond.

Issac hocha la tête.

— Le salon VIP. Tous les boxes sont dotés d'un contrôle du son pour des raisons que je ne pense pas avoir à vous expliquer. Quelque chose d'autre ?

— Il a prévu de la faire crier.

Jayson serra une nouvelle fois les poings et détruisit la bouteille d'eau qu'il tenait. Balthazar lui en tendit une autre sans perdre un instant.

— Ça ne risque pas d'arriver, Stas. Wakefield va y aller seul.

Il avait dû répondre à ses pensées, car elle plissa les yeux.

— C'est ma meilleure amie.

Son regard brûlant était admirable, mais aussi occulté par le chagrin. Il n'y avait pas moyen qu'elle garde tous ses esprits si elle y allait. Jayson comprenait, car il ressentait la même chose. Ses émotions avaient pris le pas sur sa raison.

— Et il a tué mes parents, leur rappela-t-elle, d'une voix brisée.

— Et c'est exactement pour ça que tu réagiras sans réfléchir quand tu le verras, répondit doucement Balthazar. Tu ne seras d'aucune aide, simplement un fardeau.

— La seule manière pour Issac de se concentrer et de parvenir à sortir Elizabeth de là-bas vivante, c'est qu'il soit sûr que tu es ici saine et sauve, ajouta Luc, avec une logique infaillible. Autrement, tu risquerais de ne jamais revoir ta meilleure amie.

— Lucian a raison, chuchota Issac. Tu te souviens de l'Arcadia, Aya. Nous avons de justesse survécu à ton premier passage et, si je suis obligé de choisir, tu seras toujours ma première préoccupation.

Il prit sa joue dans le creux de sa main et l'attira contre lui.

— Je dois faire ça seul, mon amour. Tu sais aussi bien que moi que c'est seulement pour toi que j'ai accepté.

— Tu es aussi bien trop importante. Je suis complètement pour le fait que tu prennes tes propres décisions, mais cela mettrait inutilement ta vie en danger. Si tu entres et que tu commences à débiter des ordres, Ezekiel te massacrera sur place et je refuse de laisser cela se produire, affirma Luc d'une voix anormalement douce, même si elle restait autoritaire.

Il choisissait toujours sagement ses combats et c'était une décision à laquelle il s'opposerait si elle insistait. Jayson en ferait de même, tout comme Balthazar et Alik, si nécessaire. Stas posa son front sur le torse d'Issac alors même que Balthazar hochait subtilement la tête pour leur faire savoir qu'elle avait accepté l'édit tacite de Luc. Malgré ses émotions exacerbées, elle restait capable de percevoir et d'admirer un argument logique. La jeune femme deviendrait une sacrée Hydraienne un jour, dès qu'elle choisirait d'accepter son destin.

— Que vas-tu faire ? demanda Tom avec une intensité subtile. J'ai lu le dossier d'Ezekiel. Il ne te la laissera pas comme ça.

Issac passa sa main dans les cheveux de Stas et l'embrassa tendrement sur le front avant de reculer d'un pas, une expression sérieuse sur le visage.

— Je ne suis pas inquiet, Thomas.

Ce n'était pas tant de l'arrogance que de la confiance en lui-même bien méritée. Issac savait comment gérer ce genre de situation, mais une partie de Jayson ne supportait pas l'idée de ne rien faire et d'attendre. Il passa une main sur son visage et réprima l'envie de casser plus de trucs chez Balthazar. Cette réaction enragée lui ressemblait si peu. Même la nouvelle de la captivité d'Amelia ne l'avait pas affecté de cette manière et il avait bel et bien été furieux en l'apprenant. Pourtant, il avait réussi à garder ses esprits et à rester calme tout en réfléchissant à une solution.

En ce qui concernait Lizzie, il ressentait le besoin d'aller la chercher à l'Arcadia, ce qui défiait complètement la raison et sa compréhension. À peine quelques secondes auparavant, il avait salué la capacité de Stas à garder la tête froide dans cette situation, alors qu'il brûlait désormais une nouvelle fois d'obtenir sa propre revanche.

Quelque chose ne tourne vraiment pas rond chez moi, B.

Son petit coup de coude lui signifia qu'ils régleraient le problème. Si seulement Jayson parvenait à le croire. L'idée qu'Issac se porte au secours de Lizzie à sa place lui hérissait le poil. Pénétrer au sein de l'Arcadia serait une mission suicide pour un Ancien, même pour celui qui était capable de modifier son apparence. Jayson en était conscient, mais dépendre de quelqu'un d'autre pour agir à sa place...

— C'est la chose la plus maline à faire, chuchota Balthazar, en réponse aux pensées de Jayson. N'essaye même pas de partir avec lui, où Alik te mettra K.O.

— Qu'il essaye un peu pour voir, marmonna Jayson.

— Il attend dehors, l'informa Balthazar, d'une voix assez basse pour que seul Jayson l'entende. Ce type nous connaît tous mieux qu'il ne l'admettra jamais.

— Ça n'en fait pas moins un connard.

— C'est pas faux, acquiesça B avant de boire une gorgée d'eau pour masquer son sourire.

Il pouvait toujours compter sur le télépathe pour lui fournir une distraction même dans des circonstances accablantes.

— Vous m'avez appelé, annonça Jacque quand il fit son apparition au milieu du salon, simplement vêtu d'un pantalon de pyjama.

— Elizabeth a décidé de se rendre à l'Arcadia pendant que nous discutions de la meilleure manière de lui avouer la vérité demain, expliqua Luc.

Issac lissa sa cravate d'un geste de la main et ajouta :

— Oui. J'ai besoin que tu m'emmènes en ville.

13

ACTION OU VÉRITÉ

Le sujet semble s'acclimater comme prévu à la vie universitaire. Nous enregistrons toutes ses interactions sociales pour une consultation ultérieure.

Entrée 118.10.4-7

— JE NE VAIS PAS te faire de mal, annonça Kiel alors que Lizzie faisait les cent pas entre leur table et le mur en verre.

Tout s'était passé si vite qu'elle avait à peine eu l'occasion de réagir. Non pas qu'elle ait réussi à aller bien loin. Le bras de Kiel avait été aussi dur que de la pierre quand il l'avait attirée en arrière dans l'espace qu'elle explorait désormais ; un espace rectangulaire d'approximativement un mètre sur soixante centimètres adjacent au box. Les convives de la boîte demeuraient imperturbables. Certains l'observèrent comme si elle était un animal au zoo, alors que les autres s'occupaient de leurs affaires comme s'il s'agissait d'un événement banal.

Apparemment, les capsules improvisées étaient normales ici. Lizzie frotta ses bras dans une piètre tentative de les réchauffer et continua d'explorer son recoin. Le verre semblait solide, épais et hermétique à tous égards. Où que soit l'interrupteur dont s'était servi Kiel pour déployer les parois, il demeurait invisible aux yeux de Lizzie, mais si elle parvenait à le trouver, elle pourrait s'enfuir.

Et ensuite quoi ? Filer en courant ?

Elle faillit rire. Kiel avait déjà prouvé que ses réflexes surpassaient de loin les siens. Lizzie était coincée ici jusqu'à ce qu'il la laisse partir ou qu'il en vienne au fait.

— Qu'est-ce que tu veux ? demanda-t-elle.

Elle avait voulu l'interroger d'un ton ferme. Mais sa question lui avait échappé de manière plus timide et hésitante que prévu.

— Le désir n'entre pas en compte dans ce qui nous amène ici, ma chérie. Je suis simplement là pour t'offrir des informations et rien d'autre.

— Ah ouais ? demanda-t-elle en croisant finalement son regard. Des informations à quel sujet ?

— Commençons avec Tom Fitzgerald. C'est un ami à toi, n'est-ce pas ?

Ce nom lui donna la chair de poule. Elle ne souhaitait parler de ça avec personne et encore moins avec un inconnu qui l'avait enfermée dans une cage en verre.

— Est-ce que tu le connaissais ?

— Pas personnellement, non.

Kiel s'interrompit pour prendre une gorgée de sa boisson rouge foncé et lui offrit un sourire sinistre.

— Que dirais-tu si je t'annonçais que Tom est tout à fait sain et sauf ?

Elle se renfrogna.

— Je te dirais que tu es cruel et impitoyable.

— Ces deux adjectifs sont parfaitement appropriés, mais dans le cas présent, aucun des deux n'est pertinent. Parce que, même si toi et le reste de la race humaine, vous avez été amenés à croire qu'il était mort de manière héroïque au cours d'une mission quelconque, je suis ici pour te dire la vérité. Est-ce que ça te dit ?

— J'aimerais que tu me laisses sortir de cette cage, contra-t-elle.

Il fit claquer sa langue contre son palais.

— Ce n'est pas ce que je t'ai demandé. Et si je pouvais t'apporter la preuve que Tom est vivant, ici et maintenant ? M'écouterais-tu enfin ?

Elle le regarda bouche bée. Ça devait forcément être une mauvaise blague, mais elle ne voyait pas dans quel but. Il avait déjà annoncé qu'il ne connaissait pas Tom et pourtant, il avait sous-entendu qu'il était conscient de l'amitié que Lizzie lui vouait ; une chose qu'elle n'avait jamais mentionnée à Jayson, et certainement pas à Kiel. Elle les connaissait à peine, mais cet homme semblait insinuer qu'il en savait beaucoup à son sujet.

— Qui es-tu ?

— Ah, on avance enfin, répondit-il avec un air satisfait. Mais essaye de reformuler ta question en « *qu'est-ce que tu es ?* » plutôt que « *qui* » et on avancera d'autant plus vite.

Elle cligna des yeux, encore plus confuse que quand tout ceci avait commencé. Cam et Kristin étaient en train de danser et de s'éclater alors que Lizzie était coincée avec un taré dans une enceinte en verre. Un type déjanté qui était ami avec le voisin de Lizzie. Le voisin qu'il avait appelé quelques minutes auparavant pour lui transmettre leur position. Rien de tout ceci n'avait le moindre sens.

Si seulement elle avait son sac à main avec elle. Cam avait suggéré qu'elles laissent leurs affaires chez elles puisque c'était au tour de Kristin de couvrir leurs consommations. Tout ce que Lizzie avait pris avec elle, c'était sa carte d'identité pour pouvoir entrer dans le club. Ce qui ne l'aiderait pas beaucoup. Mais elle ne s'était pas attendue à être emprisonnée dans un box insonorisé avec un taré.

Aucun son ne traversait les murs, pas même la basse qui pulsait dans le club. Ce qui signifiait que personne ne pourrait entendre ses cris, une chose que Kiel avait laissé entendre à Jayson pendant leur conversation. Elle allait devoir se montrer maline et prier de tout son être que son voisin lui porte secours ou que ses amies remarquent son absence. Ce qui était peu probable dans les deux cas, mais elle considérerait ces options comme des plans B.

T'as toujours besoin d'un plan d'action.

Merci beaucoup, j'avais deviné.

Peut-être que si elle jouait à ce jeu stupide, Kiel la laisserait partir.

J'en doute.

Ça n'aide pas.

Kiel sourit largement et prit une gorgée de sa boisson, penchant légèrement la tête tandis que Lizzie réfléchissait à sa prochaine manœuvre. Il attendait clairement quelque chose. *Une question*, songea-t-elle. « *Qui es-tu ?* » avait-elle demandé. Il avait répondu en l'invitant à reformuler.

— Qu'est-ce que tu es ?

Elle ne parvint pas à masquer son hésitation, car il était visiblement un homme. Mais Kiel appréciait manifestement de déformer les mots et les phrases dans son propre langage.

— Assieds-toi, Lizzie.

— Pourquoi ?

— Je vais répondre à ta question.

Il indiqua d'un geste de la main le siège qu'elle avait quitté quand les murs avaient fait leur apparition. Cela la placerait directement en face de lui, dos au balcon, une position ni agressive ni défensive. S'il souhaitait lui faire du mal, il pouvait tout aussi bien y parvenir si elle restait debout. Alors, autant donner un peu de répit à ses jambes au cas où il lui fournirait une occasion de s'enfuir. C'était toutefois peu probable considérant leur cellule. Elle se glissa sur la banquette et croisa les bras sur la table. La serveuse lui avait apporté un breuvage rose fruité qui l'aurait normalement intriguée, mais qui n'avait pas le moindre attrait pour elle ce soir-là.

— Mon véritable prénom est Ezekiel, chuchota-t-il. J'ai récemment choisi d'utiliser Kiel, comme j'aime changer de temps en temps. L'éternité peut s'avérer barbante, vois-tu. Alors c'est important de trouver de petites choses pour se distraire.

Elle hocha la tête.

— Bien sûr.

Tu es complètement fou.

— Ton Jayson était connu sous le nom de Jedrick quand nous nous sommes rencontrés ; c'était aux alentours de 1700 avant Jésus-Christ, à Babylone, au fait. Les circonstances de notre naissance sont très différentes. Je suis le fils d'une femme démunie qui a été violée par un soldat et Jayson l'enfant d'un dieu militaire. Son père, Artemis, n'était pas réellement un Dieu, mais un Ichorien doté d'une capacité à contrôler les métaux et une véritable soif de sang. Mais nous y reviendrons plus tard. Ma mère est morte d'une maladie quand j'avais neuf ans, ce qui m'a obligé à apprendre rapidement et efficacement à prendre soin de moi-même. Ce serait un euphémisme que de dire que je possède un certain instinct de survie. Tu vois, Lizzie, identifier les proies faciles et les assassiner discrètement sont deux atouts que je maîtrise depuis mon plus jeune âge.

Il s'interrompit pour prendre une gorgée de sa boisson

et Lizzie réprima son rire hystérique. Tout d'abord, il prétendait être originaire de Babylone ; la ville originelle. Ensuite, d'avoir quoi ? Trois-mille ans ? Enfin, il inventait désormais des termes saugrenus comme Ichoriens, prétendait que Jayson était le fils d'un dieu, tout en annonçant que lui-même, Kiel ou Ezekiel – quel que soit le nom qu'il préfère – était un assassin. Ce type était un grand malade dissimulé dans le corps d'un homme sain d'esprit. Incroyable.

— Osiris m'a abordé quand j'étais jeune, continua-t-il. Tu ne l'as pas encore rencontré, mais cela ne saurait tarder. Quoi qu'il en soit, il est apparu sous mes yeux comme un dieu et m'a annoncé que j'étais doté d'un ensemble de compétences unique qui lui serait utile. Il m'a présenté à son fils, Sethios, et a encouragé notre relation. Nous nous sommes rapidement liés d'amitié comme nous étions presque du même âge, et j'ai plus ou moins trouvé un nouveau foyer auprès d'eux, immergé au contact de principes uniques qui ne s'appliquaient pas à l'humanité, mais à un univers plus vaste.

Son sourire lui glaça le sang.

— Aimerais-tu que je te raconte un secret, Lizzie ?

Elle s'éclaircit la gorge, mais le chat dans sa gorge l'empêcha de formuler la moindre réponse. C'était probablement une bonne chose, car elle n'avait pas confiance dans ce qu'elle pourrait dire. Lizzie hocha la tête, car elle soupçonnait qu'un refus le décevrait et elle n'avait pas l'intention de mettre en colère un type cinglé sans disposer d'un moyen de s'enfuir.

— Je suis conscient de ton existence depuis un certain temps, avant même que tu n'aies rencontré Astasiya. Mais ce n'est pas ça mon secret.

Il agita la main et eut un sourire amusé.

— Ce que je veux dire, c'est que je me suis arrangé

pour que vous soyez logées ensemble lors de votre première année. C'était le fruit de ma paresse, mais je crois que c'était pour le mieux, ne crois-tu pas ?

Le bourdonnement dans les oreilles de Lizzie ne pouvait pas être sain. Elle ne leur avait jamais donné à lui ou Jayson le prénom complet de Stas.

— Qui es-tu ? murmura-t-elle une nouvelle fois.

Il s'installa plus confortablement sur sa banquette et soupira.

— Tu n'écoutes vraiment pas ce que je te dis, hein ?

— S-Si, bégaya-t-elle.

Mais tu es en train d'élaborer une espèce de récit complexe qui n'a aucun rapport avec la réalité.

Sauf qu'il connaissait le prénom de Stas. Astasiya était un prénom trop rare pour qu'il s'agisse d'une conjecture.

— Je crois que nous n'avons plus beaucoup de temps devant nous, donc essayons quelque chose d'autre, annonça Kiel tout en faisant tournoyer son verre sur la table. Dis-moi ce que tu penses de la FHC. T'es-tu jamais interrogée au sujet du rôle de l'unité paramilitaire ? Comment une sentinelle comme Tom avait pu être tuée au cours d'une simple mission humanitaire ?

— Il...

Elle céda finalement et prit une gorgée de sa boisson ; un daiquiri à la fraise. La partie censée de son esprit la réprimanda, mais elle avait besoin de quelque chose pour sa gorge ; elle avait l'impression d'avoir des boules de coton dans la gorge.

— Continue de boire pendant que je réponds à ta place, ma belle. La FHC n'est pas ce que le public imagine, ce qui ne devrait pas te surprendre. Chaque fois que tu te rends au siège, ton instinct t'indique que quelque chose cloche. J'ai raison, n'est-ce pas ?

S'il n'avait pas déjà capturé son attention, ce serait

désormais le cas. Parce qu'elle n'avait jamais parlé de cette sensation qu'il venait de décrire à qui que ce soit. Pas même Stas.

— Comment le sais-tu ? parvint-elle à demander malgré sa voix enrouée.

— Parce que je t'ai aperçue dans ce bâtiment à maintes reprises au fil des ans et que j'ai observé tes réactions physiques. La FHC te terrifie, et à juste titre. Ça s'appelle la mémoire musculaire, ma chérie. Le traitement qu'ils t'ont fait subir est abominable et, même si tu n'en gardes pas le moindre souvenir, ce n'est pas le cas de ton corps.

Elle déglutit.

— Qu-Qu'est-ce que tu veux dire ?

Elle se rendait rarement au siège, même quand elle était enfant. Mais il avait raison concernant sa réaction naturelle. Le bâtiment l'horrifiait pour des raisons inexplicables.

— J'aimerais pouvoir t'offrir de plus amples détails, mais notre conversation privée sera bientôt terminée et nous n'avons même pas encore abordé les sujets de base.

Il captura son regard et le maintint.

— Tu m'as demandé qui j'étais et je t'ai répondu. En ce qui concerne ce que je suis, la réponse est que je suis un Ichorien, tout comme le père de Jay. Osiris m'a transformé lors de mon dix-huitième anniversaire en guise de cadeau, et m'a offert l'immortalité. Et avant que tu ne fasses un commentaire, oui, j'ai plus l'air d'avoir trente-cinq ans que dix-huit. Les mortels vieillissaient différemment à cette époque, par rapport à aujourd'hui.

Elle n'avait pas eu l'intention de dire quoi que ce soit, mais elle acquiesça néanmoins. Parce que d'accord. Pourquoi pas ? Il ressemblait bien à un homme dans la trentaine, mais peut-être que l'immortalité affectait le processus de vieillissement ? Ou son absence... ?

Suis-je vraiment en train de commencer à le croire ?

— Je me dois d'ajouter qu'il y a un petit bémol au fait d'être Ichorien ; nous avons besoin de sang mortel pour survivre.

Il lui tendit sa boisson.

— Jettes-y un coup d'œil et vérifie par toi-même.

Lizzie hésita un instant, particulièrement après ses remarques cavalières, mais fit ce qu'il lui avait suggéré, les sourcils froncés.

— Ça ressemble à un Bloody Mary.

Le choix d'un mug comme contenant était plutôt étrange pour ce genre de boisson, mais tout dans cet endroit lui semblait extraordinaire.

— Non, ma chérie, c'est le sang d'un de mes donateurs préférés. Prends une gorgée si tu ne me crois pas.

Au lieu de ça, elle renifla et plissa le nez quand une vague de nausée la submergea. Cela ne sentait décidément ni la vodka ni le jus de tomate. Mais il ne pouvait pas être sérieux.

Du sang ? Beurk.

— Comme un vampire ? couina-t-elle.

Il s'esclaffa.

— Je t'assure qu'il s'agit d'un mythe, même si le concept est similaire. Mais essaye de ne pas employer ce terme hors de notre bulle en verre, ma chérie. Mon espèce n'apprécie pas d'être comparée à d'infâmes créatures nocturnes ; nos origines sont bien plus illustres.

Lizzie saisit le bord de son siège.

— Tu es... C'est... Impossible. Ce n'est pas...

Elle secoua la tête, s'efforçant fébrilement de reprendre ses esprits.

— Je ne peux...

Les vampires n'existent pas. Le monde surnaturel n'existe pas.

— Je peux demander à Cynthia de nous rejoindre pour une démonstration, si tu préfères.

Sa proposition semblait si raisonnable et normale, comme s'il parlait d'immortalité et de vampires au quotidien.

— Ou tu pourrais jeter un coup d'œil par-dessus ton épaule dans le box en dessous de nous, près de la piste de danse, mais si tu pouvais retenir tes cris, mes oreilles t'en seraient reconnaissantes.

Il prit une autre gorgée dans son fichu mug et attendit qu'elle se décide. Si elle choisissait la démonstration, il serait forcé de désactiver la barrière en verre. Auquel cas, elle pourrait s'enfuir.

— Tes yeux révèlent tes pensées si clairement, Lizzie. Si tu choisis la consommation en direct, je te ligoterai d'abord et crois-moi quand je te dis que c'est pour ton bien plus que tout autre chose. Parce qu'une femme comme toi ne tiendra pas plus de cinq minutes dans ce club sans finir dans l'un de ces boxes, qu'elle le veuille ou non.

Lizzie déglutit. La manière dont il avait dit ça était aussi troublante que terrifiante.

— Pourquoi est-ce que tu me racontes tout ça ?

— Ah, c'est une excellente question.

Il posa son mug avec un sourire sincère.

— Mes raisons m'appartiennent, mais je considère l'idée d'énerver Jayson comme un bonus.

— Il est au courant de tout ça ?

— Bien sûr. Comme je te l'ai dit, nous avons grandi ensemble. Le père de Jay, Artemis, est un Ichorien et un ami proche d'Osiris, ce qui explique comment nous nous sommes rencontrés. Notre passion pour la guerre et la destruction est à l'origine d'un certain esprit de compétition entre nous qui a atteint son paroxysme il y a environ cinq-cents ans. Tu vois, ceux de mon espèce ont réalisé que le sang de notre progéniture, les Hydraiens, était létal pour nous et à même de détruire la race des Ichoriens et, sans vouloir entrer dans les détails, beaucoup d'immortels ont perdu la vie à cause de cela.

Lizzie ne parvenait pas à dire quoi que ce soit. Son explication semblait logique et pourtant, c'était improbable. *Des Hydraiens ?* Kiel aimait-il donc tant que ça créer de nouveaux termes ? Sauf que Jayson avait mentionné un mot qui paraissait similaire le matin même. Hydria, peut-être ? L'endroit où vivaient Jacque et Grace ? Ses yeux s'écarquillèrent. *Hydraien* était-il étymologiquement lié à *Hydria* ? Elle secoua la tête. C'était vraiment trop pour elle. Elle serait bonne pour l'asile si elle acceptait de croire à toute cette hystérie.

Et pourtant... les propos de Kiel concernant la FHC et ses sentiments étaient justes, même si son admission nonchalante du fait qu'il l'avait épiée lui fichait la frousse. Et puis il y avait ces choses qu'il savait au sujet de Stas... Lizzie céda au désir d'observer la boîte comme il le lui avait recommandé et se tourna pour jeter un œil aux box du rez-de-chaussée. Rien de bien incroyable, juste des couples en train de se peloter. Elle plissa les yeux quand les projecteurs clignotèrent au-dessus de sa tête et illuminèrent leurs positions.

Est-ce que... ?

Elle couvrit sa bouche avec une main. Une tête à la chevelure brune. Il y avait un homme sous la table, entre les jambes nues de la jeune femme, la bouche posée à l'intérieur de sa cuisse. Lizzie s'attendait à ce qu'il remonte, mais il n'en fit rien. Le corps de l'inconnue semblait figé alors que la bouche de l'homme assis à côté d'elle tombait dans le creux de son cou pour lécher la traînée de sang qui s'écoulait de sa plaie. Lizzie se leva et posa ses mains sur la vitre pour appeler à l'aide, quand elle réalisa que le box voisin offrait un portrait similaire. Tout comme celui d'après.

— Oh mon Dieu...

Cam et Kristin... Il fallait qu'elle les trouve et qu'elle les prévienne.

— Tes amies sont en sécurité, chuchota Kiel. Zach et Lars s'en serviront peut-être comme en-cas, mais je leur ai ordonné de les reconduire chez elles saines et sauves après ça.

— Pourquoi ?

Pourquoi ferait-il ça ?

— Considère cela comme un gage de ma bonne foi, répondit-il. De plus, la plupart des mortels quittent cet endroit avec le souvenir d'une soirée incroyable et rien de plus. C'est notre façon de maintenir nos ressources alimentaires en bonne santé, même si certains préféreraient instaurer des exploitations de sang.

Il haussa les épaules quand Lizzie se retourna pour le regarder.

— Je suis capable de reconnaître les avantages de ces deux arguments, mais nous sommes une nouvelle fois en train de perdre le fil. Allons-nous enfin parler de Tom ? L'ami que tu as enterré, mais qui est bien vivant ?

Les jambes de Lizzie menacèrent de flancher et elle fut obligée de retourner s'asseoir face à lui. Dix minutes plus tôt, elle l'avait qualifié de cruel pour avoir simplement suggéré cette possibilité. À cet instant, elle ressentit une pointe d'espoir aussitôt suivie de chagrin. Tom la laisserait-il vraiment pleurer sa disparition tout en continuant de vivre sa vie sans elle ? Ils étaient amis. Elle l'aimait. Pourquoi lui ferait-il ça ?

— Histoire de mettre les choses au clair, les Hydraiens sont le fruit d'un Ichorien mâle et d'une femme humaine. Ton ami Tom est le résultat de la relation entre son père

Ichorien, Jonathan Fitzgerald, et d'une femme humaine nommée Anna.

Kiel étendit son bras sur la paroi du box et martela une mélodie à l'aide de ses doigts agiles qu'elle ne put entendre à travers le bourdonnement de ses oreilles.

Tom n'est pas humain ? John est un Ichorien ? C'est... Non. C'est ridicule et faux. Une histoire alambiquée. Une ruse.

— Tom a orchestré une mise en scène avec plusieurs Hydraiens et quelques Ichoriens, au milieu des bois, près de l'ancien chalet de sa mère. Son père pense que l'une des Sentinelles a abattu Tom avec une balle incendiaire, mais il s'agissait d'une illusion mise en scène par Issac Wakefield.

— Issac ? répéta-t-elle.

Il est aussi impliqué dans tout ça ?

— C'est un Ichorien, je te le prouverai d'ici une minute. Et il a aidé à sauver la vie de ton ami. J'imagine que c'était pour plaire à Astasiya, comme il est très attaché à cette jeune femme talentueuse, mais voilà. Tom est vivant et habite à Hydria et, oui, Stas est elle aussi au courant. Nous voilà revenus au point de départ, n'est-ce pas ? Mais pourquoi t'ont-ils caché tout cela ? J'ai plusieurs théories, mais malheureusement, c'est trop tard.

— Ah oui ?

— En effet.

Il signala le bar d'un mouvement de tête.

— Tes sauveteurs sont arrivés presque dix minutes avant ce que j'avais estimé. Je suis impressionné.

Lizzie suivit son regard et remarqua Issac, accompagné de deux autres hommes en costume, qui montait les escaliers jusqu'au salon VIP d'un pas décidé. Issac sourit au barman de manière familière et salua d'un signe de tête plusieurs autres personnes présentes qui répondirent de la même manière.

La preuve, comme l'avait dit Kiel, qu'Issac était un Ichorien.

Il connaissait tous les membres du club. Elle aurait pu mettre ça sur le compte de son statut de milliardaire et croire qu'il avait fait la connaissance de tous ces gens au cours d'événements mondains, sauf que Lizzie n'en reconnaissait aucun et elle était plus que familière avec l'élite de la société new-yorkaise. L'Arcadia possédait une atmosphère opulente et élitiste, le genre qu'on lui avait appris à reconnaître. Et pourtant, elle ne connaissait que l'homme qui s'approchait de leur enceinte.

— Lizzie, si tu tiens à la vie, garde ton calme pendant toute l'interaction qui va suivre. Je n'ai pas l'intention de te faire de mal, mais je ne peux pas en dire autant des autres personnes présentes ici. Si tu provoques un esclandre, ils te feront taire, et pas de manière polie.

Son sang se figea dans ses veines, la clouant sur place alors que la paroi en verre remontait à sa place dans le plafond. Même si elle voulait hurler, elle en était incapable. Ses voies respiratoires brûlaient par manque d'oxygène. Une partie d'elle priait pour qu'il s'agisse d'un mauvais rêve, mais Ezekiel s'était montré si calme et posé tout du long. Le porteur d'informations qui lui avait été révélées de manière concise et franche, mais dans quel but ? Pour l'effrayer ? L'amadouer ? L'éduquer ? Elle n'en savait rien.

Quand leur cage disparut, elle frissonna non pas parce qu'elle avait froid, mais à cause de la sensation d'avoir perdu toute protection. Kiel lui avait parlé de tout ceci dans une bulle insonorisée ; il avait voulu assurer sa sécurité au cas où elle aurait réagi. Mais pourquoi ? Il ne se souciait manifestement pas de son bien-être. Qu'était son objectif ?

Agacer Jayson.

Parce que Jayson ne voulait pas qu'elle découvre la

vérité. Personne ne le souhaitait, y compris Issac et Stas. *Et Tom*. Son cœur se serra face à cette trahison. Tout le monde était au courant à part elle.

— Bonsoir, Issac, le salua Kiel. Ça te dit de te joindre à nous pour boire un verre ?

Issac se glissa dans le box à côté de Lizzie et effleura l'une de ses cuisses figées avec la sienne. Il croisa ses doigts sur la table et focalisa son attention sur Kiel.

— Sans vouloir t'offenser, Ezekiel, si tu ne laisses pas Elizabeth partir avec moi immédiatement, je serai forcé d'agir dans son intérêt.

La subtile menace létale dans ses propos provoqua un frisson le long de l'échine de Lizzie. Il avait l'air d'un prédateur. Un méchant. *Un vampire*. Elle mordit sa lèvre pour ne pas réagir, mais la terreur qui enserrait sa poitrine menaçait de s'échapper. Parce que sa colocataire et meilleure amie sortait manifestement avec un monstre qui se sentait visiblement à l'aise dans ce club où ils servaient du sang dans des mugs et s'en délectaient à la source au rez-de-chaussée. Comment Stas avait-elle pu lui cacher ça ?

— Hmm, je crois qu'il serait dans son intérêt que tu ne réagisses pas du tout, répliqua Kiel en terminant sa boisson.

Il la mit de côté puis sourit.

— Bon, si tu n'es pas intéressé par un verre, que dirais-tu d'une petite balade ?

Il jeta un coup d'œil aux deux hommes qui montaient la garde à côté du box avant de croiser une nouvelle fois le regard d'Issac.

— Juste tous les trois.

Il sourit à Lizzie.

— J'imagine que tu as besoin d'air frais, ma chérie. Ai-je raison ?

Ses lèvres formèrent une réponse que sa voix ne parvint pas à délivrer. S'il avait l'intention de l'emmener dehors, elle ne protesterait pas. Tout serait bon pour quitter cet endroit horrible.

— Il me semble que c'est sa manière de dire oui, annonça Kiel. On y va ?

Issac se leva et adressa un signe de tête à ses deux amis avant de tendre la main à Lizzie. Il y a encore deux jours, elle aurait accepté. Peut-être même une heure auparavant. Mais maintenant ? Non. Kiel était peut-être un taré à l'imagination débordante. Peut-être qu'elle se réveillerait d'ici cinq minutes. Peut-être que les licornes existaient vraiment.

Elle n'en savait rien, mais elle était certaine d'une chose : elle n'avait pas confiance en Issac Wakefield. Ou Tom Fitzgerald. Ou Jayson Masters. Ou Stas Davenport.

Je suis complètement seule.

— Qu'as-tu fait ? demanda Issac à Kiel.

— Je lui ai peut-être raconté une histoire pendant que tu étais en chemin, mais poursuivons cette conversation dehors. Je ne tiens pas à attirer l'attention de qui que ce soit d'important.

Issac serra un poing puis le laissa retomber le long de son corps.

— En effet, grogna-t-il en reculant d'un pas pour laisser la place à Lizzie de s'extirper du box.

Elle le fit avec précaution, les jambes tremblantes. Toutes ses années de danse lui avaient fait défaut ce soir-là. Elle tituba comme une vieille femme aux membres fragilisés par des années d'abus. Kiel se trouvait juste à côté d'elle, la chaleur de son corps lui procurant un peu de réconfort dans cette boîte glaciale. Qu'est-ce que ça disait de sa santé mentale ? Elle faisait confiance à un homme en qui elle ne devrait pas avoir foi, mais il lui avait dit la vérité. Il avait aussi mentionné son rôle d'assassin.

Bon sang.. Elle ne parviendrait jamais à passer à autre chose.

Si tout ceci était vrai, elle... Comment ferait-elle... ? Lizzie frissonna. Qu'allait-elle faire désormais ? Kiel avait juste commencé à lui parler de la FHC, mais ses quelques paroles avaient confirmé ses pires craintes. Quelque chose de malicieux était tapi là-bas. Il avait suggéré qu'elle avait raison de les craindre, mais n'avait pas élaboré. Il n'avait pas eu le temps. Il ouvrit la voie dans les escaliers et elle le suivit comme un zombie, Issac sur ses talons.

Elle contourna les corps ondulant sur la piste de danse comme dans un brouillard, tout comme le bar. Elle ne prit pas la peine de chercher Cam et Kristin. Que pourrait-elle faire ? Les avertir en hurlant à propos des vampires ? Elles prendraient ça pour une plaisanterie et Lizzie mourrait probablement. Kiel lui avait dit qu'elles seraient en sécurité. Elle voulait bien le croire ; il ne lui avait encore jamais menti. Même dans le café, il lui avait dit la vérité.

Babylone.

Il parlait de la véritable ville. Celle qui avait existé des millénaires auparavant. Comment pouvait-elle envisager d'y croire ?

Jayson a le même âge, il est peut-être même plus âgé...

Son cerveau n'arrivait pas à assimiler cette information. Il avait cessé de fonctionner. Elle avait embrassé une... une... une momie ambulante. *Ou un dieu,* songea-t-elle. Ce qui ne la réconforta en rien. Ses conduits lacrymaux tentèrent de fonctionner, en vain. Le choc l'avait rendue bonne à rien.

— Ah, quelle soirée parfaite pour une petite balade, proclama Kiel quand ils quittèrent le club.

Il leva les yeux au ciel en souriant.

— Magnifique. Et si nous allions nous promener par là-bas ?

Issac s'avança à côté de Lizzie, mais ne tenta pas de la toucher. Elle les suivit de manière automatique, comme une marionnette reliée à Kiel par un fil invisible. Issac prit enfin la parole après deux pâtés de maisons.

— À quoi joues-tu, Ezekiel ?

— Pourquoi imaginez-vous toujours que je prends les choses à la légère ? Peut-être que j'essaye de vous aider.

— J'en doute sincèrement.

Kiel s'esclaffa.

— Tu as peut-être raison, mais c'est plutôt toi qui joues en ce moment, pas moi, et c'est d'ailleurs un jeu dangereux.

Issac fit mine de bâiller et glissa ses mains dans ses poches.

— Tes devinettes sont vraiment barbantes.

— Ah oui ?

Kiel s'arrêta enfin et se retourna pour s'adosser au mur d'un bâtiment.

— Que dirais-tu d'une suggestion à la place ?

Il croisa une cheville par-dessus l'autre, son regard tacheté d'or parfaitement sérieux.

— Évacue Astasiya de la ville avant que le Conclave ne découvre ses secrets. Et je ne parle pas de son entraînement de sentinelle.

L'atmosphère entre les deux hommes se fit glaciale alors que Lizzie luttait pour respirer. C'était trop pour elle. Les menaces tacites, les commentaires au sujet de l'immortalité, le fait de réaliser que tous ceux qu'elle connaissait lui avaient menti... *Ai-je si peu de valeur à leurs yeux ?*

— Pourquoi n'as-tu encore rien fait ? demanda Issac d'un ton maîtrisé, mais aussi menaçant.

Cela donna la chair de poule à Lizzie.

Il était dangereux. Un prédateur.

— Mes raisons m'appartiennent, répliqua Ezekiel en se redressant.

Il posa les yeux sur Lizzie et provoqua un frisson en elle.

Cours.

Mais où est-ce que j'irais ?

Elle ne pouvait faire confiance à personne.

— On se reverra bientôt, ma chérie, mais je crains que les conditions de notre prochaine rencontre ne soient pas aussi favorables, dit-il d'une voix à la fois contrite et impénitente.

Et elle ne savait absolument pas comment répondre à ça.

— Bon courage, Jedrick, tu vas en avoir besoin pour arranger ça, ajouta-t-il en attrapant quelque chose juste avant que l'objet ne heurte son nez. Un autre mémento. Comme c'est gentil.

Il glissa l'objet en métal dans sa poche et se fondit dans une ombre. Littéralement. Lizzie resta bouche bée devant cette démonstration de comportement inhumain et ses genoux ployèrent sous son corps. Le bras qu'Issac avait enroulé autour de sa taille lui évita la chute, mais elle le repoussa de manière instinctive et se positionna dos au mur pour tenter de repérer Kiel.

— Où... ? Comment... ?

Il y a une minute à peine, il marchait et l'instant d'après, il s'était drapé d'une ombre comme d'une cape et s'était évanoui dans l'obscurité. En plein centre de New York. Dans la rue. Comment était-ce possible ?

— Lizzie.

La voix de Stas attira son attention vers la gauche, d'où

arrivait l'intéressée en compagnie de Jayson et de Jacque, qu'elle avait rencontré la nuit précédente.

— Ezekiel a eu la langue bien pendue, annonça catégoriquement Issac. Je ne sais pas exactement ce qu'il lui a révélé, mais c'est manifestement déjà bien suffisant.

Lizzie tituba en arrière quand Stas tenta de la toucher.

— Oh, Liz...

Lizzie croisa le regard de sa meilleure amie ; la jeune femme qu'elle connaissait depuis sept ans. En qui elle avait confiance. Qu'elle aimait.

— Dis-moi, chuchota Lizzie, qui avait besoin de savoir. Dis-moi que c'est faux.

Bon sang, elle venait de voir un homme s'évanouir dans la nature. Mais il devait s'agir d'une illusion. Toutes ces choses que Kiel lui avait racontées n'étaient que mensonge. N'est-ce pas ? Les vampires n'existaient pas.

— Dis-moi qu'il s'agit d'un mensonge, répéta-t-elle d'une voix un peu plus désespérée. Dis-moi qu'il est fou. S'il te plaît.

Stas jeta un coup d'œil à Issac, sa bouche s'ouvrant et se refermant sans un bruit, et le cœur de Lizzie s'emballa dans sa poitrine. *Oh mon Dieu.* Sa meilleure amie ne lui cacherait pas une chose pareille, si ? Non. C'était impossible. Mais tout ce qu'Ezekiel lui avait dit...

— Est-ce que Tom est en vie ? demanda Lizzie d'une voix étrangement rauque qu'elle ne reconnut pas. Est-ce que c'est vrai ? Est-ce que tout est vrai ?

Stas avala visiblement le nœud qui lui serrait la gorge. Et puis hocha la tête.

— Il est...

Stas s'interrompit et s'éclaircit la gorge.

— Oui. Tom est en vie.

— Et Issac est un vampire ? couina-t-elle. Et Jayson...

Bon sang, elle ne réussit pas à continuer. C'était fou. Complètement fou. Stas fit un pas en avant.

— Liz...

Non !

La main de Lizzie vola sans qu'elle y réfléchisse et s'abattit sur la joue de Stas avec un claquement retentissant. C'était un tel soulagement de frapper quelque chose, ou plutôt quelqu'un. Elle avait envie de recommencer, mais plus fort cette fois-ci. Tout le monde lui avait menti. *Tout le monde.*

— C'est mérité, marmonna Stas. Mais, Liz...

Lizzie l'interrompit en hurlant. Ce cri enflait dans sa poitrine depuis des heures, des jours, peut-être même des mois, et il s'échappa dans un torrent sonore qu'elle ne put réprimer.

Son agonie. Sa peur. Sa rage. Son chagrin. Sa douleur.

Ils avaient abouti à ce moment et elle ne tenta pas de cacher sa réaction quand elle s'effondra sur le trottoir sans autre préoccupation que le besoin de s'en décharger. Ce qu'elle fit. Encore, et encore, et encore. Jusqu'à ce qu'une sensation étrange l'enveloppe. Un chuintement. Il la sortit de son envoûtement et la projeta dans un nouveau songe vertigineux de lumières chatoyantes et de sons surréalistes. Puis elle reprit pied dans sa nouvelle réalité. Sur une plage, la nuit, avec le bruit des vagues venant s'écraser sur le sable.

— Ça va aller, Rubis, chuchota Jayson. Ça va aller.

Quelle était cette nouvelle absurdité ? Un rêve ? Un changement de dimension ? Ses lèvres s'ouvrirent pour le questionner quand un sentiment de lassitude la heurta de plein fouet.

— Elle a besoin de repos, dit Issac en réponse à quelque chose.

Une question, peut-être ? Quelque chose que Jayson...

Peut-être... Oh, mais l'idée de dormir était si attrayante. Un cauchemar. C'était tout. Elle se réveillerait le lendemain. Tout allait bien se passer.

Oui.

— Ça va aller, chuchota Jayson alors qu'une sensation réconfortante l'enveloppait.

Elle flottait. Sous un ciel d'encre. C'était le paradis.

14

AI-JE DONC RÊVÉ ?

LE SYLLABUS UNIVERSITAIRE DU SUJET N'EST PAS ASSEZ
STIMULANT. NOUS SUGGÉRONS DE NE PAS IMPOSER UN
PROGRAMME ACADÉMIQUE AUSSI RIGOUREUX AUX
VERSIONS ULTÉRIEURES LORS DE LEUR PHASE DE
DÉVELOPPEMENT.

ENTRÉE 119.04.4-7

— ÇA VA ALLER, chuchota Jayson en bordant Lizzie dans
son lit.

Personne n'avait contesté cette décision, pas même
Stas. Il glissa une mèche de cheveux roux derrière l'oreille
de Lizzie et déposa un baiser sur son front. Il s'attarda plus
longtemps que nécessaire, mais il n'avait pas pu résister.

Elle est en sécurité.

— Je ne te laisserai plus jamais sans protection,
jura-t-il.

Elle ne pouvait pas l'entendre, mais cela importait peu.
Ce serment était plus pour lui que pour elle, car il
soupçonnait qu'elle ne voudrait plus rien avoir à faire avec

lui quand elle se réveillerait. Et le fait de réaliser cela le blessa plus qu'il n'aurait jamais pu l'imaginer.

Il caressa sa joue avec ses phalanges et recula à contrecœur pour rejoindre les autres dans son salon. Amelia et Tom étaient assis sur le sofa, le visage morose. Stas était debout dans un coin, le visage pressé contre le torse d'Issac, et Luc était assis dans le fauteuil inclinable préféré de Jayson, savourant sa tasse de thé. Balthazar pénétra dans la pièce avec deux bières et en offrit une à Jayson.

— Je me suis dit que ça te ferait du bien.

L'alcool n'avait aucun effet sur les immortels, mais il accepta quand même la boisson. Le rafraîchissement ne lui ferait pas de mal.

— Elle ne me pardonnera jamais, dit Stas d'une voix basse destinée à Issac, mais qui retentit dans la pièce étrangement silencieuse.

Même les femmes les plus solides connaissaient parfois un moment de faiblesse et c'était le cas de Stas en cet instant. La colère et le chagrin résonnant en Lizzie avaient été palpables. Et ce cri... Jayson en aurait des cauchemars. Tant d'agonie et de douleur contenues dans un cri perçant destiné à blesser. Il grimaça en se remémorant cet instant et se frotta la poitrine de manière instinctive. Ça n'apaisa pas la douleur étrange qui enflait dans son torse.

Le commentaire de Stas au sujet du pardon s'appliquait aussi à lui. Ça n'avait jamais été la décision de Jayson de garder Lizzie dans l'ignorance, mais il avait entrepris une relation avec elle sous de faux prétextes, ce qui faisait de lui un connard.

— Bon, nous devons découvrir ce qu'Ezekiel lui a dit précisément. Il a évidemment mentionné Tom et Issac, mais quoi d'autre ? demanda Luc en posant son mug de côté. Je pense que nous devons la réveiller.

— Elle va hurler, l'avertit Jacque en faisant son apparition derrière le fauteuil.

Il devait les écouter depuis la cuisine.

— Et c'est un son strident, ajouta le téléporteur en frissonnant.

Luc haussa une épaule en réponse.

— B a une solution pour ça.

— On ne peut pas, dit Stas, d'une voix dénuée de son assurance habituelle.

Elle s'écarta d'Issac, ses yeux verts épuisés quand elle s'adressa à Luc.

— Nous lui avons pris tout ce qu'elle avait d'autre ; on ne peut pas lui retirer ça aussi. Nous lui avons infligé cette douleur et nous méritons tous d'en souffrir avec elle.

Jayson passa une main sur son visage et soupira. Stas avait raison. Atténuer les émotions de Lizzie reviendrait à lui retirer un choix de plus et ils avaient déjà bien assez foiré comme ça.

— Néanmoins, nous n'allons rien arranger en la gardant dans le coma.

Luc jeta un regard interrogateur à Issac.

— À moins que tu ne communiques avec elle en rêve ?

— À en juger par la manière dont elle a réagi à ma présence à l'Arcadia, je pense qu'elle considérerait ça comme un cauchemar plus qu'un rêve, répliqua l'Ichorien.

Un silence pesant engloutit le salon. L'introduction progressive sur laquelle ils s'étaient mis d'accord plus tôt n'avait plus lieu d'être. Ezekiel avait jeté Lizzie dans le grand bain sans la moindre bouée et s'attendait à ce qu'elle apprenne à nager. *Sale connard*. Ezekiel ne l'avait peut-être pas blessée physiquement, mais il l'avait mentalement brutalisée.

—Je suis d'accord avec Luc.

La note lugubre dans la voix de Tom collait parfaitement à l'atmosphère de la pièce.

— Nous lui avons fait assez de mal comme ça. Il est temps d'affronter les conséquences de nos décisions.

— Vous cherchiez à la protéger, chuchota Amelia, la main sur le torse de Tom.

— Peut-être, mais elle ne verra pas les choses de cette manière.

Tom l'embrassa sur la joue puis se leva.

— Réveillons-la. Je suis prêt.

— Pas moi, murmura Stas. Tu n'as pas vu la manière dont elle me regardait.

— Je soupçonne que ce n'est rien comparé à la manière dont elle traitera Tom, dit Issac.

— Merci, mec, répondit Tom sans la moindre sincérité.

Issac se contenta de hausser sereinement les épaules.

— J'ai une idée, annonça Balthazar. Une idée qui l'apaisera peut-être une fois qu'elle sera réveillée et qui n'implique pas de lui enlever la possibilité de choisir. Cela pourrait peut-être aussi nous donner une idée de ce que lui a raconté Ezekiel.

Tout le monde le regarda en attendant qu'il élabore.

— Mais cela fonctionnera seulement si Jayson est prêt à relever le défi, ajouta Balthazar avec un regard que Jayson ne connaissait que trop bien.

À chaque fois que Balthazar mentionnait un challenge, les choses se terminaient bien, mais ce ne serait pas le cas avec Lizzie. Cette tâche serait compliquée et finirait peut-être même par faire souffrir Jayson, et le regard de son ami lui demandait manifestement s'il se sentait capable de s'en charger. Jayson posa sa bière sur la table basse et haussa un sourcil.

— Qu'est-ce que tu avais en tête, B ?

LIZZIE FLOTTAIT sur un nuage de cèdre, de musc viril et de chaleur. Elle étira ses jambes contre les draps soyeux et enfouit son visage contre l'oreiller musclé sous sa tête. *Jayson*, songea-t-elle avec un sourire, avant de se renfrogner quand des bribes de souvenirs remontèrent à la surface derrière ses paupières closes. L'Arcadia et les histoires de Kiel concernant le sang et l'immortalité. Elle se redressa brusquement et cligna des yeux dans l'obscurité.

— Rubis ? murmura Jayson, la voix enrouée par le sommeil.

Son esprit devint confus. Comment avait-elle une nouvelle fois fini dans son lit ? À moins que... N'était-ce donc qu'un rêve ? Lizzie passa sa main sur ses vêtements ; un boxer et un maillot trop grand. Elle était pieds nus. Ni vêtements ni bottes. Une main chaude caressa le bas de son dos et Jayson s'assit à côté d'elle.

— Est-ce que ça va ? demanda-t-il d'une voix grave et sexy.

— Je...

Elle s'humecta les lèvres.

— Je ne sais pas.

Tout lui avait semblé si réel, sauf cette dernière partie avec l'obscurité qui l'avait engloutie après ce chuintement. La fin d'un cauchemar, peut-être ? Elle tourna et posa ses mains sur son torse nu. OK, *ça*, c'était bien réel. Elle promena ses doigts sur la surface musclée de ses abdominaux avant de les laisser tomber contre ses côtés.

— J'ai fait un rêve très étrange, admit-elle.

Je crois. S'agissait-il réellement du fruit de son imagination ? Lizzie était capable de se monter la tête, mais cela lui paraissait extrême.

— C'était à propos de quoi ? demanda-t-il en bâillant.

La main sur son dos traça de petits cercles et chassa les vestiges de son anxiété. Elle s'appuya contre lui, en quête de plus de réconfort. Son rêve l'avait vraiment perturbée.

— Tu vas me prendre pour une folle, dit-elle en secouant la tête.

La main de Jayson glissa jusqu'à son épaule et laissa libre cours à la magie de ses doigts.

— Ça fait du bien.

— Viens là.

Il réajusta la position de Lizzie pour qu'elle se détende entre ses jambes et entreprit de masser le haut de son dos.

— Maintenant, raconte-moi ce rêve étrange et je déciderai ensuite de ta santé mentale.

Elle grogna en réponse à sa requête, mais aussi à ses caresses adroites. Lizzie ne s'était pas rendu compte qu'elle était si tendue. Le rêve avait vraiment dû la perturber. Peut-être que ça l'aiderait d'en parler. Mais pas de tout. Elle ne mentionnerait pas leur conversation désastreuse pendant le petit-déjeuner et les pancakes, et commencerait avec la fête d'Halloween à l'Arcadia.

— C'était plutôt normal jusqu'à ce que Kiel fasse son apparition, murmura Lizzie. Ses amis ont invité Cam et Kristin à danser. Pendant ce temps-là, Kiel m'a demandé si je souhaitais en apprendre plus au sujet de votre monde.

C'était une tournure tellement bizarre, dont elle ne se servait pas elle-même, et pourtant Kiel l'avait employée à plusieurs reprises au cours de son rêve. *À moins qu'il ne s'agisse pas du tout d'un rêve.* Jayson tira sur une mèche de cheveux.

— Tu ne peux pas t'arrêter là, Rubis. Qu'a-t-il dit au sujet de notre monde ?

D'accord. C'était un cauchemar. Rien d'autre. Elle s'éclaircit la gorge.

— Euh, eh bien il m'a raconté une histoire au sujet de

votre enfance ensemble à Babylone, et je parle bien de la ville antique – quelque chose que son subconscient avait manifestement tiré de sa conversation avec Kiel au café – et il a dit que ton père était un dieu de la guerre. En fait, il a dit que c'était un *Ichorien*. J'ai dû créer ce terme dans ma tête après sa mention originale et tout son discours sur le sang parce que, tu sais, *Ichor* et *Ichorien* se ressemblent, n'est-ce pas ?

Sauf qu'elle ne savait plus dans quel ordre ils avaient eu cette conversation. Elle n'arrivait pas à s'en souvenir, c'était tellement dingue et...

— Tu sais ce qu'est l'ichor ? demanda-t-il, visiblement surpris.

— Euh, ouais. J'ai dû en entendre parler à l'école à un moment ou un autre.

En quoi cela le choquait-il ?

— L'ichor, répéta-t-il, incrédule. C'est un sujet dont on discute dans les écoles privées de New York ?

— Ouais, au lycée, il me semble.

La plupart de ses connaissances provenaient d'une éducation plutôt douteuse à cause de tous les voyages pour les concours de beauté et de son apprentissage sur le tas. Lizzie n'était pas capable de se remémorer le moment spécifique où elle avait appris telle ou telle chose ; elle se souvenait simplement de l'information et, au final, c'était ça qui importait.

— Bref, il a aussi dit qu'il m'avait connue avant Stas.

Lizzie attribua aussi ce souvenir au café puisqu'il n'avait rencontré Stas que brièvement.

— Ensuite, Kiel a bu du sang devant moi, ce qui était répugnant.

Ce souvenir très réaliste la fit frissonner.

— Et il a dit que tu étais immortel, un *Hydraien*.

Elle s'efforça de rire.

— Je suppose que j'ai créé ce mot basé sur tes commentaires au sujet de Grace et Jacque et de leur résidence sur Hydria...

Elle s'interrompit quand elle se remémora à quel moment il avait dit ça. C'était au cours de leur petit-déjeuner désastreux. Qui n'avait pas eu lieu...

— Je n'ai jamais été aussi créative, ajouta-t-elle, ébahie.

Jayson n'avait jamais mentionné Hydria, mais la géographie était un autre de ces sujets pour lequel elle avait simplement des connaissances. Cette petite île de la mer Égée appartenait à la Grèce. Mais comment en était-elle venue à choisir ce lieu spécifique ?

Elle se concentra finalement sur son environnement, au-delà des drapqs soyeux et de l'homme sexy assis derrière elle. Quelque chose clochait. Ce n'était ni la température ni l'atmosphère. C'était bien la chambre de Jayson, mais...

C'est trop calme.

— Il n'y a aucun bruit citadin, réalisa-t-elle. Et tu as des rideaux.

Ils pendaient du plafond jusqu'au sol. Ne les avait-elle donc pas remarqués plus tôt ? Elle avait été un peu préoccupée, mais d'une manière ou d'une autre, ils lui semblaient étranges. Comme s'ils dissimulaient une large fenêtre, mais Lizzie savait parfaitement que cela ne faisait pas partie des aménagements de leurs appartements.

— Lizzie, murmura Jayson en caressant ses bras. J'ai quelque chose à te dire.

Elle se concentra sur les rideaux en soie et le bruissement du tissu au niveau du sol. *De l'air frais* ? C'était impossible. Il prit son menton entre ses doigts et inclina la tête de Lizzie pour croiser son regard. Ses yeux ressemblaient à des orbes mystérieux dans l'obscurité de la pièce.

— Je suis désolé.

Son estomac se noua quand il prononça ces trois mots d'un ton morose.

— Pourquoi ? parvint-elle à demander malgré sa bouche asséchée.

— Parce que ce n'était pas un rêve, répondit-il. Et d'après ce que tu as dit jusqu'ici, Ezekiel t'a raconté la vérité.

Elle cligna des yeux. Ses propos avaient beau être parfaitement nets, elle ne parvint pas à les intégrer.

— Donc tu es...

Elle ne réussit pas à terminer. Parce que non. Il avait dû mal comprendre.

— Je suis un Hydraien et nous sommes dans ma chambre. À Hydria.

Elle le repoussa sans qu'il l'en empêche, laissant tomber ses mains sur le matelas. Elle se mit à genoux et se tourna pour lui faire face sur le lit.

— En Grèce.

Elle ne réussit pas à masquer son incrédulité.

— Tu m'as assommée avant de me faire prendre l'avion jusqu'en Grèce ?

Comme si les employés d'aéroport n'auraient pas réagi en voyant qu'on transportait une femme inconsciente au-delà des frontières du pays. Genre.

— Jacque t'a téléportée jusqu'ici. Il est lui aussi Hydraien, tout comme Balthazar et Grace.

— Allume la lumière, demanda-t-elle en quête de preuve.

Le bruissement des draps en soie accompagna son mouvement et une lampe s'éclaira à côté d'eux. Des murs crème et des meubles en acajou s'offrirent à ses yeux, tout comme les rideaux d'un bleu profond qui s'agitaient sous l'effet d'une brise nocturne.

— Ils masquent un balcon, murmura-t-il, qui surplombe la mer Égée.

Lizzie descendit du lit et s'avança lentement vers l'ouverture, voulant vérifier par elle-même. Les fenêtres étaient ouvertes derrière les rideaux, révélant un ciel étoilé suspendu au-dessus d'un océan agité. Elle s'accrocha à la rambarde pour garder son équilibre quand ses genoux se mirent à trembler et Jayson s'approcha derrière elle.

— Tu es... C'est...

Elle déglutit. Elle tritura son cou avec les doigts de sa main libre tandis qu'une image des box de l'Arcadia entachait ses pensées.

— T-Tu bois du sang ?

— Non, murmura-t-il. Les Hydraiens n'ont pas besoin de cette essence humaine pour subsister. C'est l'une des choses que les Ichoriens détestent chez nous.

Il s'avança pour poser ses avant-bras sur la rambarde, ses épaules s'affaissant alors qu'il contemplait l'horizon.

— La seule fois où je t'ai menti c'est quand je t'ai parlé de mon travail, Lizzie. Autrement, j'ai toujours été honnête, juste pas très loquace. Ce n'était pas ma décision de te cacher tout ça, ce qui sonne comme une excuse, mais c'est simplement la vérité.

— J-Je ne comprends pas. Pourquoi ? Comment ?

Toutes les allégations lui revinrent en tête d'un seul coup, l'obligeant à s'accrocher à l'encadrement de la porte pour ne pas tomber. Elle ne savait pas si elle voulait pleurer, crier, s'enfuir ou sauter. Toutes ses émotions ressurgirent d'un seul coup.

— Nous ne sommes pas une menace pour toi, dit-il comme s'il sentait la peur qui s'emparait d'elle. Bien au contraire, en fait. J'ai été envoyé à New York pour te protéger.

— Me protéger ? couina-t-elle. De quoi ?

— La FHC.

Il se tourna pour lui faire face et s'appuya sur la rambarde. Son torse nu luisait sous cette nuit étoilée, le dotant d'un panache majestueux qu'elle aurait admiré dans une autre situation.

— J'ai passé les deux derniers mois à essayer de déterminer ce qu'ils t'ont fait, tout comme Stas, et nos découvertes jusqu'ici sont minimes. Nous avions prévu de t'en parler cette semaine, pour t'inclure dans les recherches, mais Ezekiel avait son propre plan en tête.

— Les recherches ? répéta-t-elle.

— Concernant ce que la FHC a bien pu te faire pendant ton enfance, répondit Jayson à voix basse. Ezekiel t'a-t-il expliqué la véritable nature des Sentinelles ?

Lizzie secoua la tête, à la fois en réponse au commentaire concernant son enfance et à la mention de l'unité paramilitaire bien connue.

— Leurs missions humanitaires servent de couverture à quelque chose de bien plus sinistre et mortel. Les Sentinelles sont entraînées à pourchasser et tuer des immortels hors-la-loi, qu'ils soient Hydraiens ou Ichoriens. C'est le projet personnel de Jonathan Fitzgerald.

— Kiel a dit que c'était un Ichorien, chuchota Lizzie. Et Issac aussi.

— Ces deux affirmations sont exactes, mais là où Jonathan est un monstre, Issac est l'un de nos alliés. Il a travaillé de concert avec Stas pour recueillir plus d'informations à ton sujet ; ou du moins, il a essayé.

Lizzie lâcha finalement la porte et se frotta les bras. Malgré l'air plus chaud, elle se sentait glacée et seule.

— Tout le monde était au courant, murmura-t-elle, s'adressant plus à elle-même que Jayson.

Ils avaient tous gardé le secret. Jayson, Issac, Stas, Tom...

— Est-ce qu'il est ici ? demanda-t-elle.

Kiel lui avait dit qu'il était en vie. Tout ce qu'il lui avait raconté s'était avéré être correct jusqu'à présent ; serait-ce aussi le cas de cette information ?

— Est-ce que Tom est ici ?

— Oui, répondit Jayson à voix basse. Il est dans le salon.

Elle hocha la tête alors que ses pieds avaient déjà entrepris de bouger. Lizzie ne se soucia pas de vérifier l'état de ses cheveux ou de sa tenue. Elle s'en fichait. Ça n'avait aucune importance. Ces gens lui avaient menti, lui avaient caché des choses et l'avaient laissée faire son deuil en solitaire. Avaient-ils même jamais été ses amis ? Elle avait détecté un changement chez Stas plusieurs mois auparavant. Était-ce à ce moment qu'elle avait découvert la vérité ? Stas lui avait menti pendant tout ce temps alors que Lizzie s'était montrée encourageante et s'était conduite comme une *bonne* amie, la meilleure, même.

Mais rien de tout cela n'avait d'importance à côté de la plus grande des trahisons. Tom.

Ses funérailles l'avaient anéantie. Elle avait pleuré seule dans sa chambre pendant des jours parce que Stas était trop occupée par le travail. Lizzie avait cru que sa meilleure amie ne tenait pas autant à Tom qu'elle, mais non, ce n'était pas ça du tout. Stas n'avait pas fait son deuil parce qu'elle savait que Tom était en vie. Et personne ne lui avait dit.

Elle suivit la lumière dans le couloir jusqu'à une aire ouverte emplie de gens qu'elle reconnaissait. Toutefois, en cet instant, ils lui semblaient tous inconnus. Surtout celui au centre qui la regardait d'un air inquiet. Ses yeux marrons étaient emplis de mensonges. Elle avait cru qu'il l'aimait au moins un peu, mais leur décision lui indiqua clairement qu'elle avait eu tort.

Quiconque tenait à quelqu'un ne leur ferait jamais subir la douleur d'une telle perte sans jamais rien dire. Mais c'était ce que cet homme avait fait. Celui qu'elle avait admiré en grandissant, qu'elle avait cru aimer plus que tout au monde.

Trahie.

— Lizzie, chuchota-t-il quand elle s'approcha de lui. Je suis...

Le poing de Lizzie vola contre sa mâchoire avec assez de force pour le faire tituber en arrière, et une partie d'elle se sentit satisfaite après ce coup, tandis que l'autre était à deux doigts de s'écrouler sous le poids de son chagrin. Parce que le toucher l'avait rendu réel et vivant. Tout ceci était vrai. Elle le savait, mais en avoir la preuve changeait toute la donne.

— Comment as-tu pu ? l'accusa-t-elle, les yeux brouillés par ses larmes.

Comment as-tu pu ?

— C'était le seul moyen d'assurer ta sécurité, chuchota Tom.

— Il fallait que John le croie mort, dit Stas qui essayait d'approcher, avant de se figer à mi-foulée après un simple regard de Lizzie.

— Tu l'as su dès le départ et tu ne m'as rien dit.

Sa voix ne trahit pas la colère qui enflait en elle, ce qu'elle attribua à son épuisement.

— Je veux rentrer à la maison. Dans mon appartement. Pour être seule. Maintenant.

— Je te le déconseille, murmura Issac.

Il était assis à côté d'une brunette dont les yeux bleus étaient identiques aux siens. *Sa sœur,* réalisa Lizzie. Une femme qu'Issac avait mentionnée comme morte au cours d'un petit-déjeuner, il y a des mois de ça.

— Tout ceci n'était vraiment qu'un mensonge, dit-elle en secouant la tête.

— Amelia a récemment été retrouvée vivante, expliqua une voix sur sa gauche.

Balthazar pencha la tête sur le côté pour l'observer.

— Quand Issac t'a dit qu'elle était morte, il le croyait sincèrement.

— Il le croyait... Mais tu... Est-ce que tu viens de lire dans mes pensées ?

Elle secoua la tête.

— Pas la peine de répondre. Bien sûr que tu peux lire dans les pensées. Je suppose que c'est vrai pour vous tous.

Elle ne parvint pas à ravaler la pointe d'hystérie qui se mêla à son sarcasme, ou le rire qui suivit.

— Ramenez-moi à New York.

Issac croisa les bras.

— Comme je te l'ai dit...

— Je me fous de ce que tu as pu dire, cracha Lizzie dont la patience était à bout. J'en ai eu assez pour ce soir. Laissez-moi partir. À moins que je sois considérée comme une otage ?

— Bien sûr que non, répondit un homme blond assis sur un fauteuil. Tu es notre invitée jusqu'à ce que tu décides de partir.

— Elle ne peut pas rentrer, chuchota Stas. Pas avant de comprendre.

— C'est toi qui as demandé qu'on cesse de la priver de ses choix, n'est-ce pas ? demanda le blond en haussant un sourcil. Elle souhaite rentrer chez elle et je suggère que nous accédions à sa demande.

Il se leva, et sa taille et sa carrure rappelèrent à Lizzie celles de Jayson.

— Tu es la bienvenue ici, Elizabeth. Il suffit de nous appeler.

Sur ce, il quitta la maison.

— Je vais aller chercher Jacque, murmura Jayson. Il pourra te ramener chez toi.

— Il faut qu'on en discute, dit Stas. L'appartement n'est pas un lieu sûr, Liz. Tu ne comprends pas.

— La faute à qui ? rétorqua Lizzie. Je veux que tu remballes tes affaires et que tu dégages de *mon* appartement d'ici la fin de la semaine. Ce n'est pas comme si tu y passais beaucoup de temps de toute façon. Peut-être que ton vampire ou John t'offriront le gîte quelque part, mais toi et moi, c'est fini.

— Lizzie, tu es blessée et je comprends pourquoi, mais laisse-nous une chance de nous expliquer.

Le ton autoritaire de Tom la bouscula plus près encore de la limite de sa lucidité.

— Tu as renoncé à cette chance le jour où je t'ai enterré, lui balança-t-elle. Tu es juste une autre version que je n'ai pas envie d'apprendre à connaître. Le Tom Fitzgerald que j'aimais est mort et franchement, en ce qui *te* concerne, je ne te dois rien.

Stas poussa un petit cri :

— Lizzie.

Celle-ci ne la regarda même pas. C'était trop douloureux.

— Je veux rentrer chez moi, répéta-t-elle pour la énième fois. Je suis fatiguée qu'on me mente et qu'on me manipule. Comme si ce n'était pas suffisant que j'apprenne la vérité de la bouche de Kiel, vous m'avez *encore* joué un tour avec ce réveil. Et quelque chose me dit que je ne me suis pas non plus endormie par moi-même. J'en ai assez. *Ramenez-moi chez moi.*

— OK. On va y aller, dit Jayson.

Cinq mots. Elle les entendit sans pour autant les comprendre.

— Je n'ai pas besoin de baby-sitter, Jayson, lui dit Lizzie. Je suis parfaitement capable de me débrouiller toute seule.

— Ce n'est pas ça...

— Ah bon ? contra-t-elle avant qu'il ne puisse terminer. Tu as dit toi-même que tu avais été envoyé à New York pour me protéger, n'est-ce pas ? Et quoi, quand tu n'as pas réussi à en apprendre assez, tu as décidé de te lier d'amitié avec moi ?

Son expression confirma ses soupçons, ce qui brisa son cœur déjà fracturé.

— Tu aurais pu faire ça sans tous les avantages en nature, ajouta-t-elle à voix basse.

Combien de fois lui avait-il répété qu'ils étaient juste amis ? Elle réalisa enfin ce qu'il essayait de faire ; lui faire oublier la moindre perspective de romance. Il n'avait jamais voulu coucher avec elle, d'où ces baisers platoniques. C'était une tentative pour l'apaiser, mais elle avait pris les choses en main pendant sa fête et l'avait embrassé, ne lui laissant d'autre choix que de répondre.

Ce n'était pas surprenant qu'ils n'aient pas couché ensemble et qu'il refuse de la laisser lui rendre la pareille. Il n'avait jamais voulu d'elle. Elle n'était rien comparée à ses conquêtes habituelles, ce que ses amis avaient pris un malin plaisir à souligner. Il ne s'agissait que d'un job pour lui. Une obligation. Pourquoi était-ce la nouvelle la plus douloureuse de la soirée ? Était-ce parce que les révélations précédentes l'avaient affaiblie, ou parce qu'il était devenu plus important à ses yeux que quiconque d'autre dans sa vie ?

Je suis tellement stupide.

Comment avait-elle pu imaginer un instant qu'un homme comme lui aurait envie d'elle ? Au moins, elle était désormais fixée au sujet des sentiments qu'elle avait éprouvés pour Tom. Ses rejets ne l'avaient jamais fait autant souffrir.

— Je dois y aller, chuchota-t-elle, l'estomac noué. Maintenant.

Parce que si elle restait plus longtemps ici, elle se briserait. Elle avait besoin de sa chambre, de son lit et de solitude avant que ses larmes ne coulent.

— Te téléporter à New York si tôt après ton dernier trajet va te rendre un peu malade, lui annonça une voix douce. Mais je vais t'emmener, si c'est vraiment ce que tu veux.

Elle rencontra un regard argenté empli de compréhension et de tristesse. *Jacque*. Celui qui l'avait téléportée ici selon les dires de Jayson.

— Tu peux m'emmener jusque dans mon appartement ?

— Oui, promit-il en lui tendant une main. Si tu le permets.

Elle n'y réfléchit même pas et saisit simplement sa main. Il pourrait la laisser tomber dans les flammes de l'enfer et ce serait toujours mieux que de rester ici.

— Ferme les yeux, chuchota-t-il. Je te dirai quand les ouvrir.

L'air autour d'eux changea quand elle obéit à sa suggestion et son estomac se souleva pour protester contre son inertie involontaire. La sensation lui rappelait une soufflerie qui se serait stoppée aussi vite qu'elle aurait démarré.

— Nous sommes arrivés, murmura-t-il. Tu peux ouvrir les yeux.

Ils étaient dans son salon et elle faillit fondre en larme sous l'effet du soulagement.

— Merci.

Il avança vers son canapé et se pencha pour écrire

quelque chose dans le cahier qui était ouvert sur la table basse.

— C'est mon numéro personnel. Entre-le dans tes contacts et appelle-moi quand tu seras prête à revenir. Tu es bouleversée et c'est bien normal, mais ils n'en demeurent pas moins ta famille, Lizzie. Et ils t'aiment.

Jacque disparut avant qu'elle ne puisse protester, la laissant plus seule que jamais. Comme elle l'avait souhaité. Et pourtant, cela ne fit que lui déchirer un peu plus le cœur.

Je suis seule. Bel et bien seule.

Rien ne serait plus jamais comme avant. Elle n'atteignit pas son lit comme prévu, mais s'écroula sur la moquette et laissa libre cours à ses émotions. Ce ne fut que plus tard ; quand Lizzie lut le message de Jacque ; qu'elle réalisa qu'elle ne pourrait pas le contacter même si elle le souhaitait. Il lui faudrait un téléphone pour ça et elle ne disposait pas du sien qu'elle avait laissé chez Cam avec son sac à main.

15

UN ÉLECTRON LIBRE

Nous avons enregistré sept jours de privation de sommeil. Le sujet ne présente aucun signe de détérioration. Le bienfaiteur réclame la poursuite de la simulation pour tester son endurance.

Entrée 105.07.4-7

JAYSON PASSA une main sur son visage après que Jacque eut disparu avec Lizzie.

— Quelle réussite, marmonna-t-il.

Le chagrin de Lizzie avait été viscéral et avait étouffé la moindre réponse que Jayson aurait pu lui apporter. « *Tu aurais pu faire ça sans tous les avantages en nature* ». Son commentaire à peine audible avait affecté Jayson d'une manière qui lui était étrangère. Parce qu'il *aurait dû* la protéger sans la toucher, au lieu de succomber à ses désirs. Ses remords étaient teintés de frustration, car même si c'était inapproprié, cela lui avait semblé si juste. Comment s'excuser pour quelque chose qu'il ne regrettait pas entièrement ?

— Je m'attendais à ce qu'elle soit en colère, mais ça...

La voix de Stas s'éteignit, son visage bien plus pâle que d'habitude.

— Elle ne peut pas rester seule là-bas.

— Ce ne sera pas le cas, répondit Jayson. Je serai là.

Ce n'était pas sujet à discussion. Lizzie ne voulait pas de baby-sitter. Très bien. Il agirait alors comme un garde. Tom hocha la tête, d'accord avec le plan de Jayson. Il s'était réinstallé sur le sofa à côté d'Amelia, mais ne semblait pas particulièrement détendu. Il passa le bout des doigts sur sa mâchoire, même si Jayson doutait qu'elle soit toujours douloureuse après le coup de poing de Lizzie. Son coup avait été impressionnant et avait surpris les personnes présentes dans la pièce, mais son impact avait surtout été émotionnel, comme le prouvait l'expression sur le visage de Tom en ce moment.

— Je ne peux pas en rester là, dit Tom. Je demanderai à Jacque de me téléporter à New York quand il sera revenu, pour voir si je peux la convaincre de me parler.

— Je pense qu'il vaudrait mieux que ce soit moi qui m'y rende, répondit Stas. Je la connais mieux et...

— Tu ne vas pas rentrer à New York.

Le ton d'Issac ne laissait pas de place au débat. Stas ouvrit la bouche pour protester, mais il fut plus rapide qu'elle :

— *Non*. C'est hors de question, Astasiya. Ezekiel sait que tu es novice. Je ne sais pas pourquoi il ne s'est pas servi de cette information, mais ça change tout.

Elle secoua la tête.

— Ce n'est pas à toi de décider.

— Ah oui ?

Il haussa un sourcil, la mettant au défi de protester.

— Tu sembles avoir oublié que ta vie n'était pas la seule à être en danger dans cette situation. Si Ezekiel informait Osiris de ton statut de novice, qui en souffrirait le plus à ton avis ?

Les yeux de la jeune femme s'écarquillèrent, mais l'Ichorien n'en avait pas terminé.

— J'ai enfreint toutes les Lois du Sang afin de te soutenir dans tes choix, Astasiya. C'était peut-être admirable, mais c'est désormais terminé. Je refuse de discuter de ça avec toi. Appelle Jonathan et dis-lui que tu as besoin de vacances, ou que tu démissionnes, je m'en fiche. À partir de maintenant, il est hors de question que tu quittes Hydria avant que nous ayons une idée des intentions d'Ezekiel.

— Et toi ? objecta-t-elle, manifestement furieuse. Vas-tu rester ici aussi ?

— Ça reste à voir, répondit-il d'un ton glacial. Je dois tenir compte de ma progéniture et de la gestion de mon entreprise.

Stas croisa les bras

— Parce que moi je n'ai pas d'obligations, peut-être ?

— Tu n'auras rien du tout si tu meurs.

Une réponse simple qui ne fit rien pour calmer le brasier qui faisait rage dans les yeux de Stas. Si Issac cherchait à la distraire du chagrin qu'elle ressentait à l'idée d'avoir blessé Lizzie, il faisait un excellent travail. Mais Jayson soupçonnait que quelque chose d'autre se cachait derrière son attitude. Tout ce qu'il avait dit était juste, même si Stas refusait de le croire.

— Pourquoi aurais-tu le droit de risquer ta vie et pas moi ? demanda-t-elle.

— Parce que je suis loin d'être aussi important que toi, répondit-il sans hésiter. Lucian t'a patiemment autorisée à te mettre en danger au sein de la FHC dans un but important, à condition que j'assure ta sécurité, ce que je ne peux désormais plus garantir.

Elle plissa les yeux.

— Et qu'arrivera-t-il quand Ezekiel préviendra finalement Osiris ?

— C'est à moi de m'en soucier.

— Va te faire foutre.

Les yeux de Stas étaient remplis de larmes.

— Je n'arrive même pas à croire que tu le penses sincèrement ! Tu crois que tu es le seul autorisé à t'inquiéter ? J'ai assisté à ce Conclave, Issac. Ce qu'Osiris a fait... Tu ne crois tout de même pas que je vais patienter dans mon coin et le laisser t'infliger ça, que je ne te viendrai pas en aide ?

— Je sais que tu le ferais.

Il n'avait pas réagi à son plaidoyer émotif.

— C'est pour ça que tu vas rester ici. Je ne pourrais pas assurer mes arrières, si je suis occupé à te sauver.

Il posa sa main sur la joue de Stas puis contre sa nuque quand elle tenta de s'éloigner de lui.

— Arrête, Aya. Tu es bouleversée et c'est naturel, mais tu ne peux pas laisser tes sentiments prendre le pas sur la raison, ou nous le regretterons tous les deux.

Elle détourna le regard, prête à tenter un autre argument, quand Jacque apparut, un air lugubre sur le visage.

— Je lui ai laissé mon numéro au cas où elle désirerait revenir ici, annonça-t-il au groupe avant de se concentrer sur Jayson. Tu es prêt ?

Le téléporteur le connaissait bien.

— Ouais.

— Tu ferais mieux de te faire discret pendant quelques jours, suggéra Balthazar depuis sa position contre le mur.

Il avait observé la dispute d'Issac et Stas avec sérieux. Tous les Anciens s'étaient mis d'accord des mois auparavant sur le fait qu'ils prendraient des mesures pour la garder sur Hydria si le danger se faisait plus pressant.

C'était injuste, mais nécessaire. Issac avait raison : le don de coercition de Stas serait crucial au cours de la prochaine guerre entre immortels. Et sa vie avait bien plus de valeur que celle d'Issac, d'un point de vue stratégique, en tout cas.

— Je ne peux pas rester là à rien faire, dit Stas en secouant la tête contre la poitrine d'Issac.

— C'est pour le mieux, murmura Tom. Peu importe à quel point ça craint, ils ont raison. Ta vie vaut plus que quelques secrets de la FHC. Nous avons ce qu'il nous faut pour garder Lizzie en sécurité. Il n'y a plus de raison pour que tu restes là-bas.

Stas se dégagea de l'étreinte d'Issac. Il ne tenta pas de la toucher une nouvelle fois, mais l'observa avec ce regard aiguisé qu'il avait développé au cours de ses siècles d'existence sur Terre.

— Mais nous n'avons pas Lizzie.

— Laissez-moi m'occuper de ça, répondit Jayson. Donnez-moi une semaine.

Balthazar hocha la tête.

— Si je me fie à ses émotions et ses pensées, Jay est notre meilleur espoir pour le moment.

Stas ricana en entendant ça.

— Il la connaît à peine.

— J'en sais assez, répliqua Jayson, agacé.

Cette attitude durait depuis bien trop longtemps. Il avait compris sa méfiance au début, quand tout était nouveau et déroutant pour elle, mais ce dont elle avait désormais besoin, c'était d'un bon coup de pied aux fesses.

— Tu vas devoir te mettre à faire confiance et à respecter notre expérience, car elle surpasse de loin la tienne.

La frustration de Stas laissa la place au choc.

— Je... Ce n'est pas...

— Si, insista-t-il. Ton incapacité à avoir foi en notre univers entrave ta relation avec nous depuis le début. Je comprends que tu ne te sentes pas prête à devenir immortelle, mais tu vas devoir accepter ton avenir. Tu pourrais peut-être utiliser les semaines à venir pour explorer le monde que tu seras amenée à rejoindre.

Il n'attendit pas sa réponse. Au lieu de ça, il se concentra sur Jacque.

— Allons-y. Nous avons déjà laissé Lizzie seule trop longtemps.

LIZZIE HÉSITA. Si elle frappait et que personne n'ouvrait la porte, que ferait-elle ensuite ? Appeler les flics avec le téléphone qu'elle n'avait pas sur elle ? Leur dire que les vampires existaient réellement et qu'ils devaient aller enquêter à l'Arcadia ? Elle faillit rire en songeant à quelque chose de si absurde. Personne ne la croirait et tous ceux à qui elle pourrait se confier étaient des menteurs.

— Frappe, se réprimanda-t-elle avant que ses larmes ne puissent couler une nouvelle fois.

Elle avait déjà l'impression d'avoir la gueule de bois, après avoir pleuré toute la nuit sans dormir, sans boire et sans manger quoi que ce soit au réveil. Ou peut-être que son mal de tête était dû aux questions ricochant dans son cerveau. Qui saurait dire, mais elle avait besoin de son sac et de son téléphone.

Elle frappa doucement sur la porte avec ses phalanges, puis plus fort quand elle fut prise de panique. Quand Cam ouvrit la porte une minute plus tard, vêtue d'un pyjama soyeux et une grimace sur le visage, Lizzie jeta ses bras autour de son cou et l'étreignit de toutes ses forces.

— As-tu la moindre idée de l'heure qu'il est ? demanda Cam en lui tapotant le dos. Et pourquoi est-ce que tu essayes de m'étrangler ?

— J'étais tellement inquiète, admit Lizzie, les yeux mouillés par le soulagement.

Kiel lui avait au moins dit la vérité au sujet de Cam. Elle recula pour examiner le salon.

— Est-ce que Kristin est ici aussi ?

— Non, elle a ramené Zach chez elle. D'ailleurs, Lars est toujours dans ma chambre, donc... De quoi as-tu besoin ?

Du grand Cam, impatiente de rejoindre l'homme qui occupait son lit.

— Est-ce qu'il a... ?

Lizzie fit la grimace en notant la marque rouge sur le cou de Cam.

— Laisse tomber.

Il l'avait mordue, mais ne l'avait pas tuée. *Pas encore.*

— J'ai besoin de mon sac.

— Ah ouais. Il est toujours dans le salon. Tu pourras fermer derrière toi.

Lizzie saisit le bras de son amie. Les mots qu'elle souhaitait vraiment prononcer – *c'est un vampire !* – refusèrent de passer ses lèvres. Elle choisit donc de demander :

— Tu ne crains rien avec lui ? Je veux dire, vous venez juste de vous rencontrer.

Cam gloussa et secoua la tête.

— La vierge Lizzie. Tu es trop mignonne. Promis, tout va bien.

Elle la tapota sur la tête comme elle le ferait avec un enfant.

— On s'appelle plus tard, ma belle.

Lizzie la regarda s'éloigner en direction de sa chambre, totalement démunie. Même si elle lui racontait la vérité, Cam ne la croirait jamais. Elle éclaterait probablement de rire et raconterait tout à Lars, ce qui finirait mal pour elles. S'il ne l'avait pas encore tuée, il ne le ferait probablement pas du tout, n'est-ce pas ?

Elle pourrait appeler Stas pour lui demander, ou le téléporteur, ou même Jayson, mais lui diraient-ils la vérité ? Lizzie trouva son sac à main et en sortit son téléphone. Que dirait-elle ? *Salut, j'appelle juste pour savoir si l'Ichorien dans la chambre de mon amie risque de la tuer.* Elle pouffa. C'était ridicule. Et elle ne leur faisait de toute façon pas confiance. Pas après tout ce qui était arrivé.

Elle n'avait personne vers qui se tourner. Elle ne pouvait pas faire confiance à ses parents, surtout après ce que Jayson et Kiel lui avaient dit de la FHC. Sa meilleure amie lui avait menti pendant des mois. L'homme dont elle avait commencé à s'éprendre était apparemment un baby-sitter qu'on avait envoyé pour lui soutirer des informations en la charmant. Et ses camarades de sororité étaient maquées avec des monstres suceurs de sang.

Elle regarda fixement son téléphone, comme s'il était capable de lui fournir les réponses à toutes ses questions, et remarqua les dix-neuf appels manqués. Tous provenaient de sa mère. Elle lui avait aussi envoyé quelques messages. Lizzie avait probablement dû rater un événement quelconque. Ou peut-être que ses parents l'avaient appelée pour voir comment elle allait. Elle pouffa une nouvelle fois.

Comme si elle comptait à leurs yeux.

Le dernier message datait de vingt minutes. Ce n'était pas du genre de sa mère d'abandonner. Lizzie était prête à parier que quelqu'un avait été envoyé à son appartement pour jeter un œil sur elle, ce qui signifiait qu'elle ne pouvait pas rentrer. Elle n'en avait de toute façon pas très envie. Les affaires de Stas seraient toujours là. Elle pourrait se pointer à n'importe quel moment pour les récupérer et déménager, et Lizzie ne voulait pas lui faire face ou même assister à ça. Si elle appelait Jacque, il la téléporterait jusqu'à Hydria, ce qui la rendrait misérable, mais lui apporterait au moins quelques réponses. Elle secoua la tête.

Je ne me sens pas non plus prête pour ça.

— Merde, chuchota-t-elle, les yeux plissés alors qu'elle cherchait une solution.

Un bout de plastique brillant attira son regard dans son sac à main. Une carte de crédit sans limites. Une carte liée au compte de son père, mais au nom de Lizzie. Elle vérifia dans la poche extérieure si elle avait son passeport avec elle alors qu'un plan prenait forme dans son esprit. Un petit diable s'installa sur son épaule, l'autre étant occupée par un ange. Elle suivait habituellement l'avis de la créature dotée d'un halo, mais en cet instant, c'était la bête à cornes qui lui semblait la plus cohérente.

Ce n'est pas une bonne idée.

Tu plaisantes ? C'est une idée géniale.

C'est dangereux.

Tout comme New York, apparemment. Qu'est-ce qu'elle risque ? Tout !

Lâche-toi un peu.

Je dois aller travailler demain.

T'es sérieuse ? C'est ça, ta meilleure excuse ? Envoie-leur un email et prends une semaine de congés. Tu l'as bien mérité.

— Oui, acquiesça-t-elle. C'est vrai.

Vivre dans une boîte en suivant toutes les règles menait à une existence bien solitaire. Tous ceux qu'elle connaissait lui mentaient, la trompaient et la faisaient souffrir. Pourquoi s'interdirait-elle de faire quelque chose de spontané et d'un peu risqué ? *Il y a un vampire dans l'autre pièce*, songea-t-elle avec humour. Elle s'était rendue dans un club empli d'autres suceurs de sang la nuit précédente, avait été téléportée en Grèce pour rencontrer plusieurs autres êtres immortels, avait découvert que sa meilleure amie faisait manifestement partie de ce monde depuis plusieurs mois sans jamais lui en avoir touché un mot et elle avait aussi vu un homme revenir à la vie.

Ouais, un petit séjour aux frais de son père ne serait *rien* comparé à tout ça. Une petite escapade était exactement le remède dont elle avait besoin. Un endroit où elle pourrait se détendre et réfléchir, loin de toute distraction ou de tout problème. Quand elle reviendrait, Stas aurait déménagé et Lizzie pourrait reprendre le cours de sa vie. Ou pas. Mais dans tous les cas, elle méritait cette excursion.

Déterminée, elle envoya un email à son travail annonçant qu'elle avait besoin de s'absenter pour la semaine. Ses cours étaient déjà prêts. Un remplaçant n'aurait aucun mal à se charger de ses leçons. Une fois qu'elle eut terminé, Lizzie quitta l'appartement de Cam et prit la direction de l'aéroport. Sa robe droite bleu marine ferait l'affaire pour voler et elle n'aurait qu'à s'acheter des vêtements neufs avec la carte de son père une fois arrivée. Il surveillait rarement son compte et, même si c'était le cas, il réglerait simplement la facture, comme d'habitude. C'était parfois utile d'avoir un père très riche.

— NOUS AVONS UN PROBLÈME, annonça Jayson dès que Mateo décrocha son téléphone. Lizzie est à l'aéroport et vient d'acheter un billet d'avion, mais je n'ai pas pu m'approcher assez près pour découvrir sa destination.

— Je vois, murmura Mateo. Quel comptoir ?

Jayson lui donna le nom de la compagnie.

— As-tu une idée de la carte dont elle s'est servie ?

— Si je n'étais pas assez proche pour l'entendre, qu'est-ce qui te fait penser que j'ai pu voir ça ? répliqua Jayson, à court de patience à cause de sa rouquine fugitive.

Elle l'avait entraîné dans une course poursuite à travers Manhattan jusqu'à un immeuble ordinaire avant de se rendre à pied jusqu'à Penn Station où elle avait pris un train pour Newark. Il avait envoyé un message à Luc pour le tenir au courant, mais il n'avait pas anticipé qu'elle achèterait un billet d'avion.

— Laisse-moi cinq minutes.

Mateo mit fin à leur communication et Jayson observa Lizzie passer les contrôles de sécurité.

— Chipie, murmura-t-il.

Il envoya son rapport à Luc en secouant la tête. Elle avait besoin d'une leçon sur la manière de prendre de bonnes décisions, parce que celle-ci n'en était pas une. Il comprenait son état mental fragile, mais embarquer dans un avion en réponse ? C'était un geste tellement immature et égoïste. Il révisa aussi son opinion de l'intelligence de Lizzie.

Jayson répondit à son téléphone dès qu'il se mit à vibrer.

— Dis-moi tout, M.

— Est-ce que tu as ton passeport américain avec toi ?

Jayson grimaça.

— Non. Il est à l'appartement.

— OK. Je te suggère d'envoyer Jacque le récupérer parce que le temps presse.

Une sonnerie retentit sur son téléphone alors que Mateo poursuivait ses explications.

— Félicitations. Je viens juste de te réserver un billet en

classe affaires *Polaris* à destination de Rome et ton avion décolle dans soixante-sept minutes.

— Dis-moi que le siège est à côté d'elle, gronda-t-il.

— Évidemment. Bon voyage, Jay.

Mateo raccrocha encore une fois et Jayson aurait juré qu'il se moquait de lui en le faisant.

— Merde.

Lizzie avait choisi l'Italie pour un vol de dernière minute ? N'avait-elle pas compris que la FHC était dangereuse ? Que son existence restait un mystère pour eux ? Il secoua la tête. Bien sûr qu'elle ne le savait pas, car elle ne leur avait pas laissé la chance de lui expliquer. Mais sauter dans un avion pour l'Europe ? C'était immature. Il tapa brusquement un texto pour Jacque, lui réclamant son passeport, et secouait toujours la tête quand son ami ébouriffé arriva avec l'objet en question.

— Je suis heureux de ne pas être la source de cette expression, dit le téléporteur en lui tendant le livret bleu marine. Essaye de ne pas te montrer trop dur avec elle.

Jayson sourit largement.

— Oh, quand j'aurai mis la main sur elle, elle ne fera plus jamais rien d'aussi imprudent.

De toutes les choses qu'elle aurait pu faire, elle avait choisi de quitter le pays. Quelle imbécile !

— Ouais, amuse-toi bien avec ça.

Jacque n'avait pas l'air très sûr de lui et recula même d'un pas.

— J'en ai bien l'intention, répliqua Jayson.

Et il le pensait. Parce qu'il en avait fini de jouer les gentils. Oui, il avait omis des informations, mais seulement pour la protéger. Rien de plus. Si elle désirait la vérité, il ne la lui donnerait pas comme ça ; il la lui montrerait.

POUR LA ÉNIÈME FOIS, Lizzie se demanda si elle ne venait pas de prendre la décision la plus stupide de sa vie en montant dans cet avion. Toutefois, les hôtesses de l'air leur distribuèrent du champagne, après quoi elle cessa de s'inquiéter.

Elle observa les ouvriers de l'aéroport de l'autre côté du hublot tout en sirotant son vin pétillant. Le vol de fin de journée était une bien meilleure option que celui pour Paris. Lizzie avait craint de flancher si l'attente était trop longue, et elle avait donc choisi Rome après avoir étudié toutes ses options sur le tableau d'affichage des départs. La plupart des vols à destination de l'Europe partaient plus tard dans la soirée, mais celui-ci était programmé pour cinq heures trente. Elle pourrait regarder un film, essayer d'avaler quelque chose, et avec de la chance, dormir.

Le siège à côté d'elle se froissa quand quelqu'un s'y installa. Leurs sièges en classe affaires étaient assez proches pour bavarder, mais leur offraient aussi un peu d'intimité. Elle avait tout de même espéré qu'il resterait vacant. Malheureusement, elle n'avait jamais de chance.

— Bienvenue à bord, monsieur, ronronna l'hôtesse de l'air. Puis-je vous apporter quoi que ce soit avant le décollage ? Une boisson peut-être ?

— Mmm, oui, répondit une voix familière.

Les lèvres de Lizzie s'entrouvrirent quand elle réalisa qui s'était installé à côté d'elle, mais plutôt que de la saluer, son attention resta rivée sur l'hôtesse.

— J'aimerais un whisky pur, au moins pour le décollage, dit-il avec un clin d'œil.

D'humeur à jouer les séducteurs ?

— Bien sûr, monsieur, répliqua la brunette avant de se trémousser vers l'avant de l'appareil sous le regard appréciateur de Jayson.

Lizzie mourrait d'envie de le frapper. Pas simplement

271

parce qu'il reluquait l'hôtesse de manière éhontée, mais aussi pour s'être assis à côté d'elle sans un mot. Pour l'avoir suivie. Parce qu'il prétendait ne pas remarquer que Lizzie le regardait fixement.

Il posa son coude sur l'accoudoir démesuré et étudia les jambes de la jeune femme qui préparait son verre à l'avant de la cabine. C'était comme si Lizzie n'existait pas et pourtant, il l'avait manifestement suivie dans cet avion.

— Qu'est-ce que tu fiches ici ? siffla-t-elle, incapable de maîtriser son irritation plus longtemps.

— C'est une excellente question, Elizabeth.

Il attacha sa ceinture avant de finalement croiser son regard avec une expression résolument sévère.

— Rome ?

Elle déglutit, sa colère s'évaporant. L'énergie qu'il dégageait ne correspondait pas à son attitude taquine habituelle. Il semblait curieusement plus puissant. Parce qu'elle connaissait la vérité ? Ou s'agissait-il d'autre chose ?

— Tu sais, c'est une bonne chose que le vol dure si longtemps, continua-t-il. Ça va nous laisser le temps de discuter.

— Oh non, tu n'es pas...

— Les réglementations de vol internationales indiquent qu'aucun passager ne peut débarquer une fois que les portes de l'avion sont fermées, et j'étais le dernier dans la queue. Ce qui signifie – il jeta un coup d'œil par-dessus son épaule avant de reporter son attention sur Lizzie – que tu es officiellement coincée avec moi pour les huit prochaines heures et trente minutes.

Il se détendit sur son siège juste au moment où la brunette approchait avec son verre.

— Merci, ma belle, murmura-t-il.

— Autre chose ? demanda-t-elle d'une voix sensuelle.

Jayson la dévisagea des pieds à la tête et sourit.

— Peut-être plus tard.

Lizzie ressentit une nouvelle fois l'envie de le frapper. Comme si les dernières vingt-quatre heures n'avaient pas déjà été assez difficiles, il était obligé de draguer l'hôtesse sous ses yeux ? Pouvait-il se montrer encore plus impitoyable ? Elle se trouvait dans son lit seulement deux nuits auparavant. D'accord, c'était entièrement sa faute à elle. Elle l'avait pratiquement supplié de l'embrasser dans la cuisine, même si c'était lui qui avait invité Lizzie dans sa chambre, pour l'apaiser, apparemment.

— Je reviendrai voir si tout se passe bien une fois que nous aurons décollé, murmura Miss Coquine.

— J'ai hâte, répondit-il alors que Lizzie levait les yeux au ciel.

Miss coquine roula des hanches en s'éloignant, ce qui fit sourire Jayson.

— Tu devrais peut-être passer ces huit heures à discuter avec elle, suggéra Lizzie.

— Je doute qu'on passe beaucoup de temps à bavarder, répondit-il avant de prendre une gorgée de whisky. Et je ne suis pas ici pour elle. Je suis là pour toi.

Lizzie masqua le chagrin que lui infligèrent ses paroles et roula des yeux avant de railler :

— Ah oui, Jayson le Baby-sitter.

— Oh, Elizabeth, tu ne sais pas à quel point tu te trompes.

Il captura son regard.

— *Baby-sitter* sous-entend que je te considère comme une enfant, ce qui n'a rien à voir avec le fait de trouver ton comportement immature et puéril.

— Pardon ?

— Tu m'as parfaitement entendu. Je pourrais te mettre la fessée jusqu'à ce que tu sois incapable de t'asseoir après ce coup.

Lizzie en resta bouche bée.

— Tu viens vraiment de me menacer avec une *fessée* ?

Elle posa sa question à voix basse, mais ne put s'empêcher de couiner à la fin. Il ne pouvait pas dire des choses comme ça !

— Je n'ai pas encore décidé, mais tu seras la première à le savoir quand ça arrivera.

Encore une fois, elle le regarda bouche bée, sans voix. Personne n'avait jamais menacé de la fesser, même pendant son enfance. Jayson ne pouvait pas être sérieux. Les hommes ne punissaient pas les femmes adultes de cette manière ? Si ? Jayson approcha subitement ses lèvres de l'oreille de Lizzie et provoqua un choc électrique le long de son échine.

— Tu aimerais ça si je décidais de le faire et je ne suis pas certain que tu le mérites.

Elle frissonna. Ses paroles contenaient une promesse qu'elle ne comprenait pas, mais qui provoqua en elle des sensations interdites qu'elle ne devrait pas envisager dans un avion, et encore moins avec lui.

Les vampires existent vraiment, se rappela-t-elle en tentant de reprendre pied.

Ouais, mais c'est pas nouveau ça, répondirent ses hormones. *Et on les appelle des Ichoriens.*

Bon, elle perdait visiblement la tête. Génial.

La main de Jayson se posa sur son genou et la rappela à la réalité. Une sorte d'énergie frémissait sous sa peau alors que la main de Jayson remontait et glissait sous l'étoffe de sa robe jusqu'à l'intérieur de sa cuisse. Elle ne devrait pas apprécier son geste autant que ça. Il lui avait menti. Comme tout le monde.

Mais sa caresse perça sa frustration et la remplaça par une émotion bien plus torride. Une émotion qui lui serrait l'estomac d'anticipation. Son cerveau bombarda sa bouche inanimée de nombreuses questions importantes – mais elle semblait incapable de remuer sa langue ou de former des mots. Il l'avait captivée avec son toucher.

C'est de la magie.

— Pour info, je suis peut-être bien plus vieux que tu l'imagines, mais ça ne veut pas dire que je t'ai considérée comme une enfant à un seul instant.

Il lécha le rebord de son oreille et lui fila la chair de poule.

— Tu es une femme sublime, Elizabeth. Et le baby-sitting n'est pas vraiment l'activité que j'ai en tête en ta présence. Loin de là.

Il mordilla son oreille puis se réinstalla dans son espace réservé. Il laissait une loque secouée et confuse derrière lui. Lizzie était censée être en colère contre lui, et non pas... fiévreuse et... quoi que ce soit d'autre. De plus, il s'était lié d'amitié avec elle pour en apprendre plus, et non parce qu'il l'appréciait. Sauf qu'il l'avait une nouvelle fois qualifiée de sublime. Et la manière dont il venait de la toucher n'avait *rien* d'amical.

— Attache ta ceinture, dit-il alors que l'avion s'éloignait du terminal. Nous jouerons à un petit jeu une fois qu'on aura décollé.

Elle déglutit à trois reprises avant de pouvoir demander :

— Un jeu ?

— Oui. Pour lequel je crée les règles auxquelles tu obéis.

Ouais, elle n'avait définitivement aucune intention d'accepter.

— Bon courage.

Sa réponse manqua de verve. Maudites hormones. Son regard brun était ardent quand il croisa le sien, et l'épingla.

— Je me suis montré patient avec toi, Elizabeth. Mais

ça s'est terminé à l'instant où tu as décidé d'abandonner ta jugeote et de quitter le pays sur un coup de tête.

Elle ouvrit la bouche pour contester son commentaire, mais il la fit taire d'un simple regard. OK, ça avait peut-être été stupide de sa part de sauter dans un avion pour Rome, mais ce n'est pas comme si elle n'avait pas eu de bonnes raisons d'agir ainsi. Fuir lui était apparu comme une option viable. Elle n'avait juste pas anticipé que quelqu'un la suivrait.

— Quand ce vol sera terminé, tu comprendras pourquoi j'ai réussi à survivre aussi longtemps et comment j'ai acquis le titre d'Ancien auprès des miens. À ce moment-là, tu accepteras de suivre mes règles parce que tu le voudras, et non parce que ce sera nécessaire.

Cela ne se produirait jamais.

— Visiblement, tu me connais très mal.

Là. C'était un peu plus assuré. Sauf qu'il fit taire cette confiance naissante avec un sourire prédateur – un roi souriant largement à sa prise désirée.

— Oh, c'est là que tu te trompes.

Son regard tomba sur les lèvres de Lizzie avant de remonter.

— Ton corps communique avec moi à un niveau dont tu n'as pas conscience pour le moment, mais tu vas vite apprendre.

16

LE TRAITÉ DE 1747

L E BIENFAITEUR EST SATISFAIT DU QUOTIENT
INTELLECTUEL DU SUJET ET EXIGE QU'UNE PLUS GRANDE
ATTENTION SOIT PORTÉE AUX FONCTIONS DE RAPPEL
D'INFORMATIONS DU SUJET.

ENTRÉE 106.09.4-7

SI JAYSON se servait du prénom entier de Lizzie encore une seule fois, elle ne pourrait s'empêcher de hurler. Il avait commandé son repas à sa place – *Elizabeth prendra le steak* – puis avait ignoré ses protestations et continué de bavarder en se servant de son prénom tout du long, avant de finalement commander un digestif pour accompagner le dessert d'*Elizabeth*. Lizzie n'aurait jamais cru que ses surnoms lui manqueraient, mais c'était bel et bien le cas en ce moment.

Qu'est-ce qui te dit que j'ai envie d'un digestif ? demanda-t-elle, agacée.

— Si ce n'est pas le cas, ça en fera deux pour moi.

— Passes-tu toujours commande pour les femmes que tu harcèles ?

Elle avait décidé de l'appeler harceleur désormais, puisqu'il détestait tant le terme de *baby-sitter*.

— Seulement celles qui ne sont pas sages, répondit-il en s'enfonçant dans son fauteuil avant d'examiner la sélection de films sur son écran personnel.

Ce n'était pas ce à quoi elle s'était attendue quand il avait mentionné un jeu. À ses yeux, c'était plus proche d'une démonstration d'autorité qu'autre chose et peut-être une manière subtile d'indiquer qu'il connaissait ses préférences. Parce que le dîner qu'il avait choisi était celui qu'elle désirait et qu'elle aimait déguster un verre de digestif avec des chocolats.

Mais là n'était pas la question. Il n'avait pas le droit de se pointer comme une fleur dans son avion, tout ça pour regarder un film. Pas après tout ce qu'elle avait subi ces deux derniers jours. Le but de son escapade était de tout oublier et comme il avait rendu cela impossible, elle méritait au moins d'obtenir quelques réponses à ses questions.

— Est-ce que tu es réellement né à Babylone ? demanda-t-elle.

— Ouais.

Il continua d'étudier la liste des films plutôt que de la regarder.

— Et tu es bien le fils d'un dieu de la guerre ?

Il s'esclaffa.

— Artemis se considère comme tel, mais c'est simplement un Ichorien capable de maîtriser et de manipuler le métal.

Le bruit de fond de l'avion masquait leur conversation, encourageant Lizzie dans sa quête d'informations.

— Explique-moi ce que tu veux dire par là.

— Attrape ta cuillère, répondit-il à la place.

— Je ne vois pas...

Il l'épingla avec un regard.

— Tu verras, si tu écoutes ce que je te dis.

Elle souffla.

— D'accord.

Elle leva la cuillère.

— Satisfait ?

Il ne répondit pas, mais la cuillère se courba en deux, lui arrachant un petit cri avant qu'elle ne laisse tomber l'objet sur la tablette. Le passager de l'autre côté de l'allée les observa d'un air curieux et Jayson s'exclama à voix haute :

— D'accord. Pas de film d'horreur.

— Comment as-tu fait ça ? siffla-t-elle.

Le métal reprit sa forme normale sous ses yeux fascinés.

— Les Ichoriens transmettent leurs talents à leur progéniture, ce qui signifie qu'Artemis m'a donné sa capacité à contrôler le métal. Cette cuillère est un simple tour de passe-passe, au passage. Je suis capable de percevoir le moindre boulon de cet avion, ainsi que les montres, colliers, ceintures et autres possessions métalliques des passagers. Si je le souhaitais, je pourrais tous les manipuler en même temps, ou alors un à la fois.

Les lèvres de Lizzie s'entrouvrirent.

— Vraiment ?

Il haussa les épaules.

— Il est important de savoir que tous les talents immortels ne se valent pas. J'ai rencontré des télékinésistes qui parvenaient à peine à bouger une agrafeuse et d'autres capables de soulever une maison. Ceux d'entre nous dont les talents sont plus puissants vivent plus longtemps.

— Donc ton père était capable de faire la même chose ?

— En effet.

Il croisa enfin son regard.

— Artemis, mon géniteur ichorien, est toujours en vie.

— Et ta mère ?

— Elle est morte il y a bien longtemps de ça, chuchota-t-il. Ezra, ma mère, était mortelle. Artemis l'a tuée quand j'avais dix ans.

Les yeux de Lizzie s'écarquillèrent.

— Pourquoi ?

— Parce qu'elle avait vieilli.

Jayson marqua un temps d'arrêt comme pour réfléchir à la suite, puis haussa les épaules.

— Il aurait pu la transformer, évidemment, mais il s'était lassé d'elle. Et plutôt que de la laisser partir, il l'a tuée sous mes yeux. Il considérait cela comme une leçon sur la mortalité et la raison pour laquelle les immortels ne devraient pas trop s'attacher aux humains. Parce qu'ils meurent.

— C'est...

Elle ne parvint pas à terminer sa phrase. Quelle chose horrible à infliger à un petit garçon !

— J'ai passé le plus clair de mon enfance à essayer de le satisfaire et de lui prouver ma valeur pour ne pas subir le même sort, mais le jour de mon dix-neuvième anniversaire, il m'a tranché la gorge.

Ses paroles brutales firent grimacer Lizzie, mais il continua, imperturbable :

— Il ne vieillissait pas grâce à son patrimoine génétique et il avait espéré assumer mon identité en tant que nouveau chef, car il souhaitait cacher son immortalité aux mortels. Mais je me suis réveillé le lendemain matin. Il a essayé une nouvelle fois pour faire bonne mesure, mais je me suis rétabli et il a proclamé que j'étais son digne fils ichorien.

L'hôtesse de l'air arriva à ce moment avec leurs plateaux de dessert. Elle les échangea avec leurs dîners alors que Jayson lui parlait à voix basse en italien. Quand il eut terminé, les joues de la jeune femme étaient rouges et Lizzie leva les yeux au ciel. Ce sale type n'avait cessé de draguer la brunette au cours du repas et persistait encore.

L'estomac de Lizzie se retourna et son envie de chocolat s'évapora. Elle saisit le vin qui l'accompagnait, ayant besoin d'alcool pour engourdir ses sentiments. Elle perdrait complètement les pédales s'il décidait de suivre l'hôtesse. Même s'il ne lui devait rien. Ils ne sortaient pas ensemble. Elle n'était qu'une mission temporaire à ses yeux. Rien de plus. Sauf quand il la touchait.

— Qu'est-ce que je disais ? demanda-t-il une fois que la brunette s'était éloignée en ondulant des hanches de manière exagérée.

— Que tu es un connard ? suggéra Lizzie.

OK, il était peut-être temps de se calmer avec l'alcool.

Il sourit de toutes ses dents.

— Tu es jalouse, Elizabeth ?

Elle le fusilla du regard.

— Pour commencer, non. Et ensuite, cesse de m'appeler Elizabeth.

Les lèvres de Jayson se retroussèrent un peu plus et firent apparaître ses deux charmantes fossettes.

— Je croyais que tu n'aimais pas mon surnom pour toi.

— Je... Là n'est pas la question. Tu m'appelles Elizabeth comme si j'étais dans le pétrin.

— Ah, mais c'est bien le cas.

Il choisit un morceau de chocolat sur son plateau et l'approcha des lèvres de Lizzie.

— Ouvre.

— Non, c'est...

Il interrompit ses protestations en glissant le dessert décadent entre ses lèvres.

— Tiens, savoure ça pendant que je continue mon histoire.

Le regard de Jayson tomba sur ses lèvres quand elle croqua avec réticence dans son dessert. Le recracher aurait été un véritable gâchis et aurait aussi totalement manqué d'élégance.

— Artemis pensait que j'étais devenu un Ichorien, mais il a rapidement découvert que je n'avais pas le moindre appétit pour le sang des mortels et que je n'en avais pas non plus besoin. De plus, je n'étais pas doté d'un seul talent, mais de deux.

Il choisit un autre morceau de chocolat et le pressa contre les lèvres de Lizzie. Elle aurait vraiment aimé refuser, mais dire non à un tel délice aurait été un péché. De plus, elle ne se plaindrait pas s'il décidait de lui donner tout son dessert. Mais elle ne partagerait pas le sien en retour.

— Mon deuxième talent me vient de ma mère. Je peux plus ou moins manipuler la manière dont les autres me voient et les embrouiller quant à ma véritable apparence physique. Je le fais de manière constante sans même y songer, à tel point que je dois me concentrer pour dissiper cette illusion, comme je le fais en ce moment avec toi. Tu es la seule personne de cet avion qui me voit tel que je *suis*.

Lizzie cligna des yeux et déglutit.

— Même Miss Coquine ?

Il fronça les sourcils.

— Qui ça ?

Lizzie indiqua du regard l'avant de la cabine.

— Cette hôtesse que tu n'arrêtes pas de draguer.

Cette dernière leur avait donné son nom un peu plus tôt dans la soirée, mais Lizzie ne s'en souvenait pas. Probablement parce que l'attention de la brunette était rivée sur Jayson à chaque fois qu'elle passait les voir. Il plissa les yeux et laissa paraître son amusement.

— J'aime assez te voir jalouse.

Elle leva les yeux au ciel.

— Je ne suis pas jalouse.

— Bien sûr que si, dit-il en souriant. Et pour répondre à ta question, son souvenir de mon apparence est plutôt flou, mais elle sait que je suis attirant.

— Ce n'est pas du tout arrogant de ta part.

— Non, en effet, acquiesça-t-il. Parce que c'est vrai.

Un autre morceau de chocolat apparut devant ses lèvres avant qu'elle ne puisse répondre. Elle griffa son doigt avec ses dents de manière délibérée, suscitant un regard torride.

— Fais attention, chuchota-t-il. Je pourrais prendre ça pour une invitation.

À faire quoi ? se demanda-t-elle.

— Pour en revenir à ce que je disais, continua-t-il en observant sa bouche. Je n'étais pas du tout un Ichorien, ce qu'Artemis a fini par déduire avant de convoquer une réunion. Ce fut d'ailleurs le premier Conclave, même si ce n'est pas le nom qu'ils lui donnèrent à ce moment-là. Je ne peux pas vraiment traduire le terme qui fut utilisé considérant qu'il s'agit d'une langue morte, mais il sous-entendait globalement que nous étions des dieux.

Il fit tournoyer son vin dans son verre de manière songeuse avant de poursuivre :

— Des Ichoriens venus des quatre coins du monde se sont réunis pour discuter de mon cas, tout ça pour découvrir que d'autres individus similaires existaient. C'est ce jour-là que j'ai rencontré Balthazar, Lucian, Alik, Eli, ainsi qu'une vingtaine d'autres immortels.

Un sourire affectueux gagna son visage à ce souvenir, puis il secoua la tête.

— Certains nous considéraient comme des dons du ciel, tandis que les autres nous voyaient comme une menace. Inutile de dire que le conseil de direction, désormais connu sous le nom de Conclave, a décidé de nous laisser en vie pour tester notre utilité.

Lizzie prit une gorgée de son eau puis la mit de côté et se focalisa sur lui.

— Qu'est-ce que ça veut dire ? Tester votre utilité ?

Il l'étudia un long moment avant de dire :

— Rien de bon. Disons juste qu'ils ont exploré nos limites en termes de survie, de pouvoirs et autres. Nous n'avons pas tous survécu.

Lizzie haussa les sourcils.

— Mais tu as dit qu'il s'agissait de vos parents, n'est-ce pas ? Je veux dire, tu as mentionné qu'Artemis était ton père, donc Balthazar devait lui aussi avoir un parent ichorien, non ?

— Nos pères, murmura Jayson. Les membres de ma race sont le fruit de la relation entre un mâle Ichorien et une femme mortelle. Et pour ce qui est de ta suggestion, oui, ils ont en effet torturé leurs enfants au nom de la recherche. La seule chose qu'ils n'ont pas faite, c'est de goûter notre sang, car le Conclave avait jugé que ce serait déshonorant. Cependant, ils considéraient tout le reste comme étant de bonne guerre.

Jayson inclina son verre pour terminer son vin et le reposa.

— C'est terrible, chuchota-t-elle, sa voix masquée par le bruit des moteurs de l'avion.

Leur hôtesse allumeuse apparut pour débarrasser leurs plateaux, mais grimaça en notant qu'ils n'avaient pas encore finis. Jayson lui dit une nouvelle fois quelque chose en italien qui la fit rougir. Lizzie secouait toujours la tête quand la demoiselle s'éloigna. Elle poussa un petit cri quand il piqua un morceau de chocolat dans son assiette et le goba.

— Hé !

Elle tenta de frapper sa main quand il recommença, mais il était trop rapide.

— J'ai promis à Rebekah que nous aurions bientôt terminé.

— Rebekah ?

— Désolé, j'avais oublié que c'était Miss Coquine pour toi.

Lizzie grommela plusieurs jurons dans sa barbe. Bien sûr, il fallait que la jeune femme possède un prénom sexy pour accompagner ses jambes interminables et ses courbes. Cette fois-ci, quand il tenta de lui faire avaler un autre morceau de chocolat, elle refusa. Sa silhouette n'avait décidément pas besoin de renforcements adipeux.

— Pour faire court, les Ichoriens ont finalement décidé que nous pourrions être utiles tant que nous étions contrôlés. Ils nous ont traités comme des citoyens de seconde classe – des serfs – et nous ont exploités pour servir leurs intérêts. Ils ont aussi éliminé toute progéniture qui pourrait potentiellement les dominer et n'ont autorisé que les enfants utiles à être ressuscités en tant qu'immortels.

— Donc les Immortels peuvent être tués ?

Il acquiesça.

— Ce n'est pas facile, mais c'est possible en décapitant ou en réduisant le corps en cendres.

Cette image la fit frémir.

— Beurk.

— Notre sang est aussi toxique pour les Ichoriens, mais nous n'avons appris ça qu'il y a mille ans. Nous y reviendrons une fois que je t'aurai expliqué les origines du terme *Hydraien*.

Il piqua la dernière bouchée sur l'assiette de Lizzie et prit ensuite une gorgée d'eau.

— Est-ce que tu veux un autre verre de vin ?

Elle secoua la tête. Deux verres étaient déjà bien suffisants. Il sourit à l'hôtesse pour attirer son attention et Lizzie se demanda si Miss coquine pouvait réellement le voir. Ça devait être le cas, car son visage s'illumina sous le regard de Jayson et elle s'avança d'un air gai dans leur direction. Il faudrait que Lizzie lui demande d'expliquer son talent de manipulation faciale plus en détail. Une fois qu'il aurait terminé sa nouvelle tentative de séduction.

Leurs plateaux disparurent, ce qui leur donna l'opportunité de s'installer plus confortablement. Lizzie glissa ses jambes sous son corps et se tourna vers Jayson. Il posa sa cheville sur son genou, lui offrant un aperçu généreux de ses jambes puissantes. Vêtu d'un pantalon en serge et d'un pull, il ressemblait à un mannequin. Même ses cheveux étaient ébouriffés de manière recherchée et son regard se faisait aguicheur.

— Après plusieurs siècles au cours desquels ils ont mis notre courage à l'épreuve tout en déterminant une méthode de contrôle de notre population, ils nous ont offert un endroit où nous pourrions vivre en autonomie, mais avec des ressources limitées. C'était une manière de nous contrôler, ce dont nous étions conscients, mais nous n'avions pas l'intention de décliner une chance de vivre notre vie avec un semblant de liberté. C'est donc à ce moment-là que nous avons colonisé Hydria.

Elle n'arrivait pas à croire qu'il parle de ça de manière si nonchalante et pourtant, cela lui paraissait tellement plus vraisemblable dans la bouche de Jayson que lorsque Kiel lui en avait parlé.

— Donc c'est pour ça que vous avez choisi de vous appeler les Hydraiens ?

— Oui. Luc, que tu as brièvement rencontré la nuit dernière – c'était le blond – est un stratège formidable et a suggéré l'idée qu'on choisisse un nom pour promouvoir un sentiment d'unité au sein de notre race.

Il sourit, montrant clairement l'affection qu'il portait à ce souvenir et à cet homme. Un instant historique qui avait manifestement beaucoup d'importance à ses yeux, peut-être parce que c'était le premier à le rendre heureux ?

— Luc est fréquemment qualifié d'omniscient, mais ce n'est pas tout à fait exact. Son talent lui permet de se souvenir de tout, même du détail le plus insignifiant, et il est né bien avant moi, d'un père Ichorien doté de la même capacité. À eux deux, on pourrait dire qu'ils savent absolument tout.

Lizzie perçut l'affection dans la voix de Jayson, ce qui était tellement différent de la manière dont il parlait de son propre père.

— Apparemment, l'éducation de Luc a été très différente de la tienne ?

Il rit.

— En effet, à plus d'un égard. Mon père m'a créé dans le seul but d'assumer mon identité après un certain temps pour pouvoir dissimuler son immortalité aux humains. Aidan, le père de Luc, l'aime sincèrement. C'est aussi l'un des êtres les plus vieux sur Terre et, à l'inverse de la plupart des membres de son espèce, il cherche assidûment à établir la paix et l'égalité entre tous les immortels. Il me semble que c'est dû à sa passion pour la stratégie.

— Il a l'air plutôt sympathique, acquiesça Lizzie. Est-ce que sa façon de voir les choses lui cause des problèmes ?

Jayson se gratta le menton.

— Eh bien, oui, mais comme je te l'ai dit, il est vieux et, en tant que tel, très respecté. J'ai mentionné le fait que le sang hydraien peut tuer les Ichoriens, ce que nous avons seulement découvert il y a environ mille ans. Le fait de s'en rendre compte a donné du crédit à ceux qui souhaitaient exterminer notre espèce à cause de nos deux talents, et a donné lieu à des siècles de violence.

Il s'interrompit un instant, une expression grave sur le visage. Lizzie posa une main sur la sienne qui était installée sur l'accoudoir et la pressa tendrement, le faisant sursauter et revenir à la réalité. Il s'éclaircit la gorge et se ressaisit, les yeux hantés par ses souvenirs.

— J'ai perdu de nombreux amis, dont plusieurs parmi ceux que j'avais rencontrés au cours de ce premier Conclave et qui faisaient partie des plus anciens membres de notre espèce ; mais ceux d'entre nous qui ont survécu se sont avérés tenaces. Les Ichoriens étaient devenus indolents au fil des ans, leur maîtrise des Hydraiens était tacite et attendue, et ils n'ont pas réalisé que certains de leurs enfants étaient très puissants, parce que nous avons rapidement appris à dissimuler ces talents.

— Alik, par exemple, est capable de torturer à l'aide de son esprit, ce qu'il n'a jamais admis. Les Ichoriens pensaient que son talent de télépathe − issu de la lignée de son père − était son don principal. Pendant très longtemps, il a prétendu qu'une affinité mineure pour les langues était son deuxième talent, mais en vérité, il est capable d'estropier une armée à distance par une simple pensée.

— C'est terrifiant, admit Lizzie à voix basse.

Jayson hocha la tête.

— Oui, mais c'est aussi incroyablement utile. Si on

ajoute ses points forts à mon affinité pour le métal, au talent de stratège de Luc, au penchant de Balthazar à manipuler les émotions, aux quelques Hydraiens capables de manipuler le feu, ainsi que d'autres talents en lien avec le combat, on arrive à une armée redoutable. Les armes que nous avons créées et qui étaient recouvertes avec notre sang se sont aussi avérées utiles puisqu'elles tuaient sur le coup.

L'hôtesse apparut une nouvelle fois chargée de bouteilles d'eau et d'un sourire uniquement destiné à Jayson, mais cette fois-ci, il ne lui retourna pas le geste. Il congédia simplement la jeune femme avec quelques mots, puis reporta son attention sur Lizzie.

— En 1747, un armistice a été signé par les Hydraiens et les Ichoriens pour instaurer la paix dans des régions spécifiques. Hydria est par exemple un lieu sûr pour mon espèce, tandis que New York est un havre pour les Ichoriens.

Lizzie réfléchit à ses propos, les sourcils froncés.

— Ta présence à Manhattan n'est-elle donc pas une transgression ?

— Non, il est clairement dit que nous pouvons nous aventurer au-delà de leurs frontières à nos propres risques. Ce qui signifie que si un ennemi ichorien croisait mon chemin à New York, il serait en droit de me tuer.

— Kiel est un ami et un Ichorien ?

Son commentaire s'était échappé sous forme de question, car Kiel parlait avec affection de Jayson et ils traînaient manifestement ensemble, mais ils étaient aussi censés être rivaux. Kiel avait-il mentionné ce fait en raison de leurs espèces différentes ou s'agissait-il d'autre chose ? Jayson souffla et déboucha sa bouteille avant de prendre une gorgée.

— Ezekiel est plus un adversaire respecté qui tue des

novices qu'un ami, les novices étant le nom donné à la progéniture des Ichoriens qui ne s'est pas encore transformée en Hydraien.

Il réajusta sa position alors que Lizzie attendait la suite. Tout ceci était si compliqué, mais il avait pris le temps de lui expliquer la situation de manière à ce qu'elle puisse intégrer les informations.

Stas savait tout ça ? Comment ? Et quel est le rôle de la FHC dans tout ça ?

— Il existe un poison unique qui, de manière simplifiée, brûle le sang ichorien quand il est ingéré, tuant ainsi les novices. Nous l'appelons le poison nizarin, d'après le groupe d'assassins, dont Ezekiel est le leader, connu pour s'en servir.

Les lèvres de Lizzie s'écarquillèrent.

— Donc ce n'est pas un ami.

— Certainement pas, même s'il semble suivre ses propres règles ces derniers temps. J'imagine que c'est le résultat de son ennui et que cela se terminera quand ses pulsions meurtrières reprendront le dessus.

Jayson la regarda.

— T'a-t-il raconté quoi que ce soit d'autre d'intéressant ?

Arrives-tu à lire dans mes pensées ? demanda-t-elle avec méfiance. Parce qu'elle venait tout juste de songer à sa meilleure amie un instant auparavant et que son changement de sujet était abrupt. Toutefois, son expression était simplement curieuse.

Une simple coïncidence ? C'était possible.

Lizzie réfléchit à sa conversation avec Kiel. Malgré son choc et son état émotionnel, elle se souvenait presque de chaque mot.

— Il a dit qu'il s'était arrangé pour qu'on vive ensemble avec Stas lors de notre première année.

Ce qui était étrange.

— Il connaissait aussi son prénom, alors que je ne vous l'avais mentionné ni à l'un ni à l'autre et qu'Astasiya n'est pas un prénom courant.

— Non, en effet, ce qui signifie qu'il en sait plus à son sujet que nous l'avions réalisé, répondit Jayson d'un air songeur. C'est tout ce qu'il t'a dit ?

— À propos de Stas ? Ouais, répliqua-t-elle. Il a principalement parlé de sa jeunesse et de la manière dont Osiris l'avait pris sous son aile quand il était enfant et l'avait élevé aux côtés de son propre fils, Sethios. À Babylone.

Il l'étudia pendant un long moment.

— Il a dit qu'il avait grandi avec Sethios ? Du genre, ils étaient à peu près du même âge ?

— Oui, c'est ce qu'il a sous-entendu, en tout cas.

Lizzie était douée pour se souvenir de faits et de conversations ; cela s'était montré utile pendant ses études universitaires, car elle n'avait pas eu besoin de réviser.

— Que t'a-t-il dit d'autre au sujet d'Osiris ?

Elle haussa les épaules.

— Pas grand-chose, juste que je le rencontrerai un jour et qu'il est ami avec Artemis. Pourquoi ?

Il termina son eau, les yeux plissés, tout en réfléchissant. Quand il la regarda de nouveau, elle détecta un genre de résolution dans son regard, comme s'il avait mené une lutte interne.

— Osiris est un être que tout le monde craint, y compris les Ichoriens, car il est capable de persuader les autres de suivre ses ordres grâce à des commandes vocales.

Il lui laissa le temps d'intégrer cette information, son expression se durcissant.

— Je soupçonne qu'Ezekiel cherchait à laisser entendre qu'Osiris avait transformé Sethios, ou l'avait peut-être même élevé d'une manière similaire à la façon dont Aidan a élevé Issac.

— Euh... Aidan ?

Tous ces noms lui filaient des maux de tête. Il avait déjà mentionné cette personne comme le père de Luc, mais n'avait pas fait le lien avec Issac. Jayson sourit, comme s'il avait lu dans ses pensées, et posa une main à l'arrière de son cou pour masser la tension qui s'y était incrustée.

— L'immortel qui a transformé Issac en Ichorien, précisa-t-il. C'est aussi le père biologique de Luc et d'Amelia, mais ce n'est pas important.

Jayson s'immisça dans son espace personnel et prit sa joue dans sa main.

— Je me suis juré, le jour où nous nous sommes rencontrés, que je ne te mentirai jamais et j'ai tenu parole, même si j'ai dû omettre de nombreuses choses. Avant aujourd'hui, je veux dire. Mais c'est quelque chose que tu devrais entendre de la bouche de Stas.

Elle sentit le malaise envahir son estomac, mais elle ne pouvait pas s'arrêter en si bon chemin.

— Tu ne peux pas me dire ça et en rester là.

Il caressa la lèvre inférieure de Lizzie avec son pouce.

— Je t'ai expliqué que les Ichoriens et les humains donnaient naissance aux novices...

— Qu'en est-il d'un Hydraien et d'une humaine ? demanda-t-elle avant qu'il ne puisse terminer sa phrase.

— Les Hydraiens sont incapables de procréer, répondit-il. Mais là n'est pas la question. J'aimerais que tu réfléchisses à une explication au fait que Stas soit au courant de notre monde, en sachant que ce n'est pas à cause de la FHC.

Lizzie fronça les sourcils.

— Es-tu en train de suggérer qu'elle est immortelle ?

— Pas encore, mais bientôt.

— C'est une novice ?

Comment Stas avait-elle pu lui cacher une chose pareille ? Jayson hocha la tête.

— Oui, et son talent est similaire à celui d'Osiris, dans le sens où elle est capable de contraindre quelqu'un par la parole.

Les yeux de Lizzie s'écarquillèrent.

— Quoi ?!

— Chut.

Sa main se resserra autour de son cou en guise d'avertissement.

— Il ne faut surtout pas se faire remarquer.

— Tu viens juste de m'annoncer que ma meilleure amie était capable d'obliger des gens à obéir, siffla-t-elle. J'ai le droit de réagir.

— En effet, mais de manière discrète, répliqua-t-il.

Elle lui jeta un regard noir, mais il se contenta de sourire en réponse, visiblement amusé.

— Je comprends. C'est un retournement de situation intéressant.

C'est l'euphémisme de l'année. Toute leur conversation ainsi que les dernières vingt-quatre heures étaient un *retournement de situation* intéressant en ce qui concernait Lizzie.

— Euh, quel est l'autre pouvoir de Stas ?

Sa voix avait baissé d'un ton, mais son cœur battait toujours la chamade, non seulement à cause de leur conversation, mais aussi de la proximité de Jayson. *Tu parles, si ça va être facile à croire.*

— Nous ne savons pas encore, car elle n'a pas encore ressuscité, répondit-il, une expression compatissante envahissant son visage. Elle a refusé de passer à l'étape suivante pour plusieurs raisons, dont l'une te concerne.

— Moi ? demanda-t-elle en haussant les sourcils. Pourquoi ?

— Parce qu'elle ne peut pas travailler à la FHC en tant qu'Hydraienne. Il fallait qu'elle reste humaine pour devenir une sentinelle et recueillir des informations. Au début, elle l'a fait pour venir en aide à la sœur d'Issac qui était retenue captive — c'est une histoire que je te raconterai plus tard — et ensuite, pour t'aider. Tom a mis la main sur un dossier avec ton nom lorsqu'il travaillait là-bas, mais il a dû se désister avant de réussir à en apprendre plus.

Sa main glissa derrière son cou, où il massa la zone tendue en haut de sa colonne vertébrale. C'était divin, mais ça n'affectait pas l'horreur qui l'emplissait en entendant ses propos.

— As-tu la moindre idée de ce que contient ce dossier ?

Il secoua la tête.

— Non. Nous avons passé deux mois à tenter de recueillir plus d'informations et avons échoué, et nous avions prévu de tout te raconter, mais Ezekiel nous a devancés.

— J-Je ne comprends pas. Que peuvent-ils bien me vouloir ?

— Quelle que soit la raison, tu as beaucoup de valeur à leurs yeux.

Jayson se réinstalla dans son fauteuil, mais continua de lui faire face.

— Tu te souviens de la première soirée où je suis passé chez toi ? Il me semble qu'une sentinelle est passée ensuite, n'est-ce pas ?

Lizzie hocha la tête.

— Charlie.

— Est-ce que ça arrive souvent ?

Elle haussa les épaules.

— Parfois. Ma mère aime bien les envoyer pour garder un œil sur moi.

— En l'occurrence, il est passé vérifier l'état du système de surveillance. J'ai déclenché une impulsion électromagnétique avec ma montre pour tester leur temps de réaction. C'était plutôt impressionnant.

Lizzie se décomposa et il couvrit sa bouche avec une main avant qu'elle ne réagisse vocalement. Elle enroula ses doigts autour de son poignet pour le repousser.

— Ne fais pas ça.

— Ne crie pas.

—Je n'allais pas le faire.

Il haussa un sourcil.

— Ne mens pas non plus.

— Tu peux parler.

—Je ne t'ai jamais menti, Elizabeth.

Son ton sévère la fit frissonner. Tout comme la manière intense avec laquelle il l'étudiait.

— Ce n'est pas moi qui ai décidé de te cacher tout ça et ce n'était pas non plus à moi de te le dire, même quand j'ai eu envie de le faire.

Lizzie déglutit. C'était Stas et Tom qui lui avaient caché tout cela. Jayson aussi, mais d'une manière différente. On lui avait donné pour mission de la surveiller et de se lier d'amitié avec elle. Le fait qu'il ait eu envie de lui dire la vérité en disait long, si tant est que ce soit vrai. Ses yeux semblaient indiquer qu'il était honnête, mais le cœur de Lizzie refusait d'y croire pour le moment.

— J'ai besoin de temps, admit-elle. Pour réfléchir à tout ça.

— Même si je comprends ça, t'enfuir à Rome sur un coup de tête n'est pas la solution.

D'un regard, il la défia de contester son opinion, mais

c'était impossible. Il avait raison, même si elle ne l'admettrait pas à voix haute.

— As-tu réussi à dormir la nuit dernière ? demanda-t-il d'une voix plus tendre.

Elle secoua lentement la tête.

— Pas vraiment.

— Alors, dormons un peu histoire d'être frais demain matin. Nous pourrons faire quelques visites avant de choisir notre prochaine destination.

— C'est vrai ?

Cette idée la requinqua.

— Tu ne vas pas m'envoyer à Hydria ?

Elle s'était presque attendue à ce qu'un comité d'accueil les attende à l'aéroport.

— Tu es libre de choisir notre prochaine destination, répondit-il avec un sourire, avant de poursuivre : Mais n'oublie pas que je te tiendrai compagnie.

Elle joua avec une mèche de ses cheveux qui était tombée par-dessus son épaule.

— Tu n'as pas à faire ça.

D'après ce qu'il avait dit, cela semblait injuste et dangereux.

— Mais je ne me sens pas prête à les affronter, admit-elle, tiraillée.

Et puis, vivre à Hydria ? Cela voudrait dire quitter tout ce qu'elle avait jamais connu. Même si elle n'avait pas grand-chose qui la retenait à Manhattan. Elle ne manquerait pas à ses parents et ses amis iraient de l'avant, comme à chaque fois. Elle était incapable de se souvenir de la dernière fois où elle avait parlé à un camarade de lycée. Elle avait gardé le contact avec certains d'entre eux par textos lors de sa première année à la fac, mais ils avaient tous fini par se perdre de vue. C'était à ce moment que Lizzie avait rencontré Stas et leur lien lui avait semblé tellement plus solide que toute autre relation dans sa vie.

Son cœur était peiné par la fin de cette amitié. Elle avait été irrémédiablement altérée par les événements des quelques derniers mois et Lizzie se demandait si elles trouveraient un moyen de réparer ces dommages. Jayson se leva et étira ses bras au-dessus de sa tête, laissant paraître un petit morceau de peau entre son pull rouge et son pantalon.

C'était une belle distraction. Sauf qu'elle n'était pas la seule à l'avoir remarquée. Miss coquine le regarda avec une lueur interrogatrice au fond des yeux, mais Jayson l'ignora et se tourna pour poser ses mains sur les accoudoirs de Lizzie. Son visage s'arrêta à quelques centimètres de celui de Lizzie quand il se pencha pour envahir son espace personnel.

— Aussi agacé que je sois par cette aventure de dernière minute, je comprends tout de même ton besoin de fuir. C'est pour cette raison que je veux bien passer outre la stupidité de ta décision, cette fois-ci.

Il saisit fermement le menton de Lizzie et l'obligea à croiser son regard inflexible.

— Mais si tu me refais un coup pareil, Elizabeth, je t'installerai sur mes genoux et j'exprimerai mon mécontentement d'une manière qui t'obligera à penser à moi pendant des semaines. Et je n'hésiterai pas non plus à le faire en public. C'est compris ?

Sa bouche s'assécha.

— Tu n'oserais pas...

— Oh que si, promit-il.

Elle se tortilla sur son siège, mal à l'aise avec les sensations qu'il avait éveillées en elle. L'idée d'une fessée ne devrait *pas* l'intriguer. C'était inapproprié et pourtant, sa puissance contenue alors qu'il se penchait au-dessus d'elle et la manière tenace dont il maintenait ses yeux plongés dans les siens libéra quelque chose en elle. Un désir étrange qui était tout aussi dévergondé qu'inapproprié, mais tellement bon.

— Qu'essayes-tu de me faire ? murmura-t-elle.

Il approcha sa bouche de son oreille.

— Je cherche à découvrir tes limites, mon cœur. Maintenant, essaye de te reposer un peu.

17

VISITE AUTONOME

L'implantation de souvenirs est terminée. Les éléments auxiliaires recevront des rapports détaillés concernant le déroulement de futures interactions.

Entrée 118.02.4-7

QUAND LIZZIE SE RÉVEILLA, Jayson parlait italien. Une brève observation entre ses paupières plissées lui indiqua que Miss Coquine était revenue. Sa hanche était appuyée sur l'accoudoir de Jayson. Son fauteuil était redressé alors que Lizzie était roulée en boule sur son siège allongé, et il semblait complètement alerte. L'hôtesse rougit en réponse à ce qu'il lui avait dit et hocha la tête. Il sortit son téléphone de sa poche, murmura quelque chose de sexy et le lui tendit pour qu'elle y entre quelque chose. Ce qu'elle fit avec un sourire triomphant.

Lizzie observa cet échange à travers ses yeux plissés. Apparemment, c'était pour elle qu'il avait accepté de jouer les touristes et de rester un peu plus longtemps. Il n'avait pas pu coucher avec elle dans l'avion et planifiait donc un autre arrangement. Cela n'aurait pas dû blesser Lizzie. Mais ce fut pourtant le cas. Ils ne sortaient même pas ensemble et il avait été honnête concernant le but de leur relation, mais alors pourquoi flirter avec Lizzie ? À moins qu'elle n'ait mal compris ses signaux. Son expérience dans ce domaine était minimale.

Il mentionna quelque chose au sujet de Balthazar quand il empocha son téléphone et Lizzie haussa un sourcil. Tristan avait laissé entendre que Jayson aimait partager ses conquêtes ; était-ce de ça qu'il voulait parler ? Son estomac se souleva. Ils n'étaient pas revenus sur leur conversation de la veille, au cours de laquelle elle avait découvert son penchant pour les partouzes. Et ils n'avaient pas non plus eu le temps d'évoquer les commentaires de son ami pendant la soirée. Elle s'était clairement plantée sur toute la ligne. Dès qu'elle commençait à croire qu'il l'appréciait, il se comportait comme si elle n'était qu'une mission à ses yeux.

J'ai vraiment besoin de quitter cet avion.

Lizzie s'assit pour vérifier où en était le vol sur son écran ; il ne leur restait qu'une heure. Parfait. Jayson dit quelque chose à son sujet cette fois-ci, toujours en italien, et l'hôtesse hocha la tête avec enthousiasme avant de tourner les talons.

— Rebekah va t'apporter le petit-déjeuner, murmura-t-il.

Lizzie ne répondit pas alors même qu'elle redressait son dossier. Elle glissa ses jambes sous son corps et passa ses doigts dans ses cheveux pour se recoiffer, sentant le regard de Jayson posé sur elle tout du long. Il s'attendait apparemment à une réponse. Très bien.

—Je n'ai pas faim.

Ce n'est pas capricieux du tout, Liz.

Va te faire foutre.

— C'est dommage, car tu vas quand même le manger, répliqua-t-il. Nous allons pas mal marcher aujourd'hui et il faut que tu prennes des forces pour ça.

Elle le regarda enfin. Son amusement se lisait sur son visage.

— Et où allons-nous marcher ?

— Ça dépend des sites qui te font envie. Je pourrais te faire une visite guidée, si ça te dit. Pas le genre de visite qu'offrent les guides contemporains, mais une visite factuelle.

Ses traits s'emplirent d'un charme enfantin alors qu'il attendait sa réponse.

— Tu veux vraiment me faire découvrir la ville ?

— Bien sûr que oui. Je ne te l'aurais pas proposé si ce n'était pas le cas.

Peut-être que ses plans avec Miss Coquine étaient prévus à la fin de leur journée d'exploration. Lizzie pourrait toujours tenter de l'épuiser au point qu'il soit incapable de séduire qui que ce soit, bien qu'elle ne sache pas si un homme comme Jayson pouvait finir à plat. Une émotion indésirable tirailla sa poitrine. Elle n'avait pas le droit d'être jalouse. D'accord, il ne cessait de la toucher, mais il flirtait aussi ouvertement avec l'hôtesse de l'air et avait pris son numéro. Cela n'avait rien d'un homme fidèle ou bien même d'un homme qui serait intéressé par Lizzie.

— Pourquoi souhaites-tu faire ça ? demanda-t-elle, confuse. Tu te sens coupable, ou quoi ?

Il se tourna vers elle.

— Ai-je vraiment besoin d'une raison pour souhaiter m'amuser avec toi ?

Elle le regarda fixement.

— Tu penses t'amuser ?

Il sourit largement.

— Oh, je n'en doute pas. Probablement plus que je ne devrais, mais comme j'ai déjà de toute façon enfreint toutes les règles avec toi, à quoi bon me retenir d'explorer un peu ?

Lizzie fronça les sourcils.

— Des règles ? Quelles règles ?

— Luc affectionne les décrets, répondit-il vaguement. Maintenant, cesse de changer de sujet et dis-moi où tu souhaites aller, une fois que nous aurons atterri.

Son regard chocolat la cloua sur place et l'obligea à répondre. Ce serait peut-être amusant de se balader... Et il avait raison au sujet des avantages à avoir un guide qui avait arpenté ces rues un millénaire plus tôt. Voire même deux ou trois.

Comment vais-je réussir à me faire à cette idée ? se demanda-t-elle.

Oh.

L'objet de sa requête la heurta de plein fouet. Il essayait de la distraire. Parce qu'il avait pitié d'elle ? Ou pour une autre raison ?

Est-ce que c'est important ?

Non. Elle savourerait ce répit avec enthousiasme.

— Euh, eh bien, j'ai déjà visité tous les lieux d'intérêt traditionnels, mais ça fait un moment.

Elle s'y était rendue avec ses parents environ dix ans plus tôt, non ? Ses souvenirs de ce voyage étaient plutôt flous, plus proches d'un songe que d'une expérience réelle.

— As-tu une recommandation à me faire ?

Il réfléchit.

— Tu as déjà visité Rome, n'est-ce pas ?

— Il y a environ dix ans, mais ouais.

— As-tu visité Pompéi ?

Elle fronça les sourcils.

— Ce n'est pas à Rome.

— Je sais bien.

Il tendit le bras pour tirer un petit coup sur une mèche de cheveux de Lizzie qui pendait contre son sein.

— Y es-tu allée ? demanda-t-il alors que le dos de sa main effleurait son sein.

Si c'était un geste délibéré, il n'en laissa rien paraître, mais le corps de Lizzie réagit néanmoins. Elle s'obligea à secouer la tête, comme si sa bouche asséchée ne parlait désormais plus l'anglais. Parce que non, elle n'y avait jamais été. Sa mère préférait le shopping aux visites de sites archéologiques.

— Alors nous irons vers le sud pour une excursion d'une journée, on mangera une pizza napolitaine et on passera la nuit à Rome, si ça te va.

Il lâcha ses cheveux et caressa sa joue avec ses phalanges.

— Tu rougis de manière si charmante, Rubis.

Miss Coquine choisit ce moment pour revenir avec le plateau du petit-déjeuner. C'était sans doute opportun de la part de l'hôtesse. La main de Jayson tomba sur l'épaule de Lizzie quand il s'adressa à la brunette en anglais.

— Merci, Rebekah.

Elle répondit en italien pendant que Lizzie se distrayait en préparant sa tablette pour accueillir le plateau. Elle accepta ce dernier avec un sourire forcé et marmonna un « merci ». Sa mère lui avait appris à être polie en toutes circonstances, quelles qu'elles soient.

Jayson caressa le cou de Lizzie avec son pouce et commanda deux tasses de café. Encore en anglais. Quand il commanda deux sucres et un petit pot de lait pour Lizzie, elle écarquilla les yeux. C'était sa manière préférée de boire son café, mais ils n'en avaient jamais bu ensemble.

— Comment sais-tu de quelle manière j'aime mon café ? demanda-t-elle quand la brunette s'éloigna.

— Grâce à mes observations, murmura-t-il, son pouce caressant le cou de Lizzie dans un mouvement circulaire. J'en ai appris beaucoup à ton sujet au cours de ces deux derniers mois ; pas parce que je te harcelais, mais parce que ça fait partie de mes devoirs de garde du corps.

— Les gardes du corps ont besoin de connaître les goûts de leurs protégés en matière de café ?

Il lui offrit un sourire en coin.

— Peut-être pas, mais tu t'arrêtes dans ce café sur Broadway tous les jours avant de te rendre au travail.

Lizzie haussa les sourcils.

— Tu m'as suivie ?

— Oui, répondit-il de manière franche et sans la moindre gêne.

— Je voulais voir où et quand la FHC intervenait dans ta vie.

— Et qu'as-tu remarqué ?

— Qu'ils ne le font qu'une fois par mois.

Elle grimaça.

— Quand ?

— Pendant le Brunch, répondit-il. Parlons-en une fois que tu auras mangé. Nous allons bientôt atterrir, donc il faut que tu te dépêches.

Elle n'était plus très sûre d'avoir envie de manger désormais.

— Pendant le Brunch ? répéta-t-elle. Ça n'a aucun sens.

— Et si tu attaquais cette omelette pendant que je t'explique tout ?

Il avait formulé ça comme une suggestion, mais son ton indiquait clairement qu'il s'agissait d'une demande, et non d'une requête. Un compromis. OK. Elle pouvait accepter ça même si l'idée d'un petit-déjeuner n'avait aucun attrait à ses yeux. Lizzie découpa un morceau d'œuf et le glissa entre ses lèvres après avoir haussé un sourcil. Jayson sourit, apaisé, et laissa tomber sa main sur l'accoudoir entre leurs sièges.

— D'accord, je vais te dire ce qu'on sait, mais je préfère te prévenir tout de suite, ce n'est pas grand-chose.

— UN BORDEL, dit Lizzie, les sourcils froncés. Avec un lit en pierre.

Jayson s'esclaffa.

— C'était pour décourager les hommes de s'éterniser une fois qu'ils avaient terminé.

Elle observa la petite pièce préservée de Pompéi et hocha la tête.

— Moi non plus je n'aimerais pas m'allonger dessus.

Leur petite expédition vers ce site archéologique était la distraction idéale après leur conversation dans l'avion. Bien sûr, Lizzie ne pouvait s'empêcher de marmonner ici et là à quel point tout ceci semblait surréel, surtout face à la connaissance intime de l'ancienne ville romaine que possédait Jayson.

Elle fit glisser ses doigts le long des murs avant de sortir au soleil. Ses cheveux luisaient de manière séduisante, mais c'était sa nouvelle tenue qui avait capturé son attention. Un jean moulant, des boots noires et une blouse. Elle était diablement sexy.

Lizzie avait choisi sa tenue à l'aéroport pendant qu'il s'occupait de louer leur véhicule. Il avait dû faire beaucoup d'efforts pour venir jusqu'ici plutôt que de trouver un hôtel de caractère avec un lit confortable. Même ici, il brûlait de l'attirer à l'abri des regards, de la plaquer contre un mur et de dévorer sa bouche. Il croisa les mains derrière son dos à la place.

— Est-ce que cet endroit te rappelle des souvenirs ? demanda-t-elle à voix basse.

Jayson haussa les épaules.

— C'était principalement un port commercial, donc je n'ai jamais vraiment passé beaucoup de temps ici. Je préférais Rome.

Pour diverses raisons, mais surtout pour les femmes.

— Tu n'as pas passé de temps dans ce bordel ?

Son ton taquin semblait forcé, tout comme son sourire.

— Est-ce que tu veux vraiment la réponse à cette question, Rubis ?

C'était une boutade tout autant qu'une leçon. *Ne cherche pas à obtenir de détails que tu ne souhaites pas savoir.* Il soupçonnait que cela serait un problème entre eux compte tenu de son âge à lui et de l'innocence de Lizzie. C'était un challenge qu'il souhaitait surmonter, mais il ne savait pas vraiment par où commencer. Ou même pourquoi il ressentait le besoin d'essayer.

— Probablement pas.

Le regard de Lizzie tomba au sol.

— Laisse tomber.

Elle accéléra le pas, mais il attrapa sa main et l'attira en arrière à côté de lui.

— Où vas-tu comme ça ?

Il glissa ses doigts entre les siens et l'obligea à ralentir.

— Nulle part, je veux dire, je voulais juste...

— Pour répondre à ta question, dit-il en l'interrompant, je ne paie jamais en échange de plaisir.

Il lui laissa le temps de digérer cette information puis ajouta :

— Donc non, je n'ai pas perdu de temps dans ce bordel.

— Oh, je ne cherchais pas à...

Sa voix s'estompa alors que le rouge lui montait aux joues.

— Si, au contraire, répondit-il à voix basse.

Et il ne pouvait pas vraiment lui en vouloir. Il avait à peine discuté de l'étendue de son expérience, ce qui devait sans aucun doute l'intimider, et à juste titre. Néanmoins...

— Je ne peux pas m'excuser pour mon passé, Liz, dit-il en serrant sa main. Mais je peux tenter une nouvelle approche pour notre avenir.

Elle tituba, ce qui arrivait fréquemment sur ces pavés, mais il soupçonnait que ses propos en étaient la cause.

— Notre avenir ? répéta-t-elle.

— Oui.

Il commençait à sourire quand les poils de ses bras se hérissèrent en guise d'avertissement. *Canon de flingue en acier.* Le don de Jayson s'activait simplement par instinct et il saisit mentalement la balle qui volait dans sa direction et la laissa tomber au sol bien avant qu'elle ne l'atteigne. Un sniper. Sa position en haut des collines lui offrait une vue dégagée de la *Via dell' Abbondanza,* donc Jayson et Lizzie devaient à tout prix quitter la rue principale. Les anciennes résidences et boutiques qui les entouraient étaient le terrain propice à une partie de cache-cache.

Jayson perçut deux flingues assortis de couteaux qui approchaient. Des Sentinelles au sol à moins de cent mètres d'eux. Il ne prit pas la peine de les chercher. Un affrontement au milieu des touristes entraînerait trop de dommages collatéraux. Ils n'avaient donc qu'une option : fuir. Jayson enroula un bras autour de Lizzie et l'attira en arrière dans une zone interdite au public de Pompéi.

— Qu'est-ce... ?

— Des Sentinelles, expliqua-t-il alors qu'il la guidait entre deux piliers de pierre avant de se précipiter vers une autre paire.

La manière dont il la traînait avec lui aurait provoqué un esclandre si quiconque pouvait les voir. Heureusement, cette zone était interdite au public et dissimulée par des murs anciens. *Merci aux programmes de conservation.* Son dos heurta un pas de porte vétuste tandis qu'il démantelait discrètement les flingues des Sentinelles avec son esprit. Ils étaient proches mais éparpillés, et ne remarqueraient pas son intervention, ce dont Jayson se servirait à son avantage. Il joua aussi avec leurs couteaux par mesure de sécurité et vérifia qu'ils ne disposaient pas d'autres objets qui pourraient servir d'armes.

— Jayson, souffla Lizzie en enfonçant ses ongles dans ses avant-bras.

— Désolé, Rubis, chuchota-t-il en desserrant sa prise.

Il l'avait attrapée plus fort qu'il ne l'avait anticipé ; une réaction instinctive quand il avait senti les armes qui s'approchaient.

— On doit y aller.

— C-Comment sais-tu que...

— Leurs flingues, répondit-il promptement. Maintenant, suis-moi.

Il attrapa sa main et la tira vers une sortie latérale qui ne faisait visiblement pas partie des plans d'origine. Il continua de scanner les environs avec son talent à la recherche de métal associé à une arme à feu et sortit son téléphone de sa poche. Il avait envoyé un compte rendu à Luc quand ils étaient arrivés et avait aussi demandé à Jacque de se tenir prêt. Jayson soupçonnait que la FHC débarquerait et gâcherait leur excursion à un moment ou un autre, d'où la nécessité d'établir un plan de secours. Jacque décrocha à la première sonnerie.

— Hé.

— La FHC nous a trouvés, expliqua-t-il alors que Lizzie bredouillait à côté de lui. Nous avons besoin d'être téléportés. Maintenant. Va voir B et demande-lui de t'expliquer où se situe l'*apodyterium*. Il garde de très bons souvenirs de cet endroit.

— Je m'en occupe.

La ligne fut coupée et Jayson sauta par-dessus un cordon. Il se retourna, saisit Lizzie par les hanches et la hissa aussi par-dessus.

— Je suis capable de le faire moi-même, siffla-t-elle.

Jayson sourit en dépit des circonstances.

— Probablement, mais c'est plus amusant comme ça, Rubis, lui répondit-il avec un clin d'œil avant de glisser ses doigts entre les siens. Suis-moi.

Elle grommela quelque chose d'incohérent, ce qui ne fit qu'accroître l'amusement de Jayson alors qu'ils avançaient de bon pas. Au moins, sa personnalité fougueuse ne s'était pas évaporée à l'arrivée de la FHC.

— Il faut qu'on se débarrasse de ton téléphone, dit-il alors qu'ils pénétraient dans une autre maison.

Ils avaient laissé son sac dans le coffre de la voiture à cause des restrictions imposées pour la visite du site de Pompéi, mais elle avait apporté son téléphone portable avec elle et Jayson était certain que la FHC traquait ce dernier. Ou alors, ils en avaient implanté une puce sous sa peau, comme ils l'avaient fait avec Amelia. Lizzie ne protesta pas. Elle lui tendit son mobile et le regarda réduire l'appareil en miettes dans un coin de la pièce.

— T'as intérêt à m'en acheter un nouveau.

— Ne t'en fais pas, mon cœur.

Cette fois-ci, elle prit d'elle-même la main de Jayson dans la perspective d'être guidée, ce qui le fit sourire. Elle aurait dû être terrifiée, mais au lieu de ça, sa confiance se lisait dans son regard. C'était probablement une bonne chose qu'elle ne soit pas au courant pour le sniper ou même qu'elle ignore combien de Sentinelles se trouvaient sur le terrain.

— Rappelle-moi de t'embrasser plus tard, chuchota Jayson.

Son timing était épouvantable, mais Jayson adorait les femmes de caractère. Elle fronça les sourcils, mais il ne lui laissa pas le temps de répondre. Les *Thermes de Stabies* qu'il cherchait apparurent alors qu'il les guidait entre deux murs de pierre, et il accéléra la cadence quand ils atteignirent la partie ouverte au public. Plusieurs touristes déambulaient et prenaient des photos et leur auraient fourni une bonne couverture si les cheveux de Lizzie n'étaient pas si remarquables. Il ne faudrait pas plus d'une seconde à la FHC pour l'identifier.

— Là-dedans, dit-il en indiquant de la main un pas de porte solide qui menait aux bains des femmes.

— Ça ressemble à une impasse.

— Ouais, acquiesça-t-il en la guidant à l'intérieur. Continue d'avancer.

Elle s'exécuta, mais ralentit quand ils atterrirent dans une aire ouverte remplie de mosaïques impressionnantes.

— Waouh, chuchota-t-elle alors qu'elle s'efforçait de se concentrer sur ses pas et non sur le décor.

— Je te promets que je te ramènerai ici un jour, jura-t-il. Mais pour le moment, j'ai besoin de toute ton attention. Bouge.

Elle hocha la tête et le suivit jusqu'à ce qu'ils atteignent une impasse. Jacque n'était pas encore apparu, ce qui n'était pas bon signe.

— Euh, qu'est-ce qu'on fait maintenant ? demanda-t-elle à voix basse.

— On attend ou on se bat.

Il n'avait pas d'armes sur lui à cause de leur voyage en avion, mais il ne devrait pas en avoir besoin. Jayson maîtrisait nombre d'arts martiaux et quelques autres techniques qui avaient été oubliées il y a bien longtemps. Sans compter son affinité pour le métal.

— Tu es sûr que la FHC est ici ? chuchota Lizzie.

— Oui.

Il scanna le périmètre avec son talent. Les Sentinelles avaient manifestement choisi de se séparer, ce qui suggérait que le téléphone de Lizzie était bien la source de leur mouchard, ou alors que quelque chose dans ces murs anciens interférait avec le signal.

— OK.

Elle aspira sa lèvre inférieure dans sa bouche pour la mordiller anxieusement.

— Je n'ai remarqué personne que je reconnais.

— Ce n'est pas surprenant. Pour autant que je les déteste, je dois admettre que les Sentinelles sont bien formées.

Lizzie hocha la tête.

— La plupart d'entre elles sont recrutées au sein des forces spéciales, ou des unités du même genre. J'ai toujours eu l'impression que quelque chose clochait. Rien n'avait de sens. À quoi bon tous ces voyages et ces secrets ?

— Ils font quand même des choses bien à travers le monde, admit Jayson. Mais c'est surtout pour préserver leur couverture.

Il perçut deux flingues qui pénétraient dans les bains. Puis quatre.

— Ils arrivent, l'avertit-il. Enjambe le cordon et plaque-toi contre le mur.

Elle observa la mosaïque au sol et braqua sur lui un regard sceptique.

— Ça n'est pas illégal ?

Malgré la situation, l'humour de sa remarque le percuta en pleine poitrine. Juste pour un moment. Puis il la souleva, la déposa où il le souhaitait et l'emprisonna contre le mur avec son corps.

— Ne bouge pas.

Non pas que ce soit possible.

— Mais...

Il pressa un doigt contre ses lèvres alors qu'un couple de touristes pénétrait dans la pièce à travers la seule entrée. Ils observèrent la scène avec des sourires identiques, prirent quelques clichés et quittèrent les lieux. *J'adore ce pays.* Les démonstrations d'affection en public n'étaient pas pointées du doigt. L'amusement de Jayson fut de courte durée, car il sentit que l'acier des flingues approchait. À en juger par la position des armes et leur proximité, il estima qu'il n'y avait que deux Sentinelles, chacune chargée de deux armes à feu.

Facile.

18

CONFIANCE ET CONVICTION

Le bienfaiteur n'a pas approuvé l'altération du sang. Le sujet restera pur et sera traqué par le biais d'autres moyens raisonnables.

Entrée 101.02.4-7

— ESSAYE DE NE PAS CRIER, murmura-t-il quand il s'éloigna pour aller s'installer de l'autre côté de l'entrée.

Les grands yeux écarquillés de Lizzie lui serraient le cœur, mais il devait se concentrer. Les Sentinelles pensaient être armées, ce qui offrait à Jayson un avantage.

Cinq. Quatre. Trois. Deux.

Quand le premier soldat passa le seuil, Jayson planta sa main dans la gorge du type musclé, ce qui le mit temporairement hors d'état de nuire. Malheureusement, ça avait laissé assez de temps à son partenaire pour réagir. Le blond tenta de tirer avec son arme bonne à rien puis la balança en direction de Jayson quand il réalisa qu'elle ne fonctionnait plus. Il suivit son geste d'un coup de poing que Jayson esquiva puis d'un coup de pied dans les côtes.

Ils étaient à égalité en termes de taille et de force, leur affrontement tourna au combat brutal. Jayson enchaînait les coups, mais son adversaire les bloquait avant d'en faire de même. Mais finalement, la sentinelle commit une erreur fatale quand elle remarqua la présence de Lizzie contre le mur. Elle lui était manifestement familière et Jayson se servit de sa distraction à son avantage.

Son poing heurta la mâchoire du blond et le fit tituber droit contre le genou de Jayson. La sentinelle s'effondra au sol et Jayson se jeta sur lui et enroula ses mains autour de sa gorge. Le soldat bafouilla et tenta de lutter avec lui au sol, mais échoua.

— Je te dirais bien que ça n'a rien de personnel, dit Jayson. Mais ce serait un mensonge.

Parce qu'il avait reconnu ce connard qui rôdait dans l'immeuble de Lizzie quelques semaines auparavant. C'était lui qui avait été envoyé pour jeter un œil sur Lizzie quand Jayson avait joué avec le système de surveillance de l'appartement. Les yeux du blond se ternirent en même temps que sa réserve d'oxygène diminuait. Il ne lui faudrait que quelques secondes de plus pour...

— Jayson ! hurla Lizzie quand l'autre sentinelle tenta de tirer avec son arme depuis sa position au sol.

Le mécanisme ne se déclenchant pas, il saisit donc un couteau à la place et se releva. Il avait retrouvé ses esprits plus vite que prévu.

— Oh, ça va être drôle, dit Jayson.

Il courba la lame à l'aide de son esprit alors que le blond sous son corps perdait connaissance.

— Code H, salle des bains, articula la sentinelle, mais sans produire un son, puisque ses cordes vocales ne s'étaient toujours pas rétablies.

Tant pis pour les renforts. Ils n'avaient manifestement pas réalisé qu'il était Hydraien avant ce moment. C'était fascinant. Avaient-ils vraiment pensé que le sniper avait raté sa cible ? Jayson se redressa et prit une position défensive, quand une présence familière apparut soudain, aussitôt suivie d'une balle envoyée dans la tête de son adversaire. Bon, c'était une manière rapide de maîtriser la situation, mais aussi bien moins amusante.

— La prochaine fois, essaye d'être plus précis, le réprimanda Balthazar derrière lui. Je fréquentais plusieurs bains à Pompéi et pas seulement celui-ci.

— Il n'y a qu'un seul *apodyterium*, B.

Jayson se tourna et essuya ses mains sur son jean.

— Dans les registres historiques peut-être, répliqua son ami. Mais ma mémoire est bien plus vaste que n'importe quel texte.

— On peut y aller ? demanda Jacque en tendant la main.

Lui et Balthazar se tenaient au centre de la zone d'accès restreint tandis que Lizzie était toujours plaquée contre le mur, les yeux grands ouverts. Ah, oui. Ce n'était pas le moment de refaire l'histoire avec Balthazar. Il bondit par-dessus le cordon et s'empressa de vérifier l'état de sa compagne effarouchée. Elle tressaillit quand il caressa son visage.

— Doucement, Rubis. Tout va bien.

— Tu... Tu as tué Charlie, bredouilla-t-elle.

Ça devait être le nom du blond et la manière dont elle le prononçait indiquait qu'elle le connaissait bien.

— Il est juste en train de faire un petit somme, Liz. Il se réveillera d'ici quelques minutes.

Elle croisa son regard et cligna des yeux.

— Ils ont tenté de te tuer, murmura-t-elle avec empressement.

— C'est leur réaction habituelle, oui.

Il l'éloigna du mur et l'attira dans ses bras.

— Nous devrons remettre notre visite à plus tard.

— Mais c'est... Je...

— Chut, chuchota-t-il en l'étreignant. Nous en parlerons une fois en lieu sûr. Ferme les yeux, Rubis.

Il indiqua à Jaque et Balthazar de rejoindre leur étreinte d'un geste de la main puis grimaça quand l'impression de virevolter envahit son estomac. Le salon de Jayson se matérialisa autour d'eux, suivi d'un petit cri surpris que laissa échapper la femme nue sur son canapé. Amelia. L'une des plus belles femmes au monde avec ses cheveux sombres, ses yeux bleus saisissants et ses traits de porcelaine. Elle ressemblait à un ange, bien que sa position actuelle n'ait rien d'angélique avec la tête de son compagnon blond ainsi positionnée entre ses cuisses.

Ce n'était pas le genre de scène que Jayson souhaitait surprendre vu qu'il aimait cette femme comme si c'était sa propre sœur. C'était d'ailleurs une bonne chose que son véritable frère ne fasse pas partie de leur petit comité, où ils auraient risqué un esclandre. Les réflexes de Tom ne le déçurent pas quand il tira une couverture d'un coussin proche et la jeta à Amelia tout en bondissant sur ses pieds, vêtus uniquement d'un boxer enflé.

Son expression éhontée vira au choc quand il remarqua qui se tenait devant lui. Ces deux tourtereaux allaient vraiment devoir terminer les travaux de leur maison. Lizzie tremblait, le visage niché contre la poitrine de Jayson et loin de la scène romantique.

— Pas mal, dit Balthazar, une lueur malicieuse dans les yeux. Je déduirais des points pour l'exécution, car tu aurais eu un meilleur angle en utilisant, disons, le plan de travail, mais ça mérite quand même un sept. Jay ?

— Ça vous arrive de frapper ? demanda Tom.

— Pas dans ma putain de maison, non, répliqua Jayson. Et je refuse de noter cette scène, B.

Des taches rouges recouvraient les joues d'Amelia alors même que Lizzie restait figée. Elle avait manifestement reconnu la voix de Tom.

— Désolé, on ne s'attendait pas à vous voir, murmura Amelia qui venait d'attraper la main de Tom et tirait dessus avec enthousiasme.

Il atterrit à côté d'elle, mais garda les yeux rivés sur Jayson, ou plutôt sur la petite rousse dans les bras de Jayson.

— Ouais, la FHC nous a trouvés à Pompéi. Ça me fait penser : il faut que je scanne Lizzie au cas où ils lui auraient implanté un mouchard.

Cela n'avait pas d'importance ici. Les Sentinelles n'essayeraient jamais de venir à Hydria, mais il était possible que d'autres types de technologie soient ancrés dans son système.

— Ma puce était située à la base de ma nuque, annonça Amelia à voix basse, le visage soudainement blême. Tom me l'a retirée.

— J'y jetterai un coup d'œil, répondit Jayson tout en esquissant des cercles apaisants dans le dos de Lizzie.

Elle n'avait pas dit un mot ni même tenté de bouger pendant leur échange. Il approcha sa bouche de son oreille.

— Tu es toujours avec moi, Rubis ?

Il prononça ces mots dans un murmure qui n'était destiné qu'à Lizzie. Elle emmêla ses doigts dans son pull fin si fort qu'il sentit ses ongles à travers le tissu.

— J-Je ne peux pas.

Sa voix brisée déclencha ses instincts protecteurs.

— Allons discuter ailleurs, murmura-t-il, d'une voix assez basse pour qu'elle seule l'entende.

Aux autres personnes présentes, il annonça :

— Nous serons dans ma chambre.

— Holà, attends une seconde, lui dit Tom qui s'était relevé. Je ne crois pas que ce soit une bonne idée.

Jayson souleva Lizzie dans ses bras et haussa un sourcil en direction du jeune immortel.

— Ce n'était pas une requête.

Il n'attendit pas sa réponse avant de s'immiscer dans le couloir en direction de la chambre principale puis de claquer la porte derrière lui. Jayson était debout au centre de la pièce, Lizzie dans ses bras, et admira la vue à travers les fenêtres du balcon. Sa maison lui manquait, Hydria, l'eau, le soleil. Mais il n'avait jamais ressenti ça de cette manière ; c'était comme si une partie de lui était revenue, sauf que cela n'avait rien à voir avec le paysage et tout à voir avec la femme qu'il serrait contre lui.

Le poids du moment le heurta de plein fouet et le réchauffa de l'intérieur. Tout semblait à sa place en cet instant, comme s'il était destiné à se trouver ici, à ce moment précis, avec *elle*. Jayson n'avait jamais cru au destin ou aux âmes sœurs. Il avait vécu bien trop longtemps pour croire que de telles choses étaient réelles ; mais la connexion qui les liait dépassait l'entendement. Il aurait voulu blâmer le sérum ou prétendre que c'était la faute d'une phéromone unique dans le sang de Lizzie destinée à le séduire. Mais personne d'autre que lui ne ressentait cette attraction.

C'est juste Lizzie. Son intelligence l'avait terrassé tout autant que son cœur. Sa sincérité était évidente et touchait tous ceux qu'elle rencontrait, ce qu'il adorait chez elle. Elle était charmante, futée et belle à en crever. Et il avait craqué pour elle, mais cela lui importait peu désormais. Tout ce qui comptait, c'était elle. Il l'aida à reprendre pied lentement et la tint près de lui le temps qu'elle se stabilise. Les ongles de Lizzie étaient enfoncés dans ses biceps ; une preuve physique qu'elle ne voulait pas qu'il la lâche, ce qui lui convenait parfaitement.

— Parle-moi, Rubis, murmura-t-il en posant sa main contre sa nuque.

Il tâta tendrement la peau dans cette zone, à la recherche d'un mouchard implanté sous la peau. Il ne remarqua pas de bosse ou de marque évidente. Il vérifia la lisière de ses cheveux, mais tout lui semblait normal à cet endroit aussi. Il posa finalement sa main sur son visage et l'encouragea à incliner sa tête en arrière. Les grands yeux bruns de la jeune femme étaient rivés sur les siens et ses lèvres tremblaient.

— J-Je ne peux pas, bégaya-t-elle, comme avant.

Il observa son visage pâle. Le masque apeuré de Pompéi avait laissé place à une émotion plus profonde, qui assombrissait tous ses traits et plissait la commissure de ses lèvres. Du chagrin. Ah, il comprenait enfin.

— Tu ne te sens pas prête à rester ici.

Il glissa une mèche de ses cheveux derrière son oreille.

— OK, Liz. Nous pouvons partir, mais il faut d'abord que je t'examine pour vérifier que tu n'as pas un mouchard.

Car il ne souhaitait pas que la FHC les traque. Elle cligna des yeux.

— O-où ?

— Où irons-nous, ou bien où est-ce que je dois vérifier la présence de mouchard ? demanda-t-il.

— La première, murmura-t-elle.

Il caressa sa lèvre avec son pouce.

— Un endroit isolé, juste tous les deux, le temps qu'on règle toute cette histoire. Mais je dois d'abord m'assurer que la FHC ne pourra pas nous trouver.

Le soulagement de Lizzie se lisait dans ses yeux et toute

sa tension se dissipa dans une vague de chaleur. Elle s'effondra contre lui avec un soupir.

— Merci.

Il déposa un baiser sur son front puis sa tempe alors qu'il la tenait contre lui et savourait la justesse du moment. Les bras de Lizzie s'enroulèrent autour de son cou et elle l'étreignit avec plus de force que ce à quoi il s'attendait. Il lui rendit son câlin et posa son menton sur le dessus de sa tête.

— Que penses-tu de la Turquie ou de Santorin ?

— N'est-ce pas trop proche d'ici ? demanda-t-elle avec une petite voix.

— En effet, mais ce sont deux destinations magnifiques.

Il marqua un temps d'arrêt pour voir si elle réagissait à ça, mais elle garda le silence.

Hmm, nous allons devoir trouver quelque chose de plus lointain.

La plupart des pays européens étaient hors de question à cause des systèmes de surveillance vidéo, tout comme les États-Unis et plusieurs pays d'Amérique du Sud. La FHC avait accès à plusieurs systèmes de sécurité à travers le monde qui incluaient tous un dispositif de reconnaissance faciale. Une île perdue au milieu de nulle part serait une meilleure option. Les Caraïbes étaient trop proches de New York à son goût.

— Pourquoi pas le Pacifique Sud ? songea-t-il à voix haute. Tahiti, les îles Fidji, ou quelque chose dans ce genre.

Toutes ces options étaient isolées avec des systèmes de surveillance inexistants hors des aéroports. Et comme ils feraient appel aux services du téléporteur, ce ne serait pas un problème.

— Comme Bora-Bora ? demanda-t-elle à voix basse.

Jayson sourit.

— Pourquoi pas, si cette idée te fait plaisir ?

Ils pouvaient aller où elle le souhaitait. L'un des avantages de vivre éternellement était la possibilité d'amasser une fortune inimaginable. La plupart de ses fonds servaient à assurer la pérennité d'Hydria, mais il disposait aussi d'un compte privé. Elle pencha la tête en arrière pour le regarder et la différence dans son expression le scotcha. Plus du tout de chagrin, simplement de la curiosité. Il avait accompli cela à l'aide de quelques mots de soutien. Jayson appréciait l'effet que cela faisait.

— Il doit faire chaud là-bas, dit-elle.

— Ce n'est pas comme si tu manqueras d'eau pour te rafraîchir.

— Bora-Bora, évoqua-t-elle en riant. Vraiment ? Nous pouvons nous rendre là-bas ?

— Eh bien, nous ne pouvons pas rentrer à New York et tu n'es pas prête à rester ici, donc pourquoi ne pas visiter un endroit exotique ? La Polynésie française est un endroit isolé, magnifique et loin de tout. Ça me semble parfait.

Et tu passeras probablement le plus clair de ton temps en maillot de bain.

Il n'aurait aucune raison de se plaindre. Elle se mit à rire, puis s'arrêta, les yeux écarquillés.

— Je... Waouh. Je n'arrive pas à croire que ma vie ressemble désormais à ça. Il y a peu, j'étais à New York, à Rome, à Pompéi ; nous sommes désormais en Grèce et tu me parles maintenant de l'autre bout du monde.

Ses sourcils se froncèrent et elle rit de nouveau avec une pointe de détresse dans la voix.

— La FHC a envoyé des gens pour me tuer et tu as, genre, trois-mille ans, et Stas est une novice. Son petit ami est un vampire, Tom est en vie et tu as carrément botté le cul de Charlie. Alors que moi, je n'ai rien de spécial, juste quelques hormones supplémentaires. Mais pourquoi ? Je ne...

Il n'appréciait pas la direction que prenait cette diatribe, pas plus que ses joues pâles ou la lueur de désespoir luisant dans ses yeux ravissants.

— C'est un sacré foutoir, n'est-ce pas ? continua-t-elle dans un murmure. Je suis complètement à l'ouest. Et toi... Oh, tu ne peux pas quitter ton foyer pour moi, Jayson. Ce ne serait pas juste et je suis...

Jayson passa ses doigts dans les cheveux de Lizzie et l'embrassa brusquement. Elle ouvrit la bouche, peut-être pour protester, mais il s'en fichait. Cette tirade l'avait poussé à bout. Chaque mot avait émoussé un peu plus sa confiance en elle juste sous ses yeux jusqu'à ce qu'elle le regarde avec une expression sur le visage qu'il aimerait ne jamais revoir.

De l'incertitude. Le concernant. Lui et ses sentiments, sa fierté et sa place dans la vie de Lizzie. C'était hors de question.

Il écarta les lèvres de Lizzie avec sa langue et ne perdit pas de temps à lui faire comprendre qu'elle était à lui. Elle gémit contre lui, l'incitant à poursuivre son assaut jusqu'à ce que chaque millimètre de sa bouche lui appartienne.

Rien qu'à lui. Pas de question. Pas de protestations. Un simple fait.

— Tous les coups sont permis maintenant, Rubis.

Il fit glisser sa langue le long de son cou. Elle connaissait désormais la vérité et il n'avait donc plus besoin de se contenir. La règle de Luc lui *interdisant* de coucher avec Lizzie n'avait plus lieu d'être, en tout cas pas dans l'esprit de Jayson.

—Je-je ne comprends pas.

Oh, il en doutait. Son corps comprenait parfaitement à en juger par la manière dont elle se cambra contre lui pour le supplier de continuer. Mais il pouvait le formuler verbalement, si c'était ce dont elle avait besoin.

— Mmm, j'ai l'intention de savourer chaque centimètre de ta peau, Lizzie.

Il déposa un baiser contre son pouls et un autre sur sa mâchoire.

— De t'infliger plus de plaisir que tu ne peux l'imaginer.

Il frotta la joue de Lizzie avec son nez et l'encouragea à approcher sa bouche de la sienne.

— Et de voir jusqu'où je peux te faire rougir simplement en me servant de ma langue.

Il savoura son petit cri contre ses lèvres.

— Oui, je pense que tu comprends parfaitement, murmura-t-il avant de capturer sa bouche comme il le souhaitait, en l'explorant, la léchant, la mémorisant.

Lizzie se fondit contre lui et il soupçonnait que la seule chose qui la maintenait debout était le bras qu'il avait enroulé autour de sa taille. Il aurait souri si le baiser ne l'avait pas dévasté tout autant qu'elle.

Jayson en voulait plus. Et il continua donc. Les limitations de la semaine précédente n'étaient plus valides. Il pourrait prendre cette femme comme il le souhaiterait, aussi longtemps qu'il en aurait besoin, de la manière dont il en aurait envie. Encore, et encore, et encore. Sauf qu'il avait envie d'elle d'une façon dont il n'avait jamais eu conscience auparavant. Cela dépassait la simple luxure et le désir physique et l'atteignit bien plus profondément. Les caresses de Lizzie marquaient son âme au fer rouge, y implantant son souvenir pour les décennies et peut-être même les siècles à venir.

Il se sentit submergé et dépassé, mais ne put s'arrêter. Et quand les bras de la jeune femme se resserrèrent autour de son cou, le serrant encore plus, il comprit qu'elle désirait cette connexion tout autant que lui. Ses petits gémissements de satisfaction se renforcèrent quand il agrippa ses fesses et la pressa contre son érection douloureuse. Deux mois sans savourer les caresses d'une femme et pourtant, elle était la seule à pouvoir le satisfaire désormais. Personne d'autre ne ferait l'affaire.

Elle caressa les bras de Jayson avec ses mains et les glissa ensuite sous son pull pour explorer sa peau surchauffée. La petite coquine impatiente ; il adorait la manière dont elle se laissait aller dans ses bras. Sous cette façade innocente se cachait une femme passionnée prête à se déchaîner. Il avait compté se servir de ce baiser comme d'une démonstration et non comme d'une preuve de sa possession, mais bon sang, il brûlait de la dominer ici et maintenant. La jeune femme séduisante les contrôlait, lui et ses actions, plus qu'il ne souhaitait l'admettre.

Mais ce n'était ni le lieu ni l'endroit. Surtout pas avec leur public intrusif. Il avait perçu le mouvement du métal quand la porte s'était ouverte et avait reconnu le nouveau venu grâce à l'arme qu'il tenait. Une seule personne était assez naïve pour pénétrer armée dans la chambre de Jayson. Il portait probablement son arme par habitude, mais l'absence de coup frappé à la porte suggérait une menace. Tout comme l'énergie violente qui émanait de lui depuis le seuil de la porte. Jayson mit doucement fin au baiser et caressa la joue de Lizzie avec ses lèvres tout en maintenant sa prise possessive autour d'elle.

— Je ne ferai pas ça à ta place, l'avisa-t-il, d'une voix approfondie par sa fureur.

Les mains de Lizzie se figèrent sur son abdomen.

— Quoi ?

— Il s'adresse à moi, répondit Tom d'un ton tout aussi livide. Je suis juste venu voir comment elle allait.

— Et comme tu peux le voir, elle va bien.

— Vraiment ? rétorqua Tom à la manière d'un grand frère.

Jayson aurait ri s'il n'était pas si furieux. Contre lui, Lizzie était à nouveau contractée du fait de cet échange non désiré, ce qui ne fit qu'attiser son courroux. Au point où il fut tenté d'enfoncer la tête du jeune immortel à travers le mur pour avoir interrompu ce qui était une expérience satisfaisante. Jayson comprenait sa réaction protectrice, mais détestait tout autant cette preuve de méfiance.

— Je te suggère de quitter ma chambre et d'emporter ton flingue avec toi avant qu'autre chose ne bouleverse Lizzie.

Une suggestion mêlée de menace.

— Tu as peur que je parvienne à te tuer ? demanda-t-il, aussi arrogant que de coutume.

Jayson appréciait habituellement ce trait chez Tom, mais pas aujourd'hui.

— Aussi amusant que ce soit de tester la puissance de tes talents contre les miens, Lizzie serait troublée de *te* voir mourir sous ses yeux, répliqua Jayson, sûr de lui.

Tom était un Hydraien solide aux dons impressionnants, mais l'âge et l'expérience feraient la différence dans un tel affrontement. Jayson croisa finalement le regard de Tom par-dessus l'épaule de Lizzie et lui fit comprendre la gravité de sa transgression.

— Amelia est comme une sœur pour moi, Tom. Par conséquent, je comprends tes inquiétudes et je veux bien laisser passer ta conduite cette fois-ci. Mais si tu recommences, il y aura des conséquences.

Il y avait une raison qui expliquait la survie de Jayson pendant si longtemps et il vaudrait mieux pour Tom qu'il s'en souvienne. Il laissa cette conviction paraître dans son regard un instant de plus avant de reporter son attention sur la femme raidie dans ses bras.

— Nous partirons bientôt, murmura-t-il. C'est promis.

Elle hocha lentement la tête alors que sa confiance dilatait ses pupilles. Ce regard l'anéantit. Il ne savait pas comment il avait réussi à la convaincre de lui faire confiance, mais il ne prendrait jamais ça pour acquis.

— Il faut toujours que je te scanne et il me semble que Luc souhaite discuter avec toi d'une prise de sang. Après ça, nous irons où tu voudras, aussi longtemps que tu en auras besoin, d'accord ?

— Une prise de sang ? répéta-t-elle d'une voix incertaine.

— Il n'a plus d'autre option, vu que le sérum de la FHC ne nous a pas appris grand-chose.

— Oh...

— Mais tu as le droit de dire non, assura-t-il. Ce qui arrivera sera ton choix. Ce sera toujours ton choix.

Et c'était aussi vrai pour d'autres choses que la recherche. Il parlait aussi de leurs aventures au lit. Lizzie hocha une nouvelle fois la tête.

— Je n'ai jamais été à Bora-Bora.

Jayson sourit largement.

— Tu vas adorer.

— OK, acquiesça-t-elle avec un petit sourire.

Il frotta son nez contre le sien.

— OK.

Leur bref échange, qui était censé être privé, avait dû apaiser Tom puisqu'il était parti sans un mot. La confiance était apparemment à l'ordre du jour.

19

APPRENDRE À AVOIR CONFIANCE
EN SOI

Le bienfaiteur a rejeté notre demande concernant
le retrait des récepteurs sensoriels du sujet,
affirmant que le sujet devrait pouvoir ressentir
du plaisir. Une mise à jour est imminente.

Entrée 116.11.4-7

LIZZIE S'ATTENDAIT à une chambre d'hôtel avec vue
sur la plage et non à ce bungalow isolé au bord de l'eau.
Ce n'était pas le seul, mais chacun d'entre eux était installé
de manière stratégique pour offrir une sensation d'intimité.
Il était aussi équipé d'un bassin privé ainsi que d'un
ponton ouvert surplombant l'eau salée. Et d'un lit géant.

— C'est fantastique, dit-elle en ouvrant les portes du
balcon.

Le scanner de Jayson n'avait pas détecté de
mouchard — leur indiquant qu'ils étaient libres de profiter
de leur séjour sans interruption — et les deux larges valises
que Jacque avait téléportées en même temps qu'eux
suggéraient qu'ils resteraient ici un moment. Lizzie avait

mentionné son travail, bien que cela n'ait plus d'importance, et Jayson lui avait dit que quelqu'un s'en occuperait pour elle. Quoi que cela puisse vouloir dire. Quelque chose lui disait qu'elle n'était pas prête de retourner travailler, voire qu'elle n'y retournerait jamais.

Le fait d'être couvée aurait dû l'ennuyer, mais après ces quelques derniers jours, elle accepta d'être choyée sans poser de questions. Elle était juste heureuse de se trouver loin d'Hydria et de Tom. Et de Stas, aussi. Cette dernière s'était pointée à la fin de son évaluation médicale avec Luc et avait tenté d'exprimer ses regrets, mais c'était tombé à plat. Lizzie n'était pas prête.

Elle comprenait la raison pour laquelle Stas et Tom lui avaient tout caché, ou en tout cas en comprenait la logique, mais cela ne changeait rien au fait qu'ils lui avaient brisé le cœur. Il lui fallait du temps pour réfléchir et elle n'y parviendrait pas s'ils continuaient de la bombarder d'excuses. Ce dont elle avait besoin, c'était tout ça : la mer, l'air frais et une expérience inédite. Le fait que Jayson le sache et le comprenne la sidérait.

Elle devrait lui en vouloir autant qu'aux autres, mais au lieu de ça, tous ses reproches étaient destinés à Stas et Tom. Principalement parce que c'était eux qui lui avaient menti pendant des mois, voire des années. Et pas Jayson. Tout ce qu'il lui avait dit était une version de la vérité, même s'il avait omis des détails. C'étaient des omissions importantes, mais loin d'être aussi dévastatrices que les secrets que lui avaient cachés ses amis.

Tom était en vie.

Stas était capable de contrôler les gens et serait un jour immortelle.

Deux faits très importants que de véritables amis n'auraient jamais cherché à dissimuler. La seule erreur de Jayson était de connaître la vérité et de ne lui avoir rien dit, mais ce n'était pas à lui de le faire. Elle avait compris ça, suite à leur conversation à bord de l'avion, et peut-être même avant. Sa peine initiale était la conséquence des sentiments intenses qu'elle éprouvait pour lui et au sujet de la situation dans son ensemble. Mais il fallait du temps pour apprendre à connaître les défauts et les secrets de quelqu'un, et leur amitié était très récente.

C'était probablement pour cette raison qu'elle en voulait autant à Stas et Tom, et non à Jayson. Ou peut-être que ça allait plus loin. Sa connexion avec lui dépassait l'entendement. L'idée de partager une chambre avec lui devrait la terrifier et pourtant, tout ce qu'elle ressentait, c'était de la satisfaction et peut-être un peu d'impatience. Surtout avec la manière dont il la dévorait des yeux en ce moment.

— Jacque t'a acheté quelques vêtements, dit-il en faisant rouler la valise jusqu'à elle.

Lizzie fronça les sourcils.

— Ah oui ? Mais comment connaissait-il ma taille ?

— Je lui ai donné les informations dont il avait besoin.

Elle jeta un coup d'œil au sac puis reporta son regard sur Jayson d'un air hésitant. Ses tailles variaient en fonction des magasins, sa mère se moquait d'ailleurs d'elle à ce sujet. Parce qu'apparemment, Lizzie aurait dû contrôler l'industrie de la mode.

— Euh, tu es sûr de ne pas t'être trompé ?

Il l'examina lentement et minutieusement, lui coupant le souffle.

— J'ai confiance dans mes estimations, répondit-il en posant la valise sur le porte-bagages avant de l'ouvrir. Mais libre à toi de tout essayer, Rubis. Moi je vais enfiler mon maillot.

Elle déglutit alors qu'il quittait nonchalamment la pièce avec son propre sac pour rejoindre la salle de bain démesurée. Un maillot. Ouais. Elle allait y arriver. Son horloge interne était à la renverse après ses trajets consécutifs jusqu'à Rome, puis Hydria et maintenant, Bora-Bora, mais il lui semblait qu'ils étaient arrivés pendant la matinée. Un coup d'œil à l'horloge confirma sa théorie. Quelle journée sans fin ! Elle pourrait s'habituer à voyager avec un téléporteur.

Lizzie étudia le contenu de la valise sous ses yeux et sourit à cet arc-en-ciel de couleurs. Des robes d'été, des tongs et plusieurs maillots de bain. Parfait. Sa mâchoire se décrocha quand elle aperçut la lingerie. C'était une marque de luxe française qu'elle connaissait bien, mais à qui elle n'avait jamais acheté quoi que ce soit.

— Oh, merde, souffla-t-elle.

Les produits sublimes de confection parfaite ne correspondaient en rien à ses choix habituels et étaient très sexy. *C'est Jacque qui les a choisis* ? Elle rougit. *Oh mince.*

— Je pense sincèrement que tu devrais les essayer, dit Jayson qui venait de pénétrer dans la chambre, vêtu d'un short de bain noir. Et sans chemise.

La vue de ses muscles lui mit l'eau à la bouche, mais en même temps, sa mâchoire se décrocha quand Lizzie compris son commentaire.

— Je... Ces...

Elle s'éclaircit la gorge.

— Je vais juste aller enfiler un maillot.

Elle en saisit un au hasard et se précipita vers la salle de bain. La pièce était équipée d'une immense baignoire ronde, d'une douche en marbre et d'une double vasque qui occupait environ un quart de l'espace. Les toilettes étaient installées dans un coin, en face d'un immense dressing. Un autre comptoir de marbre longeait le mur adjacent. C'était très spacieux pour deux personnes. Ce n'était pas surprenant que Jayson n'ait réservé qu'une seule chambre.

Lizzie retira la tenue qu'elle avait achetée à Rome et la plia sur le comptoir avant d'attraper le bas du maillot. Elle le souleva pour l'observer et manqua d'avaler sa propre langue. Ce n'était pas une culotte, mais un string tenu par de petites ficelles sur les côtés. Elle avait choisi à toute vitesse, c'était bien fait pour elle, mais qui pouvait bien porter des strings en guise de maillot ?

Lizzie pinça l'arête de son nez. Elle aurait dû jeter un coup d'œil au maillot avant de se déshabiller. Si elle sortait en serviette pour fouiller dans la valise, cela attirerait l'attention de Jayson, tout comme si elle se rhabillait pour recommencer. Bon sang ! Pourquoi Jacque avait-il choisi d'acheter des vêtements aussi sexy ? S'agissait-il de quelque chose de très européen ? Peut-être que toutes les femmes portaient des strings à Hydria. Jayson ne remarquerait probablement pas, n'est-ce pas ? Ou alors il la comparerait à toutes les femmes de sa vie.

Non. Elle n'allait pas s'aventurer sur ce terrain, ou bien elle perdrait toute confiance en elle. OK. D'accord. Elle le porterait et le dissimulerait sous une serviette. Jayson n'en saurait rien, surtout si elle sautait dans l'eau après lui. Le haut du bikini rouge foncé lui allait parfaitement, tout comme le bas, même si cela ne la surprenait pas. Ce n'était pas comme s'il y avait beaucoup de tissu sur un string. Elle mit la main sur une serviette, l'enroula autour de son corps, puis s'aventura pieds nus dans la chambre où l'attendait Jayson, le téléphone de l'hôtel à la main.

Il frottait son torse avec son autre main, attirant une nouvelle fois l'attention de Lizzie sur tous ces muscles. *C'était tellement sexy*. Surtout la manière dont il accentua ses biceps quand il serra l'arrière de son cou. L'immortalité semblait offrir aux hommes un sex-appeal incroyable. Entre Jayson, Issac et Balthazar, les femmes n'avaient qu'à bien se tenir. Les hommes aussi, en l'occurrence. Comme s'il lisait dans ses pensées, Jayson se tourna et lui fit un clin d'œil tout en écoutant la personne à l'autre bout de la ligne.

— C'est ça, merci, dit-il avant de raccrocher. J'ai organisé un dîner de bonne heure sur la plage une fois que nous aurons nagé. Je me suis dit qu'on aurait faim vers quatre heures.

— Euh, d'accord.

Elle indiqua le ponton avec la main.

— OK. Après toi.

Il la dévisagea en s'avançant vers elle plutôt que de passer les portes ouvertes. Elle recula contre le mur et déglutit quand il s'immisça dans son espace personnel sans préambule.

— Pourquoi te caches-tu ? demanda-t-il d'une voix étonnamment douce.

La chaleur de son torse irradiait contre le sien, mais il ne la toucha pas. Pas physiquement en tout cas.

— J-Je ne me cache pas.

Il passa un doigt sur le haut de sa serviette, juste au-dessus de ses seins.

— Menteuse.

Jayson tira sur le nœud et Lizzie se précipita pour saisir l'étoffe avant qu'elle tombe. Des papillons dans le ventre, elle observa le sourire de Jayson en réponse à son réflexe instinctif.

— Je t'avais prévenue, Rubis.

Un coup sec fit chuter la serviette au sol.

— Je ne compte plus me retenir.

Lizzie tenta de se couvrir, mais il captura ses poignets et les pressa contre le mur de chaque côté de sa tête. Une sensation chaude s'accumula entre ses cuisses en réponse à son attitude dominatrice et elle frémit, ce qui fit sourire

Jayson. Il caressa la peau dénudée de Lizzie du regard, son exploration la laissant dans tous ses états.

— Cette couleur te va à merveille.

Sa voix grave exprimait son approbation et provoqua un frisson le long de sa colonne en dépit de l'air chaud.

— Je pense que nous sommes prêts à renégocier ces limites.

Lizzie déglutit.

— Qu'est-ce que tu as en tête ?

Il positionna les mains de Lizzie au-dessus de sa tête puis enveloppa l'une des siennes autour de ses poignets. Elle se sentit exposée et impuissante, mais elle faisait confiance à son geôlier. Et elle était plus que prête à poursuivre ses explorations avec lui.

— Ce n'est pas à moi d'en décider, mon cœur, mais bien à toi.

La main libre de Jayson voyagea le long de son bras jusqu'à sa clavicule, puis plus bas. Les tétons de Lizzie se durcirent quand il chatouilla la peau sensible de son décolleté. Il pinça un des boutons fermes sans avertissement, arrachant un gémissement à Lizzie qui se cambra contre lui. C'était douloureux, mais le massage qui suivit lui fit un bien fou.

— Mmm, je devrais pouvoir me débrouiller avec ça, chuchota-t-il, alors que ses caresses bifurquaient vers le sud.

La respiration de Lizzie s'accéléra alors que les doigts de Jayson glissaient autour de son nombril et s'aventuraient plus bas vers le bout de tissu minuscule qui recouvrait son entrejambe. Il garda les yeux plongés dans les siens et caressa légèrement avec son pouce la lisière de son bas de maillot de bain jusqu'à sa hanche avant de suivre le rebord du maillot dans le creux de sa cuisse. Un courant électrique crépitait dans les veines de Lizzie alors que l'anticipation alourdissait l'atmosphère entre eux.

— Ce n'est pas une limite, souffla-t-elle, en lui indiquant avec ses mots et son corps qu'elle était prête pour tout ce qu'il avait en tête.

Mais au lieu de prendre ce qu'elle offrait, il effleura la cuisse de Lizzie avec ses phalanges jusqu'à ses fesses exposées. Il en saisit une et la pressa légèrement, l'obligeant à fléchir ses hanches contre les siennes.

— Est-ce que tu sens ça, Lizzie ? demanda-t-il d'une voix basse et séductrice. Est-ce que tu sens à quel point j'ai envie de toi ?

Oh mon Dieu, oui. Elle hocha la tête.

— Parle-moi, Lizzie.

Il pinça ses fesses en guise de réprimande, puis l'apaisa de la même manière qu'il l'avait fait avec son téton.

— Est-ce que tu sens à quel point je suis dur ?

Elle déglutit et entreprit de hocher la tête une nouvelle fois quand elle se souvint de sa demande.

— O-oui, parvint-elle à dire, même si c'était plus proche d'un grognement.

— Parfait, répondit-il alors que sa main approchait des liens qui décoraient ses cuisses. Cesse de te rabaisser en te cachant, Rubis.

Les yeux toujours plongés dans les siens, il poursuivit :

— Je t'ai promis de ne jamais te mentir et je n'y fais pas exception quand je te dis que tu es sublime, Elizabeth. Je le pense depuis l'instant où je t'ai vue pour la première fois et mon attirance n'a fait que croître depuis.

Il souligna son propos en pressant à nouveau son entrejambe contre elle, lui soutirant un nouveau gémissement au passage.

— J'ai été patient avec toi l'autre soir, mon cœur,

murmura-t-il dangereusement. Mais tes limites se sont étendues et j'ai bien l'intention de les explorer en détail.

— Oui, s'il te plaît, souffla-t-elle en s'arquant de nouveau contre lui.,

Ils pourraient toujours nager plus tard. Ou pendant. Elle s'en fichait tant qu'elle goûtait un peu plus au plaisir qu'il lui avait fait découvrir la semaine précédente. Ça ne ressemblait à rien de ce qu'elle avait connu jusqu'ici et elle en voulait plus. Il tira sur le nœud contre sa hanche jusqu'à ce qu'il se délie. Le cœur de Lizzie s'emballa quand il explora la peau fraîchement exposée avec son pouce.

— Je parie que celles-ci aussi sont rouges.

Ses lèvres caressèrent la bouche de Lizzie à chaque mot.

— J'ai hâte de voir jusqu'où tu rougiras quand je te dégusterai.

Les genoux de Lizzie flanchèrent à l'image que ses paroles suggéraient. Que ressentirait-elle sans la moindre barrière ? L'autre côté de son bas de maillot fut défait et tomba au sol entre ses jambes. Il lécha sa lèvre inférieure avant de la mordiller tendrement.

— Accroche-toi, Rubis, chuchota-t-il en lâchant ses mains. J'ai bien l'intention de te dévorer.

Ce fut le seul avertissement qu'il lui offrit avant de s'agenouiller et de l'embrasser juste *là*.

— Oh mon Dieu...

Elle tenta de s'accrocher au mur, mais échoua. C'était pervers, humide et tellement sauvage. Sa tête tomba en arrière et Lizzie gémit quand sa langue commença à l'explorer son intimité. Elle avait cru que le plaisir de l'autre nuit était intense, mais ce n'était rien comparé à ça. Seules les mains de Jayson sur ses hanches l'empêchaient de tomber. Son nom échappa à Lizzie comme une supplique pour qu'il ne s'arrête jamais, mais il contrôlait chaque geste. Elle était esclave de ses demandes et du rythme qu'il lui imposait avec sa langue.

— Encore, supplia-t-elle, sans savoir ce qu'elle demandait, mais incapable de réprimer son besoin.

Son plaisir croissant fit trembler les cuisses de Lizzie et elle se demanda combien de temps encore elle parviendrait à rester debout. Il choisit à sa place quand il se redressa et l'embrassa fermement sur la bouche. Le goût de son propre désir fit flancher ses jambes. Jayson la souleva dans ses bras sans perdre un instant et la porta jusqu'au lit.

Les draps doux apaisèrent sa peau surchauffée, mais seul l'homme qui se positionnait sur elle parviendrait à apaiser le désir lancinant entre ses cuisses. Lizzie passa ses doigts dans les cheveux épais de Jayson et le força à l'embrasser une nouvelle fois. Il sourit contre ses lèvres, mais céda à la demande tacite de Lizzie et glissa sa langue entre ses lèvres et s'assura que personne d'autre ne pourrait jamais la faire sienne.

Au fond d'elle-même, elle savait que personne ne parviendrait à lui faire ressentir ne serait-ce qu'une fraction des sensations que lui procurait Jayson. Son talent avait placé la barre trop haut et Lizzie ne voudrait pas qu'il en soit autrement.

— Fais-moi l'amour, chuchota-t-elle.

Prends-moi étaient probablement les mots qu'il désirait entendre, mais elle se sentait incapable de les prononcer. Ils lui semblaient sales et vulgaires et tellement inappropriés à cet instant précis. Il posa sa main sur sa joue et l'embrassa bien trop tendrement.

— *L'amour* n'est pas un terme que j'emploie à la légère, Lizzie.

Un autre caresse de ses lèvres et leurs langues s'emmêlèrent une nouvelle fois alors qu'il déliait le cordon derrière son cou. Il caressa la joue de Lizzie avec le bout de son nez et approcha ses lèvres de son oreille.

— Mais je pense pouvoir le faire pour toi.

Il laissa une traînée de baisers brûlants derrière lui, de sa gorge jusqu'à ses seins. Ses doigts agiles glissèrent sous son dos et dénouèrent son haut qu'il jeta ensuite de côté. Elle se cambra contre le lit quand il prit un téton entre ses lèvres avec plus de force que ce à quoi elle s'attendait. La douleur se mêla à l'euphorie, embrouillant ses terminaisons nerveuses tout en exacerbant les pulsations entre ses cuisses. Lizzie gémit quand Jayson vint explorer ses sécrétions avec sa main.

C'était comme s'il avait mémorisé toutes les zones érogènes du corps de Lizzie. Il savait où et comment les manipuler pour la rendre folle de désir. Les mains de Lizzie étaient enfoncées dans les cheveux de Jayson et elle tira dessus alors que son corps tremblait de manière incontrôlable sous le sien. Puis il la pénétra. Pas comme elle le lui avait demandé, mais avec deux doigts qui se mouvaient de manière délicieuse et qui lui firent monter les larmes aux yeux.

Une sensation d'engourdissement envahit tous ses membres alors même qu'elle luttait pour atteindre l'orgasme qui continuait de lui échapper. Lizzie grogna de frustration quand Jayson se retira et se figea aussitôt quand elle remarqua qu'il retirait son short de bain. Il le fit lentement, comme s'il exécutait un strip-tease rien que pour elle et révéla de manière taquine la partie de lui qu'elle n'avait pas encore vue.

Lizzie se lécha les lèvres face à la vision délicieuse de son corps nu et brûlait de l'explorer par elle-même. Il attrapa sa main, la porta à sa bouche et la mordilla en guise d'avertissement.

— Si tu me touches maintenant, nous ferons ça de

manière bien différente, murmura-t-il en s'installant entre ses cuisses.

— Je me fiche de savoir comment ça se passe. J'ai juste envie de toi.

Il donna un petit coup avec son érection contre les replis humides de Lizzie et trouva son orifice sans la moindre difficulté. Elle l'encouragea en fléchissant ses hanches, mais il la plaqua contre le matelas avec ses mains.

— Coquine, murmura-t-il avec une pointe d'avertissement. Tu as encore une fois oublié qui était aux commandes.

Il glissa l'extrémité épaisse de son sexe en elle en même temps qu'il parlait et elle s'immobilisa sous son corps.

— Ça risque d'être douloureux, Rubis.

Elle entrouvrit la bouche pour répondre, mais poussa un petit cri choqué au lieu de ça quand il pénétra son innocence d'un geste rapide. Son avertissement ne l'avait pas préparée pour la réalité sévère de cette expérience. Elle pensait que ce serait lent et ne s'attendait pas à être fendue en deux par son sexe imposant. Des larmes lui piquaient les yeux et ce n'étaient pas des larmes de joie. Elle s'accrocha à ses épaules, le suppliant de ne pas bouger.

— Inspire.

Il enfouit son visage dans le creux de son cou.

— Concentre-toi sur moi, mon cœur. Sur ma bouche – il laissa une traînée humide le long de sa gorge – et mes caresses.

Les mains de Jayson remontèrent ses flancs pour envelopper ses seins. Elle gémit quand il effleura ses boutons raidis avec ses pouces.

— C'est ça, Rubis. Concentre-toi sur moi.

Il mordilla sa mâchoire alors que ses doigts poursuivaient leur traitement magique sur ses tétons. Elle se pressa contre lui et tressaillit au rappel du manche qui l'emplissait désormais, mais ce ne fut pas douloureux comme elle s'y attendait. C'était plutôt une pulsation agréable. Lizzie souleva ses hanches pour tester la friction et découvrit que ce mouvement était bien plus plaisant qu'elle ne l'avait anticipé. Elle gémit son approbation après une autre flexion.

Le sexe ardent de Jayson la marqua au fer rouge et il la fit sienne comme aucun autre ne l'avait fait et ne le ferait jamais. Sa virginité lui appartiendrait pour toujours, un cadeau qu'elle n'offrirait à personne d'autre, et elle était étrangement en paix avec cette idée. Il captura sa bouche avec la sienne et commença à bouger. Doucement d'abord, presque de manière taquine, avant d'accélérer sa cadence et sa férocité progressivement. Il saisit sa hanche pour contrôler le rythme et caressa la joue de Lizzie avec son autre main.

Elle avait enroulé ses bras autour de ses épaules, tenant bon alors qu'il la dévastait intégralement. Chaque flexion la poussait un peu plus près du précipice et d'une chute intense, et chaque caresse de sa langue contre la sienne était une promesse échangée entre leurs âmes.

Il est à moi, proclama une partie d'elle-même.

C'était une réponse irrationnelle, mais qu'elle ne put réprimer en cet instant. Tout ce qui comptait, c'était l'homme qui dominait son corps. Elle écorcha le dos de Jayson avec ses ongles, laissant sa marque sur lui alors qu'il continuait de dévaster son avenir. Car personne d'autre ne se mesurerait à lui et les sentiments qu'il lui inspirait.

— Tu es tellement parfaite, chuchota-t-il contre ses lèvres. Absolument parfaite.

La main de Jayson tomba de sa hanche jusqu'en haut de son sexe où il trouva aisément son clitoris enflé. Des éclairs de plaisir traversèrent son corps tout entier et donnèrent naissance à un désir ardent qu'elle ne pouvait pas ignorer.

— Enroule tes jambes autour de moi, la pressa-t-il.

Elle croisa ses chevilles contre les fesses de Jayson et cria quand il s'enfonça plus loin et plus fort en elle.

— Oh, Jayson...

Elle crut voir des étoiles. Ce nouvel angle, associé à sa caresse experte, anéantit son sens des réalités. Ses pensées étaient entièrement focalisées sur ses sensations et sa respiration. Et son plaisir. Une gêne si intense et pourtant si extatique.

Elle n'était plus capable de penser. De respirer. De bouger. Elle savoura simplement ses mouvements et la sensation du corps de Jayson qui dominait le sien.

— Laisse-toi aller, Lizzie, demanda-t-il. Lâche prise et jouis pour moi.

Son pouls s'emballa quand son corps céda à son ordre. Jayson pressa son pouce contre son clitoris tout en la prenant encore plus fort qu'avant et Lizzie sombra avant qu'une explosion lumineuse n'éclate en elle.

Des sons qu'elle n'aurait jamais cru pouvoir produire s'échappèrent de sa bouche tandis qu'elle tremblait sous l'effet de l'orgasme le plus intense de toute sa vie, qui la parcourait encore, et encore, et encore.

Sa vision se troubla. Elle était un simple amas d'extase et rien de plus. Jayson grogna son nom quand il la suivit dans le précipice après une série de dernières impulsions féroces. Elle sentit son plaisir chaud se déverser en elle et rejoindre ses propres sécrétions, les plongeant tous les deux dans un océan d'extase. La respiration de Lizzie était saccadée après un tel assaut et son cœur battait à un rythme irrégulier.

Toutes ses amies s'étaient plaintes de leurs premières fois, mais Lizzie pourrait honnêtement dire qu'elle n'avait pas de regrets. Parce que ça avait été phénoménal et dès qu'elle retrouva la parole, elle insisterait pour une nouvelle manche. Jayson pouffa contre son cou.

— Ne t'inquiète pas, Rubis, nous continuerons nos explorations après avoir fait trempette dans l'océan.

Elle tenta de répondre, mais en vain. Elle n'était pas surprise qu'il ait compris ses désirs ; il avait prouvé à plus d'une reprise qu'il était parfaitement capable de comprendre son langage corporel. Il se hissa sur ses coudes de chaque côté de sa tête.

— Ça te dit d'aller nager nue ?

20

COMPORTEMENT AGUICHEUR

Le sujet est viable pour la conception. Le bienfaiteur est à la recherche d'un candidat approprié pour le premier essai.

Entrée 118.01.4-7

LIZZIE RESSEMBLAIT à une sirène sur la plage avec ses cheveux roux humides cascadant de manière séduisante sur sa robe d'été bleue. Elle avait accepté la proposition de Jayson de se baigner nue, ce dont il s'était montré extrêmement reconnaissant. À deux reprises. Elle avait par conséquent l'air satisfaite.

— Pourquoi est-ce que tu me regardes comme ça ? demanda-t-elle.

Il sourit.

— Ta naïveté me dépasse, Rubis.

Elle n'avait pas la moindre idée du portrait sexy qu'elle offrait en laissant sa langue jouer ainsi avec sa paille. Il ne cessait d'imaginer son sexe à la place. L'objectif de Jayson d'habituer Lizzie à leur relation sexuelle de manière progressive était sur la sellette. Il souhaitait lui faire lentement découvrir ses désirs plus sombres, mais si elle continuait à lécher sa paille de cette manière, elle se retrouverait à genoux en moins de cinq minutes, le sexe de Jayson enfoncé dans sa gorge. Ne serait-ce pas une scène charmante pour leur serveuse ? Les joues de Lizzie se creusèrent quand elle aspira sa boisson tout en le regardant et c'était la chose érotique la plus innocente qu'il avait jamais vue.

— Si tu continues de faire ça, nous ne finirons pas le plat principal.

Parce qu'il serait trop occupé à la dévorer. Les yeux de Lizzie s'écarquillèrent et la paille s'échappa d'entre ses lèvres.

— Qu'est-ce que tu veux dire ?

Il courba un doigt pour lui indiquer de le rejoindre.

— Viens ici, Rubis.

Lizzie observa cette partie presque déserte de la plage. Jayson avait demandé un dîner privé près de l'eau plutôt que dans l'un des restaurants. Cela signifiait que leur serveuse les laissait seuls pendant plus longtemps et leur offrait une expérience romantique, en revanche, n'importe qui pouvait les approcher. Lizzie s'humecta les lèvres.

— Je ne...

— Maintenant.

— Euh.

Elle s'éclaircit la gorge.

— Bon, d'accord.

Elle se leva et contourna la table avant de s'arrêter à côté de lui, un sourcil haussé.

— Ça te va ?

— Pas tout à fait.

Il s'enfonça dans son siège et tapota sa cuisse.

— Assieds-toi.

— Tu réalises que je ne suis pas ton chien, hein ? marmonna-t-elle en s'exécutant.

Il enroula un bras autour de sa taille pour l'attirer plus fermement sur ses genoux, juste là où il la voulait. Il approcha sa bouche de son oreille.

— Est-ce que tu sens ça, Lizzie ?

Il savait que c'était le cas à la manière dont elle se figea après avoir posé ses fesses sur son érection.

— C'est parce que je n'arrête pas de penser à ce que ça me ferait de remplacer ta paille par mon sexe.

Ses propos vulgaires la laissèrent bouche bée et rougissante.

— Oh...

— Oui, *oh*, murmura-t-il en posant la main sur sa cuisse avant de la faire remonter. Tu me rends dingue, Rubis, de la manière la plus délicieuse qui soit, et c'est pour ça que c'est aussi *dur* pour moi d'être patient avec toi. C'est compris ?

Il fit passer son index sur la couture de sa nouvelle culotte et la tint fermement en place quand elle s'agita. Personne ne pouvait voir ce qu'il faisait, ce dont il s'était assuré en positionnant son corps comme il l'avait fait, mais Lizzie ne pouvait pas le deviner.

— Nous avons simplement effleuré la surface de ce que je compte te faire, Elizabeth.

Il pressa son pouce contre son clitoris et massa le petit bouton à travers la soie alors qu'elle luttait pour reprendre sa respiration.

— Mes appétits dépassent les standards traditionnels, la conséquence de mon âge et de mon expérience.

Il aspira le lobe de son oreille dans sa bouche et appliqua un peu plus de pression entre ses jambes. Le désir de Lizzie filtrait à travers la fine barrière de sa culotte et elle tenta de réajuster sa position pour resserrer ses jambes. La paume de Jayson empêchait ses cuisses de se toucher et il serra sa taille avec son bras en guise d'avertissement.

— Tu vas jouir pour moi, chuchota-t-il. Mais tu vas le faire rapidement avant que notre dîner arrive.

— Jayson, je ne sais pas...

Sa voix se brisa dans un gémissement quand il intensifia sa caresse et son rythme. Le tissu humide était la preuve de son plaisir même si le cerveau de Lizzie protestait. Tout ce dont elle avait besoin était d'une brèche dans sa barrière mentale.

— Concentre-toi sur le plaisir, mon cœur. Est-ce que tu peux sentir à quel point je suis dur en ce moment ? C'est toi qui me fais cet effet, Rubis.

Avec sa langue, il traça un motif hypnotique sur la peau qui recouvrait le cou de la jeune femme avant de la mordre tendrement. Le souffle de Lizzie se fit plus saccadé et son corps se raidit, toute pensée concernant leur position exposée ayant disparu, exactement comme il le souhaitait. Il n'avait pas prévu de lui enseigner cette leçon pendant le dîner, mais il n'avait pas réussi à ignorer cette opportunité de jouer. Jayson frotta son nez contre son cou quand elle se mit à trembler.

— C'est ça, ma belle. Laisse-toi aller.

La main de Jayson remonta de sa taille jusqu'à son sein et pinça un téton rigide.

— Je veux te sentir jouir, Lizzie. Maintenant, mon cœur.

Elle frissonna et murmura son nom comme une bénédiction. Il ne se lasserait jamais de ce son ni du gémissement qui suivit quand elle plongea la tête la première dans l'abîme et se mit à trembler de manière irrépressible sur ses genoux. Sa bite le suppliait de la pencher sur la table et de la prendre jusqu'à ce qu'elle crie, mais il refoula ses envies et se concentra sur la femme qui se désintégrait dans ses bras.

J'ai tellement de choses à lui apprendre...

Il lui faudrait des années, peut-être même des décennies, afin de combler son désir pour elle.

Je suis tellement dans la merde et je m'en fiche complètement.

Il posa son front sur l'épaule de Lizzie alors qu'elle redescendait sur terre. Il sut immédiatement quand elle reprit ses esprits, car elle se raidit et tenta de descendre de ses genoux.

— Refais ça et je t'arracherai un nouvel orgasme, Rubis.

Il souligna son propos en manipulant brusquement son clitoris sensible. Elle sursauta contre lui et un autre gémissement délicieux s'échappa de sa bouche.

— Qu'est-ce que tu me fais ? demanda-t-elle à bout de souffle.

— Je t'entraîne, répondit-il contre son cou. Et tu réagis merveilleusement bien.

Il retira sa main de son entrejambe et caressa les lèvres de Lizzie avec le pouce de cette main.

— Lèche, demanda-t-il.

Elle s'exécuta en tremblant.

— Oh mon Dieu...

— Mmm, c'est un surnom qui me convient.

Il agrippa son menton et inclina sa tête en arrière pour l'embrasser.

— Tu es délicieuse, Lizzie. Je pense que tu me serviras de dessert tout à l'heure.

Ses joues s'échauffèrent jusqu'à atteindre cette nuance délicieuse qu'il adorait.

— O-OK, mais seulement si moi aussi je peux te goûter.

Elle ne se doutait pas à quel point ses mots étaient sexy,

surtout quand elle les avait prononcés de manière si innocente.

— Je te prends carrément au mot, là-dessus, promit-il. Une fois que nous aurons terminé de dîner.

Il l'aida à se lever et à réajuster sa robe juste au moment où la serveuse s'approchait avec un plateau chargé d'assiettes.

— Juste au bon moment, Jana, dit-il avec un sourire juvénile. Ça sent très bon.

La jeune femme menue lui offrit un sourire radieux et entreprit de disposer les plats sur la table.

— J'espère que ça vous plaira, monsieur Jayson.

— Je suis certain que ce sera le cas, murmura-t-il avec un clin d'œil. Merci.

— Puis-je vous apporter quoi que ce soit d'autre ?

L'allusion dans sa voix aurait dû l'intriguer, mais il n'en fut rien. Pas le moins du monde. D'ailleurs, cela l'irrita vaguement, vu la présence de sa compagne, mais certaines femmes considéraient cela comme un challenge. Néanmoins, il ne pouvait pas se montrer malpoli.

— Pas pour le moment, répondit-il avec un autre sourire qui avait du succès auprès des femmes. Merci quand même.

— Vous m'appellerez quand vous serez prêt pour le dessert ?

Une autre insinuation, qui lui rappela ses projets après le repas.

— Tout à fait.

Il sourit avec un peu trop d'enthousiasme alors qu'une vision de Lizzie allongée nue sur leur lit envahissait son esprit. Ce serait en effet une soirée très satisfaisante.

— Merci, Jana, dit-il dans une tentative polie de la congédier.

— Tout le plaisir est pour moi, monsieur Jayson.

Elle lui jeta un regard prometteur avant de s'éloigner en se trémoussant et Jayson secoua la tête, amusé. Elle était mignonne, mais n'arrivait pas à la cheville de la beauté installée en face de lui.

Il déplia sa serviette et étudia la variété de plats sur la table. La cuisine française était l'une de ses préférées, mais sa compagne ne semblait pas aussi excitée que lui par les mets. C'était étrange, elle avait été enthousiasmée par le menu quand ils avaient commandé.

— Qu'est-ce qui se passe, Rubis ? demanda-t-il, perplexe face à son expression furieuse. Pourquoi me fusilles-tu du regard ?

Lizzie haussa les sourcils.

— Tu es sérieux ?

Bon, c'était le genre de réponse qu'aucun homme ne souhaitait entendre. Il prit une gorgée d'eau et attendit qu'elle continue.

— T'es vraiment un salaud, dit-elle subitement en jetant sa serviette sur la table. Non, je suis désolée, ce n'est pas le terme approprié. T'es simplement un *don Juan*. Évidemment je le savais déjà. C'est moi qui suis idiote d'avoir cru que ça, nous, ou quoi que...

Elle secoua la tête.

— Tu sais quoi ? Laisse tomber. Je n'ai plus faim.

Elle repoussa sa chaise de la table, mais il saisit son poignet avant qu'elle s'écarte.

— Assieds-toi.

Deux mots. Prononcés à voix basse. Mais néanmoins autoritaires.

— Ou quoi ? rétorqua-t-elle. Tu m'arracheras un autre orgasme à table avant de retrouver la serveuse pour le dessert ?

Ses yeux emplis de larmes luisaient alors qu'elle le regardait d'un air implorant.

— Je ne peux pas voir ce qui se passera ensuite, Jayson. Laisse...

Elle mordit sa lèvre inférieure pour masquer son tremblement.

— Laisse-moi partir.

Sa voix brisée l'anéantit.

— Lizzie...

— Arrête, s'il te plaît. Je veux juste...

Elle renifla, les yeux fermés.

— Ça va.

Il se leva et l'attira dans ses bras parce que ça n'allait clairement *pas*. Elle se raidit, ce qui l'énerva autant qu'il se sentait blessé. Comment leur dîner avait-il tourné *ainsi* alors qu'il avait commencé de manière si prometteuse et agréable ? Et que diable voulait-il dire en mentionnant le dessert ? Pourquoi chercherait-il à séduire la serveuse quand il avait Lizzie ?

— Tu vas devoir m'aider un peu, admit-il. Je viens juste de t'expliquer ce que je comptais te faire après le dîner, mais tu as laissé entendre que je désirais la serveuse à la place. Comment en es-tu arrivé à une telle conclusion ?

Elle ricana et tenta de le repousser.

— Tu n'es pas sérieux.

— Si, je le suis, gronda-t-il, agacé par ses paroles et son attitude.

Il emmêla ses doigts dans ses cheveux et inclina sa tête en arrière pour pouvoir étudier son expression et ajouta :

— J'ai été honnête avec toi depuis le début. Et pourtant, tu te conduis comme si je t'avais trompée d'une manière ou d'une autre, en plus de tes remarques peu flatteuses concernant ma personnalité et j'aimerais savoir pourquoi.

Elle ravala sa salive et les premiers signes d'incertitude recouvrirent ses traits. Ils avançaient enfin.

— Tu flirtais avec la serveuse tout comme tu l'as fait avec l'hôtesse de l'air, dit-elle. Sous mes yeux. Comme si je n'étais pas là.

— Je flirtais ? répéta-t-il. Je me montrais simplement poli.

— En les draguant ! cracha-t-elle, ayant retrouvé sa fougue. J'ai vu la nana de l'avion te donner son numéro et tu viens juste de promettre à la serveuse que tu donnerais suite à sa proposition de dessert, alors que je sais pertinemment qu'il n'était pas question de nourriture. Je suis peut-être inexpérimentée et naïve, mais je suis capable de reconnaître une allusion sexuelle, Jayson.

— Je vois.

Il réfléchit au point qu'il souhaitait aborder en premier et choisit la serveuse.

— Sais-tu à quoi je pensais quand Jana m'a questionné au sujet du dessert ?

Lizzie blêmit.

— Je ne tiens pas à le savoir.

— Ah non ? demanda-t-il en haussant un sourcil. C'est dommage parce que c'était une scène vraiment captivante dans mon cerveau et tu en étais la figure centrale, allongée sur notre lit, complètement nue.

Les yeux de Lizzie s'écarquillèrent.

— Quoi ?

— Et pour ce qui est de Rebekah, continua-t-il, en ignorant sa confusion, elle m'a donné son numéro pour que je le transmette à Balthazar, car leurs goûts sont similaires en ce qui concerne le sexe.

Il tenta de déterminer si c'était une bonne idée ou non d'ajouter la suite, mais décida que cacher quoi que ce soit en cet instant ne pourrait que leur nuire.

— Elle nous a sollicités tous les *deux* à bord de l'avion, Rubis. Visiblement, elle aime les plans à trois avec des couples séduisants. J'ai gentiment décliné son offre et lui ai suggéré de contacter B la prochaine fois qu'elle sera en Grèce.

Lizzie rougit, bouche bée.

— Un plan à trois ? murmura-t-elle, scandalisée.

— Oui, ça n'a rien d'extraordinaire. Mais comme je l'ai dit à Rebekah dans l'avion, je n'ai aucune intention de te partager avec quiconque. Jamais.

Il prononça ses paroles avec plus de conviction qu'il ne l'avait voulu, mais c'était agréable de l'admettre à voix haute.

— Je ne te partagerai même pas avec Balthazar.

Ces paroles lui étaient destinées plus qu'à Lizzie et le choquèrent. Jayson n'avait jamais interdit à Balthazar de séduire l'une de ses conquêtes. Mais Lizzie ? Oh, il n'avait pas la moindre intention de lui donner son accord. Le sang de Jayson ne fit qu'un tour à l'idée que B touche *sa* rousse.

Eh bien, c'est nouveau.

Il avait toujours partagé.

Pas elle.

— Tu me fais mal, dit Lizzie d'une voix tendue.

Jayson desserra son bras autour de sa taille ainsi que la main emmêlée dans ses cheveux.

— Désolé, Rubis.

Il ne la pressait pas contre lui délibérément et ne s'était même pas rendu compte qu'il le faisait.

— Mon esprit a divagué vers un sujet déplaisant.

Elle déglutit et hocha la tête, les sourcils froncés.

— Donc, euh, tu n'avais pas prévu de retrouver l'hôtesse à Rome ?

— Bien sûr que non. Je m'attendais à ce que la FHC nous tombe dessus, même si j'espérais que ça n'arriverait pas. Je n'avais aucunement l'intention de la revoir, pas plus que je suis intéressé par notre serveuse.

— Mais tu as dit oui au dessert ?

— Oui, avec toi, chuchota-t-il en souriant. Si tu as perçu du désir dans ma réponse, il ne lui était pas destiné, Rubis. Je ne désire que toi.

Elle fit la moue et il savait qu'elle brûlait de dire quelque chose, mais continuait de douter d'elle-même. Quand elle secoua la tête et s'efforça de sourire, il sut que la conversation était loin d'être terminée.

— Dis ce que tu as à dire, Lizzie. N'essaye pas d'éviter le sujet. Je tiens à ce que l'on soit honnête l'un envers l'autre et je n'accepterai rien d'autre que ça. C'est la seule manière pour que ça fonctionne entre nous.

Elle cligna des yeux.

— Tu parles comme si nous avions un avenir.

— Ce n'est pas le cas ?

Il tenta de discerner la réponse à sa question dans son regard sublime, mais n'y trouva que d'autres interrogations.

— Aide-moi un peu, Rubis. Je pensais que tu avais envie d'une véritable relation. Me suis-je trompé ?

Il avait intérêt à avoir raison parce qu'une brève liaison ne ferait pas l'affaire pour lui. Pas avec elle.

— Qu'est-ce qu'une véritable relation pour un homme de trois-mille ans ? demanda-t-elle. Je veux dire, d'après ce que tes amis ont suggéré, tu aimes coucher avec plusieurs femmes à la fois et prendre le petit-déjeuner en groupe après une nuit de débauche. Oh, et Tristan a aussi laissé entendre que tu partageais habituellement tes conquêtes. Étant le plus expérimenté de nous deux, dis-moi, à quoi est-ce que je dois m'attendre ?

— Je ne sais pas, admit-il en passant ses doigts dans les cheveux humides de Lizzie. Toutes mes relations étaient non exclusives. L'éternité c'est très long pour jurer fidélité à une seule personne ; ce que toutes mes anciennes maîtresses avaient compris. Elles trouvaient elles-mêmes d'autres partenaires pour ne pas s'ennuyer, mais faisaient appel à moi quand elles cherchaient quelque chose de familier, et vice versa.

Elle plissa le nez et fit la moue.

— OK, donc une relation ouverte au cours de laquelle je couche avec qui bon me semble et toi aussi ?

L'estomac de Jayson se noua à l'idée qu'un autre homme touche Lizzie.

— Hors de question.

Elle le regarda avec de grands yeux.

— Mais c'est exactement ce que tu viens de décrire.

— Non. Je veux dire, oui, mais je ne faisais pas référence à notre relation.

Il relâcha sa taille pour frotter l'arrière de sa nuque. Pourquoi était-ce si difficile ? Jayson comprenait les femmes, les adorait, couchait avec elle dès qu'il le souhaitait et pourtant, celle-ci le laissait sans voix et le rendait irrationnel. Elle venait tout juste de lui proposer une alternative où il pourrait coucher avec elle aussi longtemps qu'il le désirerait, avec l'option d'aller voir ailleurs, et il venait de refuser sans la moindre hésitation. Il allait devoir consulter. Jayson n'était pas du genre jaloux. C'était un électron libre et la proposition de Lizzie lui convenait parfaitement, sauf quand il s'agissait d'elle.

— Je ne veux pas que tu aies d'autres partenaires, Lizzie. Avec ou sans moi, l'idée qu'un autre homme te touche me rend dingue, ce qui n'a jamais été un problème pour moi auparavant.

Il la lâcha complètement et recula avant de faire les cent pas, ses deux mains emmêlées dans ses cheveux.

— Je ne tiens pas non plus à te partager, annonça-t-elle à voix basse. C'est blessant de te voir flirter avec d'autres femmes. Vraiment pénible.

Le regard de Lizzie tomba sur le sable et ses épaules s'affaissèrent, indiquant qu'il ne s'agissait pas d'une confession facile. Mais c'étaient des mots qu'il devait entendre. Jayson avait développé sa charmante franchise avec les femmes au fil des siècles dans le but principal de les attirer dans son lit. Cela lui venait tellement naturellement qu'il n'y songeait même pas, il agissait simplement. Mais c'était visiblement douloureux pour Lizzie. Il posa sa main sur la joue de la jeune femme et inclina une nouvelle fois sa tête en l'air avant de déglutir quand il remarqua la peine tapie dans ses jolis yeux.

— Tu as raison, chuchota-t-il. Je suis un salaud.

Elle commença à secouer la tête, mais il interrompit sa réponse en caressant ses lèvres avec les siennes.

— J'ai cru que mes premières fois étaient bel et bien derrière moi, mais ça, nous, c'est complètement nouveau pour moi.

Il glissa ses doigts dans les cheveux de Lizzie et pressa son front contre le sien.

— Tu me donnes envie d'essayer autre chose, Rubis. Une chose à laquelle je n'avais jamais songé auparavant. Mais ça va te demander de la patience et me prendre du temps, car mes habitudes sont bien ancrées et il faudra que tu me préviennes quand je te blesse, tout comme tu l'as fait ce soir. Est-ce que tu t'en sens capable, Lizzie ? Pourras-tu être honnête et me prévenir quand mes actions te font souffrir ?

La supplique dans sa voix était une chose plutôt rare, mais Lizzie faisait ressortir des parties de lui qu'il laissait entrevoir à peu de gens. C'était ce qu'il considérait comme son maillon faible, mais aussi comme sa plus grande force. Son cœur. Il n'irait pas jusqu'à dire qu'il aimait Lizzie – ils ne se connaissaient pas encore assez pour ça – mais il était conscient de la possibilité qu'il *finirait* par l'aimer. Elle le touchait comme peu de gens l'avaient fait et tout son être brûlait de marquer son territoire.

Elle est à moi.

C'était un instinct naturel qu'il ressentait rarement auprès des femmes, mais Lizzie éveillait tous les instincts possessifs dont il était doté. La partie dominatrice de sa personnalité comprenait qu'il fallait faire preuve de patience, là où son âme reconnaissait sa partenaire potentielle. Lizzie s'humecta les lèvres et les entrouvrit à deux reprises avant de répondre :

— Je devrais réussir à te traiter de salaud quand ce sera nécessaire.

Jayson sourit largement.

— Ah ouais ?

Elle hocha la tête, un petit sourire au coin des lèvres.

— Peut-être aussi de trou du cul.

Il recula et fit mine d'être choqué.

— T'ai-je bien entendu jurer ?

— Ça m'arrive. Parfois. Quand c'est justifié.

Son front se lissa.

— Ma mère a toujours dit que les gens se servaient de jurons quand ils ne trouvaient rien de plus intelligent à dire.

— Ouais, eh bien ta mère est une sacrée garce, donc je n'aurais pas de mal à ignorer cette déduction stupide.

Lizzie éclata de rire.

— Tu dis ça comme si tu connaissais ma mère.

— Je ne l'ai peut-être pas rencontrée, mais je l'ai observée avec toi au cours du brunch de l'autre jour et mon constat est plus qu'approprié. J'ai dû faire un sacré effort pour ne pas la jeter par la fenêtre.

Lizzie écarquilla les yeux.

— Tu étais présent au brunch ?

— La boisson aux hormones, tu te souviens ? En

parlant de ça, nous devrions peut-être attaquer notre repas qui refroidit. À moins que tu n'aies toujours pas d'appétit.

Il haussa un sourcil, la défiant de nier son besoin de nourriture. Elle blesserait son égo si elle prétendait encore ne pas être affamée. Heureusement, elle acquiesça.

— Dînons, annonça-t-elle en le regardant à travers ses cils, puis elle ajouta : Avant de passer au dessert.

— Comme s'il s'agissait d'une question, chuchota-t-il contre ses lèvres. Et demain, ce sera petit-déjeuner au lit.

Un sourire mutin étira les lèvres de Lizzie.

— J'aime bien cette idée.

21

ET SI ON JOUAIT ?

LE BIENFAITEUR A DEMANDÉ À CE QUE SON PARTENAIRE SOIT AUTORISÉ À GOÛTER LE SUJET DANS LE BUT DE LA TRAQUER. NOUS ALLONS DEVOIR ORGANISER UNE VISITE SUPERVISÉE.

ENTRÉE 107.11.4-7

DEUX SEMAINES de sexe et de soleil avaient fait le plus grand bien à Lizzie. Son teint était lumineux, ses yeux brillaient avec les secrets que Jayson lui avait enseignés et un sourire perpétuel retroussait ses lèvres. La lingerie était en partie responsable de ce dernier. Elle attacha ses bas en soie à ses jarretières et réajusta son décolleté dans le haut en dentelle. Jayson lui avait expliqué comment enfiler ces vêtements français raffinés la semaine précédente et elle n'avait cessé d'utiliser ses connaissances pour le narguer depuis ce moment-là.

Lizzie était fan de mode. Sa nouvelle obsession pour la dentelle ne risquait pas de disparaître. Elle adorait la manière dont chaque ensemble était conçu pour paraître affriolant sans jamais exposer de partie intime. Et plus que ça encore, elle adorait les réactions de Jayson. Son sourire s'élargit quand elle s'observa une dernière fois dans le miroir. C'était parfait. Parmi les divers cadeaux que lui avait faits Jayson ces dernières semaines, le fait qu'il l'ait aidée à gagner en assurance était peut-être le plus important. C'était idiot d'essayer de se cacher après avoir passé autant d'heures nue en sa compagnie. Et le regard qu'il lui adressait quand elle s'habillait ainsi pour lui ? Il valait bien toutes ses hésitations.

Elle rejoignit gaiement la chambre pour attendre Jayson. Il lui avait fait couler un bain dans la baignoire immense avant de se rendre au marché pour acheter des fruits, mais elle l'attendait d'une seconde à l'autre. Lizzie se servit un verre de vin et admira l'étendue calme de l'océan. Jayson lui avait dit la nuit précédente que cela lui rappelait un peu la maison, ce qu'elle avait pris comme un signe subtil qu'il désirait rentrer à Hydria sans trop tarder.

Luc leur avait rendu visite à deux reprises, brièvement dans les deux cas, pour la bombarder de questions personnelles, tel un médecin, et pour prélever d'autres échantillons. Elle n'avait pas apprécié le fait de lui servir de cobaye, mais elle l'avait laissé faire puisqu'elle souhaitait obtenir des réponses. Au fond d'elle-même, cependant, elle était consciente que si elle souhaitait *réellement* découvrir la vérité, il faudrait qu'elle quitte Bora-Bora. Son côté égoïste refusait d'envisager cette idée, alors que celui qui adorait Jayson s'attardait sur l'injustice que représentait le fait de l'obliger à rester ici. Il n'avait pas l'air de s'en plaindre, car il...

— Eh bien, quel spectacle !

La voix familière provenant de derrière lui donna la chair de poule. Elle appartenait à un homme qu'elle avait espéré ne jamais revoir. Elle ravala son anxiété et se retourna pour croiser le regard brun amusé de l'intrus. Son charme paternel avait laissé place à un homme qu'elle reconnaissait à peine. La manière dont il la dévora du regard agita son estomac.

— Docteur Fitzgerald, parvint-elle à dire.

— Allons, Lizzie, tu peux bien m'appeler John, vêtue comme tu l'es.

Il indiqua d'un geste de la main l'homme blond à côté de lui.

— Tu te souviens de Stark, n'est-ce pas ?

Elle tenta de hocher la tête, mais échoua. C'était impossible quand les deux hommes l'avaient coincée près du bord de l'eau. Elle pourrait sauter dans l'océan, mais où irait-elle ? La plage ? Ses jambes de danseuse ne lui seraient d'aucune aide dans l'eau, sans compter ses sous-vêtements en dentelles qui entraveraient ses gestes. Les deux hommes la captureraient ou la devanceraient sur le sable. Et ils n'étaient probablement pas seuls non plus.

— On y va ? demanda Stark d'un air blasé.

Il n'avait pas pris la peine de la regarder ni même d'observer sa tenue aguicheuse, ce dont elle lui était quelque peu reconnaissante, surtout en voyant la manière dont John ne cessait de reluquer ses seins et ses jambes. En vingt-quatre ans, il l'avait toujours traitée comme si elle était sa fille. Mais il s'agissait visiblement d'un mensonge, comme le lui indiquait son regard pervers.

— Pas tout de suite.

John combla la distance qui les séparait. Il tritura une mèche de cheveux de Lizzie et demanda :

— Aimerais-tu te changer avant qu'on y aille ?

C'était formulé de manière innocente, mais le désir qui couvait dans ses yeux le trahissait. Lizzie s'était toujours demandé pourquoi John ne donnait jamais l'impression d'avoir plus de trente-cinq ans. Néanmoins, elle savait désormais que c'était dû à son ascendance ichorienne.

— En effet, admit-elle, incapable de mentir.

D'après ce qu'elle avait compris, il était doué pour extirper la vérité à quiconque et il en fut de même avec elle.

— Alors, vas-y, dit-il en indiquant la valise. Mais je suis sûr que tu comprendras pourquoi tu dois le faire sous nos yeux. Je t'ai déjà perdue une fois et je ne peux pas me permettre de recommencer. Tu représentes un investissement coûteux, après tout.

La brutalité de ses paroles la fit frissonner.

— Qu'est-ce que tu veux dire ?

— Nous en parlerons en chemin, répondit-il. Tu as deux minutes pour te changer. Je te suggère de te dépêcher.

Lizzie envisagea de lui dire d'aller se faire voir, mais choisit finalement de se montrer raisonnable. Elle ne pourrait pas s'enfuir dans cette tenue sans attirer l'attention. Un short en jean, un débardeur et des tennis seraient bien plus appropriés. Sa peau la démangea comme si elle était infestée de bestioles alors qu'il la surveillait pendant qu'elle retirait sa jarretière et ses bas. Stark ignorait toujours sa présence, son attention rivée sur le périmètre de la pièce.

Il cherche Jayson.

Si elle trouvait le moyen de retarder leur départ, il rentrerait peut-être à temps pour botter le cul de John. Lizzie finit de s'habiller en enfilant un débardeur par-dessus sa tête tout en gardant les bras croisés sur sa poitrine pour se protéger du regard de John. Elle parvint à garder les zones essentielles couvertes, mais le sourire de l'Ichorien lui indiquait clairement que ça n'avait pas d'importance. Ce John, malgré ses traits familiers, ressemblait à un inconnu et elle se sentit glacée, salie et incompétente. Elle frissonna quand le sourire de John s'élargit.

— Je pense que nous devrions jouer à un petit jeu, histoire de tester la force de cette amourette, songea-t-il à voix haute. Est-ce que ça te ferait plaisir Lizzie ? De découvrir l'étendue des sentiments de Jayson ?

— Avons-nous le temps pour ça, monsieur ? demanda Stark avec une pointe d'émotion dans sa voie qui ne se reflétait pas sur son expression blasée.

— Bien sûr. Pour quelle autre raison sommes-nous venus aussi bien préparés ?

— Parce que nous pensions qu'il serait présent, monsieur.

— Et je soupçonne que ce sera bientôt le cas.

John porta sa main à son oreille.

— Détectez-vous la moindre trace de l'Ancien ?

Il hocha la tête en réponse à ce que la personne à l'autre bout de l'oreillette lui rapportait.

— Parfait.

Il jeta un coup d'œil à Stark.

— Je t'avais dit que les gadgets de Patel fonctionneraient.

La sentinelle haussa une épaule tout en sortant un flingue.

— Nous n'en aurons pas la certitude tant qu'il ne sera pas entré.

— C'est pas faux.

Les yeux de Lizzie rencontrèrent son regard chocolat.

— Sois gentille et viens à côté de moi, s'il te plaît.

C'était tellement poli et typique de la part de John. Et pourtant, tout était différent entre eux. Cet homme était un monstre, un Ichorien, qui avait fondé une organisation vouée à chasser les autres immortels. Et il lui avait aussi fait quelque chose, bien que personne ne sache quoi. Puis il y avait ces choses que lui avait racontées Jayson au sujet de Tom et d'une Hydraïenne qui s'appelait Amelia. Lizzie ne ferait plus jamais confiance à Jonathan Fitzgerald. Et elle n'avait certainement pas envie qu'il la touche.

— Non, répondit-elle, se surprenant elle-même autant que lui.

Des années de formation aux règles de savoir-vivre lui permettaient de faire preuve d'élégance même dans les situations les plus inconfortables, mais c'en était fini. Qu'avait-elle à perdre ? Il avait déjà laissé entendre qu'elle était un « investissement coûteux ». Ça devait bien vouloir dire qu'il ne la tuerait pas, n'est-ce pas ?

— Monsieur, murmura Stark.

— J'ai entendu, répondit John en s'approchant de Lizzie.

Elle recula pour se mettre hors de portée, quoiqu'elle ne pourrait pas aller bien loin sur le ponton, à moins de sauter ; mais elle tomba sur ses genoux quand un objet contondant heurta l'arrière de sa tête. Juste au-dessus de son oreille. Un bras enroulé autour de son torse l'attira contre un corps ferme alors que quelque chose de tranchant faisait pression contre son cou.

— Attention, monsieur, ou le bienfaiteur sera furieux, fit remarquer Stark d'une voix glaciale et dénuée de sentiment.

Il aurait tout aussi bien pu parler de la météo, considérant son enthousiasme.

— Laisse-moi m'inquiéter de ça.

La réponse de John provint de derrière elle, confirmant que c'était lui qui l'avait frappée et capturée. L'avait-il heurtée avec le plat de la lame qu'il pressait désormais contre sa gorge ?

— Essaye de ne pas bouger, Lizzie. Ce n'est pas un couteau ordinaire.

Il semblait amusé et elle ne voyait qu'une raison à cela. *Il n'est pas en métal.* Elle tenta de se focaliser sur l'arme à feu que tenait Stark, mais elle se trouvait en périphérie de son champ de vision. Les larmes qui brouillaient son regard n'aidaient en rien. John se décala pour placer son dos au mur tout en tenant Lizzie devant lui. Le bras autour de sa taille lui donna la même impression qu'une courroie qui chasserait l'air de ses poumons. Un gémissement s'échappa de la gorge de Lizzie qui provoqua un éclat de rire chez son geôlier.

— Ça, c'est pour avoir oublié tes bonnes manières, chuchota-t-il contre son oreille.

Elle n'avait pas du tout idée qu'il pouvait se montrer aussi cruel. L'entendre de la bouche de Jayson et en être témoin étaient deux expériences très différentes. Ce n'était pas surprenant que Tom ait simulé sa propre mort. D'après ce qu'elle savait, John n'en était pas conscient. Il croyait qu'Amelia était elle aussi décédée. Si seulement elle trouvait le moyen de s'échapper de la même manière.

— J'ai trouvé ces mini bananes que tu aimes tant, Rubis, annonça Jayson en pénétrant dans leur suite.

Lizzie ouvrit la bouche pour répondre, mais la pression du bras de John l'avertit de ne pas le faire alors que Stark prenait une position défensive à côté d'eux. Un silence s'ensuivit, suggérant que Jayson suspectait un problème.

— Tu dois désormais avoir compris que nos armes n'ont rien de traditionnel, annonça John en guise de salutation. Et crois-moi quand je dis qu'elles sont tout aussi létales.

Un bruit de sacs en plastique posés au sol retentit avant que Jayson n'apparaisse à l'angle du mur, les mains libres. Il ne regarda pas Lizzie, mais se concentra sur l'homme derrière elle.

— Bonjour, Jonathan.

— Jayson, le salua-t-il en retour. À ta place, je ne m'approcherais pas plus, à moins que tu ne souhaites être témoin des dommages que peut causer une lame en céramique incrustée de diamant.

Jayson leva les mains en guise de reddition, son visage dénué de toute expression.

— Tu as toute mon attention.

— Vraiment ? vérifia John. Parfait. J'étais en train de suggérer un petit jeu à Lizzie. Aimerais-tu y participer ?

— Ça dépend des paramètres, répliqua Jayson en croisant les bras. Qu'as-tu en tête ?

— C'est plutôt simple, franchement. Tu vois, ce pistolet, dit-il en indiquant celui que Stark pointait sur Jayson, il est rempli de balles incendiaires en verre. C'est une nouvelle technologie que nous avons développée spécialement pour toi. Ton affinité pour le métal est un vrai casse-tête.

Lizzie se mit à trembler. Jayson lui avait expliqué le rôle des balles incendiaires. *Elles mettent le feu au système sanguin et tuent donc aussitôt les immortels.* Et pourtant, il se contenta de bâiller et d'agiter la main pour inviter John à poursuivre.

— Continue.

— La menace semble claire, n'est-ce pas ? Mais je suis disposé à t'offrir un choix. Considère cela comme une manière de respecter mes Anciens.

Le sourire qui perçait dans la voix de John ne sembla pas amuser Jayson du tout. Au contraire, il avait l'air presque aussi blasé que Stark. *A-t-il appelé Jacque en renfort ?* se demanda Lizzie. Elle tenta de croiser son regard, mais son attention était rivée sur l'homme derrière elle. John réajusta sa prise et enroula son bras autour de sa poitrine et non de sa taille, ce contact intime la faisant tressaillir alors que le couteau pressé contre sa gorge l'obligeait à rester immobile. Au moins, sa vision s'était éclaircie.

— Viens-en au fait, Jonathan, demanda Jayson, dont le masque calme se fendit.

— Je te permettrai de partir sain et sauf, si tu t'en vas maintenant sans Lizzie.

— Ou bien ? l'encouragea Jayson.

— Ou alors Stark te tue.

— Je ne suis pas vraiment fan de ces deux options, répliqua Jayson d'une voix traînante. Sans aucun doute, tu es capable de te montrer plus créatif, au lieu de me forcer à choisir de sauver ma peau plutôt que celle de Lizzie.

— Je dois admettre que j'ai bien cru que l'option de partir serait un choix évident.

— La dernière fois qu'un Ancien t'a fait confiance, tu lui as tiré dessus. Je ne compte pas commettre la même erreur.

John siffla.

— Allons, allons, il vaut mieux vivre dans le présent. Surtout quand nous devons encore déterminer ton avenir.

Il promena ses doigts le long des bras de Lizzie, dont l'estomac se rebella.

— D'accord, la troisième option, c'est de laisser Stark placer un collier autour de ton cou. Histoire d'éviter un affrontement tout en te permettant de rester avec Lizzie.

Les yeux de cette dernière s'écarquillèrent. Jayson lui avait parlé de l'appareil qui contrôlait Amelia.

— Non, Jayson...

La lame mordit sa chair et elle se tut aussitôt.

— Tes supérieurs sont en train de discuter, Lizzie. Il est impoli de leur couper la parole.

Il la serra une nouvelle fois, assez fort pour lui arracher un autre gémissement.

— Tu as brisé mon produit, Jayson. Je dois dire que ça me fâche.

— Je crois plutôt l'avoir amélioré, répliqua Jayson

d'une voix chargée d'émotions. J'accepte cette troisième option.

John se figea derrière elle.

— Le collier ?

— Oui.

Pas la moindre hésitation et il refusait toujours de la regarder. S'il avait cédé, il aurait vu qu'elle le suppliait de ne pas faire ça. Pas pour elle. Jamais. Il devait y avoir un autre moyen. C'était certain.

— Vraiment ? demanda John, surpris. Pour elle ?

— Oui.

— D'abord Issac. Et maintenant le très célèbre Jedrick de Babylone ? railla John. Il doit neiger en enfer.

Jayson haussa un sourcil.

— Le jeu est-il terminé ?

John s'esclaffa.

— Bien sûr. Sois gentil et agenouille-toi pour Stark comme un docile Ancien.

— Ne fais pas ça ! hurla Lizzie, incapable de se retenir plus longtemps.

Elle tenta de dire autre chose, mais l'air s'échappa de ses poumons quand John l'écrasa avec son bras. Ses côtes et sa poitrine étaient douloureuses après cette démonstration de force et son cœur se brisa en deux quand Jayson s'agenouilla, les mains en évidence de chaque côté de lui. Il refusait toujours de la regarder, mais elle détecta la tension dans sa mâchoire. Il se contenait. Pour quelle raison, ça, elle ne le savait pas. *Tu as intérêt à avoir un plan*, songea-t-elle alors que des points noirs envahissaient son champ de vision.

— Franchement, Lizzie, la réprimanda John. Tu te conduis comme une enfant.

Et toi comme un connard.

Stark tira un collier d'une de ses poches et s'avança

pour l'enrouler autour du cou de Jayson. Il se scella avec un bruit sourd qui sembla résonner dans la pièce. Il ne quitta pas sa position soumise, même quand la sentinelle recula.

— Bon, eh bien ça a mieux fonctionné que ce que j'avais imaginé.

John avait l'air satisfait et il relâcha suffisamment sa prise autour de Lizzie pour qu'elle puisse respirer. Il lui parut étrange qu'elle n'ait pas perdu connaissance malgré l'obscurité qui envahissait son regard, mais ce n'était pas le bon moment pour réfléchir à cela.

— J'aimerais qu'on joue à un dernier petit jeu pour déceler la vérité, murmura le monstre derrière elle. Stark, envoie le message.

— Oui, monsieur.

Jayson leva finalement les yeux du sol.

— Ce n'est pas assez pour toi ?

— Loin de là, railla John. Nous avons un détail à régler.

— C'est fait, l'informa Stark. Je soupçonne que nous serons fixés d'ici quelques minutes concernant votre intuition.

Alors même qu'il disait ça, une vibration retentit dans la poche de Jayson.

— Je suppose qu'il s'agit de ton téléphone, dit John. Laisse-le sonner.

L'amant de Lizzie haussa les épaules.

— Comme tu veux.

— Oh, je trouve ça plus amusant que je ne le devrais.

— Profites-en, répliqua Jayson. Ça ne durera pas.

— Tu es bien arrogant, pour un immortel à ma merci. Je t'avais proposé de partir.

Les yeux plissés de Jayson étaient incendiaires quand il les tourna par-dessus l'épaule de Lizzie.

— En effet, et crois-moi quand je te dis que je ne te rendrai pas la pareille.

— On verra.

John avait plus l'air amusé qu'effrayé et Lizzie soupçonnait que cela s'avérait être une erreur. Parce que l'expression de Jayson avait viré de l'ennui poli au sérieux létal.

— En effet, acquiesça-t-il, d'une voix plus glaciale qu'elle ne l'avait jamais entendue.

Des coups frénétiques martelèrent la porte et Lizzie se sentit soulagée. Ce devait être les renforts de Jayson, mais pour quelle raison les Hydraiens ressentaient-ils le besoin de frapper à la p... ?

— Lizzie ! appela Stas à travers la porte. Je sais que tu m'en veux, mais il faut que tu ouvres !

Jayson tressaillit quand John soupira.

— Voilà ma réponse.

— Apparemment, monsieur, acquiesça Stark. Dois-je la laisser entrer ?

— Non, Lizzie s'en chargera pour nous.

Le couteau disparut de sa gorge.

— Sois gentille et fais entrer Stas, et ne songe même pas à la prévenir, ou bien Stark enverra une balle dans la tête de Jayson. En fait...

Il retira son bras et la tourna pour lui faire face, un air excité sur le visage.

— Je vais te laisser le choix, Lizzie. Si tu avertis Stas, Jayson mourra. Si tu ne dis rien à Stas, Jayson vivra et, eh bien, nous verrons ce qui arrivera.

— Oh, ça non, gronda Jayson.

Lizzie secoua la tête alors que des larmes emplissaient ses yeux.

— C'est un choix impossible ?

Jayson ou Stas ? Elle ne réussirait jamais à choisir. Aussi

furieuse qu'elle soit contre Stas, elle ne lui voulait pas de mal. Et Jayson... L'idée de le perdre lui retournait les entrailles. Non, elle ne pouvait pas, ne le *laisserait* pas mourir. Mais Stas... Un nouveau coup affolé fit sourire John.

— Tic toc, Lizzie. Prends ta décision. Maintenant.

— J-Je ne peux pas. Tu ne peux...

— Tire-lui dessus, ordonna John à Stark. Maintenant.

— Non !

Lizzie fit un bond en arrière et se plaça entre Stark et Jayson.

— Non. Je... Je vais choisir. Je choisis. Il me faut juste...

Elle fut interrompue par un frisson violent qui la secoua des pieds à la tête. Le choix de Jayson de s'agenouiller et d'accepter son destin ne lui laissait pas d'autre option. Elle ne pouvait pas le laisser mourir. Pas à cause d'elle. Et à en croire leurs informations, John n'était pas au courant de l'immortalité de Stas. Ils pourraient s'en servir à leur avantage, tout comme de son talent de coercition. Lizzie déglutit, son choix s'affermissant. C'était le coup approprié dans une partie telle que celle-ci et le seul qui assurerait la survie de Jayson. Parce que l'expression sur le visage de Stark indiquait clairement qu'il n'hésiterait pas à tirer, même s'il avait d'abord à l'abattre elle.

— J-Je vais ouvrir la porte, décida-t-elle alors qu'un troisième coup retentissait et que Stas suppliait une nouvelle fois Lizzie de lui parler, au moment où le téléphone de Jayson recommençait à vibrer.

— Parfait, répondit John. Amène Stas ici, s'il te plaît.

Lizzie hocha la tête alors même que Jayson prononçait son nom en guise d'avertissement.

— Il n'y a pas que toi qui puisses faire des sacrifices, chuchota-t-elle en pivotant pour faire face à son destin.

Ses mains tremblaient de manière incontrôlable quand elle déverrouilla la porte.

— Oh, Dieu soit loué, dit Stas en jetant ses bras autour du cou de Lizzie. La FHC va bientôt arriver. Jacque est parti chercher des renforts, mais je lui ai demandé de me déposer d'abord pour vous prévenir avec Jayson, qui ne répond pas à son téléphone.

Lizzie lui retourna maladroitement son étreinte alors que sa bouche refusait de fonctionner.

Fuis, souhaitait-elle dire. *Reste*, suppliait son cœur.

Parce que Stark braquait probablement son arme sur la tête de Jayson et que cette image provoqua un frisson le long de son échine. Elle aurait pu jurer que son âme s'était mise à pleurer à cette idée. Ils avaient décidé que leur relation serait exclusive, mais n'avaient jamais discuté de leurs sentiments. Cette situation lui dit tout ce qu'elle avait besoin de savoir. Elle l'aimait. Plus qu'elle n'aurait jamais imaginé aimer quelqu'un. Tom n'avait été qu'un simple béguin. Mais Jayson ? C'était le bon et sa vie était en jeu à cause de l'indécision de Lizzie. Mais sa meilleure amie... Elle aimait aussi Stas. C'était un choix injuste. Elle étreignit son amie tandis que ses émotions menaçaient de l'anéantir.

— Je suis désolée, murmura-t-elle. Je suis tellement désolée.

— Hé, c'est à moi de dire ça, chuchota Stas. C'est moi qui suis désolée. J'aurais dû tout te dire, surtout au sujet de...

— Arrête, dit Lizzie en l'interrompant avant qu'elle ne mentionne le nom qui ferait tout partir en vrille. *Tom*. Je... Nous...

Bon sang, comment pouvait-elle jeter son amie dans la gueule du lion ? Comment pouvait-elle laisser Jayson souffrir ? Il était resté pour elle. Il avait ployé le genou pour elle. Il avait accepté le collier pour elle. Elle était bien plus qu'une mission ou un devoir pour lui. Au plus profond de son âme, elle savait qu'il ressentait cette même connexion étrange, elle le voyait dans chacun des regards qu'il lui adressait. Même s'il refusait de l'admettre à voix haute. C'était de l'amour. Ou ses prémices, en tout cas.

— Tu trembles, dit Stas en reculant pour attraper les épaules de Lizzie. Je te promets que la FHC ne mettra pas la main sur toi.

Trop tard. Stas pinça les lèvres en étudiant l'expression de Lizzie, et pire encore, son cou.

— Comment... ?

— Tu me déçois, Lizzie, dit John en les rejoignant dans l'entrée, un pistolet à la main. Mais pas autant que toi, Stas.

Sa meilleure amie se figea, ses lèvres articulant une réponse silencieuse alors que le choc la faisait pâlir.

— C'est dommage, continua-t-il. Tu avais un tel potentiel, mais je soupçonne depuis un moment que tu joues sur les deux tableaux. Je suppose que c'est aussi le cas de ton amant et c'est tant pis pour lui. Ce que nous sommes en train de créer avec mon bienfaiteur est bien plus incroyable que tout ce qu'Issac peut imaginer.

Il sourit de manière dramatique.

— Bon, il n'aura qu'à considérer ça comme une mise en garde. Au revoir, Stas.

La balle fendit l'air avant que Lizzie ne puisse cligner des yeux. Elle poussa un petit cri en réponse. Et hurla en voyant que la vie quittait le regard de sa meilleure amie. Tout se déroulait si lentement. Son corps semblait flotter en l'air un instant, hors du temps, alors que la mort s'emparait d'elle. Et puis elle tomba au sol, ses yeux verts écarquillés par des émotions qu'elle n'avait pas eu le temps d'exprimer. Lizzie s'effondra quand ses jambes se dérobèrent sous son corps.

— Non ! hurla-t-elle, son cœur éclatant en mille morceaux. NON !

Elle secoua la tête alors que ses larmes roulaient sur ses joues. Ce n'était pas possible. Il n'avait pas pu tuer Stas. Son patrimoine génétique immortel... Sauf que John avait dit qu'il s'agissait de balles incendiaires, spécialement fabriquées pour tuer des immortels en tout genre. Y compris les novices.

— Non, sanglota-t-elle, son corps s'effondrant au sol alors que le poids de ses émotions dévastait son âme. Non, non, non...

— Lizzie, dit John d'un ton autoritaire. J'ai besoin de ton attention.

Elle secoua la tête, incapable de céder. Il venait de tuer sa meilleure amie. Sans le moindre remords. En guise de message. NON. Des frissons parcouraient sa colonne alors qu'elle tentait de reprendre sa respiration malgré la douleur. Puis l'impensable se produisit. Un autre coup de feu. Celui-ci au bout du couloir menant dans le salon. Elle tourna les yeux et croisa le regard vide de Jayson et cligna des yeux, incrédule. Non. Il ne ferait... Ce... Il avait promis...

— Tu as fait ton choix, chuchota John en rengainant son arme, debout au-dessus du cadavre de Jayson. Il a payé le prix de ton indécision. Mais ne t'inquiète pas, Lizzie. Tu vas vivre très, très, très longtemps avec les conséquences de ce moment, car je soupçonne qu'il a laissé une partie de lui en toi.

Elle n'arrivait plus à respirer ni à penser.

Jayson... Mort. À cause d'elle. C'était forcément un cauchemar. Encore hier, il l'embrassait sur la plage. Mais ses yeux... Brisés. Sans... vie.

Les lèvres de John s'ouvrirent pour formuler des paroles que Lizzie n'entendit pas. Avait-il dit son nom ?

Elle était tellement absorbée par le chagrin causé par la mort de sa meilleure amie qu'elle n'avait même pas eu la chance de lui dire au revoir. Il ne saurait jamais ce qu'elle ressentait. Jayson était mort en pensant qu'il s'était sacrifié en vain, qu'elle n'était pas prête à faire le même choix, qu'elle ne l'aimait pas autant que lui l'aimait...

Oh, Jayson.

Quelque chose se brisa en elle et elle se figea. Était-ce son âme qui se détachait de son corps ? Son cœur ?

— Je suggère qu'on accélère le mouvement, dit Stark en s'agenouillant à côté d'elle avant de piquer son bras avec quelque chose.

Elle ne pouvait pas bouger. Elle s'en fichait. Pourquoi fuir ? À quoi bon vivre quand les deux personnes les plus importantes de sa vie n'étaient plus là ? Parce qu'elles étaient mortes.

Parce que je n'ai pas su choisir. Parce que j'existe. Mais plus maintenant.

Elle laissa le néant la submerger, la tirant de ce cauchemar. C'était un soulagement, la plongeant dans un état songeur où elle chercha Jayson, car il pourrait sûrement la retrouver ici. Sauf que tout ce qu'elle voyait n'était que pénombre. Un avenir sans amis et sans amour. Un avenir dans une cage.

On rentre, lui communiqua son subconscient. *Là d'où l'on vient.*

Cette pensée la fit ciller.

Ce n'est pas...

Une vision de blouses blanches, de caméras et de tests sans fin fit irruption derrière ses paupières. S'agissait-il de souvenirs ou de cauchemars ?

Chez nous. On rentre chez nous.

22

CONTENT DE TE REVOIR

LES SIGNES VITAUX DU SUJET SONT STABLES. NOUS
AMORCERONS LA RESSUSCITATION À 0800 HEURES.
BESOIN DE CRÉER UN NOUVEAU JOURNAL POUR LE
SUJET 4-7.1.

ENTRÉE 124.11.4-7

LIZZIE SE RÉVEILLA dans un océan de blanc. Les murs,
les couvertures, les meubles et les rideaux étaient tous
immaculés. Même son pantalon et son débardeur étaient
d'un blanc pur. Un sentiment de déjà-vu la submergea
quand elle s'assit sur le lit moelleux. La lumière du soleil
filtrait à travers les baies vitrées.

Où suis-je ?

Un bandage autour de son bras suggérait qu'on lui
avait prélevé du sang. Elle le retira et examina sa plaie en
cours de guérison, ce qui indiquait que la procédure
invasive était récente. Elle glissa au bord du lit pour se lever
et grimaça quand elle nota la faiblesse de ses membres.
Combien de temps ai-je dormi ?

Cette sensation étrange d'être déjà venue ici l'envahit de nouveau quand elle s'approcha des vitres. Des conifères et un ciel bleu s'étendaient à perte de vue. Elle avait déjà aperçu cette scène, mais le souvenir lui échappait.

Un petit coup frappé à la porte précéda l'ouverture de la seule issue de cette pièce. Le caractère familier du nouveau venu au crâne chauve la heurta de plein fouet, mais elle ne parvint pas à se remémorer son nom. Ses yeux verts, vieux comme le monde, l'atteignirent d'une manière qu'elle ne comprenait pas et un sentiment d'appréhension la gagna quand ses lèvres se recourbèrent. *Je ne l'aime pas du tout.* Elle ne savait pas pourquoi, mais sa haine envers lui dépassait l'entendement.

— Ne t'inquiète pas, ma petite. Tes souvenirs te reviendront avec le temps.

Il croisa les mains derrière son dos et s'approcha d'elle d'un pas nonchalant.

— Comment te sens-tu ?

— Confuse, admit-elle. Où suis-je ?

— Chez moi, répondit-il. Pour le moment, en tout cas. Jonathan préférerait te garder dans son laboratoire, mais je pense que l'environnement ici sera moins anxiogène pour toi. Tu pourras retourner auprès de lui une fois que tu m'auras donné ce dont j'ai besoin.

Lizzie déglutit.

— Et de quoi s'agit-il ?

Il sourit.

— Ta progéniture.

Ma quoi ? Comment ? Lizzie cligna des yeux quand des images apparurent derrière ses paupières : New York, le campus, Stas, Tom, Jayson. L'information dont elle avait besoin était à la lisière de son esprit, cachée dans le brouillard...

— Oui, Jonathan se sentait enclin à insérer des

composés chimiques dans ton système, destinés à assurer ta docilité. Comme je ne souhaite pas que la petite vie qui grandit en toi soit mise en péril, j'ai mis fin au traitement. Tu m'appartiens, après tout.

— Je-Je ne comprends pas.

— Non, en effet, j'imagine que tu ne peux pas.

Il lui offrit un sourire méprisant.

— Réinventer ton enfance était la seule manière d'accomplir le dernier test et je dois dire qu'il a dépassé mes attentes. Quand ils ont suggéré qu'il faudrait te donner des figures parentales peu affectueuses, j'ai eu des doutes, mais le résultat est celui qu'ils avaient anticipé. Tu es avide d'amour et d'affection et par conséquent, il est facile de manipuler tes émotions. C'est vraiment fascinant. J'ai hâte de pouvoir explorer les limites de cette programmation par moi-même.

Elle secoua la tête, n'ayant rien compris. *Réinventer mon enfance ?*

— Ta passion pour la danse, par exemple ? C'était mon idée, car j'ai toujours apprécié le ballet. C'est aussi moi qui ai suggéré les concours de beauté. Te donner la deuxième place à la fin de presque toutes les compétitions t'a inculqué la volonté de toujours faire mieux tout en ancrant un sens de l'élégance au plus profond de toi-même. Après tout, la dernière chose dont j'avais envie, c'était d'une femme insolente.

Il croisa une nouvelle fois les mains

— Bon, dans tous les cas, je suis satisfait. Je ne m'attendais pas à ce qu'un Ancien morde à l'hameçon, mais je suis ravi que ce soit le cas. C'est le test final idéal avant que nous ne commencions.

À quoi bon ce profil émotionnel ? Et commencer quoi ?

Un coup frappé à la porte lui fit faire volte-face avec un sourcil haussé en direction de la nouvelle venue.

— Je suis désolée, Sire, mais Skye est en pleine crise.

— Je vois. Merci, Jezebel. J'arrive tout de suite.

— Bien, Sire.

Osiris, lui communiqua finalement son cerveau. C'était le nom de cet être. *Comment est-ce que je le sais ?*

— Nous poursuivrons notre conversation bientôt, murmura-t-il. Pour l'instant, mange le repas que nous t'avons apporté et sois sage, et je t'autoriserai à circuler librement dans ta chambre. Je t'apporterai peut-être même quelques livres. Si cela te tente ?

Lizzie fronça les sourcils. Heureusement, il n'attendait pas de réponse. Il se contenta de sourire, manifestement amusé.

— Je suis ravi de te revoir parmi nous, surtout maintenant que ton rôle a enfin émergé. Passe un bon après-midi.

Sur ces paroles étranges, il quitta la pièce, la serrure s'enclenchant fermement derrière lui. Lizzie cligna des yeux à plusieurs reprises, confuse. D'autres images envahirent ses pensées, de nature plus érotique. Jayson qui l'embrassait. Elle toucha ses lèvres à ce souvenir alors que son cœur s'emballait. Ses seins fourmillèrent quand elle se souvint de la manière dont il avait taquiné ses tétons avec sa bouche avant de s'aventurer plus bas... Elle gémit sous l'assaut de ces pensées, les souvenirs bien réels de leurs échanges sensuels. Ils avaient passé deux semaines glorieuses à se découvrir mutuellement et à tomber amoureux. Son cœur se serra en pensant à lui et se brisa dans un cri quand l'image finale anéantit son esprit.

Ses yeux sans vie.

— Non ! hurla-t-elle en s'effondrant au sol. Non !

Jonathan l'avait tué. Tout comme Stas.

— Oh mon Dieu...

Prise de nausée, elle eut un haut-le-cœur, mais son

estomac vide refusa de suivre et la laissa étourdie. Lizzie se roula en boule alors que la douleur fouettait ses terminaisons nerveuses. Des larmes telles qu'elle n'en avait jamais versé s'échappèrent de ses yeux, asséchant son âme.

— Jayson, gémit-elle, désirant sa présence comme jamais auparavant.

Bon sang, elle avait cru que la mort de Tom l'avait anéantie. Ce n'était rien comparé à cette perte. Elle se sentait incomplète, comme si une partie d'elle était morte avec Jayson. Il l'avait touchée comme personne avant ne l'avait fait.

Et je porte son enfant ?

Était-ce ce qu'avait sous-entendu Osiris ? Que Jayson l'avait mise enceinte ? Et Osiris avait l'intention de garder le bébé ? Son sang ne fit qu'un tour. Jayson avait dit qu'il était incapable de procréer, mais Osiris avait laissé entendre qu'elle portait son enfant en elle. Jonathan avait dit la même chose. Comment était-ce possible ? *Que suis-je ?*

LIZZIE AVAIT besoin d'un plan, d'une diversion qui lui permettrait de sortir. Elle pourrait ensuite s'enfuir au milieu des arbres. Ils s'étendaient à perte de vue, mais il devait bien y avoir une route quelque part. Un frisson parcourut son échine quand quelqu'un frappa à la porte et l'ouvrit sans préambule. Elle s'était attendue à voir Osiris et songea tout d'abord qu'elle avait raison, puis elle remarqua la bouche de l'intrus.

Oh mon Dieu... Elle était cousue avec du fil barbelé. Ses yeux verts, si semblables à ceux d'Osiris, croisèrent les siens quand il posa un plateau chargé de nourriture sur la table dans le coin. À côté d'une chaise en bois.

— M-Merci, marmonna-t-elle.

Il inclina sa tête chauve puis se redressa pour l'observer. La curiosité se lisait sur son visage et elle songea qu'il souhaitait peut-être lui dire quelque chose, mais qu'il en était incapable. Ces barbelés sur ses lèvres avaient l'air affreusement douloureux. Qu'avait-il donc pu bien faire pour mériter un tel traitement ?

— Ce sera tout, Sethios, annonça Osiris en pénétrant dans la pièce, suivi d'une brunette vêtue d'une blouse de laboratoire.

L'homme silencieux s'inclina une nouvelle fois avant de quitter discrètement la chambre alors que Lizzie fronçait les sourcils. N'était-ce pas l'ami qu'Ezekiel avait mentionné quand il lui avait parlé de son enfance à Babylone ? Celui qu'Osiris avait élevé comme un fils ? Pourquoi diable avait-il décidé de coudre ses lèvres ?

— Lizzie, assieds-toi sur cette chaise.

Osiris indiqua le siège en bois et les jambes de Lizzie obéirent de leur propre chef. Même si elle l'avait voulu, elle n'aurait pas pu les stopper. *C'est étrange.* Elle s'assit.

— Mange ta salade, ajouta-t-il.

Elle saisit ce qu'elle pensait être un sandwich aux œufs et en prit une bouchée. Contre son gré. *C'est quoi ce bordel ?* Les poils sur ses bras se hérissèrent alors qu'elle portait de nouveau le sandwich à sa bouche. *La coercition.* Jayson avait mentionné le talent d'Osiris dans l'avion et pourtant, ce n'était pas la source de son information. *J'ai déjà rencontré cet être par le passé.* La grande question, c'était : quand ?

— Je te présente Valérie.

Il indiqua la petite femme à côté de lui.

— Je l'ai empruntée à l'équipe de recherche de Jonathan et lui ai demandé de superviser ta grossesse.

La jeune femme fit cligner ses yeux noisette une fois, le seul signe qu'Osiris avait exigé plutôt que demandé ce transfert. Lizzie compatissait avec elle. *Cette salade n'est même pas bonne et pourtant, je ne peux pas m'empêcher de la dévorer.*

— Je vais vous laisser faire connaissance, dit-il avant de partir et de faire retentir une nouvelle fois le mécanisme du verrou.

Valérie posa son sac sur le sol et déambula dans la chambre les bras croisés pendant que Lizzie s'efforçait d'avaler la nourriture. Elle n'aimait pas tellement la salade d'œufs et pourtant, elle ne pouvait pas *ne pas* la manger. Stas était-elle aussi capable de faire ça ? Elles n'avaient jamais eu la chance d'en parler, ou même de discuter d'autre chose, et la possibilité de le faire leur avait été arrachée par une balle. En pleine tête. Elle renifla dans son verre d'eau.

Si seulement Lizzie avait accepté de rentrer à Hydria, de parler à Stas... Mais non, elle ne pouvait pas non plus regretter ce choix. Pas sans regretter le temps passé avec Jayson, et elle ne renoncerait à ces souvenirs pour rien au monde. Valérie s'éclaircit la gorge.

— Nous devrions commencer.

Elle tenait un bloc-notes. Lizzie déglutit et posa son verre.

— Euh, avec quoi ?

— J'ai déjà étudié ton dossier d'admission, mais je préfère procéder à mes propres examens.

Elle indiqua le lit d'un geste de la main.

— Installe-toi là-bas, si tu veux bien.

La réticence dans sa voix surprit Lizzie. Elle avait déduit de sa réaction envers Osiris qu'elle n'avait peut-être pas envie d'être ici non plus, mais la manière dont ses yeux noisette évitaient de croiser ceux de Lizzie confirma sa théorie.

— OK, acquiesça-t-elle, simplement parce qu'elle

soupçonnait que quelque chose de déplaisant leur arriverait à toutes les deux si elle refusait.

Le matelas s'enfonça sous le poids de son corps et elle s'installa contre la tête de lit. Les mains de Valérie tremblaient quand elle tourna une page du dossier pour lire la suivante. Lizzie réajusta subtilement sa position pour lire le haut de la feuille.

Dossier de l'Atout : 4-7

Patrimoine génétique : Non humain

Nom du Projet : Renaissance

Elle fronça les sourcils.

— Qu'est-ce que c'est ?

— Un résumé détaillé de ton évolution, répondit Valérie. As-tu ovulé ce mois-ci ?

Lizzie cligna des yeux.

— Non, mais...

— Un oui ou un non suffiront.

Elle griffonna quelque chose.

— Connais-tu la date de ton dernier cycle ?

— Oui.

Elle suivit les instructions de Valérie et décida de ne pas préciser sa pensée. Cette dernière rencontra son regard.

— La date s'il te plaît.

— Non.

Valérie haussa un sourcil.

— Non ?

— Non.

S'il y avait une seule personne qui répondrait aux questions de Lizzie, c'était cette femme.

— Dis-moi ce que raconte ce dossier.

— C'est top secret.

Lizzie ne put réprimer le rire qui lui échappa.

— Écoute, je vois bien que tu as autant envie d'être ici que moi. Et si on collaborait pour survivre toutes les deux ?

Ou mieux encore, peut-être qu'elles pourraient s'entraider pour fuir. C'était peu probable, mais ça valait la peine d'essayer. Peut-être. Valérie l'observa un long moment puis reporta son attention sur le dossier. Lizzie lâcha un soupir de frustration. OK, apparemment ça ne fonctionnerait pas. Elle s'était probablement méprise concernant la réaction du médecin face à Osiris. Il avait mentionné le fait qu'il l'avait débauchée de l'équipe de recherche de John, ce qui signifiait qu'elle travaillait pour la FHC par choix.

Elle était donc de nouveau seule et sans un plan. La porte se verrouillait de l'extérieur, ce qu'elle avait déjà vérifié, et les fenêtres ne s'ouvraient pas. Elles semblaient aussi plus épaisses que d'ordinaire, même si Lizzie n'avait pas envisagé de les briser. Sauter de cette hauteur aboutirait à une blessure et à sa capture, et cette idée n'avait donc pas le moindre intérêt. Lizzie pourrait...

— L'Atout 4-7 est la première tentative fructueuse de donner naissance à un enfant au patrimoine génétique des Séraphins dans un utérus humain. Les quarante-six tentatives précédentes ont toutes échoué ou ont été exterminées en raison de déformations inacceptables à la naissance.

Valérie leva les yeux du dossier.

— Souhaites-tu que je poursuive la lecture ?

Lizzie entendit sa question, mais ne saisit pas.

— Un Séraphin, répéta-t-elle. Comme la première hiérarchie des anges ? Ceux avec les ailes flamboyantes ?

— La plupart des gens ne possèdent pas autant de connaissances théologiques.

Valérie tourna plusieurs pages puis hocha la tête.

— Oh. Je vois que c'est Osiris qui a établi ton programme scolaire. Ceci explique cela, annonça-t-elle en croisant le regard de Lizzie. Oui. Les Séraphins sont de puissants êtres immortels qui sont vénérés dans de nombreuses religions. Et il paraît que leurs ailes scintillent, bien que nous ne puissions pas les voir à moins qu'ils prennent une forme corporelle.

Lizzie cligna des yeux.

— Je vois.

Pourquoi pas ? Après tout ce qu'elle avait déjà entendu, pourquoi les anges n'existeraient-ils pas aussi ? Peut-être qu'ils étaient amis avec les Ichoriens et les Hydraiens. Elle réprima un rire hystérique et demanda plutôt :

— Es-tu en train de dire que je suis en partie un Séraphin ?

— D'après ton dossier, tu *es* un Séraphin.

Elle lut un autre paragraphe et réorganisa les pages.

— Il semble que le chef des Affaires internationales, George Watkins, a accepté de se servir de sa femme comme hôte en échange d'une position importante au sein de la FHC. Si on considère que les quarante-six hôtes précédents sont morts au cours de ces expériences, je suis prête à parier qu'il ne tient pas beaucoup à sa femme.

Elle semblait se parler à elle-même plus qu'à Lizzie, mais son information paraissait néanmoins juste. George et Lillian ne s'étaient certainement pas mariés par amour.

— La grossesse de Lillian s'est déroulée à un rythme accéléré qui a failli lui coûter la vie, mais elle a survécu à ta naissance et a été généreusement récompensée ensuite.

Les sourcils de Valérie grimpèrent sur son front quand elle partagea cette dernière information, sans doute à cause de la somme que les *parents* de Lizzie avaient touchée, suite à leur sacrifice. Cela expliquait la fortune de sa famille et l'obsession de son père, ou plutôt George, pour la FHC.

Tout ceci est surréel. Et pourtant cela lui semblait cohérent.

Tous ces brunchs, ces soirées et cette façon de la faire

parader sous les yeux du beau monde comme une marionnette ; tout ceci avait toujours paru dénué de sens à Lizzie. Et la haine constante de Lillian n'avait pas aidé. Mais Lizzie en comprenait désormais la raison. *Parce que j'ai manqué de la tuer.* Bien que ce ne soit pas de la faute de Lizzie, ni même qu'on lui ait laissé le choix. Elle essuya ses paumes moites sur son pantalon blanc.

— Est-ce que ça dit qui sont mes véritables parents ? demanda Lizzie à voix haute.

Valérie tira une page de la pile et la lut en écarquillant les yeux.

— Aucun nom n'est listé, mais il est indiqué que tu es le résultat de plusieurs échantillons biologiques, tous basés sur le patrimoine génétique des Séraphins.

Ses iris noisette se dilatèrent quand elle croisa le regard de Lizzie.

— Et c'est Osiris qui a fourni les sujets Séraphins vivants pour ces tests.

— Pourquoi ? demanda Lizzie. Pourquoi m'a-t-il créée ?

— Afin de produire plus de Séraphins.

Valérie étudia l'estomac de Lizzie.

— Tu as été génétiquement modifiée pour donner naissance à une nouvelle race d'êtres angéliques et, si l'enfant que tu portes s'avère répondre aux attentes d'Osiris, alors la phase finale sera pour toi de lui donner un nouveau fils.

23

BOUGE TES FESSES

LA VOYANTE A INFORMÉ LE BIENFAITEUR QU'IL ÉTAIT TEMPS DE COLLECTER LE SUJET. L'UNITÉ SENTINELLE A ÉTÉ NOTIFIÉE DE LEUR DESTINATION EN POLYNÉSIE FRANÇAISE.

ENTRÉE 124.11.4-7

JAYSON.

La voix détachée et indésirable transperça l'obscurité.

Va te faire foutre.

J'aimerais que ce soit possible. Maintenant, réveille-toi.

Oh, quand Jayson ouvrirait les yeux, il botterait le cul de ce fumier de télépathe. Il appréciait d'autant plus les moments calmes et paisibles qu'ils étaient plutôt rares. Alik le savait mieux que quiconque.

Je suis sérieux, si tu ne bouges pas, je te balance dans l'océan.

C'est toi qui vas piquer une tête, connard.

J'en doute.

Jayson étira ses bras et fit craquer son cou quand il se

réveilla de son sommeil profond. Son corps ne devrait pas être aussi courbaturé après avoir autant dormi. Et il avait un sacré mal de tête. Il grimaça quand les rayons de soleil le caressèrent et grogna.

— Alik, gronda-t-il, furieux d'avoir été dérangé.

Mais ce n'était pas sa voix habituelle. Elle était trop éraillée, comme s'il venait de se réveiller d'un sommeil de mort. Il s'assit dans un sursaut et le regretta à l'instant où la pièce se mit à tourner autour de lui.

— Merde.

Il se laissa retomber sur le matelas. Il avait l'impression qu'un camion-bétonnière lui avait roulé sur le crâne.

— Beau travail, Lara, la félicita Luc. Nous allons prendre la relève.

— D'accord, répondit-elle.

Pourquoi y a-t-il une guérisseuse hydraienne dans ma chambre ?

— Parce que tu as reçu une balle en pleine tête, répliqua Balthazar, agacé. Tout comme Stas, mais elle n'est pas prête à se réveiller.

— Nous t'avons tiré de ton sommeil plus tôt que d'habitude parce que nous devons savoir ce qui a bien pu se passer et tu es le seul à être assez fort pour surmonter un réveil précoce, expliqua Luc. Dis-nous tout.

Il le ferait si c'était possible, mais son cerveau embrouillé refusait de s'attarder sur le moindre souvenir spécifique.

— Quelqu'un t'a tiré dessus avec une balle en verre, l'encouragea Balthazar. Pareil pour Stas.

Jayson secoua la tête.

— Où est Rubis ?

— C'est une excellente question, répondit Luc. Nous espérions que tu puisses y répondre.

Il tenta de s'asseoir à nouveau et examina l'environnement familier. Ils se trouvaient dans sa chambre à Hydria, ce qui voulait dire que Jacque les avait téléportés jusqu'ici. Sans Lizzie. Jayson massa ses tempes alors qu'il luttait pour se souvenir de ce qui s'était passé, tout en essayant de ne pas paniquer. Il était parti chercher des fruits et d'autres courses en ville et avait réfléchi à la manière d'aborder le sujet de leur retour à Hydria en tant que couple. Quand il était arrivé...

— Stark et Jonathan, dit-il alors que sa vision virait au rouge.

Le souvenir du couteau en céramique pressé contre la gorge de Lizzie, suivi de son acceptation du collier – il toucha son cou et s'aperçut qu'il était absent – puis la manière dont ils l'avaient forcée à choisir entre lui et Stas.

— C'étaient des balles incendiaires.

— Non, c'étaient des balles en verre creuses, le corrigea Luc.

Jayson secoua la tête.

— Jonathan a dit qu'il s'agissait de balles incendiaires en verre, mais peut-être que la technologie n'a pas fonctionné ?

— J'ai vu Lara retirer les éclats de ton crâne, répondit Luc. C'étaient bel et bien des balles vides, sans le moindre composé chimique pour déclencher un feu à l'impact.

— C'était donc un stratagème ?

La pointe d'incrédulité dans la voix de Jayson décrivait parfaitement son opinion sur cette théorie. Jonathan aimait ses petits jeux, mais de là à rater une occasion de descendre un Ancien ? Non. Il n'aurait jamais fait ça.

— Combien de temps après Stas êtes-vous arrivés ?

— Moins de cinq minutes après, répliqua Alik. Vos corps étaient toujours chauds quand je suis arrivé avec Jacque.

Ce qui signifiait que Jonathan et Stark ne s'étaient pas attardés pour s'assurer que leur nouvelle technologie avait

LEXI C. FOSS

fonctionné, bien qu'il soit compliqué de s'en assurer. Les
balles incendiaires mettaient le feu au sang, tuant un
immortel sur le champ, mais le cadavre ne subissait aucun
dommage externe, mis à part le point d'entrée de la balle.
L'efficacité de ces munitions était redoutable.

— Avez-vous retiré l'appareil de mon cou ? demanda
Jayson.

Alik fronça les sourcils.

— Quel appareil ?

— Si tu ne sais pas, c'est qu'ils me l'ont retiré avant
votre arrivée et sont repartis avec.

Parce que c'était un dispositif coûteux. Il comprenait
cette partie, mais le reste... Jayson se gratta la joue.

— Quelque chose cloche.

Jonathan aurait testé ses créations avant de s'en servir,
mais la balle n'avait manifestement pas fonctionné comme
prévu. Pourquoi ?

— Tu réfléchis trop, l'informa une voix raffinée depuis
l'ombre de la pièce.

Ezekiel quitta sa cape protectrice et leva les mains en
signe de reddition.

— Nous savons tous que j'ai pris un risque énorme en
venant ici, donc je vous suggère de m'écouter avant
d'essayer de me tuer.

Balthazar l'étudia.

— Depuis combien de temps es-tu ici ?

— Assez longtemps, répondit-il avec un sourire
narquois. Ça t'ennuie de ne pas pouvoir accéder à mon
esprit, mon vieil ami ? Et si on se concentrait sur la raison
de ma présence ?

— Il est immunisé, murmura Alik. C'est nouveau.

— Oui, j'imagine que ce développement vous inquiète,
railla Ezekiel. Bon, pouvons-nous en venir au but de ma

388

visite, ou préférez-vous continuer à perdre un temps précieux ?

— Parle, demanda Jayson.

— Excellent, répondit Ezekiel en s'installant sur la méridienne de Jayson, les mains derrière la tête et les jambes croisées aux chevilles. Pour en revenir à votre conversation, il s'agissait bien de balles à blanc, bien que Jonathan soit persuadé d'avoir utilisé des balles incendiaires. J'aimerais m'attribuer le mérite de ce tour de passe-passe, mais ce serait mensonger. Toutefois, ce n'est pas de ça que vous devez vous préoccuper. Je suis venu vous renseigner sur le rôle d'Elizabeth Watkins, comme vous êtes manifestement incapable de le déterminer par vous-même malgré toutes les informations que nous vous avons données.

— Nous, répéta Luc.

Ezekiel sourit.

— Oui. Mais comme je le disais, Elizabeth est la clé. Elle a été créée par Jonathan en gage d'appréciation pour le bienfaiteur de la FHC.

Il les regarda tour à tour.

— Vous êtes sérieux ? Aucun de vous ne sait de qui je parle ? Merde, ça va prendre plus longtemps que ce que je pensais.

— Continue de parler, le pressa Jayson. De préférence avant que je ne te plante une lame dans le corps.

Ezekiel siffla.

— Du calme avec les menaces et écoute-moi. Vous devez bien savoir que Jonathan n'a pas créé la FHC seul et vous avez déjà dû vous demander ce qui pousserait Osiris à laisser une organisation vouée au massacre des immortels s'enraciner en plein cœur du territoire Ichorien.

— Parce que c'est lui le bienfaiteur, expliqua Luc, dont le talent d'omniscience avait rassemblé les pièces de puzzle avant tout le monde. J'avais des soupçons concernant leur partenariat, mais je n'ai jamais compris ce qu'Osiris aurait à y gagner. D'après ce que tu suggères, Elizabeth est sa récompense.

— En partie, oui. En tout cas, c'est ce dont je suis venu discuter avec vous.

— Ce qui signifie qu'il y a autre chose, interpréta Luc.

Ezekiel se contenta de hausser les épaules.

— N'est-ce pas toujours le cas ?

Quel connard énigmatique ! Jayson avait besoin qu'Ezekiel s'explique plus vite. L'assassin eut un large sourire, comme s'il était conscient de leur impatience, et s'en délectait.

— Je suppose que vous avez procédé à quelques tests sanguins ?

— Juste assez pour en déduire son rôle, répondit-il. Le sérum dont Stark nous a si poliment fait don était un mélange d'hormones destinées à favoriser une grossesse.

— Dont il vous a poliment fait don, répéta Ezekiel, amusé. Il appréciera cette manière d'envisager son geste. Pour ce qui est d'Elizabeth, c'est un être qui ne peut être classé dans une catégorie, mais c'est principalement un Séraphin, même si elle ne possède aucun de leurs pouvoirs. Son processus de vieillissement a déjà ralenti, ce qui indique qu'elle deviendra bientôt immortelle et, oui, elle a été créée dans le seul but de se reproduire.

Le sang de Jayson se mit à bouillir dans ses veines puis se figea, avant de se réchauffer de nouveau alors que ses émotions s'affrontaient.

Pour se reproduire.

— Avec qui ?

Et il avait intérêt à répondre autre chose qu'*Osiris*, sinon Jayson ne répondrait plus de ses gestes. Sa maîtrise de lui-même était déjà fragile, il ne lui faudrait pas grand-chose pour perdre les pédales.

— Ah, le débat concernant le premier géniteur n'a été résolu que très récemment, dit Ezekiel en souriant. Quand Osiris a appris que tu étais intéressé par son bien le plus précieux, il a décidé de laisser évoluer la situation sans intervenir. Tes talents sont extraordinaires et il était curieux de voir comment le patrimoine génétique de Lizzie se mêlerait au tien. C'était aussi un moyen de tester sa compatibilité avec les Hydraiens et j'ai cru comprendre que c'était un succès.

Le cœur de Jayson cessa de battre. Et sa respiration se coupa. Il n'était tout de même pas en train de dire que...

— Je crois que les félicitations s'imposent, Jedrick. Tu vas être papa, dit Ezekiel en chassant une peluche de sa veste en cuir.

— Comment sais-tu tout ça ? demanda Luc, comme si les propos d'Ezekiel n'avaient pas anéanti Jayson.

Je vais être papa ? *Et Lizzie... Oh, bon sang... Lizzie...*

— Où est-elle ? demanda-t-il, se moquant d'interrompre la réponse d'Ezekiel à Luc.

— Comme je le disais, murmura Ezekiel, je sais tout cela parce que je suis impliqué dans ce projet depuis le début. Pas par choix, mais ce n'est pas le moment de discuter de ça. Ce qui compte en revanche, c'est que j'ai goûté son sang. Ce qui signifie, comme vous le savez, que je peux la traquer.

— C'est grâce à toi qu'ils l'ont trouvée à Bora-Bora et en Italie, médita Luc. Plutôt malin.

Ezekiel haussa les épaules.

— Comme je vous l'ai dit, ce n'est pas un projet que j'ai choisi.

— C'est pour ça que tu nous aides ? supposa Balthazar en prenant la parole pour la première fois.

— Mes raisons m'appartiennent, répliqua-t-il. Mais je suis prêt à vous donner sa position.

— Fais-le, intervint Jayson. Tout de suite.

Ezekiel lui adressa un regard désapprobateur.

— Il va vraiment falloir que tu apprennes à être patient, Jedrick. J'ai entendu dire que les enfants pouvaient se montrer pénibles.

Jayson brûlait de faire les présentations entre le mur et le visage d'Ezekiel, mais réprima son désir. Non seulement la femme à qui il tenait était en danger, mais son enfant présumé aussi. À condition qu'Ezekiel raconte la vérité. Il pouvait s'agir d'un mensonge destiné à les piéger, bien que ses commentaires concernant les balles confirment leurs hypothèses. Jayson avait remarqué l'excitation dans les yeux de Jonathan quand il avait appuyé sur la gâchette. Il pensait sincèrement que son arme le tuerait.

Et le supplément hormonal mensuel de Lizzie semblait bel et bien approprié pour des femmes cherchant à favoriser la conception. Si elle avait été créée dans le but de se reproduire avec des êtres immortels, alors il était possible qu'elle soit enceinte en ce moment même. Surtout après les heures qu'ils avaient passé ensemble au lit. Il grimaça quand sa poitrine se serra de chagrin. *Rubis*. Elle devait être terrifiée et se sentir tellement seule. Le pire, c'était qu'elle le croyait mort. Que personne ne se porterait à son secours.

Mais il avait bien l'intention de le faire. Même s'il était forcé de prendre d'assaut la FHC seul. Après tout, il serait prêt à brûler en enfer pour elle. *Elle est à moi.* Il ne laisserait personne faire de mal à son cœur. Balthazar frappa son épaule avec une main et hocha la tête, comme pour dire « *Tu peux compter sur moi* ». Il lui retourna le geste puis croisa le regard patient de Luc.

— Je veux la retrouver, dit Jayson. Osiris peut aller se faire voir.

— Ça pourrait déclencher une guerre, l'avertit Luc. Je pense d'ailleurs que c'est l'objectif d'Osiris.

— C'est l'une des nôtres, rétorqua Balthazar. Nous ne laissons tomber personne.

— Ah oui ? demanda Luc. À en juger par ce qu'a dit Ezekiel, c'est un Séraphin, et non une Hydraienne.

— Elle porte mon enfant.

Jayson leur laissa le temps de digérer cette annonce, puis ajouta :

— Et même si ce n'était pas le cas, c'est quand même à moi de la protéger.

— Il ira, avec ou sans nous, souligna Balthazar. Leur connexion dépasse l'entendement.

— Alik ? demanda Luc.

— T'as vraiment besoin de me demander si j'ai envie de tuer quelques Ichoriens ? Parce que je pense que l'on connaît tous les deux la réponse, annonça-t-il en se redressant. Est-ce que je peux commencer avec celui qui est assis sur le sofa ?

— Bon, je crois que c'est là que je file, murmura Ezekiel. Je t'enverrai l'adresse par message, Jedrick. Mais sachez qu'il s'agit de la résidence principale d'Osiris et qu'il s'est entouré de quelques-uns des Ichoriens les plus puissants au monde, dont un médium.

Il commença à se métamorphoser sous sa forme d'ombre, mais réapparut pour ajouter :

— Lucian, je suis vraiment désolé de ce qui est arrivé à Owen. Il a contribué à une noble cause en se liant d'amitié avec Astasiya et je lui en serai toujours reconnaissant. De plus, sa compagnie me manque dans cette situation.

Ezekiel inclina sa tête de manière respectueuse puis se volatilisa sans un autre mot. Tout le monde regardait la méridienne vacante, bouche bée. *Ça,* c'était inattendu. Mince, il pouvait en dire autant de toute cette rencontre. Mais Ezekiel excellait dans ce domaine, dès qu'il s'agissait d'enfreindre les règles et d'assurer ses arrières.

— Un assassin Nizare qui protège une novice ? Cette fois, j'aurais tout vu, remarqua Alik.

— Il ment peut-être.

Le regard émeraude brillait avec cette lueur si mystérieuse qui signalait l'usage de son talent.

— Toutefois, je ne vois pas de raison logique qui expliquerait pourquoi il a ajouté cette information, ni même pourquoi il nous a fourni ces autres détails. À moins qu'il s'agisse d'un piège, auquel cas il a parfaitement réussi à me convaincre que ce n'était pas le cas.

— Même si c'en était un, j'irai quand même, annonça Jayson. Je n'ai pas l'intention de la laisser aux bons soins d'Osiris.

— Tom et Stas voudront aussi y aller, ajouta Balthazar. Et cela signifie qu'Issac nous suivra avec Tristan et Mateo.

Jayson imaginait que d'autres Ichoriens seraient prêts à leur prêter main-forte, considérant que l'alliance entre Osiris et Jonathan était une entrave à l'armistice. Cela signifiait que le leader de leur Conclave autorisait explicitement la FHC à pourchasser et tuer des immortels à leur guise. Peu de leurs congénères accepteraient un tel arrangement.

— Tout ce qu'a dit Ezekiel était logique et cohérent, dit Luc dont l'intensité du regard s'atténuait. Si c'est la volonté de tous les Anciens de porter secours à Elizabeth, alors vous avez mon soutien. Je crains que cela ne déclenche une guerre, mais je pense aussi que c'est inévitable. Et c'est une bataille que je suis prêt à mener.

Le téléphone de Jayson vibra au même instant. Il le sortit de sa poche et lut l'adresse à voix haute à ses amis.

— Ça a l'air isolé, ajouta-t-il en mettant son téléphone de côté.

— Un excellent endroit où tuer sans attirer l'attention, médita Alik. Je suis de la partie.

— Nous avons besoin d'un plan solide, admit Jayson.

Il avait le sentiment qu'ils ne disposaient que d'une chance de récupérer Lizzie et que, s'ils échouaient, cela se terminerait mal.

— Je vais appeler Aidan, murmura Luc en se dirigeant vers la porte. En attendant, offrez votre soutien à Issac, s'il vous plaît. Il se montre courageux, mais nous savons tous qu'il a du mal à accepter la situation.

Issac n'était peut-être pas Hydraien, mais ils le considéraient tous comme un membre de leur famille. Ils partageaient tous son chagrin. Balthazar hocha la tête.

— On s'occupe de lui, Luc.

— Merci, chuchota-t-il. J'aimerais lui apporter mon soutien moi aussi, mais je pense qu'il aurait plus de mal à accepter la situation en ma présence.

Sur ces paroles solennelles, il quitta la pièce pour élaborer une stratégie. Jayson se sentait tiraillé entre l'idée de le suivre, de rejoindre Issac et de partir pour l'adresse qu'il avait reçue. Comme toujours, ce fut Balthazar qui le rappela à la réalité.

— Va prendre une douche. Nous discuterons après. Tu ne peux pas aider Lizzie seul, mais c'est possible si nous agissons en équipe. Et compte tenu de ce qu'Ezekiel a dit au sujet de son importance aux yeux d'Osiris, il est raisonnable de penser qu'elle est saine et sauve. Nous allons la retrouver, Jay.

Il hocha la tête, ayant foi en son plus vieil ami.

— Tu as intérêt à avoir raison.

— J'ai toujours raison, répondit-il d'un air prétentieux. Mais je suis sérieux, va prendre une douche.

Le style sanguinolent ne te va pas du tout et tu sens la charogne.

Jayson tenta de sourire à cette tentative évidente de détendre l'atmosphère, mais il échoua. Pour se sentir entier, il avait besoin de Rubis. Sans elle, il n'avait que la moitié de son âme.

J'arrive, Lizzie, jura-t-il. *Tiens bon.*

24

RESSUSCITER À LA SUITE D'UN DÉSASTRE

LE SUJET A ÉTÉ PLACÉ AVEC UNE COLOCATAIRE ÉTUDIANTE. NOM : ASTASIYA DAVENPORT. ÂGE : 18 ANS. VILLE D'ORIGINE : HAVRE, MONTANA. PAS DE CONFLIT APPARENT POUR LE MOMENT.

ENTRÉE 118.08.4-7

ENCORE UN CAUCHEMAR. Perdue dans les profondeurs de l'océan. Stas se débattit contre ses liens, mais ses membres endommagés refusaient d'obéir. Elle ressemblait à un squelette, perdu dans les bribes du temps, hurlant sans jamais être entendue. Tout lui faisait mal, mais son cœur plus que tout. Tant de pertes... Ce n'était pas censé se terminer ainsi.

— Aya...

Un parfum de bois de santal et de menthe poivrée accompagnait son surnom, mais cela n'avait pas de sens.

Aide-moi... Trouve-moi... Libère-moi...

De l'eau asphyxiait la moindre de ses pensées et lui offrait un moment de répit temporaire dans ce monde de silence. Tout ça pour se réveiller une nouvelle fois en enfer. Encore et encore. Une danse lugubre et sans fin entre la mort et la solitude. *Quand viendront-ils à mon secours* ?

— Astasiya.

La voix se fit plus pressante, l'attirant dans un nouvel endroit. Loin du fond de l'océan qui lui était si familier et dans un monde rayonnant sous la lueur du soleil. *C'est trop brillant*, songea-t-elle en protégeant ses yeux. Les derniers vestiges de son cauchemar laissèrent place à la réalité, révélant une pièce décorée de meubles en acajou et dans des nuances brunes chaleureuses qui ne lui appartenait pas plus qu'à l'homme qui lui tenait la main.

Elle déglutit, la gorge asséchée par le sommeil. Une paille glissa entre ses lèvres qu'elle suça de manière instinctive, savourant le jus de fruits fraîchement pressé. Il remplaça l'amertume qui suivait toujours ses visites dans les profondeurs de l'océan. *Issac*, songea-t-elle avec un sourire. Il en avait appris tellement à son sujet au cours de leur relation de quelques mois et savait exactement comment l'extirper d'un cauchemar d'une manière délicieuse. Elle attendit son baiser quand le verre disparut, mais en vain.

C'était étrange. Il l'embrassait toujours au réveil. Elle étira ses épaules contractées et tenta une nouvelle fois d'ouvrir les yeux. Issac était assis dans un fauteuil à côté d'elle, les coudes posés sur les genoux, le visage dénué d'expression. Un simple coup d'œil lui suffit pour comprendre qu'ils étaient seuls dans une des chambres d'amis de Balthazar. Stas lutta pour se souvenir de ce qui l'avait amenée ici. Elle avait passé les dernières semaines en compagnie d'Eliza dans l'ancienne maison d'Amelia. Les Hydraiens l'avaient nommée la « *Demeure des Novices* », car aucune des deux ne s'était encore transformée en immortelle. Stas n'avait pas apprécié cette idée au départ, mais elle admirait la force et la conviction d'Eliza. C'était une femme remarquable, surtout après tout ce qu'elle avait subi avant d'arriver à Hydria.

— Comment te sens-tu ? demanda Issac à voix basse.

— Un peu sonnée, admit-elle en roulant sur le côté avant de glisser un bras sous son oreiller.

Sa tête était légèrement douloureuse, probablement à cause de son cauchemar.

— Pourquoi n'es-tu pas au lit avec moi ?

Il portait l'un de ses innombrables costumes, sans cravate, et ses cheveux sombres étaient ébouriffés. C'était une vision qu'elle appréciait, même si elle le préférait nu.

— Aya, chuchota-t-il, sa voix se brisant alors qu'il laissait tomber sa tête dans ses mains.

Il tremblait visiblement, ce qui l'alarma.

— Que s'est-il passé ?

Elle s'assit en dépit des protestations de son corps.

— Est-ce que Lizzie va bien ?

Aux dernières nouvelles, sa meilleure amie se trouvait à Bora-Bora et profitait d'une escapade en tête-à-tête avec Jayson. Ce n'était définitivement pas le type d'homme que Stas lui aurait recommandé, mais au point où elles en étaient, la seule chose que Stas désirait pour son amie était son bonheur. Elle le méritait après tout son chagrin et cela semblait l'aider à assimiler les événements. Issac frissonna une nouvelle fois et Stas n'en pouvait plus. Elle tendit le bras, mais il s'éloigna aussitôt d'elle, comme si elle l'avait brûlé.

— Tu commences à me faire peur, admit-elle, blessée qu'il la rejette d'une telle manière. Que se passe-t-il ?

Il secoua la tête.

—J'essaye.

Sa voix brisée lui décocha une flèche en plein cœur et

suscita une douleur lancinante dans sa poitrine qui la brûlait.

— Qu'est-ce qui ne va pas ? chuchota-t-elle.

Il passa ses doigts dans ses cheveux et tira dessus.

— Merde, j'essaye, Aya. Tu...

Ses pommettes se creusèrent avec ces mots et il continua ses tentatives pour former une réponse. C'était un aspect de sa personnalité qu'elle n'avait jamais vu jusqu'ici et ça la terrifiait.

— Qu'est-ce que tu essayes de faire ? demanda-t-elle, les yeux emplis de larmes. Que se passe-t-il ?

Elle saisit son poignet et le serra quand il grimaça.

— Dis-moi ce qu'il s'est passé, Issac. Tout de suite.

L'ordre lui échappa, mais elle ne put le révoquer, même pas quand les yeux humides d'Issac croisèrent son regard.

— Tu es morte, Aya.

Quatre mots, prononcés si doucement qu'elle faillit les rater. Ou peut-être était-ce dû à la soufflerie qui s'était soudainement déclenchée dans son esprit et qui avait déformé ses propos.

— Quoi ?

Elle avait dû mal entendre.

— Tu t'es rendue à Bora-Bora toute seule, sans renforts, et tu as reçu une balle en pleine tête.

Stas cligna des yeux alors que ce souvenir refaisait surface. Elle était tellement absorbée par son cauchemar qu'elle n'avait même pas capté la réalité du moment.

— John, souffla-t-elle. Où est... ?

Sa voix s'éteignit.

Oh, putain. Non. C'est pas possible. Ça ne peut pas...

— Je...

Elle lâcha son poignet pour tâter son front, mais ne détecta rien d'autre que sa peau lisse. Son cœur fit un bond et sa respiration se coupa. *Je suis morte.* Son esprit se fractura sous l'assaut de ces trois mots létaux.

Je... C'est...

Elle ne voulait pas y croire, aurait tout donné pour obtenir un autre résultat, mais l'agonie visible dans les yeux bleus d'Issac lui confirma la vérité.

— Je suis une Hydraienne.

Ses doigts devinrent engourdis.

— Je...

Elle ne parvint pas à se répéter. Cela rendrait la chose réelle. Bien trop réelle. Tout comme les larmes qui coulaient sur les joues d'Issac. Et les siennes.

— Non, chuchota-t-elle en secouant la tête encore et encore, comme si cela lui permettrait de revenir en arrière et de tout changer.

Elle n'était pas prête. *Ils* n'étaient pas prêts. Sa vision se troubla quand la détresse déchira son abdomen et lui arracha un cri.

— NON !

Ce n'était pas juste ! Elle ne voulait pas de ce futur. Elle le voulait, *lui*. L'homme qu'elle ne pouvait plus avoir. L'homme qui représentait tout pour elle. Son cœur... Et le désespoir qui émanait de lui... Ils avaient besoin de plus de temps.

— Je ne peux pas te toucher, murmura-t-elle. Mais j'ai besoin de...

Oh, mon Dieu, comment survivrait-elle sans le toucher ? Sans l'embrasser ? Sans son amour ? Tous ces moments tendres et ces nuits. Tous ces mots qu'ils n'avaient jamais dits. Ces regards qui indiquaient qu'il souhaitait la dévorer de la plus agréable des manières. Sa tendresse le matin. Tout cela était en jeu et se brisa en mille morceaux derrière ses paupières. Les consignant à jamais au passé.

C'était trop tôt...

— Issac.

Son âme dépérit quand elle chercha la connexion dont elle avait besoin, mais à laquelle elle n'avait plus accès. Elle ne pouvait plus se tourner vers lui. Dieu seul savait qu'elle en avait pourtant tellement envie.

— Je suis vraiment désolée.

Les mots parurent étranges à ses propres oreilles. Cette voix brisée était-elle vraiment la sienne ? Issac secoua simplement la tête, car que pouvait-il bien répondre ? Il n'y avait plus rien à faire. Elle avait scellé son destin quand elle était partie sauver son amie sans réfléchir. Et elle avait *tout* perdu au passage. Sa décision avait brisé leur lien. Stas éclata en sanglots voués à l'anéantir, son corps pris de spasmes incontrôlables.

Ce n'est pas possible. Pitié... Je n'arrive plus à respirer.

Issac déposa un baiser sur son front de manière terriblement prudente, manifestement effrayé à l'idée de la toucher, et pourtant, son baiser en disait long. Il exprimait son chagrin, sa douleur, sa *peine*. Même maintenant, il souhaitait la réconforter, quand ils étaient tous les deux parfaitement conscients qu'il ne le pouvait plus, et qu'elle brûlait de le laisser faire.

C'est de ma faute. Je nous ai détruits.

— Oh mon Dieu, Issac...

Les mots brûlèrent sa gorge et enflammèrent l'atmosphère, les séparant à jamais. Parce qu'il ne serait plus jamais à elle, pas comme elle le souhaitait. Son cœur ne s'en remettrait jamais. Et son âme... Elle était morte à l'instant où John avait appuyé sur cette gâchette.

— Aya, souffla Issac, sa tourmente inscrite dans ce simple mot.

Il prit finalement sa main et la serra, la tête baissée alors que les larmes continuaient de couler silencieusement de ses yeux. Stas ne put retenir le gémissement qui lui échappa. C'était comme si son monde s'était écroulé avant d'avoir pu être bâti. Une éternité de souffrance l'attendait désormais. Seule.

Elle se roula en boule, la main toujours glissée dans celle d'Issac, et se repassa chaque souvenir qu'elle avait de lui derrière ses paupières. Chaque caresse. Chaque baiser. Chaque mot. Elle rêverait de lui toutes les nuits, penserait à lui chaque jour et il lui manquerait à chaque instant. Même quand il se tiendrait à ses côtés, il lui manquerait. Pour elle, il n'y aurait jamais personne d'autre qu'Issac. Pour toujours et à jamais. Un serment silencieux.

— Je t'aime, chuchota-t-elle.

Elle ne l'avait jamais dit à voix haute et cela n'avait plus d'importance, mais il fallait qu'il le sache...

— Il n'y a jamais eu que toi, Issac.

— Je sais, mon amour, répondit-il à voix basse. Je sais.

25

LE CERCLE DE FEU

LES SOUVENIRS DU BÉGUIN DU SUJET POUR THOMAS FITZGERALD ONT ÉTÉ IMPLANTÉS AUJOURD'HUI. LE PSYCHOLOGUE DE L'ÉQUIPE ESTIME QUE CELA SUFFIRA À ENRAYER DE POSSIBLES RELATIONS AVEC DES PARTENAIRES INADÉQUATS.

ENTRÉE 1118.05.4-7

— STAS EST RÉVEILLÉE, mais ne nous sera pas d'une grande aide dans cet état, dit Balthazar en pénétrant dans la salle des opérations improvisée. Issac n'est pas non plus dans le bon état d'esprit pour nous assister.

Aidan hocha la tête.

— Ce n'est pas plus mal. Stratégiquement parlant, je vous conseille de garder l'existence de Stas secrète aussi longtemps que possible. Dès qu'Osiris entendra parler d'elle, il se lancera à sa poursuite.

— On ne peut pas nier que son talent de coercition serait utile dans cette situation, mais je suis d'accord avec toi, annonça Luc en installant un schéma sur la table.

C'est pour ça que nous avons établi un plan qui ne les inclut pas.

Le duo père-fils omniscient avait établi une douzaine de plans d'attaque avant de choisir celui-ci, sous les yeux des autres personnes présentes dans la pièce. Ils parlaient trop vite pour que quiconque ne suive leur raisonnement, mais Jayson avait compris l'idée générale.

— Comment allons-nous contrer les boucliers magiques ? demanda-t-il en croisant les bras.

Luc et Aidan discutaient de ça juste avant l'arrivée de Balthazar.

— Nous allons nous en occuper, répondit Luc en montrant Aidan et lui-même. À nous deux, nous devrions être capables de dessiner des runes antiques qui neutraliseront les boucliers assez longtemps pour qu'on lance une attaque.

— Oui, je soupçonne que leur but n'est pas tant de stopper l'invasion d'une armée, mais plutôt de laisser assez de temps à Osiris pour filer, murmura Aidan, dont les yeux verts étaient identiques à ceux de Luc. Avec de la chance, cette évasion n'impliquera pas Elizabeth, ou cet affrontement tournera en course-poursuite.

— C'est là où j'interviens, dit Ash alors qu'elle nouait ses cheveux blond clair en queue de cheval. Avec un cercle de feu.

— Exactement, acquiesça Luc. Mais nous devrons nous tenir en retrait, juste au cas où. Surtout quand Jeremy commencera à manipuler la terre.

Jayson hocha la tête.

— Et si on voit Lizzie...

— J'irai l'attraper, annonça Jacque depuis sa position dans le coin de la pièce.

Trois boîtes à pizza vides étaient posées à côté de lui et il tenait une boisson protéinée à la main. Se téléporter brûlait des calories à un rythme fou et ils avaient besoin qu'il soit au top de sa forme.

— Bien. Des questions ?

Aidan jeta un coup d'œil autour de la pièce. Quelques-uns des immortels les plus puissants d'Hydria s'étaient portés volontaires pour les aider même s'ils ne connaissaient pas Lizzie. Leur soutien et amitié indéfectible leur permettraient de remporter la victoire dans la guerre contre les Ichoriens. Luc régnait sur leur race avec amour et affection, au contraire d'Osiris, qui avait choisi la peur.

— Est-ce que vous pensez que mon père fera une apparition ?

Les bras de Tom étaient croisés sur le dossier de la chaise qu'il avait retournée plus tôt pour la chevaucher. Il n'était pas beaucoup intervenu, mais avait écouté le débat entre Luc et Aidan avec attention. L'expérience de Tom en tant que sniper et ses connaissances militaires générales leur seraient d'une grande utilité. Sans parler de la précision parfaite de ses tirs. Et il semblait doté d'une capacité remarquable à se détacher de ses émotions, car il ne laissait rien paraître alors qu'il devait être furieux au sujet des actions de son père.

— Probablement pas, répliqua Aidan. Il a rempli sa part du contrat en ramenant Elizabeth à Osiris et il est persuadé qu'il vient de tuer Stas et Jayson. La décision la plus intelligente pour lui est de protéger le siège de son organisation, comme il doit craindre les représailles d'Issac pour le meurtre de Stas et celles des Anciens pour l'assassinat de leur frère.

— Pourquoi ne pas l'avoir capturé vivant ? demanda Tom, dont la question décontenança tout le monde. Pardon, je parlais de Jayson. J'essaye de comprendre pourquoi mon père a choisi de le tuer. C'est un Hydraien puissant, tout comme Amelia. Je ne prétends pas cautionner l'idée, mais pourquoi ne pas avoir ramené Jayson au siège pour des examens ?

— Parce que je suis trop puissant pour qu'il me retienne.

Ce n'était pas une exagération, mais simplement un fait.

— Il aurait pu essayer de le faire avec cet appareil, mais j'aurais éventuellement trouvé le moyen de contourner cet obstacle et ça aurait très mal terminé pour lui.

— Ou bien c'est une question d'égo, suggéra Aidan en haussant les épaules. Jonathan n'a pas les idées claires lorsqu'il s'agit de ma progéniture et des Anciens. Il a soif de pouvoir et envie le leur, mais il continue d'essayer de les amadouer.

— Si c'était bien une question d'égo, il aurait revendiqué la mort d'Eli, intervint Balthazar. Au lieu de ça, il a tenté de faire accuser quelqu'un d'autre.

— Pour cacher Amelia, ajouta Luc. Mais nous ne savons pas s'il prévoit de faire une annonce plus tard, ou s'il s'est déjà vanté de ses victimes auprès d'Osiris. J'ai moi aussi tendance à penser que son égo était en jeu, car il a toujours été très susceptible concernant son très faible talent.

Tom renifla.

— Le classique syndrome de la Petite Bite, bien que je n'ai pas hérité de ce problème.

Balthazar sourit.

— Nous en avons été témoins à maintes reprises, Fitzgerald.

Jayson s'éclaircit la gorge.

— Est-ce qu'on est prêts ? Parce que je refuse de rester là à rien faire plus longtemps. J'ai besoin de voir Lizzie, et vite.

C'était un euphémisme. Cette séance de planification de plusieurs heures avait failli l'achever. Tout ce à quoi il pouvait penser, c'était de prendre Rubis dans ses bras et de lui dire ce qu'il ressentait pour elle. Il n'en avait jamais eu l'occasion et il craignait désormais que ce soit trop tard. Balthazar donna un petit coup d'épaule dans celle de Jayson.

— Nous allons la récupérer, Jay. Je te le promets. Quoiqu'il nous en coûte.

— Comment peux-tu être aussi confiant ?

C'était pénible à demander, mais il souhaitait vraiment comprendre.

— Parce qu'en trois-mille ans, je ne t'ai jamais vu apprécier une femme comme c'est le cas avec Lizzie. Et je suis déterminé à tout faire pour que tu la retrouves.

Ses paroles solennelles furent suivies de l'un de ses sourires coutumiers. Balthazar était incapable de rester sérieux très longtemps.

— Et puis, j'ai aussi envie de te voir jouer au papa pendant quelques années. Ça devrait être sacrément amusant. J'espère que c'est une fille.

Jayson sourit en dépit des circonstances quand la vision d'une jolie petite fille rousse traversa son esprit.

— Ce sera le portrait craché de Lizzie.

— Sûrement, acquiesça Balthazar en lui assenant une claque dans le dos. Allez, n'oublie pas cette vision. Les émotions peuvent être un moteur de motivation très puissant, Jay. N'essaye pas d'ignorer les tiennes.

LIZZIE EMPOIGNA les draps du lit alors que Valérie l'examinait comme un rat de laboratoire. Elle avait prélevé du sang, endossé le rôle de gynécologue et procédait actuellement à une ponction lombaire.

— Ne bouge pas, l'avertit-elle quand l'aiguille s'enfonça dans son dos.

Ouille, ouille, ouille…

Sa vision se troubla à cause des larmes qu'elle retenait, mais elle avait accepté de coopérer en échange de plus d'informations. Après la leçon sur sa famille et l'annonce que Lizzie se trouvait ici pour donner un *nouveau fils* à Osiris, ce qui la faisait toujours flipper, Valérie lui avait détaillé son patrimoine génétique. Tous les documents indiquaient qu'elle était un Séraphin de pure souche, mais sans pouvoirs. Elle ne guérissait manifestement pas aussi rapidement que les autres, mais le dossier contenait la preuve de son immortalité.

Parce qu'elle avait été tuée à de multiples reprises et de diverses manières. Et elle avait survécu à tout. Pourtant, elle ne possédait aucun souvenir de tout ceci. Lizzie n'arrivait pas à déterminer si c'était une chance ou une malédiction. Peut-être qu'Osiris effacerait sa mémoire du moment où elle avait découvert son dessein à son encontre. Et qu'est-ce que ça signifiait pour l'enfant qui grandissait en ce moment même dans son ventre ? Lui retirerait-il son bébé ? Elle ne supporterait pas de perdre cette connexion finale avec Jayson. Les émotions qu'elle réprimait lui piquèrent les yeux. Un maelstrom de désolation tourbillonnait en elle, prêt à se déchaîner, mais elle le ravala. Osiris ne gagnerait pas. Il ne pouvait pas.

Je refuse de porter son enfant.

Elle mourrait d'abord. Ou du moins, essayerait-elle.

— C'est fini, annonça Valérie en reculant. Tu peux te rhabiller.

Lizzie ravala sa réponse. « *Merci* » avait été sur le bout de sa langue, mais paraissait inapproprié au vu de leur situation. Sa mère de substitution ne serait pas d'accord, mais Lizzie s'en fichait désormais. Surtout après ce qu'elle avait appris au cours des dernières semaines.

Elle enfila le pantalon de pyjama blanc et le haut assorti, rassembla ses cheveux, puis les laissa tomber contre son dos. Valérie déposa tout son matériel médical sur un bureau calé contre le mur. Une bibliothèque vide était installée à côté ainsi qu'une autre de ces chaises en bois.

La pièce aux proportions démesurées était aussi équipée d'une salle de bain en marbre avec une large douche à l'italienne, deux lavabos et des toilettes. Pour une cellule de prison, ce n'était pas si mal. Quoique quelques œuvres d'art, des livres, une télévision ou quoi que ce soit de divertissant ne seraient pas de trop pour qu'elle s'occupe l'esprit. Au lieu de ça, elle était entourée de murs blancs, de vitres et de quelques pièces de mobilier.

Le lit offrait le seul siège confortable. Lizzie s'assit près de la tête et replia ses genoux contre sa poitrine alors qu'elle observait Valérie étiqueter et ranger tous ses échantillons. Lizzie frissonna, se sentant bafouée et vulnérable. *Il faut que je quitte cet endroit.* Mais elle ne savait pas comment, ni même où elle irait – elle ne savait même pas *où* était cet endroit, bon sang.

Est-ce que quelqu'un viendrait à son secours ? Peut-être. Peut-être pas. Elle ne s'était pas montrée particulièrement agréable envers les Hydraiens, ou Issac, ou Tom. Pourquoi lui viendraient-ils en aide après la manière dont elle s'était comportée ? Sans compter le fait qu'elle était responsable de la mort de Stas et Jayson. Elle laissa tomber son menton sur ses genoux. Même si elle parvenait à s'échapper, cela en vaudrait-il la peine ? Elle resterait à jamais prisonnière de ses émotions.

Il reste une partie de lui en moi.

Elle caressa son ventre et ferma les yeux. Serait-ce une

fille ou un garçon ? Le bébé aurait-il les yeux chocolat de Jayson ? Ses cheveux sombres et luxuriants ? Ses fossettes ? Lizzie sourit face à cette vision adorable d'un petit garçon occupé à courir partout et à faire des bêtises. Elle l'appellerait Jedrick, en hommage à son père.

Elle esquissa un cœur avec ses doigts, une ode à la vie qui existait grâce à leur amour. Parce qu'elle était certaine d'aimer Jayson, tout comme elle aimerait leur enfant. Le temps ne signifiait rien face à ses sentiments. Son âme agonisait en l'absence de sa moitié. C'était forcément de l'amour. Et si ce n'était pas ça, alors toutes ses émotions formaient un amalgame qui n'avait pas de nom. *Je vais prendre soin de toi*, promit-elle en caressant son estomac. Elle ferait tout pour s'enfuir, ne serait-ce que pour préserver la vie qu'elle abritait.

— Tu es prête à en apprendre plus ? demanda Valérie à voix basse.

— Oui, répondit Lizzie sans ouvrir les yeux. S'il te plaît.

Le docteur tourna les pages du dossier, à la recherche d'un endroit où commencer, mais une explosion dehors fit trembler les fenêtres et la réduisit au silence avant même qu'elle ait commencé.

— C'était quoi ça ? demanda Lizzie en se redressant.

Une autre explosion fit trembler les fondations du manoir et les encouragea à regarder par la fenêtre. Le jardin était envahi par le feu et la fumée. Valérie referma son dossier et le rangea dans son sac avant de traverser la pièce pour s'approcher des fenêtres et jeter un coup d'œil dehors.

— Quelqu'un essaye de neutraliser le bouclier.

— Le bouclier ? répéta Lizzie en rejoignant Valérie près de la fenêtre.

— Une création des Séraphins, tout comme les runes.

Je ne sais pas grand-chose au sujet de la magie, mais il y en a plusieurs qui protègent l'enceinte de la FHC, et le manoir d'Osiris aussi manifestement.

— À quoi servent-ils ?

— Ils servent principalement à empêcher toute entrée.

Une nouvelle explosion heurta ce qui ressemblait à un champ de force à la lisière du terrain de la propriété.

— Et à dépouiller les immortels de leurs dons. Celles-ci ressemblent à des runes protectrices et semblent fonctionner.

Des flammes ondulaient dans l'air, au-dessus d'une ligne brisée.

— En es-tu certaine ?

Parce qu'ils avaient bel et bien l'air d'avoir percé la surface de cette bulle.

— Nous devrions nous mettre à l'abri, répliqua Valérie alors qu'un cri perçant retentit soudain.

Lizzie couvrit ses oreilles pour les protéger de ce qui ressemblait au cri d'un corbeau et hurla :

— C'est quoi ça, bon sang ?!

Le docteur secoua la tête, le visage blême. Un éclair les aveugla et Valérie plaqua Lizzie au sol juste avant que les vitres implosent.

— Merde ! cria Lizzie quand des douzaines d'éclats mordirent la peau exposée de ses bras.

Ce fut le médecin qui encaissa l'essentiel des débris, ayant couvert Lizzie avec son corps quand elles étaient tombées. *Aïe.* Valérie ne bougeait pas et ne répondait pas non plus, ce qui allait très bien à Lizzie. Cette implosion avait déchiré ses tympans et un sifflement ne cessait de retentir dans ses oreilles. De la fumée flottait au-dessus d'elle et la fit tousser. Elle tenta de se dégager de sa position sous Valérie, mais cette dernière était un véritable poids mort.

— Bouge, la pressa Lizzie en tentant une nouvelle fois de la déplacer.

Il lui fallut un certain temps pour pousser le médecin, mais elle finit par la faire rouler sur le côté et s'assit pour recracher le mauvais air qui avait envahi ses poumons. Sauf que la fumée continuait d'envahir sa chambre.

— Il faut qu'on sorte d'ici, dit Lizzie en donnant une petite secousse à sa compagne.

Cette dernière ne réagit pas.

— Allez, Val...

La voix de Lizzie s'estompa quand elle remarqua le sang qui tachait la blouse de laboratoire du médecin. Elle se pencha par-dessus la jeune femme et laissa échapper un petit cri quand elle remarqua le bout de verre enfoncé dans son dos.

— Oh mon Dieu.

Elle croisa finalement le regard vide d'une femme bel et bien décédée et se précipita en arrière en criant.

— Merde !

Valérie lui avait sauvé la vie en la couvrant pendant leur chute. S'agissait-il d'un accident ou était-ce délibéré ? Elle ne le saurait jamais. Et quand une autre vibration fit trembler le sol sous ses mains, elle réalisa que ce n'était pas le moment d'y songer. Elle se précipita vers la porte et tenta de l'ouvrir, mais elle ne bougea pas d'un pouce.

— À l'aide ! hurla Lizzie en martelant la porte avec frénésie.

Elle n'entendait toujours rien d'autre que ce fichu sifflement, donc si on lui répondait, elle n'en saurait rien. Mais la porte resta close. Le petit espace au-dessus de la poignée semblait approprié pour une clé. Valérie en possédait-elle une ? Lizzie fut prise d'un haut-le-cœur en observant la dépouille du médecin. Elle n'en avait probablement pas sur elle et Lizzie ne se sentait pas de vérifier. Mais elle pouvait fouiller dans le sac à côté de la table.

Lizzie s'en approcha rapidement et examina toutes les poches, s'arrêtant un instant quand elle trouva le dossier étiqueté *Atout 4-7*. Elle n'avait pas le temps de l'examiner maintenant, mais elle pourrait peut-être le faire plus tard. Transporter les papiers serait un problème, surtout si elle avait besoin de se servir de ses mains. *Hmm...*

Lizzie souleva son haut et glissa une partie du dossier sous la ceinture de son pantalon tout en pressant la majorité des papiers contre son ventre. Ce n'était pas la tenue la plus élégante, mais c'était fonctionnel. Elle sécurisa la position du dossier en serrant les liens de son pantalon autant que possible, puis réajusta son haut par-dessus le reste du dossier avant de reprendre sa fouille du sac.

Pas de clé. Elle ne fut pas surprise, car Valérie semblait tout aussi prisonnière d'Osiris que Lizzie. Elle recommença à marteler la porte, les poings meurtris par ses efforts, alors que la fumée continuait d'envahir la pièce. Ce serait pire si la pièce était en feu, mais mince, c'était quand même pénible de respirer ça. Et ça ne pouvait pas être bon pour son bébé.

Le verrou cliqua puis quelqu'un ouvrit la porte. Elle fit un bond en arrière et croisa les yeux verts du serviteur silencieux. Sethios. Il lui fit signe de le suivre et, faute d'une meilleure option, Lizzie s'exécuta. Ses jambes engloutirent la distance du couloir à toute vitesse et Lizzie suivit sa cadence. Le sol vibrait sous ses pieds alors que des pouvoirs qui dépassaient sa compréhension détruisaient la résidence. Des marches noires apparurent au bout du couloir et il l'encouragea à les descendre. Elle attendit qu'il prenne les devants, mais il secoua la tête.

— Quelle direction est-ce que je dois prendre une fois en bas ? demanda-t-elle.

Il fit mine d'ouvrir une porte et agita ses doigts d'une manière qui décrivait une course.

— Dehors ? demanda-t-elle.

Il répondit par un simple hochement de tête. Comme elle ne se précipitait pas immédiatement pour partir, il la poussa en avant, une expression impérieuse sur le visage. Puis ses lèvres se déchirèrent sur le barbelé quand il ouvrit la bouche, et Lizzie grimaça quand un flot de sang envahit sa bouche.

— Vas-y, grinça-t-il.

Ses yeux étaient tournés vers le couloir qu'ils venaient de traverser, comme s'il se préparait pour un combat.

— Sethios !

La voix d'Osiris ricocha contre les murs et provoqua un frisson le long de sa colonne vertébrale. Son complice fit craquer son cou et sourit avec impatience. En tout cas, Lizzie pensait qu'il s'agissait d'un sourire. C'était difficile à distinguer à travers le spectacle macabre de sa bouche.

— File dans les escaliers, ma petite, lui intima-t-il d'une voix rauque. *Maintenant !*

Les jambes de Lizzie se mirent en mouvement avant même que son cerveau ne s'en rende compte. Elle ne s'arrêta pas pour en analyser la raison, elle se précipita simplement dans les escaliers comme il le lui avait ordonné et passa la porte en bas des marches. Les papiers remuaient contre son ventre, mais restaient en position grâce à sa ceinture. Bien qu'ils ne lui soient d'aucune aide dans cette situation fâcheuse.

Le feu faisait rage de l'autre côté du jardin, à environ vingt mètres d'elle, et formait un mur impénétrable. Elle se précipita vers la droite, mais découvrit que le même champ de force brûlant encerclait l'ensemble de la propriété. Sa peau roussit sous l'effet de la chaleur et elle revint sur ses pas, vers l'avant de la propriété. Son pantalon collait à ses jambes, son débardeur à son dos et le dossier à son estomac.

Elle secoua la tête en voyant ce qui l'attendait, sa vision troublée par les larmes. C'était sans espoir. Même si elle parvenait à se frayer un chemin à travers les flammes, elle mourrait probablement, suffoquée. *Je ne peux pas abandonner.* Elle ne savait pas qui se cachait derrière cette attaque, mais ils lui avaient offert la seule occasion qu'elle aurait probablement de s'enfuir. Et peut-être qu'avec de la chance, les assaillants étaient dans son camp. Parce que quiconque détestait Osiris ne pouvait pas être aussi terrible que ça, selon elle. Elle s'élança à toute vitesse vers l'autre côté de la résidence, priant pour trouver un passage.

Ses jambes la brûlaient, mais elle continua sa course malgré la douleur et ignora les entailles sur ses pieds nus. Le domaine était long et vaste, mais elle parvint à atteindre l'autre côté et heurta de plein fouet un mur de brique masculin. Il était apparu de nulle part et la stoppa dans son élan quand le visage de Lizzie rencontra son torse. Des mains saisirent sa taille et sa vision se brouilla.

Je vais être malade.

Ses cheveux furent soudainement brassés par le vent et elle tituba avant de tomber sur le sable. La lune éclatante était suspendue dans un ciel étoilé alors que des vagues venaient s'écraser sur le rivage derrière elle. Elle fit volte-face et découvrit qu'elle était seule. Plus d'incendie. Plus de manoir.

— Où suis-je ? chuchota-t-elle dans l'obscurité.

Personne ne répondit.

— JE L'AI EUE, annonça Jacque quand il réapparut au côté de Jayson.

— Comment diable a-t-elle réussi à sortir ? demanda-t-il.

Il avait eu du mal à en croire ses yeux quand il avait repéré les vagues de cheveux roux voler dans l'air à l'extérieur du manoir. Jacque lui adressa un regard entendu.

— Tu veux que j'y retourne pour lui poser la question ?

— Quelqu'un a certainement dû l'aider de l'intérieur, répondit Ash, la sueur perlant sur son front après tous ses efforts pour manipuler les flammes. On fait quoi maintenant, chef ?

— Détruisez cet endroit, répondit-il, furieux.

— Vous l'avez entendu, dit Ash dans son oreillette.

Ils avaient mis bien trop longtemps à traverser tous ces foutus boucliers, même avec toutes les connaissances d'Aidan et de Luc à leur disposition. Ils s'étaient dépêchés de les trouver et de tracer des runes par-dessus, usant de leur sens logique affûté pendant des millénaires pour résoudre les énigmes. La présence de quelques pièges les avait obligés à lancer leur attaque plus tôt que prévu, ce qui avait gaspillé énormément d'énergie, mais une fois que les sortilèges de protection étaient tombés, ils avaient pu lancer un solide assaut.

Et bizarrement, Osiris ne les avait pas contrés. Leur inquiétude concernant la voyante et les nombreux dons substantiels des immortels présents sur les lieux indiqués par Ezekiel était mal placée. Grace s'avança à côté de lui, son attention rivée sur la maison. Elle la démantela avec son esprit, d'abord le toit qu'elle fit valser dans les flammes d'Ash, puis les murs.

Jeremy s'agenouilla et posa les mains au sol, créant un tremblement de terre ciblé. Son affinité pour les pierres en tout genre était utile dans ce genre de situation, tout comme la capacité de Jayson à manipuler le métal. Il s'en servit à cet instant pour déformer les poutres de support en acier, pas du tout concerné par les gens qui finiraient écrasés par cette destruction. Osiris s'était enfui avec ses sbires depuis bien longtemps. Autrement, ils seraient sortis les affronter.

— Pourquoi s'est-il enfui ? demanda-t-il, sa question étant destinée à Luc.

Personne d'autre n'oserait spéculer.

— Notre source a mentionné une voyante, répondit-il. J'imagine qu'elle lui a fourni une cote de réussite qui n'était pas en sa faveur et que c'est pour cette raison qu'il a fui.

— Pourquoi ne pas emmener Lizzie ?

— Peut-être qu'il avait prévu de le faire, mais que quelqu'un l'en a empêché. Nous aurons besoin d'elle pour en juger.

Ce n'était pas faux. Jayson détruisit ce qui subsistait de la structure en métal tandis qu'Ash, Jeremy et Grace s'occupaient du reste. Une véritable armée d'Hydraiens qui avaient spontanément offert leur aide dans cette mission encerclait désormais le domaine et Jayson les observa avec fierté. Les ruines de l'ancienne résidence somptueuse brillèrent quand Ash affaiblit ses flammes jusqu'à ce que seuls quelques tisons demeurent.

— C'est un beau gaspillage de détruire une telle maison, remarqua Ash en essuyant son front.

— Tu as fait du bon boulot, répondit Jayson.

— Évidemment.

Elle lui adressa un large sourire et balança ses cheveux blond platine par-dessus son épaule.

— On y va ?

— On y va, acquiesça-t-il.

— Tout de suite, répondit Jacque qui prit un groupe de quatre Hydraiens, dont Ash, dans une étreinte et disparut.

— Il va se faire toute la nourriture d'Hydria une fois qu'il aura terminé, annonça Jeremy en se redressant.

C'était l'un des membres de la garde rapprochée de Jayson, tout comme Grace, ce qui expliquait leur position de part et d'autre de Jayson. La menace présumée avait peut-être filé, mais personne n'était jamais trop prudent.

— Vous réalisez que je sais me défendre, railla-t-il.

— Dit l'imbécile qui s'est fait tirer dessus à Bora-Bora après avoir refusé de laisser ses Gardiens faire leur job, répondit Grace de manière sarcastique. Je compte rester ici jusqu'à ce que Jacque t'escorte sain et sauf à Hydria, *monsieur*.

Jayson secoua la tête, stupéfait. Il ne parviendrait pas à la faire changer d'avis, bien qu'il n'ait pas l'intention d'essayer. Jacque apparut de l'autre côté de la propriété, attrapa les Hydraiens qui se dirigeaient vers le camp principal et disparut. Jayson grimaça quand un frisson d'intuition courut le long de son échine. Deux de ces immortels étaient les Gardiens de B, mais les Anciens n'étaient nulle part en vue.

Ça ne respecte pas le protocole.

— Luc, où en es-tu ? demanda Jayson, l'estomac noué par un pressentiment.

Quelque chose cloche. Le silence résonna sur la ligne. Grace adopta une position défensive, son regard d'ébène parcourant le terrain alors que Jeremy s'agenouillait de nouveau pour toucher le sol. *Des gardiens ayant détecté un danger pour leur protégé.* Jayson s'éclaircit la gorge et fit une nouvelle tentative.

— Luc ?

— Je suis désolé, mais Lucian est indisposé en ce moment, l'informa une voix glaciale.

Une voix qui cloua tout le monde sur place.

— Osiris.

— Jedrick, ou bien est-ce Jayson ces jours-ci ? C'est tellement compliqué de suivre les changements d'identité de tout le monde. As-tu entendu qu'Ezekiel se faisait connaître sous le nom de Kiel désormais ? Un prénom tellement indigne.

Il soupira de manière dramatique.

— Bref, je crois bien que tu me dois une nouvelle maison. C'est plutôt malpoli de se pointer à l'improviste, mais détruire ma propriété ?

Il siffla.

— Tout ça à cause d'une femme. Ça me rappelle Troie.

— C'est un mythe.

— Tu en es sûr ? demanda Osiris. Hélas, nous devrions en discuter un peu plus. En personne. En supposant que tu souhaites que ton *roi* revienne sain et sauf.

Grace et Jeremy secouèrent leurs têtes pour rejeter cette idée immédiatement, alors que Jayson passait une main sur son visage. Luc lui dirait de laisser tomber, mais ils savaient tous les deux à quel point Jayson détestait suivre les règles. La preuve : Lizzie Watkins.

— Où ? demanda Jayson.

— Finis de renvoyer tes Gardiens à la maison et nous en reparlerons à ce moment-là.

— Non, annonça immédiatement Grace.

— Respecte tes aînés, ma petite, chuchota Osiris. Ils pourraient te sauver la vie.

— Va te faire foutre, répliqua Grace.

— Quelles manières, gamine, la réprimanda Osiris. Fais-le crier, Alik.

Un cri d'agonie filtra à travers leurs oreillettes et les genoux de Jayson flanchèrent quand il reconnut cette voix familière. Cela lui rappela cette fois où Luc avait failli mourir au cours de la dernière guerre des immortels.

— Ça, c'est de l'obéissance, chuchota Osiris. Quel gentil petit Ancien.

Jayson l'imagina caresser la tête d'Alik comme un chien alors qu'il se servait de son talent coercitif. Jacque apparut, souriant fièrement.

— Dix-huit de téléportés et...

Ses yeux argentés s'écarquillèrent.

— Que...

D'autres grognements filtrèrent à travers l'oreillette et déchirèrent le cœur de Jayson. Car ce dernier venait de Balthazar. Osiris avait dû prendre Alik par surprise quand personne ne faisait attention et s'en était servi pour attaquer les deux autres. Merde. Jayson savait bien que tout avait été trop facile.

— Recommence, l'encouragea Osiris avant que les cris ne recommencent de plus belle.

— Arrête, supplia Jayson. Je répondrai à tes demandes.

— Non, j'aime les voir se tortiller. Ça fait des siècles et pourtant, je suis encore impressionné par le fait que vous ayez réussi à me cacher le talent fantastique d'Alik pendant toutes ces années. C'est fascinant.

Jacque haussa les sourcils.

— Où ? articula-t-il, mais Jayson secoua simplement la tête en réponse.

Parce qu'ils ne savaient pas. Ces oreillettes étaient conçues pour fonctionner dans un rayon de six kilomètres et, connaissant Osiris, il avait des renforts qui l'avaient aidé à changer de position.

— Emmène Grace et Jeremy à Hydria, dit-il.

Jacque secoua la tête, sa loyauté prenant le dessus.

— Aidan, articula Jayson.

Le stratège était toujours sur l'île et pourrait les

conseiller concernant la meilleure manière de procéder. Pour l'instant, Jayson n'avait pas d'autre choix que de répondre aux demandes d'Osiris.

— Et prends soin de Lizzie pour moi, ajouta-t-il, son « *au cas où je ne m'en sors pas vivant* » tacite plombant l'atmosphère.

Le téléporteur hocha lentement la tête.

— OK, Jay.

Il attrapa Grace et Jeremy avant qu'ils puissent lutter et disparut. Il ne restait plus que Jayson et Tom, qui était silencieux. Il avait pris position dans les collines, son fusil de sniper en position même s'il n'avait pas eu besoin de s'en servir. Et il avait sagement maintenu un silence radio tout du long. Ou peut-être qu'il avait été découvert et tué. C'était dur à dire, mais connaissant Tom, il était sain et sauf et déjà en train d'étudier le terrain à la recherche d'Osiris.

— Je suis seul, annonça Jayson.

— Parfait. Maintenant, lâche les armes.

Jayson se demanda si Osiris pouvait voir Tom, ou si certains de ses hommes étaient installés dans des positions similaires. Il fit tout un show du fait de retirer ses flingues et ses couteaux, y compris la lame dissimulée dans sa botte.

— C'est fait, annonça-t-il sèchement. Alors, où es-tu ?

— Je vais envoyer quelqu'un te chercher. Il me semble que c'est un vieil ami à toi.

Ezekiel fit son apparition avec un sourire dans la seconde qui suivit.

— Jedrick, mon vieil ami, ça fait longtemps.

— Espèce de salaud, gronda Jayson. J'aurais dû m'en douter.

Ezekiel soupira.

— Je ne suis pas certain qu'il soit très excité de me voir, Osiris. Je pensais qu'il m'offrirait au moins un sourire comme nous ne nous sommes pas vus depuis plus de cent ans.

Jayson cligna des yeux suite à ce commentaire subtil. Ils s'étaient vus quelques heures auparavant, mais son maître n'en était manifestement pas conscient. Ou bien était-ce un piège ?

— J'entends ça, répondit Osiris. Mais amène-le quand même jusqu'à moi.

— À votre guise, Sire.

Ses mots étaient formels et respectueux, mais les tâches dorées dans ses yeux luisaient. Il regarda fixement Jayson, son regard lui transmettant un message secret alors même qu'il laissait tomber un boîtier argenté entre eux. C'était subtil et invisible aux yeux de potentiels observateurs grâce à la position de leurs jambes. Il révéla un boîtier similaire logé dans le creux de sa main avant de dire :

— On y va, Jedrick ?

Un mouchard ? *À quoi est-ce que tu joues, Ezekiel* ?

— D'accord, répliqua Jayson.

Ce n'était pas comme s'il avait le choix.

— J'ai hâte.

26

DES LIENS BRISÉS

La grossesse du sujet a été confirmée. D'autres résultats d'examens à suivre.

Entrée 124.11.4-7

LIZZIE ARPENTA la plage de long en large en reniflant. Elle était trop effrayée pour appeler au secours. C'était peut-être Jacque qui l'avait amenée ici, mais elle n'en était pas certaine. Elle ne détectait aucune maison éclairée ni personne d'ailleurs, seule la clarté de la lune sur le sable noir de la plage. C'était la description parfaite de sa vie : un état de solitude permanent.

— Lizzie !

La voix familière la cloua sur place.

— Stas ?

Non. C'était impossible. Elle l'avait vue mourir. *Maintenant je perds les pédales. Génial.* Et pourquoi pas ? À bien y réfléchir, c'était plutôt approprié. Et elle était glacée jusqu'aux os grâce à ses vêtements trempés par la sueur et l'air nocturne plutôt frisquet.

— Oh mon Dieu, Lizzie.

Les mots furent suivis d'une paire de bras qui s'enroulèrent autour du cou de Lizzie. Elle cligna des yeux. Et maintenant elle percevait des choses. En même temps, Lizzie avait heurté le torse de cet homme avec force...

— Je suis vraiment désolée, Liz. Vraiment, vraiment désolée. La situation est un véritable merdier et je ne sais même pas par où commencer. Mais tu es ma meilleure amie, Liz. Et je regrette que tu sois fâchée contre moi, mais j'ai tellement besoin de toi en ce moment. C'en est douloureux. Dis-moi ce que je dois faire. S'il te plaît. Je n'arriverai pas à traverser ça sans ton soutien.

Stas radote.

Ce qui ne pouvait vouloir dire qu'une chose : Lizzie avait perdu la tête. Elle avait créé une vision bavarde de son amie pour lui tenir compagnie dans l'obscurité. Ce n'était pas le mécanisme d'adaptation le plus sain, mais elle ne put s'empêcher de lui rendre son étreinte et de savourer cette fausse impression d'avoir fait la paix avec son amie. Lizzie avait manifestement besoin de ce répit temporaire pour guérir et elle s'en servirait donc à bon escient.

— J'aurais dû te pardonner, chuchota-t-elle. Je n'aime pas l'idée que tu m'as caché des choses, mais Jayson m'a expliqué que c'était pour me protéger.

C'était trop peu, trop tard, évidemment. Mais au moins Lizzie comprenait désormais son choix. C'était toujours pénible, mais certainement pas autant que le fait d'avoir perdu sa meilleure amie.

— On aurait dû te le dire, dit Stas, la voix emplie de chagrin. J'en ai eu envie tant de fois, mais je ne voulais pas non plus te priver de tes choix et t'obliger à vivre dans ce monde. J'ai finalement réalisé qu'en choisissant de ne pas t'en parler, je t'avais finalement privée de toute décision et je suis vraiment désolée.

— Je te pardonne, lui dit Lizzie en la serrant plus fort. J'aimerais juste que tu ne sois pas morte sous mes yeux.

— Moi aussi, chuchota Stas. Moi aussi.

Elles s'étreignirent pendant plusieurs minutes alors que Lizzie attendait patiemment que le fantôme de sa meilleure amie disparaisse, mais le moment se prolongea. Avaient-elles d'autres choses à se dire ?

— Est-ce que Jayson est aussi ici ? demanda-t-elle, pleine d'espoir.

Ce ne serait pas surprenant vu son état mental délirant. Peut-être aurait-elle la chance de lui dire au revoir à lui aussi.

— Il n'est pas encore revenu, mais Jacque a presque fini de tous les téléporter, donc je soupçonne qu'il sera de retour d'ici quelques minutes.

Lizzie fronça les sourcils.

— D'où les téléporte-t-il ?

— La maison d'Osiris, apparemment, lui dit-elle en reculant avec un soupir. Ils y sont allés sans moi. Apparemment ils préféraient que je reste une arme secrète comme personne ne sait que je suis Hydraienne.

— Attends... dit Lizzie en examinant son amie à la clarté de la lune. Tu es immortelle maintenant ?

— Bah, ouais. Jonathan m'a tiré dessus.

Lizzie réprima son espoir.

— Non, il t'a tuée.

— Et je me suis réveillée, répondit Stas d'une voix triste.

— Mais c'étaient des balles incendiaires.

Stas secoua la tête.

— Du verre vide, en fait. Ce qui veut dire que je suis désormais une Hydraienne. Attends un peu, tu pensais que j'étais morte ?

— Ben ouais ! lâcha Lizzie, incapable de contenir ses émotions contradictoires.

Elle avait passé Dieu sait combien d'heures ou de jours à faire son deuil.

— Tu n'es pas morte ?

— Est-ce que ça veut dire que je ne suis pas pardonnée ? demanda Stas d'un ton incertain.

Lizzie poussa un cri strident et se jeta sur sa meilleure amie pour l'étreindre une nouvelle fois de toutes ses forces. Elle se fichait de savoir si cela la tuerait, car elle avait besoin de réconfort et de s'assurer par elle-même que Stas était vraiment en vie. Un sentiment de bonheur comme elle n'en avait jamais connu emplit sa poitrine, particulièrement quand elle fut frappée par une autre idée.

— Jayson aussi est vivant ?

Elle retint son souffle, pleine d'espoir.

— Oui, souffla Stas. Et tu es en train de m'étouffer.

— Je m'en fiche, admit Lizzie en la serrant plus fort. Tu es là. Tu es vraiment là.

Et Jayson aussi. Son cœur battait la chamade dans sa poitrine à l'idée de le revoir et de nouvelles larmes lui piquaient les yeux. *Il est vivant.* Elle le reverrait et, avec de la chance, ce serait bientôt. Sauf que...

— As-tu dit que Jayson se trouvait chez Osiris ?

— Ouais, il était à la tête de la mission de secours, souffla Stas en frappant le dos de Lizzie. Tu vas me faire crever à nouveau.

Lizzie la lâcha.

— Et il va bien ? insista-t-elle, ayant besoin de s'en assurer une nouvelle fois.

— Pour autant que je sache, la mission s'est déroulée comme prévu et tu es là.

Stas saisit ses épaules comme si elle avait besoin de soutien.

— Ça a été une sacrée journée.

Une touche d'épuisement se glissa dans sa voix et fit vaciller le bonheur de Lizzie. Elle avait visiblement raté quelque chose. *Tout le monde est en vie.* Ils devraient fêter ça, mais Stas ne semblait pas du tout joyeuse. Reconnaissante, peut-être, mais certainement pas de bonne humeur. Mourir devait être une expérience traumatisante, imagina Lizzie. Tout comme le fait de se réveiller en parfaite santé le...

Oh. Oh, non.

— Tu es Hydraienne, réalisa-t-elle en soupirant.

— C'est ce que je n'arrête pas de te dire. Et qu'est-ce que tu as planqué sous ton haut ? demanda-t-elle en tâtant l'estomac de Lizzie. J'ai l'impression de faire un câlin à un arbre.

— C'est un dossier, expliqua Lizzie, mais elle avait parfaitement reconnu la tentative de sa meilleure amie pour changer de sujet.

Elle était bouleversée. Vraiment contrariée. Puis Lizzie comprit soudainement la raison de son état, la raison pour laquelle devenir immortelle était si pénible pour elle.

— Issac.

Elle couvrit sa bouche quand le visage de Stas se décomposa. Lizzie savait que ce n'était pas le moment de l'étreindre. Cela ne ferait que déclencher ses sanglots. Stas garda le silence trop longtemps avant de chuchoter :

— Je ne suis pas encore prête à en parler.

— Oh, Stas, chuchota Lizzie. Oh, mon Dieu, c'est de ma faute.

— Non, cracha Stas. Ne redis jamais ça. C'est Jonathan qui a appuyé sur la gâchette et je le tuerai pour ça.

— Accroche-toi à cette pensée, dit Issac en s'avançant vers elles.

Il les avait observées, tapi dans l'ombre, et avait choisi le pire des moments pour les alerter de sa présence.

— Nous avons un plus gros problème à résoudre.

Il jeta un coup d'œil à Lizzie.

— Content de te revoir, Elizabeth. J'aimerais vous laisser le temps de poursuivre vos retrouvailles, mais Astasiya est demandée de toute urgence. Amelia et Eliza ont proposé de tenir compagnie à Elizabeth en attendant.

— Que se passe-t-il ? demanda Stas, les lèvres pincées quand il s'approcha d'elle sans la toucher.

Le cœur de Lizzie se brisa pour son ami quand elle remarqua l'absence de ce geste.

Ils ne peuvent plus être ensemble. Parce que Stas est morte en tentant de me sauver.

— Il semblerait qu'Osiris ait pris les Anciens en otage, murmura Issac. Nous avons essayé de recueillir des informations auprès des Gardiens, mais quand nous leur avons demandé ce qui s'était passé, ils se sont tranché la gorge tous ensemble.

Lizzie poussa un petit cri et couvrit sa bouche avec ses mains.

— Quoi ? Est-ce que Jayson va bien ?

— Cela reste à voir, répliqua Issac d'un ton bien trop formel au goût de Lizzie. D'après ce que nous avons appris, Osiris a ordonné aux Gardiens de laisser les Anciens sans protection. Puis, dans une démonstration de puissance, il leur a commandé de se réduire au silence par eux-mêmes si on les questionnait au sujet du kidnapping. C'est une manière inutile de prouver que la distance n'affecte pas la puissance de son don.

— Oh mon Dieu, souffla Stas alors que Lizzie s'efforçait de ne pas défaillir sous l'effet de cette image odieuse. Est-ce qu'ils vont s'en sortir ?

— Oui, et avec leurs souvenirs intacts.

Il marqua un temps d'arrêt pour les laisser digérer cette information. C'était terrible d'avoir à se souvenir d'un acte aussi horrible, qui de plus avait été involontaire. Elle frissonna. Osiris souhaitait qu'elle porte son enfant. À quel genre de monstre aurait-elle donné naissance pour lui ? Son estomac se révolta à cette idée, suivie d'une pensée encore plus dévastatrice qui transperça sa poitrine et lui laissa une plaie béante et douloureuse.

—Jayson, Lizzie chuchota-t-elle d'une voix éraillée.

L'idée de le perdre une nouvelle fois aux mains d'Osiris alors qu'elle avait été témoin de son meurtre et venait juste de découvrir sa résurrection. Bon sang, son cœur n'y survivrait pas.

— Si Osiris prévoit d'éliminer les Anciens, il le fera de manière spectaculaire, ce qui nous laisse du temps. En revanche, mon expérience me suggère qu'il nous invite à jouer et Aidan partage mon opinion.

— Tu veux dire que tu penses qu'il est au courant ? demanda Stas dont la peur était évidente. De ton amitié avec les Hydraiens ? Pour moi ?

— Je pense qu'il l'a toujours su, murmura Issac. Ezekiel a mentionné une voyante. Si c'est vrai, ça veut dire qu'Osiris se joue de nous depuis le départ. Mais Aidan est d'avis qu'une diseuse de bonne aventure est incapable de prédire tous les dénouements possibles et il nous a suggéré un plan.

— Qui est ? l'encouragea Stas.

Issac l'étudia, son visage dénué d'expression.

— Il veut t'envoyer confronter Osiris.

Stas blêmit.

— Quoi ?

— Son plan repose sur le fait qu'Osiris n'est pas au courant de tes talents et il pense que l'élément de surprise est le meilleur moyen de rectifier la situation.

Issac paraissait si nonchalant et différent de l'homme que connaissait Lizzie. Ne réalisait-il pas que son comportement ne ferait qu'aggraver la situation entre eux ?

— Que penses-tu de ce plan ? demanda Stas à voix basse.

Issac garda le silence un long moment avant de répondre :

— Ce que je pense n'a pas d'importance. Aidan est un excellent stratège et je m'incline devant son savoir.

Le chagrin que ressentit Stas en entendant cette réponse bien trop logique se lisait sur son visage. Lizzie brûlait de lui en coller une pour s'être montré aussi froid et insensible et aurait ouvert la bouche pour le lui dire si ses cordes vocales fonctionnaient. Stas hocha la tête, un masque stoïque recouvrant ses traits.

— Ça servait pas à grand-chose de me garder comme atout secret. Si jamais j'en suis un.

— En effet, répliqua Issac d'une voix plus douce alors qu'il se redressait.

La lune illumina les traits d'Issac et Lizzie dut réprimer un cri. *De la tristesse.* Elle émanait de ses yeux saisissants avec tant de sincérité que cela dépassait l'entendement. Ses manières solennelles l'avaient peut-être dissimulée dans sa voix, mais l'expression de son visage en disait long. *Le portrait d'un homme brisé.*

— Comme toujours, tu disposes de mon soutien indéfectible, quel que soit ton choix.

Il inclina la tête d'une manière qui exprimait son respect et son tourment, sa gorge se contractant avec ces paroles.

— Toujours, Aya, ajouta-t-il dans un murmure.

L'agonie déchira le visage de Stas et brisa le cœur de Lizzie. C'était la manière d'Issac de lui dire au revoir. Et sa meilleure amie n'avait pas d'autre choix que de l'accepter.

— BIENVENUE, Jedrick, le salua Osiris, les mains écartées dans un geste poli que démentait la scène sous ses yeux.

Luc, Balthazar et Alik étaient tous à genoux, la tête inclinée. C'était une indication claire de ce qui attendait Jayson. S'il avait accès à ses pouvoirs, il étranglerait ce bâtard avec la chaîne en or qu'il portait autour du cou. Malheureusement, il lui était visiblement impossible de s'en servir à cet instant. C'était probablement dû à une rune ou un bouclier, ou même un autre genre de vaudou créé par Osiris lui-même. *Connard.*

— Osiris, gronda-t-il en s'arrêtant à côté de Luc. Ça fait un moment qu'on ne s'est pas vus.

— Ah bon ? répondit Osiris en clignant des yeux. Je suppose que c'est une question de perspective, mais ça me semble plutôt récent.

Il haussa les épaules.

— Bien, maintenant que je vous tiens tous. À genoux.

Jayson tomba au sol suite à cette commande, mais garda les yeux rivés sur ceux d'Osiris. C'était une manière de le défier et il savait que l'Ichorien n'apprécierait pas son geste, mais Jayson s'en foutait complètement désormais.

— Et maintenant ? demanda-t-il.

— Es-tu pressé, Jedrick ? le questionna Osiris en haussant un sourcil. Peut-être que tu espères retrouver une certaine rouquine que tu as malencontreusement supposée être à toi ?

— Il ne s'agit pas de suppositions, Osiris. Elle m'appartient complètement.

Et il ferait tout ce qu'il faudrait pour la protéger.

— Oh ?

Osiris se tourna vers Ezekiel.

— Je continue d'être fasciné. Je comprenais son attirance – après tout, c'est une femme sublime. Mais j'ai cru percevoir de l'amour à l'instant. L'as-tu guidé sur cette voie ?

Les narines d'Ezekiel se dilatèrent, mais ses lèvres se recourbèrent comme d'ordinaire dans un sourire narquois. *Pour cacher sa peine ?*

— Je ne suis pas certain que j'aurais pu lui offrir beaucoup de conseils, compte tenu des circonstances, et je n'ai pas non plus croisé Jedrick depuis plus d'un siècle.

Jayson n'était pas sûr de ce qui le fascinait le plus : le mensonge éhonté d'Ezekiel ou le sous-entendu derrière ses propos.

— Oui, je suppose que tu as été préoccupé avec d'autres tâches.

Jayson ne manqua pas le ton railleur d'Osiris. Ezekiel avait mentionné qu'il n'avait pas eu le choix de ses missions ces derniers temps. Y avait-il un lien ?

— Peu importe, continua Osiris en reportant son attention sur Jayson. Que serais-tu prêt à me donner en échange d'Elizabeth ?

— Sachant qu'elle est en sécurité à Hydria, je ne t'offrirais rien.

— La sécurité est un concept relatif. Ça peut changer si facilement, tu vois.

Il se mit à faire les cent pas, les mains derrière son dos.

— Ezekiel pourrait me l'amener à l'instant si je lui demandais. Je me suis assuré de leur lien après sa naissance, comme je ne faisais pas entièrement confiance à Jonathan pour remplir sa part du marché. Tout ce qu'il me faudrait, c'est de donner un ordre simple. Voudrais-tu une démonstration ?

Sa menace évidente hérissa le poil de Jayson.

— Sale fils de pute, si tu la touches...

— Je te suggère de te calmer avant que je ne décide de t'apprendre les bonnes manières, le réprimanda Osiris. Elizabeth pourrait t'enseigner tant de choses. Peut-être que je devrais t'autoriser à la garder un peu plus longtemps. Mais je suis tout de même curieux : que me donnerais-tu en échange ?

Il s'avança nonchalamment et passa ses doigts dans les cheveux de Luc.

— Peut-être ton roi ? Serais-tu prêt à le sacrifier pour Elizabeth ?

Le cœur de Jayson tomba dans ses chaussettes et compromit sa capacité à répondre. *Luc contre Lizzie ?* Il ne pourrait... ne ferait...

— Ou peut-être ton meilleur ami télépathe ? demanda Osiris en caressant Balthazar avec ses propos comme on s'occuperait d'un animal de compagnie favori. Il pourrait m'être utile à bien des égards, ou je pourrais faire de lui un exemple au cours du prochain Conclave.

Osiris devint songeur.

— Hmm. Que de décisions !

— Pourquoi ? réussit à demander Jayson. Pourquoi faire ça ?

— Parce que tu as décidé de t'approprier quelque chose qui m'appartient, Jedrick. As-tu la moindre idée du temps que j'ai passé à attendre sa création ? Combien de fois nous avons essayé de la perfectionner ?

Il marqua un temps d'arrêt, patiemment.

— Non ? Bien sûr que tu ne sais pas et pourtant, tu as osé la faire tienne ? Comme c'est ingrat, après tout ce que je t'ai donné.

Les lèvres de Jayson remuèrent, mais aucun son ne s'en échappa. Comment répondre à un fou ? La seule chose qu'Osiris leur avait jamais offerte, c'était la mort. Pourquoi Jayson lui serait-il reconnaissant pour ça ?

— Sire, murmura Ezekiel en l'interrompant discrètement. L'heure de la prédiction de notre voyante approche.

— Ah oui, l'avenir.

Osiris croisa ses mains devant lui et recula.

— J'ai tellement envie de savoir ce que notre Skye ne peut pas prédire.

La grimace d'Ezekiel attira l'attention de Jayson.

Était-ce le prénom qui le blessait, ou les mots ?

— Mais je suis quand même vraiment curieux de savoir, ajouta Osiris. Que me donnerais-tu en échange d'Elizabeth ? Si je faisais le serment de ne plus jamais la déranger, d'attendre la création d'un autre membre de son espèce, que me donnerais-tu ?

— Ton serment ? répéta Jayson, la voix éraillée par l'émotion. Il n'a aucune valeur à mes yeux.

— Peut-être, mais là n'est pas la question. Je veux savoir ce que tu sacrifierais pour elle. Dis-moi la vérité. Maintenant.

Son ordre s'enroula autour du cœur et de l'âme de Jayson, pour lui arracher sa réponse. Il ne voulait pas l'avouer, refusait de songer à ce que ça voulait dire. *Putain...* C'était une trahison, un serment vieux de plusieurs millénaires qu'il brisait. Mais au fond de lui-même, il savait que c'était vrai. Aussi pénible que ce soit, il ne pouvait pas mentir.

— N'importe quoi, grinça-t-il, la tête inclinée en signe de défaite. Je donnerai n'importe quoi pour elle.

Parce qu'il l'aimait. Plus que quiconque d'autre vivant, y compris ceux qu'il appelait ses meilleurs amis et ses frères. Une larme lui échappa alors qu'un lien ancien qui liait son sang aux leurs se rompait. Pour la première fois de leur existence, quelqu'un avait transcendé cette connexion sacrée.

— C'est fascinant, murmura Osiris. Absolument fascinant. Je te laisserai peut-être la garder après tout. Du moins, pour le moment.

Jayson était incapable de relever la tête ou de dire quoi que ce soit. Qu'y avait-il d'autre à dire ? Il avait trahi ses amis de la pire des manières, pour une femme qu'il chérissait plus que tout au monde. Cela défiait la raison et tous ses principes, mais la protection d'Elizabeth Watkins était néanmoins sa responsabilité. Et il ferait tout en son pouvoir pour respecter son serment. Quitte à risquer sa vie pour elle. Car elle serait à jamais son cœur.

Je t'aime, Rubis.

27

LA GUERRE EST DÉCLARÉE

LA COLOCATAIRE DU SUJET A POSTULÉ POUR UN STAGE À LA FHC. LE BIENFAITEUR A ÉTÉ INFORMÉ DE L'ADDITION POTENTIELLE ET A DONNÉ SON ACCORD POUR CETTE EMBAUCHE.

ENTRÉE 121.05.4-7

— C'EST UNE MAUVAISE IDÉE, affirma Tom.

— Peut-être, acquiesça Stas. Mais on va quand même le faire.

Elle lui tendit une nouvelle oreillette réservée à leur équipe. Plusieurs Hydraiens, ainsi qu'Issac, Tristan et Mateo les entouraient, prêts à passer à l'action. Des vêtements sombres, des tenues de camouflage et diverses armes. Issac portait un jean sombre et des rangers, une découverte inédite pour Stas. De son côté, elle avait enfilé un haut à manches longues et un pantalon, tous les deux vert foncé.

Le plan était plutôt simple : envoyer Stas faire diversion, converger sur la position d'Osiris et de ses sbires pendant qu'ils étaient distraits, et libérer les Anciens. Aidan leur donnait soixante pour cent de chances de réussir. C'était mieux que leurs autres idées, qui étaient plus proches de quarante pour cent. Tom inséra sa nouvelle oreillette dans son oreille. Il avait coupé le micro de l'autre, mais la gardait dans son autre oreille pour tenter d'écouter la conversation entre Jayson et Osiris.

— Je ne sais pas où Ezekiel l'a emmené, commença Tom, et ses propos firent l'effet d'une douche froide à Stas.

— Ezekiel ? répéta-t-elle d'une voix rauque. Il est là ?

— Ouais, répondit-il, les sourcils froncés. Désolé, Stas.

Elle déglutit et secoua la tête.

— T'inquiète.

Sauf que tous ceux qui avaient entendu le nœud qui lui serrait la gorge sauraient qu'elle mentait. Issac haussa un sourcil, lui demandant en silence : « *est-ce que ça va aller* ? » Il savait que sa réaction, la première fois qu'elle avait rencontré Ezekiel, avait été catastrophique. Cet homme avait assassiné ses parents de manière brutale. Elle voyait bien que les autres n'étaient pas certains de sa culpabilité, mais Stas se souvenait parfaitement de cette nuit-là. Ces yeux d'ébène hantaient ses cauchemars.

— Astasiya, murmura Issac.

Tout le monde la regardait. Elle secoua une nouvelle fois la tête.

— Ouais, ça va.

Son démon n'en avait pas l'air certain. C'était habituellement à ce moment-là qu'il lui ferait un câlin, mais il gardait désormais ses distances avec elle. *Il tente déjà de me repousser*, songea-t-elle tristement. Bien qu'elle ne puisse pas lui en vouloir. Une seule goutte du sang de Stas suffirait à le tuer sur le champ et ils portaient tous les deux plus d'importance à sa vie qu'à leur relation. Stas préférait voir Issac tous les jours sans jamais pouvoir le toucher plutôt que de ne jamais le revoir du tout.

Son chagrin et son sentiment de solitude envahirent une nouvelle fois son cœur et renforcèrent sa détermination à accomplir la tâche à venir. Elle se concentrerait sur sa frustration et sa désolation plutôt que sur la peur que lui inspirait Ezekiel. *Je peux le faire.*

— Ça va, répéta-t-elle encore une fois, d'une voix plus assurée.

Issac soutint son regard un long moment puis hocha la tête.

— Où sont-ils allés, Thomas ? demanda-t-il, focalisant son attention sur le plan.

— Ils ont disparu dans les sous-bois, répondit Tom en indiquant la lisière de la forêt. J'ai essayé de les pister, mais j'ai perdu leur trace par là-bas.

Il leur indiqua un bosquet à l'horizon.

— Et c'est là que j'interviens, les informa Brian, un Hydraien doté d'un solide talent de traqueur.

Stas avait déjà aperçu ce grand type dégingandé sur Hydria, mais ne lui avait jamais été présentée avant ce soir. Son don était le moins offensif – il était simplement capable de traquer une odeur comme un chien de chasse – toutefois, leurs choix étaient limités.

— Attends une seconde, mec. Je détecte quelque chose, dit Mateo. Que s'est-il passé ici ?

Il indiqua d'un signe de tête le champ adjacent à ce qui ressemblait à un site de démolition. Tom suivit la direction qu'il indiquait.

— C'est là qu'Ezekiel a retrouvé Jayson.

Mateo afficha un large sourire.

— Génial. Il a laissé un mouchard.

— Tu es capable de détecter ça ? demanda Tom, stupéfait.

Stas était dans le même état.

— J'ai une affinité pour la technologie, répondit le blond avec un clin d'œil. Jacque ?

— Ouais.

Il disparut aussitôt et réapparut en moins de cinq secondes, un boîtier argenté à la main. Il avait agi si vite que Stas avait à peine eu le temps de remarquer sa disparition et sa réapparition. *Impressionnant.* Mateo lui ôta l'objet des mains et commença à bricoler avec. Stas avait des compétences de base en électronique et n'arrivait pas à la cheville de cet Ichorien. Il souleva un écran et sourit.

— Maintenant on a leur position.

— Ils sont toujours là, dit Issac en étudiant cet emplacement. Cela confirme mes soupçons. Il nous attend.

Tristan s'avança pour étudier la carte.

— Tu penses qu'il s'agit d'un piège, Issac ?

— Je pense qu'il espère faire une déclaration, mais j'ai peu peur de ce que cela implique, répondit Issac en passant sa main dans ses cheveux. Pour ce qui est d'un piège, il n'y a qu'un seul moyen de le découvrir.

— Je m'en charge, dit Jacque avant de disparaître.

Issac tourna les yeux sur la position où se trouvait le téléporteur l'instant d'avant et secoua la tête.

— Ce n'est pas ce que je voulais dire. Nous n'avons pas moyen de savoir quels boucliers a érigé Osiris pour nous capturer ou...

— C'est bon, annonça Jacque en se matérialisant à côté d'Issac. Les Anciens sont en vie et seuls Ezekiel et Osiris semblent être présents. Je me suis pointé à différents endroits sans entrave et j'ai trouvé un bon endroit où déposer Stas.

Tout le monde le regarda fixement.

— C'était une manœuvre dangereuse, railla Issac.

— Alors tu ne vas vraiment pas être heureux

d'apprendre que j'étais tenté de me téléporter à côté de Luc juste pour voir si je pouvais l'attraper, avant de décider de revenir ici faire mon rapport. Veux-tu que j'y aille maintenant ?

Ce sarcasme aurait fait sourire Stas n'importe quel autre jour, mais pas en ce moment. Tout comme Issac, elle pensait qu'il s'agissait d'un geste précipité, bien qu'elle soit mal placée pour en juger compte tenu de ses propres choix ces derniers mois.

— Tu es devenu bien insolent en l'espace de quelques années.

Le sourire de Tristan indiquait clairement qu'il s'agissait d'un compliment.

— Je suis impressionné.

Issac s'éclaircit la gorge.

— Il faut qu'on se concentre.

— Oui, et qu'on change de position, dit Tom qui entreprit de remballer ses affaires. Il est temps de lancer cette manœuvre de distraction.

Stas hocha la tête et tendit la main à Jacque.

— On se retrouve là-bas.

Issac saisit son poignet avant qu'elle ne puisse toucher le téléporteur, ses yeux saphir étincelant absolument, alors qu'il se servait de son regard pour lui dire tout ce qu'il avait tu jusque-là. Le cœur de Stas fit un bond dans sa poitrine face à ce regard intense si familier. Il ne voulait pas la laisser partir. Elle l'avait prédit – et partageait même son avis. Mais c'était l'option qui leur offrait manifestement les meilleures chances de réussir. Et elle y parviendrait. Avec son soutien.

— Issac, chuchota-t-elle, consciente de leur public. C'est ce qu'a suggéré Aidan.

— Je sais bien, répondit-il en se rapprochant. Ça ne veut pas dire que ça m'enchante.

Elle posa une main sur son cœur, son geste plutôt timide.

— Tu seras juste derrière moi.

Une émotion dilatait ses pupilles quand il prit sa joue dans sa main. *De la peur*, réalisa-t-elle.

— Je me suis entraînée pour ça, lui rappela-t-elle. Ça arrive plus tôt que prévu, mais je peux y arriver.

Elle avait besoin de sa confiance, ce qu'elle lui fit savoir par son regard.

— S'il te plaît, Issac. Il faut que tu me laisses partir.

Ces mots déchirèrent le cœur de Stas et l'expression d'Issac indiquait clairement qu'ils avaient le même effet sur lui. Mon Dieu, qu'est-ce que c'était pénible ! Elle détestait cette situation, le destin, son maudit sang d'immortelle. Elle en voulait à la terre entière. Mais plus que tout, elle détestait l'expression dépitée d'Issac quand il acquiesça. Ça ressemblait au début de la fin. Ils savaient tous les deux que c'était inévitable, mais le fait qu'on leur ait brutalement arraché ce choix des mains était injuste.

Il n'y aura jamais personne d'autre que toi, lui promit son âme. *À tout jamais*.

— Sois prudente, Aya, chuchota-t-il.

Issac fit un pas en arrière, les yeux brillants d'émotions réprimées.

— Merci.

Elle chérirait toujours la confiance inébranlable qu'il avait en elle pour accomplir cette mission. Il détestait cette idée, mais il avait aussi foi en son succès. Et cela comptait plus que tout au monde pour elle.

— Je t'attends, dit-elle en tendant une nouvelle fois la main à Jacque. Trouve-moi vite.

— Toujours, répondit Issac.

Son environnement changea quand Jacque l'emmena

plus loin dans la forêt, à environ cent mètres du signal émis par le mouchard.

— À tout de suite, chuchota-t-il.

Stas vacilla alors que ses émotions s'affrontaient.

Concentre-toi, demandait son esprit. *Pleure*, suppliait son cœur.

J'aurai le temps pour ça plus tard.

Elle inspira profondément et examina ce qui l'entourait depuis sa position accroupie. Leur plan original était de compter sur Brian pour leur indiquer la bonne direction, mais le mouchard était bien plus efficace. Le but était de distraire Osiris assez longtemps pour laisser aux autres une chance de descendre ses sbires. C'était une sacrée responsabilité sur ses épaules.

Elle frissonna. *Je peux le faire.* Le fait de ne pas se sentir différente d'avant ne l'aidait en rien. Tom lui avait dit la même chose quand il s'était réveillé en tant qu'immortel. Les autres leur avaient annoncé que c'était *parfaitement normal*. Ses talents feraient leur apparition quand elle en aurait besoin. C'était en tout cas ce qu'elle espérait.

— Nous sommes en position, chuchota Issac à travers l'oreillette, sa voix l'apaisant comme personne d'autre n'en était capable. On s'attend à un véritable spectacle, mon cœur.

Ses paroles tendres atteignirent son âme et lui donnèrent du courage. Il savait toujours ce dont elle avait besoin. Elle s'éclaircit la gorge et sourit malgré les circonstances.

— Ça, c'est dans mes cordes.

Les quatre Anciens étaient agenouillés aux pieds d'Osiris dans une clairière de l'autre côté des arbres. Ezekiel était à côté de lui, les mains serrées derrière son dos. *Où sont tous tes sous-fifres ?* Jacque ne les avait peut-être pas trouvés, mais Stas était certaine qu'il devait y en avoir.

Bien qu'un homme avec les compétences et le pouvoir d'Osiris n'ait pas réellement besoin d'une armée.

Stas se glissa entre les arbres, ses chaussures silencieuses sur le sol de la forêt. Stark lui avait appris de nombreuses choses ces derniers mois, particulièrement en ce qui concernait la discrétion et le combat. Il lui avait dit qu'elle était douée, lors de leurs entraînements, ce que Stas avait attribué à son patrimoine inhumain.

Et en plus de ça, il y avait eu ces sessions avec Issac. Tant de soirées passées à affiner la maîtrise de son talent et à pratiquer l'art de la coercition. Elle avait appris que ses ordres n'étaient pas liés à une durée spécifique, mais qu'ils perduraient tant qu'elle en gardait le contrôle. Dès qu'elle lâchait le lien mental, le contrôle qu'elle avait sur l'individu prenait fin. C'était *le* truc dont elle devait se souvenir avec Osiris.

— ... vais-je choisir ?

Sa voix ancienne siffla à travers l'atmosphère et la fit transpirer. La même impression de familiarité la submergea que lorsqu'elle l'avait rencontré la première fois. Tout comme un sentiment d'effroi. Un esprit diabolique était tapi derrière son expression formelle. Elle avait été témoin de son penchant pour la torture depuis le premier rang, dans son amphithéâtre. *Grand malade.*

— Tu vas avoir besoin d'un autre ordre pour m'arracher cette réponse, gronda Jayson alors que Stas pénétrait dans la clairière.

— Ou alors, je peux me servir d'Alik, répliqua Osiris. T'infliger de la douleur ou...

Sa voix s'estompa quand il remarqua la présence de Stas. Elle fut surprise de constater qu'il lui ait fallu autant de temps. Ça suggérait qu'il était peut-être bien seul finalement. Mis à part l'assassin à ses côtés.

— Oh, ne fais pas attention à moi, dit-elle d'une voix

bien plus assurée que ce qu'elle ressentait. Je ne fais que me balader.

La tête de Jayson pivota brusquement dans sa direction alors que celles des autres Anciens restaient inclinées et immobiles. *Victimes de coercition*.

— Tiens, tiens, tiens, dit Ezekiel en souriant. Sois la bienvenue à notre petite fête, Astasiya.

Osiris haussa un sourcil.

— Astasiya ?

Il la dévisagea.

— Tu me sembles familière.

Il avait presque l'air curieux, bien que toujours détaché.

— Nous sommes-nous déjà rencontrés ?

— Tu ne t'en souviens pas ? demanda-t-elle en faisant mine d'être déçue. Je suppose que tu étais trop absorbé par les préparatifs de ta soirée de torture.

Elle s'arrêta à environ dix mètres d'eux, les bras ballants. Ces yeux verts vieux comme le monde la dévisagèrent des pieds à la tête et indiquèrent clairement que le résultat de son inspection était négatif.

— Ton insolence est assommante. Je m'occuperai de toi plus tard. En attendant, reste...

— Cesse de parler, Osiris.

Quatre mots, prononcés de manière nonchalante, mais empreints de pouvoir.

— C'est malpoli d'ignorer ainsi quelqu'un, surtout quand on ne sait rien d'eux.

La bouche d'Osiris s'entrouvrit, mais aucun son ne s'en échappa et ses yeux s'écarquillèrent sous l'effet du choc.

— Tu vois ce que je veux dire ? demanda-t-elle en enroulant ses facultés mentales autour de cet ordre pour le maintenir en place.

S'il était incapable de parler, il était incapable de persuader.

— Magnifique, chuchota Ezekiel. Mais, oh, ne fais pas attention à moi. Je suis juste là en tant que spectateur.

Il leva les mains dans cette position universelle de reddition et resta immobile à côté d'Osiris.

— Continue, s'il te plaît.

Stas envisagea de le museler aussi, mais il semblait plus amusé que menaçant. Osiris aussi paraissait plus diverti que violent, ses lèvres se recourbant en un sourire exubérant qui la mit mal à l'aise. L'inquiétude tiraillait ses nerfs alors même qu'elle s'efforçait de rester concentrée. Elle devait libérer ses amis. Avant de s'enfuir aussi loin que possible.

Jacque les avait informés qu'Osiris avait ordonné à l'Ancien télépathe d'infliger la torture mentale dont il était capable aux autres. C'était un point de départ approprié.

— Libère Alik de ton emprise persuasive.

La tension dans l'air s'atténua, mais ils restèrent tous à genoux au sol. Stas supposa qu'ils avaient tous été envoyés au sol par sa force vocale. Elle annula aussitôt son ordre concernant Alik, car son objectif avait été accompli, et resserra sa prise mentale sur celle qui empêchait Osiris de parler.

Il semblait désormais bien plus impressionné et révisa son opinion la concernant. Ce bâtard l'applaudit même, ce qui provoqua un frisson le long de sa colonne vertébrale. Elle avait tout fait pour ne pas éveiller son intérêt pendant si longtemps, mais avait désormais toute son attention. Il agita une main comme pour l'inviter à continuer. Et elle n'avait d'autre choix que d'obéir si elle souhaitait venir en aide aux Anciens.

— Libère Balthazar, Lucian, Alik et Jayson de ta persuasion.

Luc et Balthazar s'écroulèrent au sol, pris de tremblements, et Alik se rassit sur ses talons avec visage sans expression. En revanche, Jayson se leva. Il n'avait manifestement pas subi la même torture que ses amis.

— Tu ne devrais pas être là, la salua-t-il. Même si je ne m'en plains pas.

Elle ignora sa remarque et relâcha son dernier ordre tout en renouvelant son emprise sur l'incapacité d'Osiris à parler. Le sourire du monstre s'élargit pour signaler son approbation. Il écarta les bras comme pour demander « *Que comptes-tu faire maintenant ?* ». Elle s'attendait à devoir mener un combat, mais soit les autres avaient neutralisé ses soutiens, soit Osiris était bel et bien seul ici.

— Ezekiel, dis-moi où se cachent vos renforts.

Elle dut faire plus d'efforts que nécessaire pour s'adresser directement au meurtrier de ses parents, mais elle parvint à le faire avec une voix légèrement chancelante. L'assassin lui offrit un sourire suffisant.

— Ils sont sous tes yeux, mais j'ai reçu l'ordre strict de ne faire de mal à personne.

Il jeta un regard entendu à son maître. Osiris haussa les épaules, imperturbable. Il semblait toujours trop amusé au goût de Stas. Elle testa son ordre et confirma que le contrôle qu'elle avait sur ce lien était toujours solide et inflexible.

— Peut-on continuer le spectacle ? continua Ezekiel, dont les iris mouchetés d'éclats dorés vacillèrent vers la gauche en quête d'approbation.

Osiris hocha la tête, mais ne détourna pas le regard de Stas. Il semblait presque enchanté. C'était une expression flippante qu'elle priait de ne jamais revoir sur son visage, surtout lorsqu'elle était concernée.

— Parfait. Aux Ichoriens présents sur le site, j'ai reçu l'ordre de vous informer que votre trahison ne restera pas impunie, mais que pour aujourd'hui, vous bénéficiez d'une amnistie temporaire.

Il leva les yeux par-dessus l'épaule de Stas.

— Et si tu envisages de nous tirer dessus, Thomas, je t'invite à reconsidérer ta décision. La voyante nous a informés que ça finirait mal. De plus, Astasiya semble parfaitement capable de maîtriser Osiris. Ce n'est pas trop mal pour un si joli petit ange.

Son aîné indiqua son assentiment d'un geste subtil, les yeux brillants.

— Comment est-ce que ce bâtard connaît mon nom ? gronda Tom à travers l'oreillette.

— Il semblerait qu'ils s'attendaient à cette conclusion, répondit Issac. Ce qui explique pourquoi Osiris s'est contenté de torturer les Anciens plutôt que de les tuer. Il nous veut en vie, du moins pour le moment.

— Et alors, quoi ? On devrait lui rendre la faveur ? demanda Tom de manière incrédule.

— Je suis curieux d'apprendre le but de cette réunion, donc oui, je pense que nous devrions leur offrir le même répit. Et comme l'a laissé entendre Ezekiel, Osiris est déjà au courant de notre présence, ce qui m'intrigue encore plus. En outre, il me semble qu'Astasiya maîtrise la situation.

La fierté dans la voix d'Issac caressa le cœur brisé de Stas. Mais ça ne voulait pas dire qu'elle était d'accord pour laisser la vie sauve à ces deux hommes. C'étaient des meurtriers. De viles créatures diaboliques qui devraient être éliminées. *Tue-les*, l'encourageait une partie d'elle-même. Ce serait si facile. Elle pourrait ordonner à l'assassin de se poignarder. Non. Elle pourrait l'obliger à se décapiter. Une vision macabre apparut derrière ses paupières et ses lèvres se retroussèrent. Il ne lui faudrait que quelques mots.

Décapite-toi.

C'est monstrueux.

Ça apaiserait ma soif de vengeance.

Et tu ne te le pardonnerais jamais.

Mais ils seraient morts.

Fais-le...

Ses lèvres s'entrouvrirent alors qu'elle réfléchissait à cette injonction.

Achève-les.

Cette demande l'enveloppa dans l'obscurité comme une cape et tous ses poils se hérissèrent sur ses bras. Ce serait si facile...

— Aya, chuchota Issac à travers l'oreillette. Concentre-toi.

Stas cligna des yeux et reprit brusquement ses esprits. Elle vérifia immédiatement l'état de l'ordre qui muselait Osiris et cette dernière ne tenait plus qu'à un fil. Son esprit la raffermit aussitôt et elle referma la porte qui dissimulait ses désirs les plus sombres. Ils étaient toujours là, tapis dans l'ombre, prêts à la faire plonger dans le vide, son pouvoir était grisant et addictif. Et il pouvait être utilisé afin d'infliger d'énormes souffrances. Elle croisa le regard d'Osiris et nota la fierté qui couvait dans ses yeux sinistres. Cette expression la rendit malade.

Il sait.

Parce qu'il avait ouvertement embrassé les injonctions perverses qu'attisait un tel pouvoir. Elle l'avait observé en pleine action, savait ce dont il était capable et avait été témoin du plaisir qu'il y prenait.

Je ne suis pas comme toi.

Il se contenta de sourire. D'après ce qu'elle savait, il était incapable de lire dans les esprits, mais ce regard entendu la troubla.

— Osiris est maîtrisé, annonça-t-elle dans l'oreillette.

— En effet, chuchota Ezekiel. Et en gage de sa bonne foi, Osiris a autorisé le téléporteur à venir chercher le précieux roi des Hydraiens.

Stas plissa les yeux.

— Je sens un piège.

— C'est faux, Astasiya. Il s'agit simplement d'un gage pour honorer notre trêve.

Elle étudia l'assassin et l'Ichorien satisfait à côté de lui. Rien de tout ceci ne lui plaisait, mais ils avaient prouvé à plusieurs reprises qu'ils s'étaient préparés pour la situation présente. Grâce à une voyante.

— Je le crois, dit Issac par le biais de l'oreillette. Il n'a aucune raison de mentir.

— Je ne suis pas d'accord, Wakefield. Il a *toutes* les raisons de mentir. Laisse-moi lui tirer dessus.

— Baisse ton arme, Thomas.

L'autorité d'Issac lui parvint clairement même à travers l'oreillette et l'apaisa étrangement.

— Jacque, attrape Lucian.

Jacque n'hésita pas un instant. Il se téléporta à côté de Luc et disparut en un clin d'œil. Ezekiel sourit.

— Tu vois, ce n'était pas si difficile.

— Quel était le but de tout ceci ? demanda Jayson, les bras croisés. C'était une punition pour avoir porté secours à Lizzie ?

C'était le seul Ancien toujours debout. Peu importait ce qu'Osiris avait forcé Alik à faire à Balthazar, celui-ci tremblait de manière incontrôlable sur le sol alors que le télépathe était immobile, son regard perdu dans le vide. *Être obligé de torturer ses meilleurs amis...* Cette idée la fit trembler. Ezekiel leur offrit un sourire narquois.

— Elizabeth est un élément clé de notre réunion, en effet. Elle est unique et Osiris souhaite son retour.

— Il faudra me passer sur le corps, gronda Jayson.

— On peut facilement arranger ça, chuchota Ezekiel alors qu'Osiris tapotait sur son bras.

Ils échangèrent un long regard qui provoqua un large sourire chez l'assassin.

— Il semblerait que mon souverain ait décidé de lui accorder la liberté. Pour le moment.

— Pour le moment ? répéta Stas. Qu'est-ce que ça veut dire ?

— Je crois que son objectif a changé, mon petit ange, répondit-il, son regard tacheté d'or étincelant. Tu représentes une énigme, ma chère. Et il est intrigué.

Une sueur froide perla dans son dos quand elle comprit le sens de ses propos.

— Je suis son nouvel objectif.

— Apparemment, car tu ne devrais pas exister.

Il jeta un coup d'œil à sa montre et soupira.

— Plusieurs événements qui avaient été prédits ont déjà eu lieu. Par conséquent, il me semble que c'est à Issac de faire son apparition. S'il te plaît. Osiris aimerait discuter avec toi.

L'ancien Ichorien hocha la tête, détournant finalement le regard de Stas pour regarder à sa gauche. Le démon de Stas apparut dans la seconde qui suivit, le visage dénué d'expression et entouré par Tristan et Mateo.

— Un test de loyauté, émit Issac en s'avançant directement vers Astasiya. Tu étais au courant depuis le début.

L'ancien Ichorien haussa une épaule.

— En partie, chuchota Ezekiel. La voyante a alerté Osiris de ce dénouement, ainsi que de plusieurs autres, mais ces visions de la menace ultime sont restées floues.

— Stas, répliqua Jayson alors que Jacque réapparaissait pour attraper Balthazar.

Il disparut aussitôt, mais personne ne dit rien.

— Ta voyante n'a pas réussi à l'identifier.

— Exactement, répondit Ezekiel, satisfait. Maintenant que c'est fait, on va pouvoir y aller ? demanda-t-il en regardant son supérieur, qui secoua la tête.

Il dévorait Stas du regard avec ses yeux anciens.

— Tu souhaites pouvoir parler, réalisa-t-elle.

Il hocha la tête.

— Hors de question.

Elle refusait de lui concéder quoi que ce soit.

— Je suggère qu'on te tue à la place.

Il lui adressa un regard déçu et se tourna vers Issac. Une conversation silencieuse s'ensuivit entre eux que tout le monde observa.

— Est-ce que tu penses pouvoir lui retirer son pouvoir de persuasion tout en lui permettant de parler ? demanda Issac, qui était concentré sur Osiris.

— Tu tiens à entendre ce qu'il a à dire ? demanda-t-elle sans masquer son scepticisme.

Il ne pouvait pas être sérieux.

— En effet, confirma Issac. Surtout parce que ça risque de te concerner.

— Je suis d'accord, ajouta Jayson.

— Je pense qu'on devrait lui tirer une balle, répondit Tom dans l'oreillette.

Il avait manifestement endossé le rôle de la raison.

— J'éviterais à votre place, les avertit Ezekiel, choquant Stas au passage. La voyante a prédit cette possibilité, Thomas, et tu échoueras.

Stas fronça les sourcils.

— Tu peux l'entendre ?

— Bien sûr que non, mais je sais ce qui a été prédit. Et Skye ne se trompe jamais.

Un tic agita ses lèvres après cette dernière affirmation, comme s'il s'efforçait de réprimer une réaction.

— Ceci dit, vous pourriez tous essayer, mais vous n'avez pas idée de ce que vous êtes vraiment en train d'affronter.

— Immunisé, dit Alik d'une voix rauque.

Le coin des lèvres d'Ezekiel se recourba.

— Oui, comme l'a constaté Alik à ses dépens, Osiris et moi sommes tous deux immunisés contre les dons hydraiens et ichoriens. Et les balles incendiaires dans ton fusil ne traverseront pas nos boucliers. Mais encore une fois, n'hésite pas à tenter ta chance.

— Génial, sauf que je contrôle Osiris en ce moment même, dit Stas, ce qui prouvait que sa théorie était fausse.

— En effet, ma petite. Bien joué.

Ezekiel croisa les mains devant lui.

— Préférez-vous accepter une trêve et discuter avec nous, ou laisser Thomas tenter d'appuyer sur la gâchette ?

— Baisse ton arme, Tom, dit Jayson, ne laissant aucune place au débat. Je souhaite entendre ce qu'Osiris a à dire.

— Moi de même, acquiesça Issac. Astasiya, s'il te plaît ?

Elle croisa son regard saisissant, surprise. S'il te plaît ? Vraiment ? Stas était incapable de lui refuser quoi que ce soit quand il lui demandait gentiment et il le savait. Mais il ne pouvait pas être sérieux.

— C'est un monstre.

— Peut-être, mais il a laissé Balthazar et Lucian rentrer à Hydria. Il nous a aussi accordé une amnistie temporaire et je le crois.

Stas le regarda bouche bée.

— Fais confiance à tes aînés, ma petite, suggéra Ezekiel. Ça fait plus longtemps que toi qu'ils jouent à ce jeu.

Elle fusilla l'assassin du regard, mais ne répondit pas. L'homme qui avait tué ses parents croyait bon de lui donner des conseils. Une partie d'elle était prête à lui demander de se tuer juste pour le plaisir. Cette vision s'afficha derrière ses paupières, suscitant un sourire lugubre.

Ce serait si facile.

— Aya, dit Issac, en caressant sa main. S'il te plaît.

Deux fois. Elle ferma les yeux. La première fois avait été bien assez difficile. Mais elle ne parviendrait pas à ignorer la deuxième.

— OK, chuchota-t-elle. Je vais le faire.

Puisqu'ils désiraient entendre les explications d'Osiris, elle lui rendrait donc la parole. Mais ils avaient intérêt à envisager sa mort une fois que ce serait fait. Stas réfléchit à différentes tournures dans son esprit tandis que les autres patientaient. Son ordre devait être concis, mais inflexible, afin qu'il ne puisse pas l'interpréter autrement, ou alors la situation finirait mal.

— Osiris, n'utilise pas ton don coercitif sur qui que ce soit dans un rayon de deux kilomètres.

Il semblait bien trop satisfait du choix de formulation de Stas, mais hocha la tête et attendit. Elle rechercha les liens mentaux la reliant à l'ordre qui empêchait Osiris de parler et les brisa.

— Merci, mon enfant, dit-il.

Le fait qu'il ait senti la disparition de son ordre en disait long au sujet de son propre talent.

— Il te reste beaucoup de choses à apprendre, cependant, la première étant que l'utilisation de ta voix n'est pas obligatoire pour commander quelqu'un. Et la deuxième, c'est que le talent que nous partageons ne peut techniquement pas être qualifié de *coercition*. Le mien est resté intact tout au long de notre interaction, j'ai juste choisi de ne pas m'en servir et je prévois de continuer pour l'instant.

Son humour disparut quand il se focalisa sur Issac. Stas attendit qu'Osiris dévoile son vrai visage et mette en œuvre de terribles instructions, mais il se contenta de dire :

— Le Conclave va changer de manière permanente. Je pourrais vous demander à tous d'assister au prochain, mais je n'ai pas l'intention d'insulter votre intelligence.

Issac prit acte de son commentaire en inclinant légèrement la tête, sa manière à lui de témoigner du respect.

— Je soupçonne que nous nous reverrons bientôt, Sire.

Osiris lui retourna le geste.

— Tu continues de m'impressionner, Issac, alors même que tu me défies. Je choisirai peut-être de garder cette interaction-ci pour moi-même, en tout cas pour le moment. Transmets mes amitiés à Aidan. Il va me manquer.

— Je n'y manquerai pas, répliqua Issac avec son attitude formelle habituelle, sans rien laisser paraître suite au commentaire concernant Aidan.

— Je te souhaite bonne chance. À la prochaine.

— De même, Sire.

Stas avait du mal à croire qu'ils bavardent comme de vieux amis. Quand elle pensait avoir finalement compris ce monde tordu, les immortels décidaient d'échanger de manière plaisante tout en échangeant des menaces tacites.

Oh, au passage, je te tuerai probablement d'ici peu.

N'hésite pas à essayer.

Je n'y manquerai pas. Sans rancune, n'est-ce pas ?

Non, non, bien entendu.

Parfait.

Sérieux ? C'était pour cette raison que le monde imploserait. Ils resteraient les bras croisés avant de partager une tasse de thé puis de s'affronter mentalement. Génial. Son monologue interne sarcastique s'acheva à la seconde où Osiris tourna son regard ancien vers elle.

Si vieux. Si cruel.

— Je dois dire que je suis ravi de faire ta connaissance, Astasiya. J'ai passé les dernières décennies à patienter avant de créer un nouveau poulain pour remplacer l'ancien qui est désormais défectueux, tout ça pour découvrir que ce dont j'ai besoin existe déjà. Toi.

Il se tourna vers Ezekiel.

— Je suis impressionné que Sethios ait réussi à me cacher ce secret. Sa ténacité est vraiment remarquable, n'est-ce pas ?

— En effet, Sire, acquiesça-t-il d'une voix dénuée d'émotion.

— Tes talents sont très rares, mon enfant, continua Osiris. Tellement rare d'ailleurs, qu'ils révèlent ton ascendance, fille de Caro et Sethios.

Un sourire enthousiaste recourba ses lèvres alors même que Stas s'efforçait de reprendre sa respiration.

— Ou préférerais-tu que je t'appelle « ma petite-fille » ?

Les yeux de Stas s'écarquillèrent encore plus et sa gorge s'assécha.

Quoi ? Fille de Caro et Sethios ?

Elle ouvrit la bouche pour réfuter ses allégations, mais la referma quand un sentiment de légitimité la submergea. Les parents de Stas s'appelaient Caroline et Seth, bien que son père ait plus fréquemment utilisé Caro pour s'adresser à sa femme. Et *Sethios* n'était pas si différent de *Seth*.

Mais sa petite-fille ?

Était-ce pour cette raison qu'il lui semblait si familier ?

Il a les yeux verts... La même nuance que les siens. Et que ceux de son père.

Non. Elle secoua la tête, dans le déni.

Non. C'était juste... Non. C'était impossible.

Son fils aurait été Hydraien et les Hydraiens étaient incapables de procréer avec les humains. À moins qu'une autre Lizzie n'existe, et Ezekiel avait laissé entendre que c'était une possibilité. Sa mère était-elle une autre création de la FHC ?

« Osiris et moi sommes tous deux immunisés contre les dons hydraiens et ichoriens ».

« Génial, sauf que je contrôle Osiris en ce moment même ».

« En effet, ma petite. Bien joué ».

Leur conversation se répétait en boucle dans son esprit. S'agissait-il d'une ruse ? Un mensonge destiné à lui procurer de faux espoirs ? D'un indice ? D'une manière de leur retourner le cerveau ?

Osiris se tourna vers Ezekiel.

— *Petite-fille* est le terme approprié, n'est-ce pas ?

— Oui, Sire.

Des yeux noirs rencontrèrent les siens et Stas aurait pu jurer qu'une pointe de chagrin avait brièvement envahi son visage.

— Parfait.

Osiris épingla Stas avec un dernier regard.

— J'attendrai notre prochaine conversation avec impatience, ma petite. Puis-je te suggérer de rechercher des termes appropriés dans l'entretemps ? Tu pourrais peut-être essayer, *persuasion psychique*.

Il lui fit un clin d'œil et attrapa le bras d'Ezekiel.

— À bientôt, Astasiya.

— À la prochaine, ajouta Ezekiel avec un signe de tête.

Ils s'évanouirent ensuite dans l'ombre et Stas contempla le vide qu'ils avaient laissé derrière eux, à la fois physique et mental, bouche bée. Elle n'avait même pas eu le temps d'envisager de l'attaquer après ce bombardement d'informations.

— Mon Grand-père, chuchota-t-elle, en état de choc psychique.

—Je te tiens, mon amour, lui dit Issac en l'enveloppant dans ses bras. Je suis là.

Elle se blottit contre sa poitrine de manière automatique, ayant besoin de son parfum et de réconfort.

— C'est... ? Je ne...

— Va rejoindre Elizabeth, dit-il par-dessus sa tête. Je vais prendre la relève.

— Nous allons devoir parler de ça, dit Jayson.

— En effet, acquiesça son démon. Plus tard.

— Oui, répondit Jayson. Plus tard.

Issac déposa un baiser sur la tempe de Stas.

— Nous allons trouver une solution, Aya.

Le double sens de ses paroles détruisit la fine barricade qu'elle avait érigée autour de ses émotions.

— Issac, chuchota-t-elle en tremblant alors que son monde familier s'effondrait autour d'elle.

Elle s'accrocha à lui quand ses jambes lui firent défaut et il la rattrapa, tout comme il le lui avait promis, avant de la soulever dans ses bras. Son énergie s'envola au même titre que les vestiges de sa maîtrise d'elle-même.

Mon grand-père...

Qu'est-ce que ça changerait pour elle ?

28

IL N'Y EN A PAS DEUX COMME TOI

LES SOUVENIRS ONT ÉTÉ EFFACÉS ET DES IMPRESSIONS HUMANOÏDES IMPLANTÉES, CONFORMÉMENT AUX INSTRUCTIONS DU BIENFAITEUR. LE SUJET SERA BIENTÔT TRANSFÉRÉ DANS LA DEMEURE DES WATKINS À DES FINS DE SIMULATION.

ENTRÉE 118.03.4-7

LIZZIE POSA le dossier au centre de la table.

—Je ne sais pas par où commencer.

Amelia et Eliza étaient assises en face d'elle, deux parfaites inconnues qui avaient décidé de s'assurer que Lizzie se sentirait la bienvenue chez Jayson après que Jacque l'eut déposée. Les deux jeunes femmes avaient tenté de la distraire avec une douche, des vêtements propres et une généreuse tasse de chocolat chaud. L'esprit de Lizzie ne s'éloignait jamais vraiment de Jayson et du pétrin dans lequel il se trouvait au même moment, mais elle essaya de jouer le jeu autant que possible. Surtout qu'Amelia et Eliza semblaient partager son inquiétude.

— Je te suggère de commencer par le début, dit Amelia dont les doigts élégants ouvrirent le dossier.

Elle avait mentionné sa familiarité avec la FHC au début de leur conversation, une chose que Jayson lui avait brièvement expliquée à Bora-Bora. Il avait aussi prévenu Lizzie que Tom et Amelia étaient en couple. Cette nouvelle avait accentué le rejet de Lizzie. Tom, l'homme qui la traitait comme une petite sœur, était parti en cavale et était tombé amoureux en cavale, et elle n'en avait pas la moindre idée. Elle avait l'impression de ne pas du tout le connaître.

— On dirait une série d'entrées de journaux, annonça Amelia en scannant les mots. Des bribes de détails tout au long des années que tu as passées dans le laboratoire.

Elle tourna délibérément les pages jusqu'à la fin.

— Et aussi en dehors, je pense.

— Il s'agit d'un code, dit Eliza dont le regard d'ébène luisait alors qu'elle examinait plusieurs entrées. Le premier chiffre est toujours le un, mais les chiffres suivants semblent augmenter à des intervalles spécifiques. Quel âge as-tu ?

— Vingt-quatre ans, répondit Lizzie. Bientôt vingt-cinq.

Eliza hocha la tête et feuilleta les pages jusqu'à la fin du dossier.

— Alors oui, les deux chiffres suivants correspondent à ton âge. Par exemple, celui-ci c'est un-zéro-quatre, donc tu avais quatre ans quand ils ont rédigé cette entrée. Et je parie que la série suivante correspond aux mois, car ils ne dépassent jamais le nombre douze. Le dernier correspond à ton nom de projet, quatre tiret sept.

— Ah, souffla Lizzie. Donc il s'agit d'une chronique de ma vie.

— C'est un journal qualitatif, expliqua Eliza. C'est typique pour des chercheurs en laboratoire. Je suis prête à parier qu'il existe aussi un journal quantitatif quelque part, mais celui que tu as est le plus important de toute façon. L'autre ne contiendrait que des séries de chiffres et des statistiques.

Lizzie feuilleta quelques pages, à la recherche des entrées concernant ses dix-huit ans. Elle souhaitait confirmer une théorie qui avait été plantée dans sa tête par Osiris : celle qui concernait ses souvenirs. La folie de la journée précédente ne lui avait pas laissé la chance d'y réfléchir, mais elle avait désormais besoin de savoir. Elle scanna la page de ses dix-huit ans, mois numéro huit. Eliza et Amelia la lurent avec elle et blêmirent toutes les deux face aux informations détaillées sur la page.

— Donc c'est vrai, murmura Lizzie. Aucun de mes souvenirs ne m'appartient vraiment. Ils ont tout effacé pour me donner une identité mensongère.

Cela expliquait le flou de ses pensées ainsi que les souvenirs chancelants. Comme Rome.

— Intéressant.

Qu'est-ce que ça impliquait concernant le développement de sa personnalité ? Ses bonnes manières avaient littéralement été programmées en elle, tout comme son innocence innée. Elle n'avait jamais désiré d'homme, car c'était l'instruction qu'elle avait reçue. Elle bascula à la fin du dossier à la recherche de notes concernant Jayson. Rien. Donc ils ne les avaient pas délibérément appariés. En revanche, il y avait quelques entrées concernant son béguin pour Tom. Amelia rougit en lisant ces lignes et Lizzie s'éclaircit la gorge.

— C-Ce n'est plus comme ça.

— Ne t'inquiète pas, la rassura Amelia en souriant, les joues toujours rouges. Je suis parfaitement consciente de son charme.

Eliza leva les yeux au ciel.

— Vous devriez vraiment récupérer votre maison pour y emménager. Je peux crécher chez B.

— Nous construisons une maison, dit Amelia. Elle est presque terminée. Jayson pourra alors récupérer la sienne.

— Je suis sérieuse, tu sais que l'offre est sur la table, insista Eliza. Je comprends pourquoi tout le monde m'a laissé de l'espace au début et je vous en suis reconnaissante, mais franchement, ça ne me gêne pas de partager avec Balthazar. Il n'est pas... enfin, tu vois.

Les yeux d'Amelia étincelèrent.

— En effet. Il m'a toujours traitée comme une sœur et rien de plus.

Lizzie déglutit.

— Je le trouve intimidant.

— Oh, je comprends, répondit Eliza. Mais d'après ce qu'on m'a dit, tu gères parfaitement la situation avec Jayson, donc je ne pense pas que B serait un problème pour toi.

— Je ne... Ce n'est pas...

Elle secoua la tête, embarrassée.

— C'est Jayson que je désire.

Face à leurs regards surpris, elle ajouta :

— C'est le *seul* que je désire.

— Eh bien, c'est le meilleur cadeau de bienvenue que je pouvais espérer recevoir, Rubis, murmura une voix grave juste derrière elle. Quoiqu'un câlin ne serait pas de refus non plus.

Lizzie manqua de tomber de la chaise dont elle avait bondi à la hâte pour se précipiter vers lui. Il attrapa ses hanches puis la souleva en l'air et Lizzie enroula ses bras autour de son cou.

Réel. Il est bien réel.

Elle n'avait pas voulu y croire – refusé de laisser l'espoir envahir son cœur – jusqu'à ce qu'elle puisse le toucher. Et il lui paraissait bel et bien vivant, et sexy, et musclé. Vêtu d'un jean de marque et d'un t-shirt à manches longues vert foncé, il était le même que dans ses souvenirs. Même ses cheveux bruns ébouriffés étaient parfaits. Elle nicha son nez dans le creux de son cou et inhala son parfum de cèdre.

Tellement, tellement réel.

Les mains de Jayson se posèrent sur ses fesses quand elle enroula ses jambes autour de sa taille. Le short qu'Eliza lui avait prêté remonta sur ses cuisses, mais Lizzie s'en fichait.

— Tu es là, souffla-t-elle. Tu es en vie.

Il s'esclaffa.

— Tout comme toi.

Il emmêla les doigts d'une main dans ses cheveux et tira la tête de Lizzie de sa position nichée contre son cou.

— Tu m'as manqué, Rubis, murmura-t-il en croisant son regard. À en crever.

— Tu m'as manqué aussi.

Elle caressa son visage avec ses yeux, mémorisant ses traits masculins et ciselés.

— J'ai cru que tu étais mort.

— Je suis là, Liz, murmura-t-il. Et je n'ai pas l'intention de bouger. Promis.

Elle se pencha pour l'embrasser, mais fut interrompue par le bruit d'une gorge qui s'éclaircissait. Lizzie leva les yeux et remarqua l'homme debout dans l'entrée.

— Désolé, je n'avais pas l'intention de vous interrompre.

Tom passa ses doigts dans ses cheveux blonds, l'air penaud.

— Je voulais juste te dire que j'étais heureux que tu ailles bien, Liz.

L'hésitation dans sa voix la piqua au vif. Il ne s'était

jamais senti aussi mal à l'aise avec elle. Bon, d'accord, leurs dernières rencontres n'avaient été plaisantes ni pour l'un ni pour l'autre. Jayson tira sur une mèche de ses cheveux pour attirer son attention.

— Tu veux que je te laisse une minute ? demanda-t-il à voix basse.

Elle déglutit. Il lui offrait une chance de parler avec Tom, mais seulement si c'était ce qu'elle souhaitait. En avait-elle envie ? Les choses ne seraient plus jamais comme avant entre eux, tout comme entre Stas et Lizzie, mais ça ne voulait pas dire qu'elle voulait le haïr pour le restant de ses jours. Ils ne seraient peut-être pas les meilleurs amis du monde à l'avenir, mais ils pouvaient quand même être amis. Et peut-être se rapprocher avec le temps.

De plus, si ce que le docteur lui avait dit au sujet de son patrimoine génétique de Séraphin s'avérait exact, alors son existence sur Terre serait infinie. Comme tous les autres êtres présents sur cette île. Amelia contourna la table pour envelopper Tom dans un câlin, ses lèvres proches de son oreille. Il acquiesça en réponse à ce qu'elle lui dit, mais ses yeux étaient si tristes. Lizzie ne l'avait jamais vu ainsi. Souffrait-il à cause d'elle ? Parce qu'elle refusait de lui parler ? Parce qu'elle refusait de lui pardonner ?

Il était mort. Elle avait assisté à ses funérailles. Et il lui avait menti de la pire des manières. Et pourtant le chagrin qu'elle avait ressenti en le perdant n'était rien comparé à ce qu'elle avait vécu après avoir perdu Jayson. Et la partie logique de son esprit comprenait pourquoi Tom l'avait tenue dans l'ignorance. Il avait voulu la protéger, comme à son habitude. Ça n'excusait pas son comportement, mais Lizzie pouvait admettre qu'il partait d'une bonne intention.

—J'aimerais lui parler, décida Lizzie. Mais ne t'éloigne pas trop.

Jayson captura sa bouche dans un baiser qui la renversa.

— À partir de maintenant, ça va être impossible de te débarrasser de moi, Rubis.

Il l'embrassa une nouvelle fois avant de l'aider à reprendre pied.

— Fais-moi signe quand tu auras terminé. Nous devons discuter de quelques trucs.

La promesse contenue dans ses paroles, qu'elle soit intentionnelle ou non, lui fit l'effet d'une douche froide. Avec toute cette excitation, elle avait oublié quelque chose de très important. *Le bébé*. Était-ce de ça qu'il voulait parler ? Non, bien sûr que non. Il n'avait aucun moyen de le savoir. *Oh mon Dieu*. Comment réagirait-il ? Trois-mille ans de sexe sans conséquences...

Il y avait peu de chances qu'il soit heureux d'apprendre la nouvelle. L'histoire de Lizzie lui ferait l'effet d'une gifle. Elle avait été créée dans un laboratoire. Quel homme pourrait vouloir de ça ? Il était impossible de classifier Lizzie. Un Séraphin créé dans un utérus humain.

— Lizzie, dit Jayson en prenant son visage entre ses mains. Ne m'abandonne pas, mon cœur. Parle avec Tom et nous discuterons ensuite, d'accord ?

Elle déglutit et hocha la tête.

— O-OK.

Il n'avait manifestement pas la moindre idée, sinon il ne serait pas si calme.

Un problème à la fois.

Discuter avec Tom serait un jeu d'enfant comparé au père de son enfant. Elle s'efforça de sourire et Jayson passa un doigt sur ses lèvres.

— Fais-moi confiance.

L'adoration était évidente dans ses tendres yeux marrons et redonna un peu d'espoir à Lizzie. C'était l'homme qui s'était agenouillé, qui avait accepté un collier et qui était mort, tout ça pour elle. Il ne serait peut-être pas ravi à l'idée d'avoir un enfant, mais il accepterait certainement d'en discuter. Et pour ce qui était des différences de Lizzie, il les connaissait déjà et ne l'avait jamais regardée différemment.

Toute une vie sans la moindre confiance en elle, à entendre sans cesse qu'elle ne serait jamais assez bien, fut réduite à néant en un instant, quand elle réalisa que pour Jayson, *elle était assez bien*. Parce qu'il l'aimait. Et qu'elle l'aimait en retour.

— Bien sûr que je te fais confiance, répondit-elle avec conviction.

Elle lui avait fait confiance dès l'instant où il s'était invité chez elle, une réaction instinctive quand son âme avait reconnu la sienne.

— Garde ça en tête, Rubis, chuchota-t-il avec un sourire. Commence avec Tom.

Elle lui rendit son sourire.

— D'accord.

Il déposa un baiser sur son front et recula pour s'adresser à leur public.

— Je vais faire un compte rendu de la situation à Amelia et Eliza. Nous serons dehors.

Tom hocha la tête.

— Je comprends.

— Est-ce que tout le monde va bien ? demanda Amelia alors que Jayson ouvrait la porte d'entrée.

— Physiquement, oui.

Le murmure de sa réponse circula dans la pièce et Lizzie fronça les sourcils.

— Qu'est-ce qu'il voulait dire par là ? demanda-t-elle à Tom.

— Osiris a forcé Alik à se servir de son talent mental

sur Luc et Balthazar, et il le vit plutôt mal. Et Stas a découvert qu'Osiris était peut-être son grand-père.

Les yeux de Lizzie s'écarquillèrent.

— Quoi ?

— Ouais...

Tom passa une main sur son visage et se gratta la joue.

— Je ne suis pas certain de comprendre comment c'est possible, vu ce que je sais du patrimoine génétique des Ichoriens.

— Tu le crois ?

Tom haussa les épaules.

— Franchement, compte tenu de tout ce qu'il savait ce soir ? C'est tout à fait possible. Ou alors il joue avec nous aux dépens de Stas.

— Mon Dieu, souffla Lizzie. Est-ce qu'elle est à Hydria ? Parce que je devrais aller la voir. Elle doit se sentir tellement seule.

— Wakefield est avec elle.

— Ah oui ?

Après la manière dont il s'était comporté avec elle sur la plage, Lizzie était surprise de l'apprendre.

— Tu en es certain ?

— Oh oui, répondit Tom en secouant la tête. J'ai quelques problèmes avec lui, mais je dois admettre qu'il se comporte bien avec elle.

Elle hocha lentement la tête. À en juger d'après la scène dont elle avait été témoin, Stas comptait beaucoup pour lui, même s'il s'était montré distant plus tôt.

— Elle est entre de bonnes mains.

— Je ne suis pas sûr que j'irais jusque-là, mais OK.

L'atmosphère entre eux changea de manière subtile quand leur attention se porta sur le sujet tabou plutôt que sur leur amie commune.

— Merde, Lizzie, je ne supporte pas que tu sois fâchée

contre moi. Je sais que je le mérite et si tu décides de ne plus jamais m'adresser la parole, je ferai de mon mieux pour respecter ta décision. Mais il faut que tu saches que je n'ai jamais eu l'intention de te faire du mal. Jamais.

Il se frotta la nuque.

— Tout est parti en vrille si vite. Est-ce que Jayson t'a raconté ce qui s'est passé ?

Elle s'éclaircit la gorge pour chasser l'émotion qui la serrait et s'obligea à répondre :

— Il a mentionné que tu avais tiré Amelia d'une situation terrible. Et que vous aviez tous les deux simulé votre mort.

Tom hocha la tête.

— C'est un peu vague, mais ouais. John m'avait donné pour mission de surveiller Amelia au milieu des bois, mais les traitements qu'ils lui ont fait subir...

Ses poings se serrèrent.

— Disons simplement que je ne pouvais pas les laisser continuer. Alors la seule manière de la protéger était de convaincre John que nous étions morts et je ne pouvais pas te rendre complice de ça, Liz. Pas sans te mettre en danger toi aussi.

— Donc tu m'as laissée seule à New York avec une horde d'Ichoriens et la FHC.

Elle n'avait pas pu réprimer son sarcasme ni même son agacement. Parce que franchement ? C'était probablement le pire endroit où la laisser.

— J'ai seulement aperçu une bribe de ton dossier et j'ai aussi surpris mon père une fois quand il parlait du sérum dont tu avais besoin, et Luc s'est demandé si c'était nécessaire pour te maintenir en vie. Nous ne pouvions pas prendre le risque de t'éloigner d'une potentielle source vitale sans être certains que c'était possible. C'est pour ça que nous avons envoyé Jay.

Il laissa tomber ses mains en signe de défaite.

— Je réalise que tu t'es retrouvée seule, mais pas un instant ne s'est écoulé sans que je m'inquiète pour toi. Je t'ai toujours adorée, Liz.

— Quand nous sommes-nous réellement rencontrés ? demanda-t-elle, curieuse.

Tom fronça les sourcils.

— Qu'est-ce que tu veux dire ? Tu avais, genre, dix ans, je crois. Nous nous sommes rencontrés à l'un de ces fichus brunchs. Tu ne t'en souviens pas ?

Elle secoua la tête et souleva le dossier.

— À en croire les informations contenues dans ce dossier, j'ai vécu dans un laboratoire jusqu'à mes dix-huit ans.

Il s'avança pour lui prendre la liasse de papiers des mains et la feuilleter.

— Ce sont des conneries.

— Je ne crois pas.

— Non, je me souviens définitivement de t'avoir rencontrée enfant. Je me souviens m'être dit que tu étais la petite sœur que j'avais toujours voulue.

Elle sourit tristement.

— Je pense qu'ils t'ont implanté ce souvenir.

Tout comme il l'avait fait avec cette amourette d'adolescents qui n'avait jamais rien donné.

— C'est logique. Ils souhaitaient que tu adoptes le rôle de grand frère pour me protéger et ils se sont assurés que je craque pour quelqu'un qui garderait mon attention.

Pour qu'elle ne soit pas tentée par qui que ce soit d'autre avant d'être prête à procréer. Puis elle avait rencontré Jayson. Tom lut la page une nouvelle fois puis la posa et cligna des yeux.

— C'est... c'est...

— Sacrément tordu ? lui proposa-t-elle avec un rire amer. Ouais, carrément, mais c'est probablement vrai.

Il la regarda et son visage bronzé blêmit.

— Je n'avais pas idée, Liz.

— Je sais, répondit-elle. Je ne t'en veux pas et je comprends pourquoi tu as fait ce que tu as fait. Ça ne veut pas dire que ça m'enchante, mais c'est assez pour essayer de te pardonner.

Ses yeux s'emplirent de larmes.

— Bon sang, quand est-ce que tu es devenue une adulte ?

Elle s'esclaffa.

— T'es sérieux, Tom ?

— Je suis sincère. Tu étais cette petite fille fragile et modeste. Mais la femme que tu es aujourd'hui n'a plus rien de réservé. J'approuve ce changement.

Lizzie leva les yeux au ciel.

— Pendant six ans, en tout cas dans mon esprit, j'ai essayé de te faire remarquer que j'étais une femme et c'est *maintenant* que tu le comprends. La bonne blague.

Il pouffa et ébouriffa ses cheveux.

— Tu es toujours comme une sœur pour moi, Liz.

— Mais une sœur féminine, j'espère.

— Bien sûr, acquiesça-t-il avec un regard joyeux en l'attirant dans ses bras.

Ils restèrent comme ça un long moment, le menton de Tom posé sur sa tête et les bras enroulés l'un autour de l'autre. Elle se sentait bien contre lui. Pas comme avec Jayson, mais parce que c'était réconfortant d'étreindre un ami.

— J'ai toujours remarqué ta beauté, Liz, ajouta-t-il à voix basse. Mais je te respectais bien trop pour agir. Pareil avec Stas.

— Et Amelia ? demanda-t-elle.

— Amelia, répéta-t-il, d'une voix plus grave. Je n'avais pas la moindre chance de lui refuser quoi que ce soit.

Lizzie sourit, heureuse pour lui.

— Tu l'aimes.

— En effet, acquiesça-t-il en reculant. Plus que je ne le devrais.

— Génial, dit Lizzie, sincère. J'espère qu'elle te rendra fou.

— Pardon ?

Il était à la fois amusé et complètement abasourdi.

— Quoi ? demanda-t-elle en battant des cils de manière innocente. Nous savons tous les deux que tu le mérites, Tom Fitzgerald. Oh, et au fait, si *jamais* tu décides de mourir une nouvelle fois, ne t'attends pas à ce que j'assiste aux funérailles. Je l'ai déjà fait une fois et je refuse de recommencer. Donc reste en vie. Compris ?

Il ravala sa salive.

— Oui, madame.

— Parfait. Maintenant, si tu veux bien, je dois aller parler à Jayson.

Tom gloussa et secoua la tête.

— Tu sais, j'étais inquiet au sujet de vous deux, mais je suis certain que tu le dompteras sans problème. D'ailleurs, j'ai hâte de voir ça.

— Qu'est-ce que tu veux dire ? demanda-t-elle.

Il haussa les épaules et prit la direction de l'entrée.

— Oh, rien du tout. Je réfléchissais juste à voix haute, répondit-il avant d'appuyer sur la poignée. Jay, elle est toute à toi. Et, euh, bonne chance, mec. Salut, Liz !

Il déguerpit de la maison avant qu'elle ne puisse répondre.

— C'est pas poli, grommela-t-elle.

Jayson verrouilla la porte d'entrée.

— On dirait que vous avez résolu vos problèmes.

— Je n'irais pas jusque-là, répondit Lizzie. J'ai un peu des envies de meurtre à son égard en ce moment.

Jayson sourit, amusé.

— Tom fait cet effet à pas mal de monde, mais comme ses talents sont incontestablement utiles, on évite de passer à l'action.

Elle rit, et c'était bon. Après tant d'heures, ou même de jours, elle en avait besoin. Puis elle dégrisa quand l'importance de la conversation à venir la heurta de plein fouet.

— Tant de choses se sont produites, commença-t-elle.

— Oui, acquiesça-t-il. Et avant qu'on attaque ce sujet, j'aimerais dire quelque chose.

Elle déglutit.

— OK.

Il essuya ses mains sur son jean en s'approchant, une expression sérieuse sur le visage. Elle tenta de comprendre son état d'esprit en étudiant ses yeux, mais ses émotions vacillaient trop vite pour qu'elle y parvienne. Jayson s'arrêta devant elle et prit ses mains.

— J'ai réfléchi toute la nuit à la manière de procéder et à ce que je voulais te dire, mais peu importe les mots qui me viennent, ils ne sont pas à la hauteur de l'importance de ce moment.

Il fit une pause et s'éclaircit la gorge avant d'humecter ses lèvres avec sa langue.

Il est nerveux.

— Au cours de mes trois-mille ans d'existence, je n'ai jamais imaginé que c'était possible de ressentir ces émotions. La notion de famille n'existait pas pour moi et j'ai toujours accepté cette idée, car j'ai grandi en sachant que c'était inévitable. Mais aujourd'hui, la vie m'a offert le plus précieux des cadeaux quand je t'ai rencontrée.

Elle se mordit la lèvre pour l'empêcher de trembler.

L'intensité de Jayson était presque insupportable. Son cœur s'emballa à un rythme malsain et sa respiration se fit haletante. Parce qu'elle ne voulait pas manquer un seul mot et qu'une simple expiration était trop bruyante. Les yeux plongés dans les siens, il s'agenouilla devant elle.

— Elizabeth, je ne suis pas certain de pouvoir t'expliquer ce que ça fait d'aussi soudainement obtenir tout ce que je n'avais jamais eu conscience de désirer, du fait d'un simple caprice du destin.

Il lâcha ses mains pour agripper ses hanches.

— Te connaître m'a changé de manière irrévocable. Je pensais que mon désir pour toi était un engouement passager, tout comme pour celles que j'ai rencontrées avant toi, mais ce désir a continué de croître chaque jour jusqu'à ce que je ne puisse plus le nier. J'ai alors enfreint les règles et goûté à toi, mais, bon sang, Liz, ce n'était pas suffisant.

Sa prise se resserra et il pressa son front contre son estomac.

—Je ne suis pas sûr que ça le sera un jour.

Des larmes roulèrent sur les joues de Lizzie quand il leva son t-shirt pour déposer un baiser solennel sur son abdomen. Il leva les yeux sur elle, une expression d'adoration sur le visage, avant d'embrasser son nombril.

— Une famille, Lizzie, murmura-t-il. Je n'ai jamais imaginé pouvoir un jour avoir un fils ou une fille, ou même une épouse. Et je ne savais même pas à quel point je le désirais avant de te rencontrer. Je compte passer le reste de mes jours à te remercier, t'aimer et te chérir. Et je ferai tout ce que tu souhaites pour te prouver que je suis digne de ce cadeau incroyable, Elizabeth. Pour te prouver que je mérite de t'aimer et d'élever notre enfant.

Lizzie renifla quand il captura une nouvelle fois ses mains et redressa son dos tout en restant agenouillé.

— Je veux t'épouser, Elizabeth. Je suis conscient qu'il

s'agit d'une tradition désuète et que les humains prennent rarement leurs serments au sérieux, mais j'aimerais m'unir à toi devant tous nos amis et notre famille. Ce que nous avons est si rare, Lizzie. Et j'aimerais faire ça bien, pour notre avenir autant que pour nous.

Il s'éclaircit la gorge, ses yeux débordant d'affection.

— Un bébé, chuchota-t-il d'une voix émerveillée. Je vais être papa.

Il leva les yeux comme pour remercier le ciel.

— C'est le miracle que je n'étais pas conscient de désirer, Lizzie.

—Jayson...

Elle arrivait à peine à le voir à travers les larmes qui brouillaient sa vision. Et s'il continuait son discours, elle éclaterait en sanglots. De toutes les choses qu'elle s'attendait à entendre de sa bouche, elle n'avait pas songé à ça. Mais c'était parfait, sincère et tellement juste. Il embrassa ses phalanges et inclina sa tête au-dessus des mains de Lizzie dont les larmes continuaient de couler.

— J'ai l'avantage du temps et de l'expérience derrière moi et je peux te dire avec certitude que personne n'a jamais évoqué en moi les sentiments que j'éprouve pour toi. Ça peut te paraître rapide, mais je sais au fond de mon cœur que tu es la seule pour moi. Il n'y aura jamais personne d'autre et j'attendrai, aussi longtemps qu'il le faudra, que tu ressentes la même chose.

Le regard de Jayson était humide quand il leva une nouvelle fois les yeux sur elle.

— Ce sera long, toute l'éternité, mais j'aimerais vivre avec toi à tout jamais si tu veux bien de moi.

Il embrassa son poignet, ses yeux plongés dans les siens malgré les larmes.

— Elizabeth Watkins, veux-tu m'épouser ?

29

PIZZA POUR TOUJOURS

MON NOM EST ELIZABETH.
JE NE SUIS PLUS 4-7.

ENTRÉE 124.11.4-7

LE CŒUR de Jayson battait à tout va alors qu'il attendait que Lizzie dise quelque chose. Quoi que ce soit. Même si les mots « va te faire voir » lui échappaient, il s'en ficherait, parce que l'anticipation le tuait. Elle s'humecta les lèvres, ouvrit la bouche, la referma et Jayson n'en pouvait plus. Il n'avait jamais autant eu besoin d'une réponse qu'en cet instant.

— Oh mon Dieu, Jayson.

Elle secoua la tête alors que des larmes continuaient de rouler sur ses joues roses.

— Non, ce n'est pas un non... attends... Je suis juste... Oh, mon Dieu, j'ai déjà tout gâché.

Elle éclata de rire et secoua une nouvelle fois la tête.

— Merde !

Son visage rougit d'autant plus, ce qu'il trouva aussi

adorable que frustrant. Frustrant parce qu'il brûlait de l'embrasser, mais devait se contenir le temps qu'elle prenne sa décision. Elle inspira profondément, ses mains serrant celles de Jayson plus fort qu'elle ne le réalisait probablement. Après plusieurs secondes d'agonie, elle croisa finalement son regard et sourit.

— Oui, dit-elle, sa réponse évidente dans ses yeux. Bien sûr que oui. Toujours, oui. Je... Je ne sais même pas par où commencer, mais oui. Je voudrais t'épouser.

L'adrénaline l'envahit et il bondit sur ses pieds pour l'envelopper dans ses bras et l'embrasser à en perdre haleine. Ses cheveux soyeux étaient délicieux entre ses doigts alors qu'il inclinait la tête de Lizzie dans la position qu'il préférait. Elle se laissa aller contre lui, lui offrant tout ce dont il avait besoin alors qu'il en faisait de même pour elle.

— Je t'aime, chuchota-t-elle. Je ne sais pas comment c'est arrivé, mais c'est vrai.

Il sourit contre ses lèvres.

— Je t'aime aussi. Et j'ai envie de toi.

— Ah ouais ?

Elle taquina sa bouche avec sa langue.

— Eh bien moi, j'ai *besoin* de toi.

— Coquine.

Il la souleva dans ses bras pour la porter dans sa chambre.

— Jay, c'est une tradition pour la nuit de noces.

— Dans cette maison, ce sera une tradition chaque nuit. Et peut-être même le matin.

Elle éclata de rire alors qu'il la laissait tomber sur le lit.

— Tu promets ?

— Considère que ça fait partie de mes vœux, répondit-il en s'installant sur elle. Tu réalises ce à quoi tu viens de dire oui, Rubis ?

Il tira son t-shirt par-dessus sa tête en même temps.

— Une éternité pour admirer tes abdos ? demanda Lizzie en savourant la vue de son torse. Non, une éternité à les tâter.

Elle caressa l'abdomen de Jayson avec ses mains. Il attrapa ses poignets et les plaqua de chaque côté de sa tête.

— Non, Rubis.

— Oui, Jayson. Définitivement, oui.

Il pouffa.

— Mmm, non, tu as accepté de passer l'éternité dans mon lit.

— Notre lit, corrigea-t-elle.

Jayson sourit. Cette idée lui plaisait.

— Notre lit, acquiesça-t-il en caressant la peau de ses bras. Ne bouge pas les mains.

— Bien, monsieur.

La boutade dans sa voix éveilla ses désirs les plus sombres.

— Je vais aimer t'enseigner l'art du plaisir, chuchota-t-il alors qu'il faisait glisser ses doigts sur ses courbes jusqu'au bas de son t-shirt. Mais nous allons commencer doucement.

Il roula à côté d'elle puis se mit debout.

— Doucement ? demanda Lizzie en se hissant sur ses coudes. Je ne suis pas sûre d'apprécier d'aller « doucement » si ça veut dire rester seule au lit, toute excitée.

— Tu as bougé les mains, souligna-t-il en ouvrant le tiroir du haut de sa commode. Ma future épouse n'est pas très douée pour suivre des instructions.

— Ta future épouse n'obéira jamais aux ordres, railla-t-elle.

Les lèvres de Jayson se recourbèrent.

— Super. Je n'ai pas envie d'une épouse obéissante. Je préfère qu'elle soit coquine.

Il mit la main sur ce qu'il cherchait et retourna à côté du lit, les mains derrière le dos.

— Déshabille-toi.

Lizzie passa sa langue sur ses lèvres en le dévorant ouvertement du regard. Il lui fallut trois secondes de plus que ce qu'il avait escompté pour qu'elle obéisse. Elle commença avec son débardeur, suivi de son short, puis de la lingerie qu'elle portait dessous. Habituellement, il aurait préféré qu'elle se dévoile plus lentement, mais ça irait pour ce soir. Il prit le temps de l'étudier à la lumière tamisée de la pièce.

— Tu es magnifique dans *notre* lit, Rubis. Je crois que je vais t'y garder un moment.

Elle s'allongea contre les oreillers avec un regard suggestif. La femme innocente dont il était tombé amoureux était cachée sous la surface, mais avait momentanément laissé la place à une diablesse. Son sexe approuvait certainement. Il la laissa voir l'objet qu'il tenait quand il posa un genou sur le lit.

— Un bandeau ? demanda-t-elle, à bout de souffle.

— On commence doucement, répéta-t-il en caressant la joue de Lizzie avec le morceau de soie.

Ses pupilles dilatées indiquaient son approbation.

— Ferme les yeux.

Elle s'exécuta et il noua le tissu autour de sa tête.

— Ça va ?

Elle hocha la tête.

— Oui.

Il se remit debout pour retirer son jean et le fit aussi silencieusement que possible. Les tétons de Lizzie se durcirent sous ses yeux et elle serra les cuisses ; tous les signaux qu'il guettait chez une femme excitée. *Elle a l'air d'aimer ce bandeau.*

— Est-ce que tu sens mes yeux sur toi, Rubis ? demanda-t-il à voix basse.

Elle hocha la tête et humecta ses lèvres pulpeuses avec sa petite langue rose.

— Je veux que tu me touches.

— Montre-moi où, dit-il en retirant son boxer.

Lizzie toucha ses seins bien trop légèrement à son goût.

— Là, chuchota-t-elle.

— Juste comme ça ?

Elle secoua la tête.

— Non, plus fort.

— Montre-moi, murmura-t-il en empoignant son pénis et en le caressant paresseusement.

Elle déglutit de manière visible, mais agrippa ses seins et les serra. Son gémissement était délicieusement sensuel.

— Seulement là, Rubis ?

La voix de Jayson était devenue rauque face au spectacle se déroulant sur son lit.

— N-non.

Elle gémit quand elle fit glisser ses doigts sur le plat de son estomac pour rejoindre l'amas de boucles rousses entre ses cuisses.

— C'est tellement coquin.

— En effet, acquiesça-t-il. Maintenant, dis-moi si tu es mouillée.

— Oh mon Dieu.

Elle s'arqua contre le lit.

— Ça ne devrait pas m'exciter autant.

Sa main glissa plus bas et provoqua un frisson violent.

— Tellement mouillée...

Elle se figea quand Jayson s'agenouilla à côté d'elle sur le matelas.

— Laisse-moi voir ta main, Rubis.

Elle serra ses cuisses en guise de protestation.

— Je suis si près, Jayson.

— Je sais, mon cœur. Mais donne-moi ta main.

Lizzie se mit à trembler, mais décontracta ses cuisses pour lui. Son désir savoureux embauma l'air quand elle leva la main pour qu'il l'inspecte et son abdomen se resserra sous l'envie. *Ma future épouse.* Il huma sa peau douce, inspirant profondément.

— Mmm, je pense que c'est mon nouveau parfum préféré, Rubis.

Elle gigotait à côté de lui alors qu'il tenait son poignet.

— Tu me tues.

— C'est mutuel.

Il enroula les doigts de Lizzie autour de son sexe et grogna à la sensation de ses doigts chauds et humides sur sa peau sensible. Elle le caressa de la base jusqu'à son extrémité, encore et encore, manquant de le faire défaillir. Et cette langue, en train de lécher ses lèvres par anticipation, ne l'aidait pas. Il avait appris lors de leur séjour à Bora-Bora qu'elle aimait le sexe oral, mais Jayson souhaitait jouir au fond d'elle ce soir, et pas dans sa bouche. Il avait besoin de la faire sienne. Il retira doucement la main de Lizzie et sourit quand elle gronda en retour.

— Je te trouve très impatiente.

Il embrassa son poignet avant d'étirer son bras au-dessus de sa tête et de guider ses doigts autour des barreaux en fer qui ornaient sa tête de lit.

— Accroche-toi à ça, Lizzie.

Il attrapa son autre main et la positionna de manière similaire.

— Écarte les jambes.

Elle obéit en gémissant et il admira ses boucles rousses

humides. Ses jambes tremblaient alors qu'elle attendait de voir ce qu'il ferait ensuite, mais il prolongea délibérément le moment pour exacerber la tension. Il se décala légèrement, mais sans la toucher.

— Je pourrais passer la nuit à t'admirer, admit-il à voix basse. Tu es tellement belle.

Il se pencha pour souffler sur son sexe et elle se cambra.

— Mmm, et tellement réactive aussi.

Sa peau était moite de sueur.

— S'il te plaît, Jayson.

Ses testicules se contractèrent quand elle le supplia de sa voix rauque. *Elle est à moi*. Il s'agenouilla entre ses jambes et glissa un doigt entre ses replis humides.

— Une éternité à t'aimer ne me suffira jamais, chuchota-t-il avec révérence. Tu es absolument parfaite.

— Prends-moi, le supplia-t-elle. J'ai besoin de toi en moi.

Ses mains s'immiscèrent sous ses fesses pour soulever son bassin du lit et il s'enfonça dans son sexe chaud. Cette position intense la fit crier et il lui laissa un instant pour s'y habituer, alors même que le corps de Jayson le suppliait de la prendre comme il en avait besoin. *Fort et vite*.

— Encore, demanda-t-elle. Encore, Jayson.

Il sourit.

— Comme tu veux, ma future femme.

Il se retira presque entièrement puis s'enfonça complètement et lâcha un grognement qui retentit dans la pièce. *C'est tellement bon*. Il recommença, mais plus rapidement cette fois-ci jusqu'à ce que les cris de plaisirs de Lizzie percent le silence de la pièce. Bon sang, il adorait ce son. Et il l'entendrait pour le restant de sa très longue existence. Merde.

Il souhaitait la posséder entièrement et y parvint à

chaque impulsion brutale. Les jambes de Lizzie tremblaient alors que son orgasme approchait, mais Jayson savait qu'il lui faudrait autre chose. Il resta enfoncé en elle tout en la déposant sur le matelas, puis trouva un angle qui la ferait jouir.

Il captura sa bouche et glissa une main entre eux, trouvant aisément son clitoris. Elle n'eut besoin que d'un bref massage circulaire pour la faire plonger dans le néant, et merde, mais c'était incroyable. Les parois de son vagin se contractèrent autour de lui si fermement qu'il ne put s'empêcher de la suivre dans l'extase.

— Lizzie, grogna-t-il alors que son essence se mélangeait à la sienne de la plus intime des manières.

Mais il ne pouvait pas s'arrêter. Il lui en fallait plus. Et il souhaitait voir ses yeux cette fois-ci. Jayson lui retira le bandeau et sourit face à son air satisfait. Mmm, ils étaient loin d'avoir terminé.

— Mets tes bras autour de moi cette fois, mon cœur.

— Oh, oui, monsieur.

LIZZIE NE QUITTERAIT JAMAIS ce lit. Absolument jamais. Les draps soyeux étaient imprégnés du parfum de Jayson et de sexe. Tellement de sexe. Elle sourit et s'étira langoureusement, plus que satisfaite.

— OK, j'ai besoin de ton aide pour clore un débat plus vieux que le monde, annonça Jayson quand il revint, tenant une boîte à pizza.

Il déposa sa prise délicieusement grasse sur le lit à côté de Lizzie. Elle ouvrit le couvercle pour attraper une part de pizza au pepperoni et demanda :

— Quel est le débat ?

Il prit une part à son tour et s'installa contre les coussins à côté d'elle.

— B dit que la pizza n'a rien de romantique. Je pense qu'il a tort.

— Il a tout faux, marmonna Lizzie, la bouche pleine de fromage. C'est sexy.

— Ah ouais ? répondit-il avant de prendre une bouchée. Je pense que la pizza devrait être une obligation après une partie de jambes en l'air.

Lizzie hocha la tête avec enthousiasme.

— J'approuve cette règle.

Il sourit.

— Alors c'est d'accord. De la pizza plusieurs fois par jour, après l'amour. Et dire qu'ils prétendent que le mariage, c'est compliqué.

Elle gloussa.

— Le sexe aussi, plusieurs fois par jour ?

— Évidemment, répondit-il. Ça aussi, c'est une règle, désormais.

Lizzie savoura une autre dose de son délicieux mets au fromage tout en réfléchissant.

— Tu regretteras cette décision quand je serai devenue grosse, répondit Lizzie en fronçant les sourcils. Oh, mon Dieu, je vais devenir grosse.

Il lui ôta sa part de pizza et plaqua Lizzie sous son corps. C'était arrivé si vite qu'elle ne savait pas où avait atterri la nourriture. Avec de la chance, elle était retombée dans la boîte. *OK, peut-être que la pizza au lit n'est finalement pas si sexy*. Il l'embrassa fermement puis mordilla son menton et son cou. Ses lèvres tracèrent un sillon de sa gorge à son nombril, où il s'arrêta.

— As-tu la moindre idée de l'effet que me fait l'image de toi, le ventre arrondi par notre enfant, Rubis ?

Il leva les yeux vers elle et elle remarqua le désir dans son regard.

— Le problème ne sera pas l'absence de désir, Rubis, mais plutôt qu'il devienne impossible à assouvir.

Elle frissonna.

—Je devrais aimer ça.

— Je m'en assurerai, promit-il en déposant un dernier baiser sur son estomac. Si les examens détectaient déjà les signes de ta grossesse, je pense qu'elle sera peut-être accélérée. Les dossiers de la FHC indiquent-ils combien de temps ils estiment que ça prendra ?

Elle secoua la tête.

— Nous n'en étions pas encore là quand tu es arrivé.

— Ce n'est pas grave. Nous avons plusieurs médecins sur Hydria, dont B.

Son expression s'assombrit.

— Non, oublie B. Je n'aime pas du tout cette idée.

Lizzie gloussa.

— Je suis certaine qu'il se conduirait de manière professionnelle.

— Oh, certainement, mais non. Ça n'arrivera pas. Nous en parlerons à Lara. C'est une Hydraienne dotée de talents guérisseurs.

Il hocha la tête, manifestement décidé.

— Oui, je préfère ce plan.

— De la jalousie, songea Lizzie. C'est très intéressant, monsieur Masters.

— Tu es à moi, répondit-il simplement. Je n'ai pas l'intention de partager.

— Tu l'as déjà mentionné.

Elle lui sourit, plus heureuse qu'elle ne l'avait été depuis très longtemps.

— Ça me va de ne pas partager.

— Parfait.

Il laissa tomber le bas de son corps contre le sien et posa son menton sur l'estomac de Lizzie.

— Tu me dois toujours des cookies.

Elle éclata de rire.

— C'est vrai. Je les ferai demain.

— Ça me paraît plus juste que tu les prépares nue vu que je les ai attendus si longtemps. Pendant que je supervise, évidemment.

— Est-ce que tu seras nu, toi aussi ?

Il haussa les épaules.

— Si le chef me le demande.

— C'est le cas.

— Alors c'est comme si c'était fait.

Il sourit largement.

— Je ferai mieux de dire à Tom et Amelia de trouver une nouvelle maison.

Son sourire disparut.

— En fait, ça risque d'être compliqué maintenant que plusieurs Ichoriens vont emménager sur l'île.

Lizzie passa ses doigts dans les cheveux de Jayson et demanda :

— Qu'est-ce que tu veux dire ?

— Eh bien, notre mission pour te sauver des griffes d'Osiris ne s'est pas tout à fait passée comme prévu et quelques-uns de nos alliés ichoriens ont été démasqués, dont Issac.

Elle marqua un temps d'arrêt.

— Quoi ?

— C'est vrai, tu n'étais pas là. Alors, laisse-moi tout te raconter.

Il lui expliqua ce qui s'était passé une fois que Jacque l'avait téléportée à Hydria, la façon dont Osiris avait réussi à capturer tous les Anciens, ainsi que sa confrontation avec Stas.

— Alors il sait quels Ichoriens ne sont pas de son côté, dit-elle quand il eut terminé. Et tu penses que ça va déclencher un conflit ?

— Oui. Leur désertion fait pencher la balance en notre faveur. La lignée d'Aidan est très puissante et ils ont tous choisi notre camp de manière officielle. Il est possible que d'autres Ichoriens demandent l'asile, ou bien se terrent quelque part.

Lizzie réfléchit à tout ce qu'il avait dit tout en passant ses doigts dans ses cheveux. Il n'avait pas bougé de son ventre, le menton posé au-dessus de leur futur enfant. *Dans quel monde allons-nous t'accueillir, mon p'tit bout ?*

—Je vous protégerai tous les deux avec tout ce que j'ai, Rubis, jura-t-il, ayant suivi le fil de ses pensées.

Elle se dit que son anxiété avait dû se manifester sur son visage.

— Qu'en est-il de Jonathan ? demanda-t-elle en frissonnant. Il court toujours dans la nature.

— Pas pour longtemps.

Quelque chose de lugubre vacilla dans son regard quand il continua.

— Le temps lui est compté. Il s'est fait trop d'ennemis.

— Mais n'as-tu pas dit qu'il était partenaire avec Osiris ?

Jayson sourit.

— Je pense que ce partenariat n'est pas équitable, et plutôt en faveur d'Osiris. Et je ne suis pas inquiet. Jonathan va mourir. Je te le promets.

Elle observa la conviction sur son visage et décida :

—Je peux vivre avec ça.

Ce qui la surprit. La violence et la mort étaient deux sujets qu'elle évitait. Mais l'idée que Jonathan meure ? Ouais, elle pouvait se rallier à ça.

— Et s'il était insensible à tes talents, comme Osiris ?

— Alors nous le tuerons de manière traditionnelle. D'une balle.

Il embrassa son ventre.

— Je ferai tout ce qui est nécessaire pour assurer votre sécurité à toi et notre enfant, Liz. Je te le promets.

— Je te fais confiance, chuchota-t-elle. Maintenant, viens par ici et embrasse-moi.

Il lui offrit un sourire brillant.

— As-tu encore oublié qui était aux commandes ?

— J'ai peut-être besoin d'une autre leçon à ce sujet.

Il remonta le long de son corps pour l'emprisonner entre son corps ferme et le lit.

— Je serai heureux de t'aider, Rubis ; tous les jours, tous les soirs, pour le reste de nos très longues existences.

Elle enroula ses doigts autour de sa nuque pour l'attirer dans un baiser.

— Je t'aime, souffla-t-elle contre ses lèvres.

— Je t'aime aussi, murmura-t-il. Pour toujours et à jamais.

LIZZIE GRIMPA la colline pour se rendre chez Luc. Plus tôt, Jayson lui avait donné des instructions pour y arriver, après lui avoir annoncé qu'Issac et Stas vivaient chez Luc pour le moment. Sa maison était éloignée des autres habitations et semblait presque isolée, mais le panorama était sublime. Les eaux bleu sombre qui ondulaient à perte de vue, les maisons blanches aux toits bleus, les rues pavées. C'était magnifique. Lizzie prit le temps de tout admirer avant de frapper, y compris l'architecture adorable de sa maison. Jacque ouvrit la porte sans sourire habituel.

— Oh, salut, dit-il en se frottant la nuque. Euh, Luc

n'est pas vraiment en état de recevoir du monde pour le moment.

— Est-ce qu'il se remet toujours de ce qu'Alik lui a fait ?

Jay lui avait expliqué tout ce qui s'était passé, y compris ce que cela signifiait quand Alik utilisait son talent sur quelqu'un. Jacque hocha la tête.

— Ouais. C'est le cas de tous les Anciens. Je lui dirai que tu es passée.

— Oh, en fait j'étais venue voir Stas. Est-ce qu'elle est là ?

Il secoua la tête.

— Non, elle est descendue à la plage avec Issac. Tu veux que je t'emmène ?

Ses yeux s'illuminèrent avec cette dernière question. *Il aime se rendre utile.*

— En fait, oui, ce serait super.

Elle était parfaitement capable de marcher, mais l'idée d'être téléportée ne la gênait pas et le sourire qu'il lui offrit en réponse confirma son choix. Il lui tendit son coude et Lizzie l'accepta. Puis la scène autour d'eux se troubla et laissa la place à la plage une seconde plus tard.

— C'est vraiment un talent génial, admit-elle.

— C'est incroyable, acquiesça-t-il. Fatigant, mais super.

D'un mouvement de tête, il indiqua la position d'Issac et Stas sur la plage, où ils marchaient main dans la main, en pleine conversation.

— Je, euh, je crois qu'ils sont officiellement en train de mettre fin à leur relation, chuchota Jacque. Nous devrions les laisser tranquilles.

— Qu'est-ce que tu veux dire ?

— Eh bien, je crois qu'ils sont en train d'avoir *cette conversation.*

Il les regarda en grimaçant.

— Tu sais, pour rompre.

— Mais...

Lizzie s'interrompit quand Issac s'arrêta pour faire face à Stas, un air désespéré sur le visage.

— Il ne pourrait pas juste, je ne sais pas, éviter de la mordre ?

Cela semblait si simple aux yeux de Lizzie. La plupart des couples ne saignaient pas l'un devant l'autre, n'est-ce pas ? Jacque la regarda bouche bée.

— De qui va-t-il se nourrir ?

— De donneurs ? suggéra Lizzie.

— Se nourrir est un processus très sexuel pour les Ichoriens. De plus, notre sang est extrêmement attrayant pour eux. S'il perdait contrôle rien qu'une seconde dans une situation intime, il mourrait.

Lizzie fronça les sourcils.

— D'après ce que j'ai vu, Issac est très déterminé, avec une excellente maîtrise de lui-même.

Jacque réfléchit à ce qu'elle venait de dire et hocha la tête.

— C'est vrai, mais une relation de cette nature entre un Ichorien et une Hydraienne est sans précédent.

— J'imagine que c'est aussi le cas en ce qui concerne l'emménagement d'un tas d'Ichoriens sur cette île, souligna-t-elle.

— Touché, répondit-il. Quoi qu'il en soit, c'est considéré comme impossible et les autres n'approuveraient pas.

— Mais ça ne les concerne pas franchement, hein ? dit Lizzie, légèrement agacée au nom de son amie. S'ils ont envie d'essayer, ils sont libres de le faire.

Jacque haussa les épaules.

— On verra bien.

Lizzie était pleine d'espoir. Si quelqu'un réussissait à

trouver une solution, ce serait Stas. Sa meilleure amie était la femme la plus forte qu'elle connaissait.

— Je devrais probablement essayer de lui parler plus tard, dit-elle alors qu'Issac prenait le visage de Stas entre ses mains et plaquait son front contre le sien. Ils ont l'air accaparés par leur conversation.

Et c'était étrange de les observer.

— Tu veux rentrer chez Jay ?

— Oui, s'il te plaît. Je lui dois des cookies.

— Des cookies ? répéta Jacque. Je suis partant.

Lizzie lui offrit un sourire brillant.

— Je vais devoir faire plusieurs tournées parce que Jayson n'a pas l'intention de partager.

— Il a bien raison, acquiesça Jacque.

Stas inclina la tête en arrière pour l'embrasser et Issac le lui rendit tendrement au moment où Jacque les téléportait ailleurs. Un sourire étira les lèvres de Lizzie.

Leur histoire est loin d'être terminée.

ÉPILOGUE

UNE SEMAINE PLUS TARD...

JAYSON SE TENAIT devant la porte de Luc, hésitant. Il fallait qu'il le fasse. Il fallait qu'il entre et qu'il explique comment il avait pu choisir une femme au lieu de ses frères, mais les mots lui échappaient. S'excuser serait un mensonge. Quand Osiris lui avait demandé la vérité, il s'était exécuté.

N'importe quoi.

Et il le pensait. Il donnerait n'importe quoi pour protéger Lizzie, y compris la vie de ses meilleurs amis. Merde, c'était douloureux. Il n'avait jamais voulu choisir entre eux, mais Osiris l'avait contraint à exprimer ses sentiments à voix haute. Et les trois hommes à l'intérieur le savaient désormais.

Jayson passa une main sur son visage alors qu'il tentait de trouver les vestiges de son assurance. Il n'avait pas vu Alik, Balthazar ou Luc depuis l'incident. Personne ne les avait vus, mis à part une poignée de Gardiens qui avaient participé au rétablissement de leurs Anciens. Jayson leur avait laissé un peu d'espace et avait attendu la convocation inévitable. Elle était arrivée ce matin par le biais de Jacque.

Cesse de te conduire comme un poltron et frappe sur cette foutue porte, se dit-il. *Ils savent que tu es là.*

Bon sang, Balthazar pouvait entendre chacune de ses pensées. Toutefois, le fait qu'il ne l'ait toujours pas invité à entrer ne fit qu'accentuer le malaise de Jayson. Ce n'était pas du genre de B de le laisser galérer dehors. Seul. À moins que ce soit sa punition. Merde, s'ils voulaient jouer à ce petit jeu, alors d'accord. Il refusait de s'excuser pour avoir offert son cœur à Lizzie. Elle valait largement la peine que lui infligeraient ses amis.

Ouais, au diable le fait de frapper. Il pressa la poignée et entra sans annoncer sa présence. Balthazar était dans l'entrée, son sourire habituel au visage, visiblement à l'aise. Un sentiment de tranquillité enveloppa les épaules de Jayson à la vue de son meilleur ami, en bonne santé, vivant et un sourire au coin des lèvres.

— C'était franchement amusant.

Balthazar ouvrit la bouteille de bière qu'il tenait et la tendit à Jayson.

— Bon retour parmi nous, Jay. C'est dommage qu'on ait dû t'envoyer une convocation pour t'obliger à nous rendre visite.

Jayson attrapa la bouteille et haussa un sourcil.

— T'es sérieux ? Tu m'as ordonné de venir ici pour boire une bière ?

— Il souhaite discuter de ta soirée d'enterrement de vie de garçon, annonça Luc quand il les rejoignit dans l'entrée.

Les poches sous ses yeux étaient la seule trace restante du supplice qu'il avait vécu la semaine précédente.

— Comme nous avons cru entendre que les félicitations étaient de mise.

— Ouais, d'ailleurs, c'est quoi ces conneries ? demanda

Alik depuis le salon. Comment ça se fait que ce soit Jacque qui nous en ai parlé ?

— J'essayais de vous laisser vous reposer, dit Jayson, à moitié sincère.

— C'est des conneries, répliqua Balthazar d'une voix anormalement irritée. Tu te planquais. Choisir Lizzie à notre place, c'est une chose, mais ne pas être capable de nous affronter à ce sujet, c'en est une autre.

— La confiance, ajouta Luc. Tu ne nous as pas fait confiance pour te pardonner, même si l'on ne considère pas que ce soit nécessaire.

Ce n'était pas entièrement vrai.

— J'avais besoin de temps pour trouver les mots.

— Tu as réussi ? demanda Luc, le regard débordant de curiosité.

— Franchement ?

Jay frotta l'arrière de son cou de sa main libre et souffla.

— Non. Je ne sais pas quoi dire. Je ne peux pas m'excuser, même si j'ai l'impression que je devrais. Et je ne sais pas comment l'expliquer. Osiris m'a forcé à choisir...

— Il t'a demandé ce que tu *donnerais* pour la sauver, intervint Luc. Et tu lui as donné la réponse la plus honorable, parce que si tu n'étais pas prêt à donner n'importe quoi pour la sauver, tu ne la mériterais pas.

Alik s'avança dans l'entrée, les mains dans les poches, ses yeux marron voilés par des souvenirs et du chagrin.

— Ne m'as-tu pas accepté quand j'ai choisi Jenika à votre place ?

Entendre ce prénom fut un choc pour Jayson. Alik n'avait pas prononcé ces six lettres depuis plusieurs siècles et l'agonie qu'il avait ressentie en le faisant avait creusé un sillon sur son visage qui les avait atteints en plein cœur.

— Alik, souffla Jayson. Tu n'as pas besoin de faire ça.

— Si, je le dois.

Un air sombre voila ses traits alors même qu'une lueur déterminée éclairait son regard.

— Vous savez tous que je sacrifierais n'importe quoi pour la ramener à la vie, mais notre lien n'en est pas moins solide. Nous sommes frères et nous le serons toujours, mais l'amour, le *véritable* amour, enfreint toutes les règles. Y compris celles induites par notre passé commun.

— Il a raison, murmura Balthazar. Tu devrais chérir ce que tu partages avec Lizzie. Nous ne te demanderons jamais de nous faire passer en priorité et tu peux être certain que nous serons à tes côtés si tu devais te battre pour elle.

— Ton bonheur est notre bonheur, Jay.

Luc lui assena une claque dans le dos et l'attira dans une étreinte.

— J'ai senti ce que te coûtait cette réponse, mais je n'aurais pas pu être plus fier de toi.

— Nous tous.

Balthazar rejoignit leur étreinte.

— Tu seras toujours notre frère, Jay. Peu importe ce qui arrive.

— L'aimer ne t'affaiblit pas, bien au contraire. Accroche-toi à ce don, Jay. Parce que tu ne sais pas quel sort la vie te réservera ensuite.

Les paroles solennelles, mais sages provenaient d'Alik. Il ne s'était pas joint à leurs embrassades, non pas qu'ils s'y soient attendus. La mort de Jenika l'avait irrémédiablement changé. Aucun d'entre eux ne l'avait compris, car ils n'avaient eux-mêmes jamais été amoureux, mais Jayson comprenait désormais sa réaction. Lizzie était son cœur. Sans elle, il cesserait d'exister. Alik croisa son regard par-dessus l'épaule de Luc.

Maintenant tu comprends, chuchota-t-il par télépathie.

Protège-la, Jayson. Protège-la de toutes tes forces et ne cesse jamais de chérir votre amour.

Jayson hocha la tête en réponse, un serment solennel de prendre soin d'elle. *Pour toujours.*

— Tu feras un excellent père, chuchota Luc. Et un mari encore meilleur.

— Après la soirée d'enterrement de vie de garçon, ajouta Balthazar avec une petite tape sur l'épaule de Jayson alors qu'il s'éloignait de lui et Luc.

Il n'y a que B pour alléger une atmosphère pesante.

— Après la fête, acquiesça Luc en relâchant Jay.

Alik pouffa et se détourna en annonçant :

— Ouais. Bon courage pour obtenir l'autorisation de Lizzie.

Jayson appréciait ce changement de sujet, mais grimaça en réfléchissant au commentaire d'Alik.

— Tu n'as rien prévu de trop extravagant, n'est-ce pas ?

Balthazar sourit de toutes ses dents.

— T'aurais-je convoqué ici pour discuter de quoi que ce soit d'autre que d'une fête phénoménale ?

Il agita ses sourcils.

— Passe dans le salon, Jay. Il faut qu'on étudie les plans et le planning que je propose.

L'histoire continue dans *Les liens du sang,* la romance explosive qui a mis le feu aux poudres…

Les liens du sang

La malédiction des immortels
Auteure à succès USA Today
Lexi C. Foss

LES LIENS DU SANG

Une nuit de séduction et de plaisir en échange d'informations…

Caro n'aurait jamais dû accepter un accord aussi stupide. Maintenant, elle doit fuir pour sauver sa vie avec l'être qui l'a mise en danger.

Sethios a vu Caro comme un défi à relever. Un nouveau jouet avec lequel passer le temps. Mais leur arrangement a provoqué une conséquence qu'aucun des deux n'avait prévue.

Car la voyante sait tout. Elle prédit l'avenir. Et sa dernière prophétie change la donne.

Jusqu'où Caro et Sethios iront-ils pour protéger leur destin et celui de leur enfant à naître ?

Parfois, l'amour exige le sacrifice ultime...

Bienvenue dans le monde de La malédiction des immortels, *où anges et vampires vivent en secret. Une guerre entre immortels se profile à l'horizon. Quel camp choisirez-vous ?*

L'ACTUALITÉ DE LA SÉRIE
LA MALÉDICTION DES IMMORTELS

Chers lecteurs,

Merci d'avoir lu *Cœur de sang*. J'espère que vous avez aimé en apprendre plus au sujet de Lizzie et Jayson et que leur évolution vous a plu. J'avais leur relation en tête depuis longtemps et, même si ces personnages m'ont beaucoup fait pleurer, j'ai adoré écrire ce livre. Une partie de mon cœur leur appartiendra toujours.

Les liens du sang est le prochain livre de la série.

Pour un aperçu, des chapitres en avant-première, ou des extraits choisis, rejoignez mon groupe de lecteurs sur Facebook ou inscrivez-vous à ma newsletter. Vos messages me font toujours plaisir et, même si je ne répondrai pas aux questions qui viendraient dévoiler les intrigues futures, je vous offrirai un aperçu des voix séjournant dans mon esprit. ;-)

Merci encore d'avoir lu ce livre !

À bientôt,

Lexi

REMERCIEMENTS

Il faut une armée pour achever un livre. Je suis reconnaissante envers tous ceux qui m'ont aidée au cours de ce terrifiant voyage et envers mes amis et ma famille pour leur soutien. Ci-dessous sont mentionnés quelques membres de mon équipe sans lesquels j'aurais été incapable de réaliser ceci...

Tout d'abord, Matt : Merci pour ton soutien inconditionnel, ton amour et ton attention. Tu trouves toujours les bons mots, tu es un partenaire formidable et l'amour de ma vie. #Ringardspourtoujours

Allison : Merci de m'aider à garder les pieds sur terre, de me dire quand une scène a besoin d'être réécrite et d'avoir partagé mes larmes au sujet d'un chapitre au moins une douzaine de fois. Et merci pour ton amitié et ta franchise. <3

Casey : Merci de t'être occupée de mon bébé avec autant de soin et d'élégance ! J'apprécie tous tes retours et j'adore le fait que tu me pousses à donner le meilleur de moi-même. Ton expérience et tes conseils n'ont pas de prix. J'espère que tu es prête pour *Les liens des anges*. ;-)

Louise & Melissa : Vous êtes mon socle. Sans votre soutien et votre amour, je pataugerais dans le vide et resterais indéfiniment planquée dans mon antre d'écrivain. J'apprécie tout ce que vous faites et je vous aime plus que mes mots ne peuvent vous le dire.

Bethany : Merci d'avoir corrigé mon énorme manuscrit

sans rechigner face au nombre de mots. Je suis tellement heureuse que tu tolères toujours mes virgules et je te suis reconnaissante de poursuivre tes tentatives pour essayer de m'apprendre à les utiliser à bon escient. Cela ne fonctionnera jamais, mais je vais continuer d'essayer !

Jacy : Merci de me pousser à fournir le meilleur de moi-même, de toujours identifier mes répétitions et de pointer du doigt mes incohérences. Oh, et merci aussi d'avoir corrigé mes virgules. Comme je l'ai dit à Bethany, je vais continuer d'essayer, mais nous savons toutes les deux que je ne comprendrai jamais leur fonctionnement.

Barb, Delphine, Jenny & Pam : Vous complétez mon équipe de relecture et je vous apprécie toutes tellement ! Merci d'avoir remarqué tous les détails que je rate même au cours de mes dernières relectures et d'avoir préservé mon intégrité. Vous êtes formidables !

Barb, Delphine, Laura, Louise, Melissa & Tracey : Merci d'avoir relu *Cœur de sang* et de m'avoir aidée à concevoir l'intrigue la plus solide possible. J'apprécie toutes vos remarques, vos commentaires et corrections, et j'aime vous avoir dans mon équipe. Avec de la chance, vous accepterez toujours de me parler quand vous aurez vu les modifications que j'ai effectuées, car j'aurai besoin de votre avis au sujet des *Liens des anges*.

Claudia : Merci à toi pour cette magnifique illustration.

Julie : Merci pour ton amitié incroyable et pour m'avoir aidé avec la typographie de mon livre relié. Elle est très belle !

Famous Owls : Merci d'être un élément si essentiel de mon équipe et de toujours me faire sourire. Vous gérez !

Rien de tout ceci n'aurait été possible sans mon équipe ARC, Itsy Bitsy et IndieSage PR. Merci, merci, merci !

Et à vous chers lecteurs : Merci d'avoir lu l'histoire de

Lizzie et Jayson. La série *La malédiction des immortels* me tient à cœur et je n'ai pas de mots pour décrire ce que la partager avec le public représente pour moi. Votre soutien, votre gentillesse et vos encouragements m'aident à aller de l'avant. <3

L'auteure à succès d'*USA Today* Lexi C. Foss est une écrivaine perdue dans le monde de l'informatique. Elle vit à North Carolina, avec son mari et leurs enfants à fourrure. Quand elle n'écrit pas, elle est occupée à cocher des cases sur sa liste de voyages à faire. On peut retrouver beaucoup des endroits qu'elle a visités dans ses écrits, notamment le monde mythique d'Hydria, inspiré d'Hydra, dans les îles grecques. Elle est excentrique, boit beaucoup trop de café et adore nager. Tchao !

https://www.lexicfoss.com/Français

Pour être au courant des dernières nouvelles et connaître les dates de publication, abonnez-vous à ma newsletter: https://www.lexicfoss.com/la-newsletter-de-lexi

DE LA MÊME AUTEURE

La Malédiction des Immortels

Les Lois du Sang

Des Liens Interdits

Cœur de Sang

Les Liens du Sang

Les Liens des Anges

Chercheur de Sang

Le Poids du Sang

Des Liens Dangereux

Le Roi de Sang

Alliance de Sang

L'Esclave du Vampire

Le Vampire Royal

La Triade de l'Alpha

Le Vampire Rebelle

Le Roi Vampire

Le Vampire Cruel

Faë de l'Enfer

La Captive des Faë de l'Enfer

La Reine des Éléments

Livre Un